S급의 히든 퀘스트

01

아리탕 장편소설

동아

S급의 히든 퀘스트 01

초판 1쇄 인쇄일 | 2020년 02월 14일
초판 1쇄 발행일 | 2020년 02월 21일

지은이 | 아리탕
펴낸이 | 박성면
펴낸곳 | (주)동아

출판등록 | 제406-2007-000071호
주소 | 경기도 파주시 문발로 115, 세종출판벤처타운 201-A호
전화 | (031)8071-5201
팩스 | (031)8071-5204
E-mail | bear6370@hanmail.net

정가 | 11,800원

ISBN 979-11-6302-299-2 (04810)
ISBN 979-11-6302-298-5 (set)

S급의 히든퀘스트

01

ZERO NOVEL

아리탕 장편소설

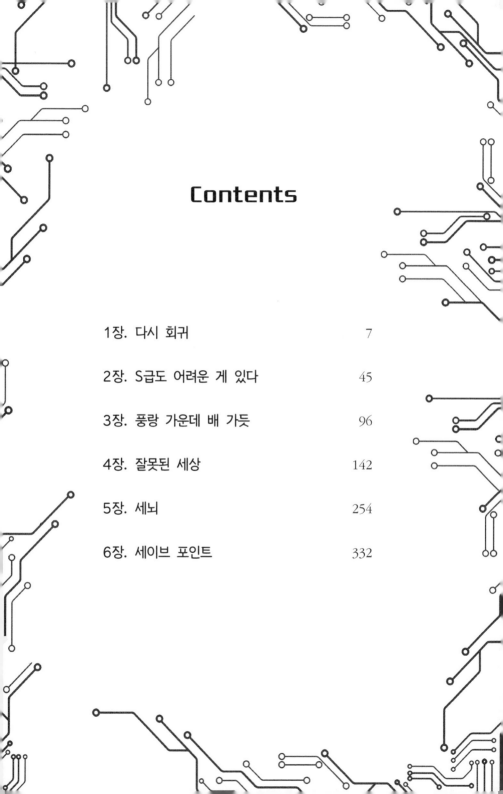

Contents

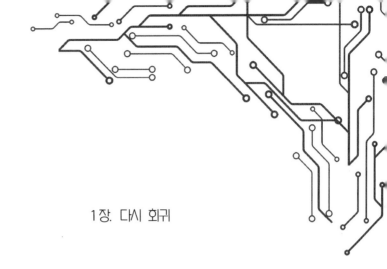

1장. 다시 회귀

1.1

재앙을 알리는 징조는 하나도 없었다. 서울 하늘은 맑고 화창했으며 사람들은 두려움 없이 사방을 걸어 다녔다. 점심시간을 맞아 밖으로 나온 직장인도 많았다. 이세아도 그런 직장인 중 하나였다.

"아, 배부르다. 우리 들어가는 길에 아이스크림 좀 살까요?"

동료 혜진이 그렇게 말해 모두 편의점으로 가는 길이었다. 앞장서서 걸어가던 혜진이 갑자기 세아의 팔을 쥐었다. 멈추라는 느낌이어서 세아는 의아한 표정으로 그녀를 바라보았다.

"왜 그래요?"

"저게 뭐예요?"

혜진이 가까운 곳의 가로수를 가리켰다. 흔한 은행나무라 세아는 저게 뭐 어떻다고, 하고 생각했다. 그러나 바로 그 순간, 흙 속에서 수백 개의 붉은 선이 솟아올랐다. 선은 살아 있는 듯 꿈틀거리며 가로수를 밑동부터 감싸고 하늘 높이 솟구쳤다.

"꿈인가?"

혜진이 중얼거리는 소리가 들렸다. 다른 동료들도 웅성거리기 시작했다. 그러나 세아만은 느낄 수 있었다.

당장 여기서 멀어져야 한다, 지금 당장!

세아는 두 손을 뻗어 사람들을 뒤로 끌고 가기 시작했다. 그러나 사람들은 달아날 생각을 하지 못했다. 꿈같은 일과 마주쳤을 때 늘 그렇듯 명청하게 굳어 버린 것이다.

"도망가야 돼요!"

"아니, 신고부터 해야 하는 거 아니야? 저게 뭐예요?"

혜진이 더듬더듬 묻는 동안 붉은 선이 사방으로 뻗어 갔다. 커다란 붉은 밤송이 같았다. 선이 뭉친 중심은 징그러울 정도로 시뻘겠고, 선은 마치 핏줄처럼 생생하게 고동쳤다. 곧 중심이 입처럼 쩍 벌어지더니, 물컹하고 거대한 생명체가 스르르 흘러내리듯 기어 나왔다.

"저게 대체……."

혜진이 중얼거리는 소리를 들은 듯, 생명체가 재빠르게 굴러왔다. 혜진이 비틀거리며 뒷걸음질을 쳤지만, 그것은 단숨에 혜진을 덮쳤다. 물컹한 그것 안으로 혜진의 몸이 잡아먹히는 듯 빨려 들어갔다.

"으아아악!"

마침내 정신을 차린 사람들이 달아나기 시작했다. 그러나 세아는 그러지 않았다. 혜진이 거대한 생명체 안에서, 숨이 막히는 듯 입을 뻐끔거리며 눈을 치켜뜬 걸 보았으므로. 세아는 무얼 어째야겠다는 생각도 없이 생명체 안으로 손을 쑥 집어넣었다.

"잡아요! 혜진 씨, 내 손 잡으라고요!"

그러나 혜진은 공포에 질려 버둥거리느라 세아의 손을 붙들지 못했다. 세아는 입술을 꾹 깨물며 젤리 같은 생명체 안으로, 안으로 팔을 더 밀어 넣었다. 통증은 전혀 없었다. 그저 조금 시원했다.

마침내 혜진의 손을 잡은 순간, 꾸루룩 소리를 내며 생명체가 움직였다. 그리고 어찌할 틈도 없이 세아 쪽으로 한 바퀴 빙글 굴러 그대로 세아를 삼켰다. 숨이 막혔고, 혜진은 동아줄이라도 잡은 양 세아를 끌어안았다.

같이 죽자는 건가, 세아는 숨이 막혀 죽어 가는 중에도 그런 생각을 했다. 그러나 그녀는 이대로 죽고 싶지 않았다. 이대로는 절대!

펑! 엄청난 소리와 함께 그대로 생명체가 폭발했다. 물주머니가 터진 듯 진득하고 끈적한 물이 주르륵 흘러내렸고 세아와 혜진의 몸도 그대로 공기 중에 해방되었다. 기침을 쏟고 따가운 눈을 비비고 숨을 고를 틈도 없이, 새하얀 글자가 세아의 눈앞을 가렸다.

[이세아. 24세. 각성 등급 S.]

"이게 대체 뭐야?"

세아가 멍하게 중얼거렸다. 그러나 정신을 차리기도 전에 누가 자기 손목을 덥석 붙잡았다. 낯선 얼굴의 남자가 세아를 향해 절박하게 소리쳤다.

"저쪽도 구해 주세요, 저쪽도!"

아득하게 고개를 드니 수십 개의 기이한 생명체가 사람을 잡아먹고 있었다. 그중에는 머리가 둘 달린 사자도 보여서, 세아는 갑자기 영화 속으로 내동댕이쳐진 듯한 비현실감에 휩싸였다.

그녀는 남자의 손을 떨쳐내며 머리를 내저었다.

"아니, 전 아무것도 안 했는데……."

[스킬을 개방합니다. 내부 폭발, 스킬 등급 S. 발동어 없음.]

"아무것도 안 하긴요, 방금 저 안에서 저 괴물을 폭발시켰잖아요!"
"제가 언제요?"

[스킬을 개방합니다. 고속 이동, 스킬 등급 S. 발동어 없음.]

"이 글자는 도대체 뭐야?"
세아가 멍하게 중얼거리는 사이 남자는 허둥지둥 그녀를 데리고 괴물 근처로 데려갔다. 세아는 반쯤 떠밀리듯 괴물에게 손을 댔고 그 순간, 다시 귀를 찢는 펑 소리를 들었다.
"정말 감사합니다. 정말로……!"
남자의 감사 인사를 받으면서도 세아는 멍하게 서 있기만 했다.
그러나 그것도 아주 잠시의 여유일 뿐이었다. 그녀는 곧 사방에서 뻗어 오는 손에 이리저리 끌려 다니며 괴물을 터뜨려야 했고, 어느 정도 시간이 지난 후에는 혼자 알아서 움직였다.
"어서요, 어서!"
"저건 또 새로운 괴물이에요!"
"저희 아이 좀 구해 줘요!"
해가 뉘엿뉘엿 질 때까지 세아는 미친 듯이 사방을 뛰어다녔다. 감사 인사를 받을 틈도 없었고 몸이 열두 개라도 모자랐다.
그날 세상은 미쳐 버렸고, 평범한 막내 직장인 이세아는 S급 헌터로 각성했다.

1.2

몬스터가 도사린 던전이 세상에 모습을 드러낸 날을 사람들은 '재앙'이라고 불렀다.

가족이나 친구를 구하기 위해, 자기 목숨을 위해, 그 밖의 여러 이유로 몇 사람이 능력자로 각성했다. 세아도 그중 하나였다. 갑자기 나타난 시스템 창, 새로운 동식물과 몬스터, 경외감을 불러일으키는 이능. 세상은 혼란에 빠졌다.

물론, 이건 오래전 이야기다.

"얼마 남지 않았습니다. 마음의 준비를……."

세아는 자기 앞의 의료진을 보고 조용히 고개를 끄덕였다. 알겠어요, 하고 대답하는 목소리에는 절망도 공포도 없었다.

호화로운 방에 혼자 남은 세아는 천천히 일어나 창문 가까이 걸어갔다. 호텔 아래, 카메라를 든 기자들이 진을 친 게 보였다. 일반인도 많았다. 그들은 '우리의 영웅, 헌터 이세아, 고맙고 사랑하고 미안합니다.'라고 적힌 플래카드를 들고 있었다. 세아는 조용히 창가에서 물러났다.

S급으로 각성한 지도 벌써 15년. 최상위 등급 헌터로서 던전을 공략해 안정시키고, 사람들을 구하고, 사방으로 뛰어다니며 그야말로 세상을 위해 애썼다.

그러나 희생뿐인 인생은 아니었다.

일반 회사원으로 살았다면 꿈도 꾸지 못했을 재산. 금보다 더 휘황찬란한 명예, 아낌없는 존경, 쏟아지는 사랑. 그녀의 말 한마디면 못 갈 곳이 없었고 얻지 못할 게 없었다. 세아는 현존하는 12명의 S급 헌터 중 가장 강했고 어딜 가나 그만한 대접을 받았다.

아쉬운 게 있다면 너무 일찍 죽어야 한다는 것.

"그래도 이만하면 오래 살았지."

각성 후 15년이나 버틴 S급 헌터는 몇 없다. 강대한 능력을 가진 대신 수명도 짧은 것이다. 기이한 힘은 생명력을 갉아먹고 미래를 앗아간다. 그래도 이만하면, 이만하면…….

세아는 천천히 침대에 등을 대고 누웠다.

저 아래 사람들은 최강의 헌터, 이세아를 추모하기 위해 저렇게 모여 있다. 세아는 눈을 감았다.

'나쁘지 않았어.'

수명이 끝나 간다는 걸 느낄 수 있다. 좀 억울하기도 하지만, 이미 누릴 수 있는 모든 것을 다 누렸다. 동료도 무수히 잃었다. 짧은 생이었으나 무척 치열했다. 좋은 일과 나쁜 일을 골고루 겪었으니…….

'아, 그래도 히든 퀘스트 확인 못 한 건 아쉽다.'

극소수 헌터만이 히든 퀘스트를 가지고 있다. 상태 창을 열면 확인할 수 있는데, 히든 퀘스트의 상세 내용을 알아내는 조건은 따로 있었다. 세아는 그 조건이 무엇인지조차 몰라 히든 퀘스트 내용을 알아내지 못했다.

마지막 남은 호기심이었다. 그래도 죽는 순간 한 자락 호기심이 무슨 소용이 있을까.

세아의 눈이 천천히 감겼고 그녀는 따뜻한 물속에 잠기는 듯한 느낌과 함께 긴 숨을 내쉬었다.

그렇게 생명이 멈추는 순간, 각성의 순간처럼 글자가 나타났다.

[히든 퀘스트 획득. 상세 내용을 확인하십시오.]

이제 죽는데 뭘 확인해. 세아는 어이가 없어서 웃고 말았다. 그녀는 미소 띤 얼굴로 숨을 거두었다.

그리고 바로 눈을 떴다.

2.1

플래시 터지는 소리는 주먹질 소리 같다. 누가 바위처럼 단단한 주먹으로 사람 얼굴을 짓뭉갤 때 나는 소리.

세아는 와락 얼굴을 찡그렸다.

빌어먹을 플래시. 원수 같은 플래시. 언젠가 저 끔찍한 플래시를 만드는 공장을 다 불살라 버리고 만다.

세아는 이를 벅벅 갈며 번쩍 눈을 떴다. 도대체 어떤 놈이 평화로운 임종 자리에까지 카메라를 들이대는 거야. S급 헌터한테는 죽음의 존엄성도 없어?

그러나 눈을 뜬 순간 보인 건 화려한 객실도, 고요한 야경도 아니었다.

"재앙이 벌어진 지 5년이 지났습니다! S급 헌터로서 앞으로 상황이 어떻게 전개될 거라고 보십니까?"

"재앙 이후 안정을 찾기 위해 활약하셨는데 이에 대해 소감 한 말씀 해 주시죠!"

"언니, 팬이에요! 여기 좀 봐 주세요!"

그녀는 눈을 깜빡이며 자기 앞의 마이크, 잘 정돈된 책상, 기자와 팬, 카메라를 하나하나 살펴보았다. 고개를 돌려 보니 이미 명을 달리했던 S급 헌터들도 여럿 보였다.

그 가운데 가장 주목받는 건 세아였다. 모두 그녀의 입술만 쳐다보며 대답을 기다렸다. 세아는 그들이 기다리던 대답을 해 줄 수 없었다. 흰 글자가 다시 눈앞에 떠올랐기 때문이다.

[히든 퀘스트 : 시스템 살해

히든 퀘스트 획득 조건 : 죽음

클리어 조건 : ???

클리어 실패 페널티 : 회귀]

세아는 마침내 한마디를 뱉었다.

"씨발, 이게 뭐야?"

2.2

세아는 객실로 돌아와 한숨을 내쉬었다.

한마디라도 더 해 달라, 여길 보고 웃어 달라, 인류에게 희망의 메시지를 전해 달라……. 쏟아지는 요구를 뒤로하고 허둥지둥 돌아온 데는 다 이유가 있었다. 상황 정리가 절실했다. 아까 제대로 확인하지 못한 히든 퀘스트 상세 창을 다시 열었다. 내용은 변함없었다.

[히든 퀘스트 : 시스템 살해

히든 퀘스트 획득 조건 : 죽음

클리어 조건 : ???

클리어 실패 페널티: 회귀]

상황은 간단했다. 세아는 각성 직후부터 히든 퀘스트를 하나 가지고 있었다. 하지만 그 히든 퀘스트의 상세 내용을 획득하는 방법을 몰랐다.

모를 수밖에 없었다, 획득 조건이 '죽음'이니까! 뭐, 여기까진 다 좋다.

세아는 윤이 나는 테이블에 앉아 명상에 잠기듯 생각을 이어 갔다.

자신의 히든 퀘스트는 '시스템 살해.' 이해하고 싶지 않았으나 바로 이해가 갔다. 갑자기 나타난 던전, 몬스터, 시스템 창, 스킬과 등급…… 이 모든 것은 불가사의한 시스템 때문에 생겨났다.

세아의 히든 퀘스트는 '이 시스템 자체를 살해하는 것'이다.

즉, 세계의 회복. 세상을 이전의 모습으로 돌려놓는 것.

"퀘스트 클리어 조건도 제대로 표시 안 되어 있네. 이건 또 어떻게 알아내야 해?"

세아는 혼자 막막하게 중얼거렸다.

한 번 죽어서 히든 퀘스트의 상세 내용을 얻었다. 엎친 데 덮친 격으로 클리어 실패 시 자신은 계속해서 회귀하게 된다. 시스템이 비상식적인 건 알았지만 이건 너무 심하지 않은가. 자신에겐 안식할 자유도 없단 말인가.

'안 죽은 데다 젊어지기까지 해서 손해 본 건 아니지만.'

세아는 그렇게 생각하며 일어나 거울 앞에 섰다.

스물네 살에 각성하여 15년을 지내고 죽었다. 10년 전으로 돌아왔으니 자신은 현재 스물아홉 살. 죽음을 앞둔 시점 거울을 봤을 때와는 얼굴이 무척 달랐다. 어디가 다른지 짚어 낼 순 없지만 훨씬 덜 지친, 명랑하고 맑은 인상이었다.

'내 얼굴이 이랬나.'

멍하게 생각하다가 퍼뜩 정신이 들었다.

일단 돌아왔으니, 히든 퀘스트를 완수하기 위해 애써야 한다. 돌아온 직후에는 똥 밟은 것 같았는데 곰곰이 생각해 보니 나쁜 일만도 아니었다. 시스템을 죽이면 던전도, 몬스터도 사라진다. 사람들도 더는 몬스터에게 죽지 않을 것이다.

몬스터는 사람을 찢고 녹이고 돌로 만들고 터뜨리고 자르고 합성하고…….

아니, 이런 생각은 그만하자. 세아는 한숨을 내쉬고 혼잣말을 했다.

"그래, 역시 서른아홉 살에 죽는 건 너무 아쉬웠어."

누릴 건 다 누렸지만.

세아는 새삼스럽게 주위를 둘러보았다.

지금은 객실에 머물고 있지만 집이 없는 건 아니다. 최고의 집이 있고, 세계 곳곳에 별장도 있다. 자기 소유의 전용기도, 요트도, 파티장도 있다. 돈으로 살 수 있는 건 전부 가졌다.

어딜 가든 사람들이 얼굴을 알아보고 허리를 숙이고, 눈치를 살피며 비위를 맞춰 준다. 사랑도 퍼부어 준다. 시스템이 사라지면 이 모든 것도 잃게 될까. 아마 그럴 가능성이 크리라.

세아가 쌓은 막대한 부와 명예는 모두 S급 헌터의 능력 덕이었다. 몬스터를 분쇄하고 던전을 손쉽게 공략하는 능력은 물론 위대하지만 이것도 순전히 우연과 운으로 얻은 것이다. 시스템이 사라지면 S급 헌터 이세아는 평범한 일반인 이세아로 돌아간다.

"그래도 서른아홉에 죽지는 않겠지."

세아는 일단 좋은 방향으로 생각하기로 했다. 더 고민해도 답이 안 나올 문제였다. 어쩌겠는가, 운명이 이러한 것을.

'돈이 부족하면 그냥 가진 재산 팔아서 아껴 가며 살아야겠다. 별장만 몇 개 팔아도 평생 먹고 살겠지.'

첫 번째 목표가 정해졌다. 히든 퀘스트 클리어 조건을 알아내야 한다.

2.3

"씨발, 못 알아냈어."

마흔 살, 세아는 또 침대에 누워서 한숨을 내쉬며 중얼거렸다.

미래는 달라지지 않았다. 여전히 호텔 창문 밖에 기자와 팬이 야경의 일부가 되어 서 있다. 10년 동안 백방으로 노력했지만 클리어 조건을 알아내지 못했다. 친분 있는 S급 헌터 몇과 영향력 있는 길드, 협회에도 도움을 요청했지만 소득이 없었다.

정보를 모조리 공개할 수 없는 상황도 세아의 발목을 잡았다. 히든 퀘스트의 페널티, '회귀'를 공개할 수가 없었기 때문이다. 자신이 미래의 일을 알고 있다는 사실을 알면 사람들이 어떻게 변할지 예측할 수가 없었다. 결국 아무 성과 없이 이번 생도 끝나 간다.

"이러면 또 돌아가나?"

혼잣말을 한 순간, 세아의 생명이 끝을 알렸고 또 시작을 알렸다. 이번에도 폭력적인 플래시가 터지는, 재앙 발발 5주년 인터뷰장 한가운데였다.

3.1

다시 10년 후.

"진짜 어떻게 이럴 수가 있냐."

이번 생에서도 세아는 퀘스트 클리어 조건을 알아내지 못했다. 운명은 그녀를 또 같은 객실, 같은 침대로 인도했다. 이상하게 죽음은 항상 여기서 맞이하는 것 같아. 세아는 한숨을 내쉬었다.

잠과도 같은 죽음이 찾아왔고 그녀는 또 지긋지긋한 인터뷰장에서 눈을 떴다.

4.1

10년 후.

"으아아! 제발 이러지 말라고!"

세아는 마흔이라는 나이에 어울리지 않게 침대에서 마구 발버둥을 쳤다. 그리고 있는지 없는지도 모르는 존재를 향해 푸념을 늘어놓았다.

"아, 솔직히 히든 퀘스트 보고 좀 아깝긴 했거든요? 시스템 죽으면 지금까지 누리는 거 다 포기해야 되잖아요. 이제 아까워하지 않을 테니까 제발 클리어 조건 좀 알려 달라고!"

죽음, 또 삶.

5.1

"재앙 이후 안정을 찾기 위해 활약하셨는데 이에 대해 소감 한 말씀 해 주시죠!"

"지겨워요."

다시 돌아온 세아는 될 대로 되라는 심정으로 툭 내뱉었다. 그녀의 한마디에 인터뷰 회장 분위기가 싸늘해졌다. 그러든 말든 이제 세아는 관심도 없었다.

너무 힘들어서 죽어 버릴 것 같았다. 분이 끓어오르고, 자기가 무슨 죄를 지어 이러고 있어야 하는지 몰라 억울해 미칠 지경이었다.

"세아야, 너 왜 그래?"

옆자리에 앉아 있던 S급 헌터, 김현호가 세아의 팔을 툭 치며 속삭였다. 그러나 세아는 벌떡 일어나 나가 버렸다.

부적절한 행동인 건 알고 내일 무슨 기사가 날지 상상이 가지만, 여기 더 앉아 있다간 비명을 지를 것 같았다. 과연 기자들이 벌떼처럼 달려들었다.

"어떤 점 때문인지 말씀해 주시죠!"

"무슨 일이 있었던 겁니까?"

"앞으로의 활동 계획은……!"

"저기요."

세아는 어금니를 꽉 깨물었다. 그녀가 목소리를 낮추자 모두가 찬물을 맞은 듯 입을 다물었다.

"좀 지나갈게요."

대단한 위협도 아니었는데 순간 사람들이 양편으로 쫙 갈라졌다. 그녀의 팬클럽은 눈물을 글썽거리며 고요 속에서 "언니, 힘내요! 우리가 응원해요!"라고 외쳤다. 세아는 예의상 그쪽으로 손만 흔들어 주었다.

인터뷰장을 이런 식으로 빠져나온 건 처음이다. 뒤에서 현호와 다른 헌터들이 이 상황을 수습하려고 애쓰는 소리가 들렸다. 너무 지쳐서 미안한 마음도 들지 않았다.

또각, 또각, 건물 로비로 내려오니 구두 소리가 선명했다. 행사가 진행 중이라 로비는 조용했다. 세아는 손이라도 찬물에 적시고 정신을 차릴 요량으로 화장실로 향했다.

통로로 들어가는데 툭, 누군가와 어깨가 부딪쳤다.

"죄송합니다."

간단히 중얼거리고 여자 화장실로 방향을 트는 순간 일렁이는 글자가 눈앞으로 튀어나왔다. 세아는 세면대 앞에 서서 허리를 굽히며 대강 글자를 읽었다.

[히든 퀘스트 클리어 조건 획득! 지정인(정이준, 각성 등급: ?)과 접촉 후 협력하여 시스템 보스 던전 완전 공략.]

쏴, 물 쏟아지는 소리가 들렸다. 화장실에는 세아 뿐이었다. 세아는 눈도 깜빡이지 못하고 글자를 멍하게 읽고 또 읽었다. 왜 갑자기 클리어 조건을 획득했을까. 지정인과 접촉 후 협력하여 시스템 보스 던전 완전 공략…….

세아는 홱 몸을 돌려 화장실 밖으로 뛰어나갔다. 아까 부딪친 남자는 분명 남자 화장실로 들어갔다. 이 지긋지긋한 회귀를 끝낼 수 있다는 생각에 세아는 앞뒤 가리지 않고 남자가 사라진 방향으로 돌진했다.

철벅, 철벅, 대걸레로 바닥을 닦는 키 큰 남자가 보였다. 대걸레 자루를 쥔 손은 단단했고, 긴 손가락은 마디가 도드라졌다. 세아는 숨까지 멈추고 남자를 바라보았다. 인기척을 느낀 남자가 고개를 들 때까지.

눈이 마주쳤다. 세아는 한 손으로 절벽에 매달린 심정으로 물었다.

"정이준?"

갑작스러운 질문에 남자가 한참을 침묵했다. 세아는 조마조마한 심정으로 그의 입술만 계속 바라보았다. 남자가 낮고 작은 목소리로 한마디 했다.

"여기 남자 화장실인데요."

무시무시한 침묵이 흘렀고, 둘 사이로 물소리가 끼어들었다. 남자는 세아의 어깨 너머를 바라보더니 또 덧붙였다.

"혹시 세면대 물 안 끄셨어요?"

세아는 대답 대신 남자의 목에 걸린 사원증을 확인했다. 경직된 표정으로 찍은 증명사진과 그 아래 선명히 박힌 이름 세 글자, 정이준.

"하하. 하하하! 으하하하하!"

세아는 참지 못하고 헛웃음을 터뜨렸다. 여기 있었다니, 이거였다니,

이걸 몰라서 몇 번이나 다시 살아야 했다니! 달려들어 정이준을 얼싸안고 춤이라도 추고 싶은 심정이었다. 정이준은 미친 사람을 보듯 눈을 동그랗게 뜨고 있을 뿐이었지만.

"반가워요. 진짜 정말 반가워요!"

S급 헌터 이세아와 청소부 정이준의 첫 만남이었다.

5.2

정이준의 삶은 기구했다.

재앙을 겪으며 파산한 집도 많지만 그의 가족은 그 전부터 파산 상태였다. 그리고 재앙 발발 후에는 더 심한 파산 상태로 굴러떨어졌다.

생계를 책임지던 부모님은 모두 돌아가셨고, 이준은 생계 최전선으로 떠밀렸다. 각성자가 나타나며 빈부의 격차는 더 극심해졌고, 대우 좋은 일자리는 각성자에게 주어졌다. 이준은 일반인과 다를 바 없는 F급으로라도 각성하길 바랐지만 꿈은 꿈에 그쳤다.

닥치는 대로 일했다. 몸을 많이 썼고 시간은 더 많이 썼다. 책임질 형제가 없다는 건 다행인 동시에 불행이었다. 의지할 사람이라도 있었다면 견디기가 쉬웠을 것이다.

각성도 못 했고, 궁핍하고, 뒤를 봐줄 각성자도 없다. 정이준의 삶은 고생과 모욕의 연속이었다. 재앙 발발 후 5년 동안 그는 온갖 불평등과 치욕에 시달려야 했다.

그런 그의 앞에 나타난 S급 헌터.

"나랑 같이 좀 가요. 꼭 할 말이 있어요."

처음에는 미친 사람인 줄 알았다. 그러나 그녀의 왼쪽 가슴에 꽂힌 검은 배지. 알파벳 S를 용이 날아오르는 모양으로 형상화한 배지가 그녀의 등급을 증명했다.

"무슨 할 말이요?"

이준은 대걸레 자루를 꽉 움켜쥐며 방어적으로 되물었다. 세계에 열두 명뿐인 S급을 만난 건 처음이다. 하지만 이제껏 만난 각성자와 크게 다를 것 같진 않았다. 그들은 미각성자에 가난하기까지 한 이준을 벌레처럼 짓밟고 모욕하기 일쑤였다.

여자가 눈을 동그랗게 떴다. 그러더니 안심시키려는 듯 싱긋 웃었다. 물론 이준은 별로 안심하지 못했다.

"남자 화장실에서 할 얘기는 아닌 것 같은데요. 나쁜 짓 하지 않을 테니 따라와 줄래요?"

"저 지금 근무 시간이라서요."

"아, 그렇구나. 잠깐만요."

세아는 핸드폰을 들어 어딘가로 전화를 걸었다. 비서나 그 비슷한 사람과 통화하는 듯했다. 그러면서도 이준에 대해 지시하는 세아의 표정은 시종일관 여유롭고 느긋했다. 통화 중에도 흘끗 이준을 곁눈질하며 안심하라는 손짓을 하기도 했다.

"자, 이제 됐어요. 근무는 걱정하지 말아요. 방금 정이준 씨 근로 계약서가 저한테로 옮겨 왔거든요."

"네?"

너무 황당해서 화도 나지 않았다. 이 호텔은 국내 최고의 시설로, 월급도 그만큼 많았다. 청소부 하나 뽑을 때도 조건이 까다로워서 이준은 태어나 처음으로 공식적인 '외모 평가'까지 받고 이 자리를 얻었다.

그런데 방금 이 일자리를 잃었다니? S급의 위세가 대단한 건 알았지만, 이렇게 제멋대로…….

"월급은 이 정도로 다시 조정해 줄게요."

그렇게 말하며 세아는 네 손가락을 들어 보였다.

그녀가 제시한 액수에 이준의 얼굴이 멍해졌다. 손가락 네 개의 의미가 무엇일까, 4백? 아니면 4천? 어느 쪽이든 태어나 한 번도 저만한 돈을 한 번에 받아 본 적이 없었다. 대체 무슨 일을 시키려고?

"아, 너무 부족한가? 그럼 이만큼."

이준의 표정을 오해한 세아가 접었던 엄지까지 모두 펼쳤다. 이준은 떨리는 목소리로 물었다.

"생체 실험은 아니죠?"

"하하, 당연히 아니죠. 그럼 어서 가요."

그날, 정이준은 청소부에서 S급 헌터의 피고용인이 되었다.

5.3

세아가 머무는 호텔은 그야말로 호화찬란했다. 까마득히 높은 천장과 진귀한 던전 아이템, 홀을 은은하게 울리는 음악까지. 세아는 모든 게 처음이라 주눅이 든 이준을 자연스럽게 이끌었다.

"아, 그 엘리베이터 아니에요."

세아가 일반 엘리베이터 앞에서 멈칫한 이준을 향해 그렇게 말했다. 이준은 잰걸음으로 세아에게 다가오는 남자를 보았다. 말끔하게 차려 입은 남자가 깍듯하게 고개를 숙였다.

"바로 올라가십니까? 필요한 게 있으신가요?"

"아뇨, 이 사람이랑 같이 올라갈 거예요. 내 동행인이니까 앞으로 얼굴 기억해 둬요."

"물론입니다. 두 분 모시겠습니다."

S급은 전용 엘리베이터도 따로 있는 모양이었다. 세계에 열두 명밖에 없는데 엘리베이터를 따로 만드는 짓을 할 필요가 있나. 이준은 그렇게 생각했지만 내색하지 않았다.

먼지 하나 없이 깨끗한 엘리베이터로 들어서니 세아가 손가락을 센서에 가져다 댔다. 층을 누르지도 않았는데 엘리베이터가 움직이기 시작했다.

세아는 한 층을 통째로 사용하고 있었다. 그녀가 객실 문을 여는 걸 보며 이준은 쭈뼛쭈뼛 망설였다.

이런 곳이 있는 줄도 모르고 살다가 갑자기 주인처럼 들어오니, 식은 땀이 나고 괜히 초조했다. 거대한 호텔, 높은 천장, 깨끗한 벽이 동시에 자기를 짓누르는 듯 마음이 위축되었다.

"왜 그래요? 들어와요."

"아……. 네."

세아는 가방을 침대에 던지고 외투를 벗어 의자에 걸어 놓았다. 그런 다음 이준을 거실 가운데 테이블로 안내했다. 주방으로 걸어가며 그녀가 물었다.

"물이 좋아요? 아니면 술?"

"네? 전 괜찮습니다."

"그래요, 그럼 물 마셔요."

A급만 되어도 손가락 하나 까딱하지 않고 사람을 부리던데……. 의외로 소탈한 성격인지도 모르겠다. 이준은 긴장을 떨치려 이런저런 생각을 주워섬겼다.

곧 세아가 컵을 들고 돌아왔다. 하나는 이준 앞에, 하나는 자기 앞에 놓고 그녀가 맞은편에 앉았다. 이준은 공연히 긴장하여 허리를 곧추세웠다.

"자, 그럼 정이준 씨. 소개가 늦었네요. 제 이름은 이세아, 나이는 서른……

아니, 스물아홉, S급 헌터입니다. 갑자기 이렇게 데려와서 놀라지는 않았나 모르겠네요."

"네……."

"제가 정이준 씨를 고용한 건……."

이준은 마른침을 삼키며 그녀의 입술을 바라보았다. S급 헌터가 뭐가 아쉬워 청소부를 고용한단 말인가. 객실 청소는 호텔에서 다 할 텐데. 아니면 던전에서 인간 방패로 삼으려고? 아니, S급 헌터는 인간 방패 따위 필요 없을 것이다.

"내 히든 퀘스트 클리어에 정이준 씨가 필요하기 때문입니다."

전혀 예상치 못한 소리에 이준의 입이 살짝 벌어졌다. 세아는 조금 웃었다. 앳되고 뽀얀 얼굴을 하고 아이처럼 입을 벌리니 이준의 미모가 한층 돋보였다. 이 까다로운 호텔에서 왜 그를 청소부로 뽑았는지 짐작이 갔다.

"내 히든 퀘스트를 클리어하기 위해서는 정이준 씨와 협력하여 시스템 보스 던전을 완전히 공략해야 해요. 어떤 방식으로 협력할지는 시스템이 정해 주지 않았습니다."

"시스템 보스 던전이요?"

"아, 그게 어딘지는 아직 몰라요. 아직 발견되지 않은 던전일 텐데, 차차 알아보면 되니까 정이준 씨가 걱정할 문제는 아닙니다."

"그럼 전 뭘 해야 하는 건가요?"

세아가 의미심장하게 웃었다. 그녀는 이준 쪽으로 두 손을 내밀었다. 하얗고 고운 손바닥을 내려다보며 이준은 혼란에 잠겼다. 어깨를 경직시키고 어쩔 줄 몰라 하는 그를 보며 세아가 물었다.

"미각성자죠?"

"네……."

"날 도와주려면 일단 각성부터 해야죠. 내 손 잡아요."

"네?"

바보처럼 보일 걸 알고도 똑같은 말로 되묻고 말았다. 각성이라니, 어떻게? 지금 여기서?

각성 주사가 있다는 걸 알고는 있었다. 하지만 각성할 때까지 주기적으로 맞아야 하는 데다 무척 비싸고, 각성에 성공한다 해도 어떤 등급으로 각성할지는 알 수 없었다. 이준도 몇 번 기웃거리다가 비용과 가능성 문제로 포기했다. 주사를 놓으려는 건가.

이준은 머뭇거리며 세아의 손 위에 자기 손을 겹쳤다. 세아가 지그시 눈을 감더니 그의 손을 꽉 움켜쥐었다.

그 순간, 갑자기 심장이 거세게 요동치더니 속이 울렁거렸다. 바닥이 핑핑 돌고 귀를 찢는 이명이 울리며 순간 머리가 균형을 잃고 홱 돌아갔다. 온몸의 피가 끓어오르는 듯 뜨거워졌다.

정이준의 눈앞에 마침내 시스템 창이 나타났다.

[정이준. 24세. 각성 등급 B.]

믿을 수가 없었다. 이준은 처음 보는 시스템 창에 넋을 빼앗긴 듯 글자를 읽고 또 읽기만 했다. 곧 글자가 사라지고 다른 문장이 나타났다.

[스킬을 개방합니다. 치유, 스킬 등급 C. 발동어 치유.]
[스킬을 개방합니다. 고속 이동, 스킬 등급 A. 발동어 없음.]

그때, 세아가 이준의 손등을 톡톡 두드렸다. 손가락 끝으로 건드리는 느낌에 이준이 퍼뜩 정신을 차렸다. 세아는 기대감 어린 눈으로 자신을 바라보고 있었다. 곧 그녀가 비밀 이야기라도 하는 듯 속삭였다.

"다른 S급 헌터들도 모르는 스킬이에요. 강제 각성. 다른 사람한테는 비밀로 해야 해요. 알겠죠? 알려지면 이 사람 저 사람 달려들 텐데 횟수가 제한되어 있어서."

"아, 네……."

횟수 제한도 있는 귀한 스킬을 자신에게 사용했단 말인가. 왜, '시스템 살해'를 위해서? 하지만 세아야말로 그 시스템의 최대 수혜자가 아닌가. 이준은 의문을 품고 그녀를 바라보았다.

"그래서…… 무슨 등급이에요?"

"B 등급이라고 나왔습니다."

"아, 괜찮네요."

"던전에 들어가기엔 너무 낮지 않을까요?"

게다가 처음 개방된 스킬이 치유와 고속 이동이다. 전투에 도움이 될 것 같진 않았다. 그의 물음에 세아가 픽 웃었다.

"내가 S급이니까 괜찮아요. 정이준 씨는 따라오기만 하면 되니까."

내뱉는 말에 자신감이 스며 있었다. 당당하게 고개를 들고 말하는 그녀를, 이준은 망연히 바라보았다. 세아가 뿜는 기세는 그가 늘 동경해 온 것이었다. S급이 되면 모두 저렇게 되는 것일까, 태어나 한 번도 남에게 고개 숙여본 일 없는 듯한 저 태도.

"그럼 오늘은 센터로 가서 각성자 등록을 하고 와요. 신분증도 새로 받아야 하고 지급하는 아이템도 있으니까. 난 시스템 보스 던전이 뭔지부터 알아볼게요."

"네, 알겠습니다."

명령도 지시도 너무나 자연스럽다. 이준은 바로 몸을 일으켰다. 상황이 너무 급변하여 얼떨떨하지만 변하지 않는 사실은 이 사람이 자기 고용주라는 점.

"아, 잠시만요. 이거 가져가요."

세아가 지갑에서 카드를 한 장 꺼냈다. 흠집 하나 없이 매끈한 검정 카드였다. 이준은 두 손으로 카드를 받아 들었다. 세아는 무척 기분이 좋은 듯 너그럽게 덧붙였다.

"센터 가서 등록하고, 돌아오는 길에 쇼핑도 좀 하고 필요한 아이템 보이면 그것도 사요. 아래 내 차가 기다리고 있을 테니까 어디든 원하는 곳으로 데려다줄 거예요."

곧 그녀가 일어나서 불쑥 손을 내밀었다. 당황하여 악수에 응하는 이준을 보며 그녀가 한껏 미소 지었다.

"나타나 줘서 고마워요, 정이준 씨. 내가 당신을 얼마나 기다렸는지 모를 겁니다."

무슨 소린지 알아듣지 못했지만 이준은 꾸벅 고개를 숙였다. 객실 밖으로 나오는데, 손에 든 카드가 유난히 묵직하게 느껴졌다. 그는 대기하고 있던 차에 올랐고, 곧 낯선 풍경이 차창 밖으로 흘러가기 시작했다.

5.4

세아는 맨몸으로 날아갈 수도 있을 듯했다.

드디어 찾았다. 드디어. 세상에, 이렇게 가까이 있었다니. 그동안 딱 한 번만이라도 인터뷰장 밖으로 나와 화장실에 갔다면 정이준과 만날 수 있었을 텐데!

"센터장님, 네, 안녕하세요. 제가 지금 사람 하나 보냈거든요. 이름이 정이준이라고, 네, 등급은 B인데 제 파트너 비슷한 사람이에요. 오늘 각성 해서 서툴 테니까 잘 안내해 주셨으면 해요."

센터에 연락한 후에는 길드에 전화를 걸었다. 세아는 어떤 길드에도 소속되지 않은 자유 헌터지만, S급인 만큼 모든 길드와 협력할 수 있었다. 주소록 가장 위에 있는 길드로 전화를 걸며 그녀는 창밖을 내다보았다.

몇 번이나 본 풍경이다. 그러나 오늘은 좀 특별하다. 앞으로 모든 게 달라질 것이다.

"네, 이세아입니다. 던전 정보가 필요해서요. 아뇨, 아직 공략 전인 던전일 텐데, 제 퀘스트 창에 나타났거든요. '시스템 보스 던전'이라는데……. 네, 위치는 안 뜨고요. 고맙습니다."

'시스템 보스 던전'이라는 의미심장한 명칭에도 응대하는 사람은 태연했다. 무슨 보스 던전, 이런 건 이미 세상에 너무 많으니 특별한 의문을 품지도 않는 것이다.

이제 느긋하게 기다리기만 하면 된다.

시스템 보스 던전을 찾아내고, 이준과 함께 던전을 공략하고, 이 지긋지긋한 굴레에서 해방되는 것이다.

"하……. 너무 좋다."

침대로 풀썩 쓰러지며 세아가 중얼거렸다. 누가 뭐라 하든 오늘은 최고의 날이었다.

5.5

이준은 모든 게 낯설기만 했다. 자동문을 통과하기 전에 그는 한참 센터 앞에 서서 오가는 사람들을 바라보았다. 외부 게시판에는 '초심자를 위한 던전 완전 공략법!', '튜토리얼 클리어 지원의 모든 것' 등 헌터만을 위한 정보가 게시되어 있었다.

각성자 센터는 헌터의 잡다한 신변 처리를 담당하는 곳으로, 신분증 발급이나 튜토리얼 클리어 지원 등의 업무를 담당했다. 거의 초보자를 위한 공간이었다.

그때, 자동문이 다시 열리고 양복을 입은 여자가 센터에서 나와 이준의 곁을 스쳐갔다. 워낙 큰 보폭으로 자신 있게 걸은지라 그녀가 지나갈 때 짧은 바람이 일었다. 이준의 시선이 여자의 목에 걸린 한국 헌터 협회 사원증에 머물렀다.

어쩌면 자신도 조만간 헌터 협회에 가게 될지도 모른다.

헌터를 배출한 모든 나라에 하나씩 설립된 헌터 협회는 초반엔 각성자 센터와 역할 분배를 두고 날을 세우며 다투었다.

시간이 지나 헌터 협회는 단순한 행정 업무를 버리고 이익 집단으로 변모했다. 헌터의 권익을 두고 협회는 정부와 싸우고, 도움이 필요한 하급 헌터들과 협력하는 동시에 그들을 통제하기도 했다.

S급이나 A급은 협회의 통제로부터 자유로웠지만 자신은 B급 각성자다. 협회와 만날 일이 잦을지도 모른다.

"이세아 헌터에게서 연락받았습니다. 이쪽으로 오시죠, 빠른 등록 도와드리겠습니다."

각성자 센터에서 이준은 극진한 대접을 받았다. 기계는 이미 완벽하게 준비되어 있었고 측정도 끝났다. 사진 한 장을 찍고, 개방된 스킬 두 가지를 알려 주고 나니 마법처럼 각성자 신분증이 나왔다.

"다 됐습니다."

이게 전부야? 이준은 얼떨떨한 심정으로 측정실 밖으로 나갔다. 그때, 대기실의 번호판이 보였다.

[민원 대기 인원 27명. 예상 대기시간 2시간 13분.]

결국 이준은 세아의 전화 한 통으로 2시간 13분을 절약한 셈이다. 이준은 괜히 주위의 눈치를 살피며 각성자 신분증을 만지작거렸다. 왼쪽에 박힌 사진이 마음에 들지 않았다. 너무 위축된 표정이었다.

그때, 남자 직원이 상냥한 미소를 띤 채 다가왔다. 두 손을 공손히 모은 채 그가 물었다.

"정이준 씨 맞으시죠? 도와드릴 게 있을까요? 계속 여기 서 계시기에."

"아, 아뇨. 그냥 사진 좀 보고 있었어요."

"사진 다시 찍고 싶으세요?"

이준은 놀라서 남자를 바라보았다. 남자는 친절하게 웃으며 사무적인 투로 안내했다.

"사진 마음에 안 든다고 하는 분들도 많으시거든요. 원래 사진 바꾸려면 다시 대기하셔야 하는데, 정이준 씨는 그냥 찍으셔도 됩니다. 다시 찍으시겠어요?"

"네……. 그래도 된다면……."

그래서 이준은 사진을 다시 찍었다. 두 번째로 찍은 사진은 첫 번째 것보다 더 마음에 들지 않아 주저하니, 사진사는 몇 번이고 다시 찍어 주겠다고 했다. 철컥, 철컥, 위협적인 플래시 소리를 몇 번씩 들은 후에야 마음에 드는 사진이 나왔다.

이게 무슨 말도 안 되는 민폐인가 싶어 마음이 불편해졌지만, 사진사도 직원도 따뜻하게 웃을 뿐이었다. 직원은 이준을 사진 촬영실 밖으로 안내하며 정중하게 물었다.

"혹시 길드 소개를 원하시면 지금 바로 절차 밟아 드리겠습니다."

길드. 이준은 바로 대답하지 못하고 머뭇거렸다.

처음에 길드는 마음 맞는 헌터들끼리 서로 협력하자며 꾸린 집단에 불과했다. 마술 좋아하는 헌터 모임, 이런 식으로 취미 동호회의 색깔을

띠는 경우도 많았다.

그러던 중 몇몇 길드가 상급 던전을 연달아 공략하며 힘을 키웠고, 던전에서 획득한 막대한 자본과 기술을 이용해 헌터 사회에 독자적인 영향력을 행사했다. 한국 3대 길드는 협회와 밥그릇 싸움을 하기로도 유명했다.

이준은 잠시 생각하다가 고개를 저었다.

"길드는 아직 생각이 없어서요."

세아를 돕기로 했으니 길드에 들어가는 건 시기상조였다. 어떤 길드에도 소속되지 않은 세아는 아마 이준의 길드 가입을 원치 않을 것이다.

직원은 알겠다며 고개를 끄덕이더니, 두 손을 앞으로 모으고 허리를 꺾었다.

"불편한 점 없으셨길 바랍니다. 안녕히 가십시오."

감사합니다, 꾸벅 고개를 숙이고 달아나듯 센터를 빠져나왔다. 처음 들어갈 때보다는 마음이 편했고, 어쩐지 더 당당해지는 느낌이었다. 이준은 고개를 똑바로 들고 세아의 차에 올랐다.

"어디로 모실까요?"

기사는 지나칠 정도로 친절했다. 성인이 되어 일을 시작한 뒤, 누구에게도 이런 대접을 받아 본 일 없는 이준은 황송해하며 쩔쩔매지 않기 위해 애써야 했다.

"쇼핑몰로 갈게요."

5.6

옷도 사고 방어구도 잔뜩 샀다. 회복 포션도, 버프 포션도 양껏 구매했다. 처음에는 남의 돈을 쓴다는 생각에 주저했으나 시간이 갈수록 모든 게 쉬워졌다.

"이것도 정말 잘 어울리십니다."

"던전에 처음 가시면 이것도 필요하실 거예요."

"맞춤으로 주문하실 수 있습니다. 직접 배송도 해 드리고요."

계속 돈을 쓰며 핸드폰을 확인했다. 세아와 번호를 교환했으니, 그녀가 카드 사용 내역을 보고 놀라서 전화를 걸어 올지도 모른다고 생각해서였다. 그러나 핸드폰은 조용했다.

"각성한 지 얼마 안 되셨나요? 그럼 스킬도 몇 개 보고 가세요."

쇼핑몰에서 스킬을 팔아? 이준은 놀라서 그쪽으로 몸을 돌렸다. 직원은 맑은 미소를 띤 채 이준을 안내했다.

"자유롭게 보시고 골라 보세요. 드물게 상성이 안 맞는 스킬도 있지만 그건 정말 드문 일이랍니다."

스킬을 돈 주고 살 수 있다는 사실보다 더 놀라운 건 가격이었다. 0이 대체 몇 개야? 지금까지 산 물건과는 비교도 안 되는 가격이었다.

아무리 쓰라고 줬어도 남의 돈인데 이건 좀 아닌 것 같다. 게다가 지금까지도 많이 썼는데. 스킬이야 당장 필요한 것도 아니고…….

바로 그때, 핸드폰이 울렸다. '이세아 헌터'라는 글자를 본 이준이 얼른 전화를 받았다. 여보세요, 하는 순간 잠시 후회했다. 너무 막 써 버렸나?

"아, 여보세요? 지금 쇼핑몰에 있죠?"

"네, 네. 아, 제가 산 건, 몇 개는 환불하려고…….."

"환불이요? 아, 편할 대로 하시고, 혹시 스킬은 안 사요? 간 김에 스킬도 몇 개 사서 오세요. 던전에 들어가려면 기본적인 건 갖춰야 하니까. 아까 얘기해 준다는 걸 깜빡 잊었어요."

"네? 근데 이거 가격이…….."

"알아요, 싸구려인 거."

싸구려라니, 이게? 이준은 자기가 0의 개수를 잘못 헤아렸나 의심하며 가격표를 다시 확인했다.

"맞춤 스킬이 비싸고 좋긴 한데 그건 성공률도 낮고 시간이 좀 걸려요. 그러니까 일단은 적당히 거기서 스킬 사고, 나머지는 차차 합시다. 알겠죠?"

"네? 네⋯⋯."

수고해요, 인사 한마디와 함께 통화가 끝났다. 이준은 멍하게 핸드폰을 내려다보았다. 그러는 사이 기다리던 직원이 부드럽게 물었다.

"구매 안내 도와 드릴까요?"

5.7

"와, 많이 사 왔네요?"

세아는 감탄하듯 말하며 이준을 맞이했다. 두 손 가득 종이봉투를 든 이준은 비꼬는 건가 싶어 그녀를 살폈지만, 세아는 다가와 거들어 줄 뿐이었다.

역시 세아의 최고 관심사는 스킬이었다. 그녀는 봉투를 뒤적여 스킬 캡슐을 전부 꺼냈다.

"하나씩 먹어 봐요. 이렇게 간단히 스킬을 얻을 수 있다니, 편하긴 한데 사실 난 거의 쓸 일이 없어서."

세아는 기대 어린 눈으로 이준을 바라보았다. 이준은 주저하는 듯하더니 이내 물을 떠 와 캡슐을 하나씩 삼키기 시작했다. 그 옆에서 세아는 포장지에 적힌 스킬 이름을 하나하나 살펴보았다.

그에게 알아서 스킬을 골라 오라고 한 건 꼭 던전 때문만은 아니었다. 이준의 성향을 가장 간단하게 알아볼 방법이라서였다.

자동 회복. 응급 탈출. 응급 구조. 위험 감지……. 생각보다 방어적인 타입인 모양이었다. 세아는 그를 평가하는 중임을 들키지 않기 위해 자연스럽게 물었다.

"처음 개방된 스킬이 몇 개였어요?"

"두 개였습니다."

"그럼 이거 다 먹었으니까 여섯 개네. 그 이후로 추가 개방된 건 없죠? 확인해 봐요."

이준은 군말 없이 스킬 창을 확인하는지 잠시 말이 없었다. 그러는 사이 세아는 이준의 몸을 살폈다. 자기 몸 잘 돌보는 사람이면 편하지. 그렇지만 전투 스킬이 너무 없으면 던전에서 걸림돌이 될지도 모르겠는데…….

"어?"

이준이 의아한 듯 고개를 갸웃했다.

"여섯 개가 아닌데요. 일곱 갭니다."

"그래요? 뭐 하나 새로 개방됐나 보다. 뭔데요?"

이준이 눈을 가늘게 떴다. 그런 다음 미심쩍은 어조로 대답했다.

"정화. 스킬 등급은 S. 스킬 설명은…… 시스템 보스 던전을 정화한다? 이게 언제 생겼지?"

"시스템 보스 던전 정화!"

세아는 기쁨에 찬 어조로 외쳤다.

그래, 솔직히 이준을 의심했다. 시스템 살해라는 막중한 임무를 띤 사람인데 각성 등급은 B. 성격도 그리 대범하진 않아 보이고, 혹시 동명이인은 아닐까? 그런 의심을 지울 수가 없었다.

하지만 이제 모든 게 확실해졌다. 자신의 파트너, 함께 시스템을 살해할 '지정자'는 바로 정이준, 이 사람이 맞다!

"정이준 씨, 우린 운명이에요."

이준은 세아의 뜬금없는 말을 이해하지 못했다. 그러나 그가 이해하든 말든 상관없었다. 가슴이 터질 것 같았다.

그때, 마침 핸드폰이 진동했다. 세아는 재빨리 전화를 받았다. 느낌이 좋다. 일이 술술 풀리고 있다. 잘못될 건 아무것도 없다!

"말씀하셨던 '시스템 보스 던전'이 어딘지 대강 알아냈습니다. 위치는 샌프란시스코 근처의 섬인데요……."

위치를 제대로 받아 적은 후 세아가 환한 얼굴로 이준을 돌아보았다.

"목적지가 정해졌어요. 우리 비행기 타러 갑시다!"

5.8

매듭을 푼 기분이다.

인생을 살다 보면 가끔 엉킨 끈을 풀 일이 있다. 처음부터 끝까지 목덜미가 아프도록 고개를 숙이고 집중해서 풀어야 하는 끈. 풀기 어려웠다가 쉬웠다가를 반복하는 끈. 그리고 첫 매듭만 풀면 뒤는 술술 풀리는 끈.

'정이준'이라는 첫 매듭을 풀자마자 복잡하게 엉킨 히든 퀘스트가 줄줄 다 풀리고 있다.

"너무 좋죠? 시스템 보스 던전이 어딘지 알아내려면 꽤 오래 기다려야 할 줄 알았거든요. 이렇게 바로 알게 될 줄이야. 꼭 내가 알아보길 기다렸던 것처럼 말이에요."

"아, 네……."

세아는 전용기 옆 좌석에 앉은 이준을 슬쩍 바라보았다. 자리도 널찍하고 많은데 굳이 나란히 앉은 이유는 샌프란시스코까지 가는 동안 그와 조금 가까워지고 싶어서였다.

인간적인 호감이라기보다는 안전장치에 가깝다. 좋든 싫든 던전에서 파트너 역할을 할 텐데, 어색한 기류라도 몰아내야 하지 않겠는가.

"예상대로 두 명만 들어갈 수 있는 던전이래요."

"그렇군요."

"던전이 완전히 처음일 텐데 긴장되진 않아요?"

"네, 괜찮습니다."

대답은 꼬박꼬박 성실하게 하지만 먼저 묻거나 관심을 표하지는 않는다. 대화를 이어 가기가 어려워 세아는 잠깐 침묵했다. 차라리 좀 더 개인적인 걸 물어볼까?

"스물네 살이라고 했죠? 나보다 동생이네. 다른 가족은 있어요?"

"아니요, 없습니다. 재앙 발발 때 부모님이 돌아가셔서요. 형제는 원래 없었고요."

"……."

나 방금 지뢰 밟은 거 맞지? 세아는 난처하게 눈을 굴렸다. 그녀의 부모님은 멀쩡히 살아 계시고, S급 헌터인 딸 덕분에 호화로운 중년기를 보내는 중이었다. 그런 얘기를 해서 좋을 게 없을 걸 알아 세아가 말을 돌렸다.

"아, 그래요……. 그럼 지금까지 계속 혼자 살았겠네요. 힘들었겠어요."

"괜찮습니다."

무슨 말을 해도 분위기가 풀리질 않는다. 이준은 세아를 극도로 불편해하고 있었다. 뭐, 고용주인 데다 눈짓 한 번으로 나는 새도 떨어뜨리는 S급 헌터니 부담스러운 것도 이해가 간다. 세아는 차라리 좀 더 실용적인 얘기를 하기로 했다.

"던전에 대해서는 좀 알아요? 보통 지하로 내려가거나 지상으로 올라가는데, 구조가 미로처럼 복잡하고 일정하지도 않아요. 중간에 휴식하는

층이 있어서 바깥 세계로 이동할 수 있는 마력 장치도 있는데……. 이번에 가는 던전은 어떨지 모르겠네요. 상급 던전이라면 없을 수도 있고."

"그렇군요. 그럼 음식은 어떻게 해결하죠?"

다행히 이 이야기에는 관심을 보인다. 세아는 반가운 마음에 얼른 대답했다.

"던전 안에도 나름의 생태계가 있어요. 그리고 한 층을 완전히 정리하면 당분간은 안전하니 잠시 던전 밖으로 나와서 휴식해도 괜찮고요. 물론 일정 시간이 지나면 몬스터가 다시 생기지만, 층 보스 몬스터는 그러지 않으니까 안심이고요."

"던전 경험이 많으시죠?"

드디어 대화 같은 대화가 이어진다. 샌프란시스코까지 가는 동안 던전 이야기나 계속하면 될 듯했다.

"많죠. 제가 처음 던전에 갔을 땐 힘도 기술도 있는데 거의 패닉이었어요. S급이라고 사람들이 다 기대했는데, 운이 좋아서 간신히 살았죠. 엄청나게 큰 몬스터가 갑자기 달려오니까 놀라서……."

이준은 눈을 내리깔고 잠잠히 세아의 말을 경청했다. 가끔 고개를 끄덕이거나 작게 탄성을 내지르기도 했다. 이야기하다가 지치면 조금 떨어진 자리로 옮겨 앉아 잠을 청하기도 했다.

그렇게 두 사람은 하늘을 가로질러 샌프란시스코에 도착했다.

5.9

던전을 공략하기 위해서는 많은 준비가 필요하다.

첫째, 전투 인력. 어떤 속성의 몬스터가 언제 어디서 얼마나 튀어나올지 모르기 때문에 전투 인원이 빠질 수 없다.

둘째, 채집 및 생산 인력. 포션을 넉넉히 가지고 들어간다고 해도 어떤 비상사태가 벌어질지 모른다. 채집과 생산에 능한 이들과 함께 가야 목숨을 건질 가능성이 커진다.

셋째, 탐색 및 기록 인력. 던전의 길은 복잡하고, 던전 종류에 따라 길이 바뀌기도 한다. 던전 탐색과 기록에 특화된 사람이 있어야 미아 처지에 놓이지 않는다.

세아는 던전 앞에 도착한 후에도 설명을 이어 갔다.

"하지만 이 던전은 둘이서만 들어갈 수 있고, 나와 이준 씨가 함께 들어가야 하니 다른 사람을 구할 수가 없어요. 이건 특수한 경우죠. 난 던전에 익숙하니, 이준 씨는 내 뒤를 잘 따라오고 목숨 챙기는 데만 신경 써요."

"네."

설명을 마친 세아는 허리에 손을 짚고 서서 던전 입구를 바라보았다.

시스템 보스 던전이라 위용이 남다르긴 했다. 보통 던전 입구는 짐승이 아가리를 벌린 것처럼 생겼거나 평범한 문이 덩그러니 놓인 정도인데, 이번엔 달랐다. 맨홀 뚜껑처럼 생긴 문을 열고 그 안으로 펄쩍 뛰어내려야 했다.

"장난 아니네."

세아는 혼잣말을 하며 이준을 슬쩍 돌아보았다. 얼굴이 창백한 걸 보니, 얼마나 깊은지도 모르는 구멍으로 뛰어내려야 한다는 생각에 벌써 속이 울렁거리는 모양이었다.

"걱정하지 마요. 나한테 중력 상쇄 스킬이 있으니까 우리 둘 다 무사할 거예요."

"네."

대답은 참 잘 하는 사람이다. 그래도 소중한 퀘스트 클리어 파트너다.

세아가 맑게 웃으며 손을 내밀었다.

"자, 내 손 잡고."

닿는 손이 따뜻했다. 세아는 망설임도 두려움도 없이 어둠 속으로 몸을 날렸다. 히든 퀘스트 클리어가 코앞이다. 가벼운 긴장과 흥분이 전류처럼 짜릿하게 몸을 지졌다.

5.10

몸은 깃털처럼 가볍게 공중을 부양했다. 전속력으로 낙하하는 게 아니라 종이 한 장이 팔랑팔랑 떨어지듯 서서히 아래로 추락한다. 마치 나는 듯한 느낌이었다.

사방이 캄캄해, 세아는 이준의 손을 세게 붙들어야 했다. 며칠 전에 겨우 각성한 던전 초보자가 겁을 먹고 발버둥 치지 않도록. 하지만 어둠 너머에서 이준은 지나칠 정도로 잠잠했다.

톡, 마침내 발끝이 바닥에 닿았다.

"아, 다 왔다. 좀 어둡네요."

세아는 주위를 둘러보며 중얼거렸다. 목소리가 웅웅 울려 거슬렸다. 캄캄한 곳은 위험하다.

세아는 잠시 숨을 죽인 채 주위의 기척을 가늠하다가 허공에 대고 손가락을 튕겼다. 딱 소리와 함께 사방에 빛 덩어리가 생겨났다.

마치 벽에 걸린 횃불처럼 일정한 간격으로 늘어서는 빛을 보며 이준이 멍하게 입을 벌렸다.

"당분간 튀어나오진 않을 것 같네요. 그럼…… 갈까요?"

세아가 그렇게 말했으나 이준은 움직이지 못했다. 세아는 몇 걸음 앞서가다가, 그가 제자리에서 꼼짝도 하지 못하는 걸 발견했다.

흔한 현상이다. 던전에 처음 들어오면 모든 게 낯설다. 냄새, 소리, 심지어 공기마저도.

던전마다 다르지만 여기서는 축축한 이끼 냄새가 났다. 썩어 가는 늪 냄새도. 바닥은 아직 단단하지만 어디에 늪이 있을지 모른다.

그리고 소리. 소름 끼치게 조용한 순간. 어머니의 배 속에 있었을 때도 이 정도로 고요하지는 않았으리라. 게다가 피부에 끈적끈적하게 달라붙는 습기까지. 땀이 축축하게 흐르고 열이 나는 옷을 입은 것처럼 덥기까지 하다.

세아는 이준에게로 다가가 그의 팔을 잡았다.

"이준 씨."

그녀에게도 이런 시기가 있었다. 남들은 노력 없이 S급으로 각성해 젊은 시절부터 부와 명예를 누린다며 그녀를 부러워했지만, 그녀에게도 나름대로 적응기가 필요했다. 힘이 강하다고 해서 두려움이 사라지는 건 아니니까.

그러니 이준의 마음을 이해한다. 두렵고 낯설고, 괴물의 컴컴한 목구멍으로 굴러떨어진 느낌일 것이다.

"걱정하지 말고 날 따라오세요."

부드럽고 다감하고 따뜻한 목소리.

"더 힘든 날도 견뎌 왔을 테니, 이런 것쯤은 아무것도 아니에요. 옆에 내가 있잖아요? S급 헌터 이세아가."

농담조로 웃으며 말하자 이준의 눈동자에 빛이 돌아왔다. 세아는 그의 팔을 가만히 다독이며 검은 눈을 들여다보았다. 그리고 그의 마음에 새기듯, 한 자 한 자 힘을 주어 말했다.

"첫발만 떼면 쉬워요. 던전은 초심자를 편애하거든요. 도전은 언제나 '초심자의 행운'으로 시작된다고 하잖아요?"

"반드시 '가혹한 시련'으로 끝난다[1]는 말은 왜 안 하세요?"

이준이 창백하게 질린 낯에 겨우 미소를 띠며 그렇게 물었다. 그의 긴장이 조금 풀린 듯해 세아는 품에서 스크롤을 하나 꺼내 주었다.

"이건 비상 탈출 스크롤이에요. 위급할 때 찢고 달아나세요. 던전 앞에서 기다리면 내가 다시 데리러 갈 테니까."

"고맙습니다."

"정말 위급할 땐, 나보다 그 스크롤이 더 믿을 만할 거예요."

그렇게 S급 헌터와 던전 초심자의 공략이 시작되었다.

5.11

던전은 그리 깊지 않았다. 몇 번 쉬어야 했고 위기도 만났지만, 세아는 큰 무리 없이 최종 보스 앞에 도달했다. 이준도 목숨이 달려서인지 금세 전투에 적응했다. 공격형 스킬은 몇 개 없었지만, 위기의 순간 자기 목숨 챙길 정도는 되었다.

보스 룸 문으로 다가가니 다른 던전과 다를 게 없었다. 문 크기가 크긴 했지만 이 정도 크기는 흔하다. 불구덩이라도 기다리지 않을까 했던 세아는 좀 김이 샜다.

그래도 특별한 점이 하나 있었는데, 손바닥을 대는 홈 두 개가 있다는 것이었다. 손의 크기가 다른 걸 보니 두 사람이 각각 손을 대야 하는 모양이었다. 세아는 좀 더 작은 쪽에 자기 손을 맞춰 보았다. 오차 없이 쏙 들어갔다.

"내가 보스의 시선을 끌 때, 정화 스킬을 사용하면 돼요. 보스가 정화

---

[1] 파울로 코엘료, 『연금술사』

되면 이 던전도 정화되고…… 시스템은 사라질 거예요."

"그럼 각성자도 모두 평범한 사람으로 돌아갈까요?"

"그렇겠죠. 모든 시스템이 다 사라지는 거니까. 준비는 됐나요?"

이준은 잠시 대답을 미루고 세아를 물끄러미 바라보았다. 여기까지 오는 동안, 생사의 고비도 넘겼고 오랜 이야기를 나누기도 했다. 세아는 이준이 힘든 삶을 살아왔다는 걸, 그럼에도 잘못된 길로 빠지지 않고 성실하게 애써 왔다는 걸 알았다.

"세상이 원래대로 돌아가도 잘 부탁해요."

이준은 세아와 함께 문에 손바닥을 꾹 눌렀다.

우르르……. 둔중한 소리와 함께 문이 열렸다. 보스 몬스터는 숨어 있지 않았다. 머리가 열세 개나 달린 거대한 용이었다. 온몸이 어둠 그 자체로 시커멓고, 벌린 아가리에서는 침이 뚝뚝 떨어졌다.

생각지도 못한 형태의 몬스터가 나올 줄 알았는데, 머리 여러 개 달린 용 형태의 보스 몬스터는 흔했다.

세아의 가슴으로 희미한 의아함이 스몄지만, 지금 중요한 건 그게 아니었다. 몬스터가 달려들기 전에 세아가 발을 뗐다.

그러나 바로 그 순간, 이준이 먼저 외쳤다.

"이세아, 속박!"

챙! 사슬 부딪치는 소리와 함께 갑자기 발이 땅에 붙어 버렸다. 발은 물론이고 손가락 하나 까딱할 수 없었다. 고개를 뒤로 돌릴 수조차 없었다. 거대한 용이 시뻘건 입속을 드러낸 채 세아의 머리 위를 덮쳤다.

세아는 스크롤이 찢어지는 소리, 그리고 이준의 목소리를 들었다.

"정말 죄송해요, 세아 씨."

으드득, 몬스터의 이빨에 머리뼈가 으깨지는 소리.

고통을 느끼기도 전에 세아는 번쩍 눈을 떴다. 퍽, 플래시가 또 터졌다. 그게 마치 죽음을 알리는 소리 같았다. 물론 그녀의 망상이었지만.

"재앙이 벌어진 지 5년이 지났습니다! S급 헌터로서 앞으로 상황이 어떻게 전개될 거라고 보십니까?"

세아는 멍청하게 입을 헤 벌리고 정면만 바라보며 눈을 깜빡였다. 그녀는 '지겨워요'보다 더 최악의 대답을 하고 말았다.

"이 씹새끼가?"

2장. S급도 어려운 게 있다

6.1

세아는 자리를 박차고 일어났다. 그대로 사람들을 가르고 정신 나간 사람처럼 계단을 뛰어 내려갔다.

화장실로 내려가면서 한 가지 생각밖에 할 수 없었다. 그리고 정이준의 얼굴을 보자마자 바로 그 생각을 뱉었다.

"대체 왜 그랬어?"

"예? 저요?"

정이준이 어리둥절한 얼굴로 세아를 바라보았다. 똑같은 얼굴, 똑같은 목소리.

"왜 그러십니까? 도와드릴까요?"

오만가지 말이 머릿속을 찔렀다.

방금은 나를 두고 가 버렸으면서. 내가 최종 보스에게 두개골부터 으깨져 죽도록 속박하고 달아났으면서. 그래 놓고 뭐, 미안하다고? 도대체 왜 그랬어?

그러나 당혹 어린 이준의 얼굴을 보니 모든 말이 허무하게 녹아 버렸다. 이 사람은 지금 아무것도 모른다. 세아와 무슨 일이 있었는지, 자기가 어떻게 세아를 배신했는지, 전혀 모른다.

갑자기 앞날이 아득히 멀게 느껴졌다. 다시 소개하고, 목적을 설명하고, 계약하고, 그를 각성시키고, 비행기를 타고 샌프란시스코로 날아가고, 던전에 대해 이야기하고, 보스 룸 앞까지 함께 가고……

"머리가 아프세요?"

걱정스럽게 물어오는 이준을 보며 세아는 한숨을 참았다.

할 일은 두 가지, 명확하다.

첫째, 정이준이 왜 자신을 배신했는지 알아낼 것.

둘째, 정이준을 제대로 협력시켜 히든 퀘스트를 클리어할 것.

"아니요. 당신을 만나러 왔어요, 정이준 씨."

세아가 손을 내밀어 악수를 청했다. 마치 처음 만난 것처럼. 실제로도 둘은 처음 만난 거나 마찬가지였다. 이준에 대해 필요한 만큼 안다고 생각했는데 하나도 모르고 있었으니까.

"아, 저를 왜……. 지금 근무 중이라서요."

"그건 걱정하지 말아요."

처음부터 다시 시작하는 거다, 이세아. 세아는 마음을 가라앉히며 침착하게 자신을 달랬다. 그냥 순서대로 차분하게 하면 된다.

머리가 복잡했다. 대걸레를 들고 어리둥절하게 이쪽을 보는 정이준의 얼굴을 갈겨 주고 싶은 마음은 덤이었다.

6.2

전처럼 이준을 고용한 후, 세아는 그에 대해 차분하게 알아 가기 시작했다.

부모님은 재앙 발발과 함께 돌아가셨다. 형제는 원래 없었다. 열아홉 살 때부터 닥치는 대로 일을 하면서 여러 가지 일을 겪었다. 이게 지난 생에서 세아가 알아낸 전부였다.

좀 더 깊이 있게 이준을 알아야 한다. 그래야 그의 배신을 방지하고 순조롭게 히든 퀘스트를 클리어할 수 있다.

세아는 탄산수에 딸기청을 듬뿍 타 이준 앞으로 내밀었다. 호텔 객실 한가운데 앉아 사방을 둘러보던 이준이 눈을 들어 세아를 보았다. 그녀는 부러 다정한 투로 말했다.

"쭉 마셔요. 시원할 테니까."

"감사합니다."

이준은 어정쩡하게 고개를 숙여 인사한 후 음료를 마셨다. 여기까지 차를 타고 오는 동안 일부러 물 한 모금 권하지 않았다. 이준은 목이 바짝 탔는지 꿀꺽꿀꺽 음료를 들이켰다.

세아는 가라앉은 눈으로 그의 모습을 지켜보았다.

S급과 A급 각성자만이 만들 수 있는 자백제는 당연히 불법이다. 세상이 미쳐 버리고, 각성자를 중심으로 견고한 계급 체계가 만들어졌으며 안전을 위해 개인의 자유를 통제하는 일이 자연스러워졌어도, 여전히 자백제는 불법이다.

그러나 이세아는 세계에 열두 명밖에 없는 S급 헌터였다. 자백제 정도는 손쉽게 구할 수 있고 문제가 생긴다 해도 아무도 그녀에게 책임을 묻지 못한다.

"전에 나랑 만난 적 있나요? 아니면 나에 대한 기억은?"

"네? 아니요. 전혀 모르겠는데요."

기억은 자기만의 것인 듯했다. 세아는 고개를 끄덕이고 이준을 응시했다. 그가 과거를 기억한다면 지금 물어볼 텐데. 최후의 순간 대체 왜 배반을 선택했는지, '속박' 스킬은 언제 획득한 것이며 왜 그걸 숨겼는지.

"각성하고 싶어요?"

혹시 억지로 각성시켜서 화가 났나? 물어보고 각성시켰어야 했나? 혹시 몰라 물었으나 이준은 바로 고개를 끄덕였다.

"네, 각성하고 싶습니다."

자백제는 특별하다. 몇 없는 S급, A급 각성자만이 만들 수 있으니 무척 귀한 데다 효능도 특별하다. 이준은 앞으로 10분 동안 묻는 말에 솔직하게 답할 것이며 그런 자신에게 이상함도 느끼지 못할 것이다.

물론 정신이 들면 어떨지 모르지. 세아는 다른 질문을 했다.

"각성해서 뭘 하고 싶은데요?"

"쇼핑도 마음껏 하고요."

세아는 더 말해 보라는 듯 고개를 끄덕였다. 자백제를 먹었다고 해도, 인간이 로봇이 되는 건 아니다. 말하기를 독려해 줄 필요가 있다. 이준은 눈치를 살피더니 곧 술술 대답했다.

"좋은 집도 사고, 존경도 받고, 아니, 존경까진 아니어도 그냥 존중만 받으면 됩니다. 잃어버린 친구들도 다시 만나고, 부모님 유골도 좀 더 좋은 데 모시고요······."

다 세아가 손쉽게 해 줄 수 있는 것들이었다. 이준도 전처럼 B 등급으로 각성하면 저 정도는 할 수 있다.

"아!"

세아가 탄성을 질렀다. 폭포수 아래서 쏟아지는 물줄기를 맞고 있어도 알아내지 못할 듯하던 이준의 속내가 환히 들여다보였다. 마침내 깨달음이 찾아온 것이다. 지난 번 생에서 자신이 어떤 실수를 했는지.

꿈에도 그리던 각성을 했는데, 이준은 누릴 것도 다 누리지 못하고 바로 던전으로 끌려갔다. 그러니 시스템이 사라지는 게 싫을 수밖에! 미련이 남아 세아를 배신한 것이다.

"좋아요. 그럼 내 손 잡아요."

세아는 지난 번 생에서처럼 두 손을 테이블 위로 내밀었다.

"내가 모든 걸 다 이루게 해 줄게요."

아쉬움이 남지 않을 정도로 모든 걸 다 누리고 던전에 가게 해 주면 된다. 세아의 입가로 회심의 미소가 번졌다. 이준은 얼떨떨한 표정으로도 손을 내주었고, 세아는 다시 그를 각성시켰다.

"무슨 등급이죠?"

"B라고 하는데요……. 저 각성한 건가요?"

"네. 축하해요."

세아는 자리에서 일어나 그를 내려다보며 씩 웃었다.

"그럼 각성자 등록하고, 쇼핑부터 하러 갈까요?"

6.3

'이전 생에서도 이랬을까?'

세아는 입을 반쯤 벌리고 백화점을 둘러보는 이준을 보며 의문을 품었다.

이준은 특이했다. 평생 이런 곳에 한 번도 와 본 적 없는 사람처럼 주춤거리고, 그러면서도 조심스럽게 사방을 쏘다니며 주위를 탐색했다. 직원과 눈이라도 마주치면 자라처럼 목을 움츠리는 게 보기 싫긴 했지만,

서투니 그렇겠거니 이해했다.

"뭐가 제일 사고 싶었어요?"

일이 이렇게 되었으니 작정하고 다정한 S급 후원자 노릇을 할 작정이었다. 세아는 따뜻한 어조로 물으며 이준의 어깨에 잠깐 손을 얹었다. 이준은 눈을 굴리더니 속삭이듯 대답했다.

"잘 모르겠습니다. 어차피 이건, 제 돈도 아니고……."

"일단은 내가 이준 씨한테 주는 거예요. 처음 각성한 사람한테는 후원자가 필요할 때도 있거든요. 이준 씨 카드라고 생각하고 편하게 긁어요. 빚으로 달아 두지 않을 테니까."

"그래도 잘 모르겠는데요."

흠. 세아는 이준을 한번 훑어보았다. 시선이 머리부터 발끝까지 쓸고 지나가자 이준이 긴장하는 게 느껴졌다. 세아는 환하게 웃었다.

"키도 크고 얼굴도 멋지네요. 스타일을 좀 바꾸면 좋을 것 같은데. 옷부터 살까요?"

준비된 귀빈실로 들어가니 이준은 더욱 당황했다. 세아는 그를 잠시 관찰한 후, 그가 직원들 때문에 더 긴장했다는 걸 알아차렸다. 이준은 심지어 자존심 상하는 걸 무릅쓰고 세아에게 이렇게 속삭이기까지 했다.

"절 촌뜨기처럼 보지 않을까요?"

촌뜨기라니, 오랜만에 듣는 단어다. 의외로 순박한 면이 있을지도 모르겠다. 세아는 안심하라는 듯 그를 다독거리며 작게 일러주었다.

"그냥 편안하게 하면 돼요. 금방 익숙해질 거예요."

궁핍할 때, 사람은 자기에게 권력과 돈이 생겨도 변하지 않을 거라고 생각한다. 똑같은 생활을 유지하며 좀 더 여유롭게 사는 정도일 거라고 믿는다. 그러나 세아는 헌터 세계에 있으면서 그 믿음이 얼마나 허황된 것인지 두 눈으로 목격했다.

정이준은 늦어도 일주일 안에 호화로운 생활과 깍듯한 대우에, 특별한 삶에 익숙해질 것이다. S급 후원자를 둔 각성자의 삶이 선사하는 모든 선물을 느긋하게 즐기게 될 것이다.

"그럼…… 저 셔츠 한번 봐도 될까요?"

이준이 소심하게 중얼거린 순간, 남자 직원이 얼른 달려와 셔츠를 보여 주었다. 세아는 하품을 참으며 소파에 편안하게 몸을 기댔다. 이준의 허영심이 채워질 때까지 그를 데리고 인형 놀이나 할 생각을 하니 이미 지루했다.

6.4

짐도 자기 손으로 들 이유가 없다. 매장 직원이 짐을 들고 어딜 가든 졸졸 따라다닌다. 하다못해 밥을 먹을 때도 밖에 서 있다.

이준이 불편한 얼굴로 유리 벽 건너편을 흘끗 쳐다보았다. 세아는 그의 시선이 어디로 향하는지 확인한 후, 방금 나온 접시로 눈을 돌리며 물었다.

"신경 쓰여요?"

"점심시간인데 저분은 식사 안 하시나요?"

"교대할 직원이 올 거예요. 다 그렇게 하니까."

그 말을 듣고도 이준은 쉽게 밖에서 눈을 떼지 못했다. 보다 못한 세아가 음식으로 그의 주의를 돌렸다.

"그러지 말고 나온 거 먹어 봐요."

코스 요리였다. 방금 나온 건 가지 튀김인데, 한 입 베어 먹는 순간 이준은 깜짝 놀랐다.

가지라니 그리 좋아하는 음식은 아닌데, 하며 씹었는데 입안에서 뜨끈한 즙이 팍 터지며 향기까지 전해졌다.

튀김옷도 그냥 튀김옷이 아니었다. 윗니와 아랫니 사이에서 바삭하게 부스러지지만 조금도 느끼하지 않다. 입가에 기름도 묻지 않는다. 소리와 식감이 동시에 이준을 자극했다.

"맛있네요. 그냥 튀김인데……."

직원은 음식을 가져다줄 때마다 공손한 미소를 띤 채 허리를 굽혔다. 음식에 대한 설명도 조곤조곤 이어졌고, 이준은 친절한 서비스에 용기를 얻은 듯 이것저것 묻기도 했다. 직원 한 사람 한 사람이 다 전문가인지, 요리에 관해 물어도 대답이 척척 나왔다.

은은하게 흘러나오는 음악과 교양 있고 조용한 분위기. 흠집 하나 없는 고급 은제 식기. 포크와 나이프를 들고 우아하게 요리를 써는 파트너. 마음을 편안하게 해 줄 와인 한 잔. 밖에서 짐을 대신 들고 기다리는 직원.

"먹고 조금 쉬었다가 차도 사러 가죠."

세아는 나가서 산책이나 하자는 투로 말했다. 이준은 아까처럼 남의 카드 운운하지 않고 고개를 끄덕였다.

'마음껏 즐겨요, 이준 씨. 그래야 날 배신하지 않을 테니까.'

6.5

세아는 급해지는 마음을 달래며 느긋하게 이준을 기다리려 했다. 며칠이 지나는 동안, 그녀는 자기의 목적을 말하지 않고 이준을 풀어 두었다.

"오늘은 친구들 만나러 간댔죠?"

"네."

"여기 카드……."

"아, 아뇨, 제 카드 만들어서요."

이준은 재빨리 고개를 젓더니 자기가 만든 카드를 보여 주었다. B 등급 각성자가 발급받을 수 있는 최고의 카드였다. 그래도 자기 카드가 더 낫지 않나 생각했던 세아는 곧 마음을 바꾸고 고개를 끄덕였다.

"그래요, 그럼. 잘 다녀와요."

"오랜만에 만나는 거라 좀 긴장되네요."

이준이 드물게 사적인 말을 꺼내 왔다. 세아는 빳빳하게 잘 다려진 그의 하늘색 셔츠를 보다가, 가까이 다가가 옷깃을 매만져 주었다. 이준이 긴장하여 숨을 멈추는 게 느껴졌다. 이럴 때 보면 영락없는 어린애다. 세아는 조금 웃었다.

"저."

머리 위에서 이준이 나직하게 불렀다. 세아는 그대로 고개를 들어 그를 올려다보았다.

잘생겼다기보다는 무척 앳되고 아름다운 얼굴이다. 고생한 것치고는 피부도 뽀얗고 입술도 도톰하니 앙증맞게 붉다. 따로 손질하지 않아도 가지런한 눈썹 역시 보기 좋다. 일하느라 바쁘지만 않았다면 여자 여럿 울렸을 얼굴. 붉은 입술을 움직여 이준이 물었다.

"왜 절 도와주셨나요?"

눈이 마주친다. 이어지는 침묵이 어색했는지, 이준이 살짝 고개를 틀며 중얼거렸다.

"고민 많이 했습니다. 저와는 아무 상관도 없는 분인데, 왜 절 각성시켜 주시고 돈도……. 그러고 나서 달리 요구하는 것도 없으시고."

"요구하는 거 없지 않아요."

"스폰서 같은 건가요?"

"뭐요?"

세아는 자기도 모르게 입을 딱 벌렸다. 너무 기가 막혀서 말이 나오질 않았다. '스폰서'라면, 자기가 생각하는 그 '스폰서'겠지? 바보처럼 입을 벌린 채 굳어 있으니 이준이 더듬더듬 변명했다.

"아니, 죄송합니다. 이상한 의미가 아니라, 가끔 그런 제안을 하는 사람도 있었거든요. 그래서 혹시나 하고……."

화대를 줄 테니 몸을 팔라는 사람도 있었던 모양이다.

세아는 돈을 주고 사람의 밤을 사는 행위를 이해하지 못했지만 다른 각성자들은 그렇지만도 않았다. 정부에게 거액의 돈을 준 다음 자기 집에 머물라고 요구하기도 했다. 개도 아니고 왜 저래. 그런 이들을 보면서 세아는 그렇게 생각하곤 했다.

"물론 그런 건 아니에요. 늦지 않으려면 지금 나가야 할 테니, 돌아오면 이야기해 줄게요."

거리가 너무 가까웠다. 세아는 한 발짝 물러나며 웃는 얼굴로 손을 흔들었다.

"걱정하지 말고 친구들이랑 즐기다가 와요."

"죄송합니다. 스폰서 같은, 그런 이야기 해서……."

소심하긴. 세아는 쩔쩔매며 사과하는 이준을 웃는 얼굴로 보내 주었다.

6.6

짠, 술잔을 들어 부딪쳤다. 어둑한 조명, 시끄러운 음악, 테이블에 가지런히 세팅된 안주. 오랜만에 모인 친구들이라 처음에는 어색한 분위기가 감돌았으나 술이 금세 마음을 풀어 주었다.

"새끼, 존나 계 탔네."

이준의 친구 형주가 소주를 자기 잔에 부으며 중얼거렸다. 시선이 몰리자, 그가 어깨를 으쓱하며 내뱉었다.

"야, 솔직히 운빨 존나 터진 거잖아. 세계에 열두 명밖에 없는 S급 헌터 만나, 어쩌다 보니 각성도 해, B급이면 그래도 평균 이상인데 이제 인생 폈지. 시발, 난 왜 화장실에서 그런 사람 못 만나냐."

"그래, 그래. 부럽다, 정이준."

함께 앉은 친구들이 형주의 어깨를 두드리며 대충 말을 끊어 버렸다. 이준은 어쩐지 형주의 말이 불쾌했지만 분위기를 망치고 싶지 않아 술잔만 비웠다. 분위기가 달아오르고, 그저 그렇게 사는 친구들은 한 명씩 솔직해지기 시작했다.

"아, 솔직히 로또 된 거 아니야? 나도 각성하고 싶다."

"각성한다고 다가 아니야. 나 봐, F로 각성하고 되는 일이 없다."

"그래도 넌 채집 용역이라도 뛰잖아. 인생 진짜."

이준은 이 자리가 서서히 불편해지기 시작했다. 무언가 꺼림칙한 느낌이 스멀스멀 기어 올라왔다. 그냥 세아와 함께 시시한 이야기라도 나누는 편이 더 즐거울 뻔했다.

곧 자리를 정리하고 일어나자, 그렇게 생각한 순간.

"근데."

형주가 눈을 돌려 이준을 바라보며 말을 걸었다. 많이 취했는지 눈이 벌겠다.

"이세아 엄청 유명하잖아. 걔가 왜 널 데려간 건데?"

"그야 모르지. 오늘 듣기로 했어."

"뭐, 스폰 아니야?"

그러면서 형주가 낄낄 웃었다. 뭐가 웃긴 건지, 둘러앉은 친구들도 함께 히죽 입꼬리를 말았다. 전에는 이런 사람들이 아니었던 것 같은데, 이준은 치미는 불쾌감에 얼굴을 굳혔다.

"그런 분 아니야."

"야, 있는 놈들 속 다 똑같아. 술, 약, 섹스. 혹시 이상 성애 아니야? 막 존나 채찍……."

"형주야, 닥쳐."

이준이 나긋하게 말했다. 형주는 난데없는 욕에 멍하게 눈을 껌뻑거리다가 킬킬 웃었다. 그러더니 자기 잔을 이준 잔에 부딪치며 말했다.

"지 스폰이라고 또 존나 챙기네. 나중에 걔가 너 먹고 버렸다고 울지나 마라. 하긴, 돈 잘 챙겨 주겠지."

형주는 잔을 입술 가까이 가져갔다. 그러나 바로 일어선 이준은 그대로 형주의 잔을 빼앗아 테이블에 팽개쳤다.

"야, 너 미쳤어?"

이준은 두 번 말하는 성질이 아니었으므로 다시 닥치라고 하지 않았다. 대신 퍽, 주먹을 형주의 얼굴 중앙에 내리꽂았다.

6.7

오늘은 이야기를 해 줘야겠다. 세아는 마음을 편히 먹으려 애쓰며 계획을 세웠다. 어떻게 설명하는 게 가장 좋을지, 이준의 배반을 방지하려면 어떤 말을 덧붙여야 할지…….

그때, 핸드폰이 울렸다. 화면을 확인하니 이준을 태워서 간 기사였다.

"시비가 좀 붙었습니다. 경찰이 왔는데, 전화 한 통이면 해결될 것 같아서 연락드립니다."

"시비요? 경찰은 왜요, 설마 정이준 씨가 누구랑 싸웠어요?"

"네, 친구랑 좀 다툰 모양입니다."

좀 다퉜는데 경찰이 왔어?

세아가 희미하게 인상을 찌푸렸다. 얌전하고 어여쁜 얼굴로 술자리에서 싸움박질이나 하고 다닌 건가.

어쨌든 세아는 정말 전화 한 통으로 상황을 정리해 주었다. 그런 다음 조용히 앉아 이준이 돌아오기를 기다렸다.

얼마 지나지 않아 객실 문이 열리고 이준이 들어왔다. 그는 혼날 준비를 하는 학생처럼 세아의 눈치를 살폈다.

"왔어요? 여기 앉아요."

"네. 저, 아까는……."

"됐어요, 살다 보면 싸울 일도 있지. 헌터로 지내면 싸울 일 더 많을 거예요."

세아는 그를 책망할 마음이 전혀 없었다. 각성 직후에는 세아도 이리저리 싸울 일이 많았고, 또 이준이 어떻게 지내든 퀘스트 클리어에만 협조하면 알 바 아니기도 했다.

"설명은 됐으니까 일단 앉아요."

이준은 바로 앉는 대신, 선 채로 세아를 물끄러미 바라보았다. 그러더니 불쑥 물었다.

"절 믿어서 아무것도 묻지 않으시는 건가요?"

"……."

"아니면 제가 뭘 하고 다니든 상관없어서?"

세아는 드물게 당혹하여 이준을 가만히 쳐다보았다.

'당연히 후자지. 우리가 안 지 얼마나 됐다고 믿음 운운해? 게다가 이전 생에서 넌 날 배신했다고!'

그래도 세아는 이준의 마음을 얻고 싶었다. 아니, 반드시 그의 마음을 얻어야 했다. 특별한 사랑이나 우정이 아니어도 좋다. 적어도 인간적인 호감은 쌓아 둬야 이롭다.

"만난 지 얼마 되지는 않았지만, 이준 씨가 이유 없이 문제를 일으키는 사람은 아닌 걸 아닐까요."

"……."

"그리고 우린 파트너가 될 거예요. 그러니 내가 이준 씨를 안 믿으면 어쩌겠어요? 나는 무슨 일이 있어도 이준 씨 편이에요."

이준의 눈빛이 흔들렸다. 세아는 그가 어떤 혼란을, 어떤 감정을 느끼는지 짐작조차 하지 못했다. 그래서 빙긋 웃으며 테이블 맞은편 자리를 가리켰다.

"이제 내가 왜 이준 씨를 데려왔는지 설명할게요."

6.8

시스템 보스 던전은 여전히 캘리포니아에 있었다.

'이번엔 무조건 성공이야.'

세아는 이준의 옆얼굴을 곁눈질하며 그렇게 생각했다. 그리고 이전 생에서 자신이 너무 성급했음을 인정했다.

이준과의 관계는 저번보다 훨씬 부드러워졌다. 이준은 던전 안에서 더 적극적으로 세아를 도왔다. 겁이 날 텐데도 앞장서서 길을 밝히기도 했다. 기사 노릇을 하는 소년처럼 보여 세아는 조금 웃었다.

보스 룸 앞에 서서 세아가 물었다.

"정화 스킬은 있죠?"

"네."

"좋아요, 그럼…….."

"물어보고 싶은 게 있습니다."

"물어봐요."

이준과 눈을 맞추었다. 순진하고 착한 눈빛이다. 세아는 이준의 눈빛이 마음에 들었다. 어디에도 배신의 기미는 없다.

"시스템이 사라지면 세계는 원래대로 돌아가겠죠?"

"그렇겠죠."

"각성자도 평범한 사람으로 변하고요."

"네, 아마도."

"실패하면 예전으로 돌아가고요?"

"네. 며칠 전, 그러니까 재앙 발발 5년째로."

세아는 긴장한 듯 굳어진 이준의 표정을 보았다. 그를 안심시켜 주고 싶어서 그녀는 부러 다정하게 덧붙였다.

"조금 무섭죠? 그래도 금방 다시 적응할 수 있을 거예요. 평범한 세상에서도 친구로 지내요, 우리."

"친구?"

이준이 멍하게 중얼거렸다. 그러나 세아는 거기 신경을 기울이지 않았다.

보스 룸 문이 열리고, 이미 만난 적 있던 보스가 나타났다. 세아는 이준을 돌아보았다. 정확히 말하면 그의 입술을. 혹시 그가 속박 스킬을 사용하지나 않을까 불안해하면서.

그러나 이준은 왜 그러느냐는 듯 고개를 기울일 뿐이었다.

'됐다! 완벽해.'

쾌재를 부른 세아는 다시 고개를 앞으로 돌려 보스와 눈을 맞추었다. 샛노란 눈, 가는 동공. 그녀가 보스에게 달려들려는 바로 그 순간.

"이세아, 속박!"

챙, 다시 귓전을 때리는 쇠사슬 소리. 달려드는 보스. 의식은 선명한데 눈 한번 깜빡일 수 없는 끔찍한 감각. 으깨지는 머리통. 뼈 부서지는 소리 사이로 섞여 들리는 이준의 목소리.

"친…… 싫…… 요."

이세아는 다시 죽었다.

6.9

"재앙이 벌어진 지 5년이 지났습니다! S급 헌터로서 앞으로 상황이 어떻게 전개될 거라고 보십니까?"

"이 새끼 진짜 죽여 버릴 거야."

7.1

새로운 방법을 사용해 봤다.

일단 정이준을 보자마자 뺨을 갈겼다. 좋은 말로 어르고 달래 안 된다면 폭력적인 각성자로 군림할 작정이었다. 물론 화풀이도 하고 싶었고.

"너, 내 말 잘 들어."

"왜, 왜 이러십니까?"

"내가 지금 너 때문에 미쳐 버리기 직전이니까 토 달지 말고 따라와."

되묻거나 말을 안 들으면 그냥 두들겨 팼다. 상황도 거칠게 설명하고, 억지로 머리채를 잡아 각성시켰다. 그가 무얼 물으려고 하면 닥치라고 윽박질렀다.

'사람은 패야 말을 듣는구나.'

기막힌 생각을 하며 세아는 던전 앞에 섰다. 정이준은 얻어맞아 부은 얼굴로 자신의 눈치만 살피고 있었다. 쳐다보는 게 기분 나쁘다고 또 팼다. 들어가기 전까지 확실히 길들일 작정이었다.

보스 룸 앞에 도달하니 정이준은 그야말로 죽기 직전이었다. 세아는 그의 어깨를 탁 쳤다. 그 정도 접촉만으로도 이준이 기겁하여 고개를 들었다.

"정신 챙겨."

"네, 네……."

"그래, 그래. 말 잘 듣는다. 이 일만 끝내면 너랑 나랑 볼 일 없을 거니까 잘 해. 알았어?"

"볼 일 없다고요?"

이준이 멍하게 되물었다. 세아는 또 습관적으로 손이 나가려는 걸 겨우 참았다.

"그럼 넌 나 또 보고 싶나?"

보스 룸 문이 열렸다.

"이세아, 속박!"

이 씨발 새끼!

8.1

일을 잘 끝내면 자기 재산의 반을 떼어 주겠다고 꼬셔 봤다.

"이세아, 속박!"

9.1

원하는 자리는 뭐든 다 주겠다고 꼬드겼다.
"이세아, 속박!"

10.1

서두르지 않고 한 달 내내 인생을 즐기게 해 줬다. 일을 마치면 평생
이렇게 호의호식하게 해 준다고 했다.
"이세아, 속박!"

11.1

실수로 정이준을 죽여 버렸다.

12.1

열두 번째 삶.
세아는 숫자 헤아리기를 포기했다. 그녀는 인터뷰장에서 뛰쳐나와 화
장실로 달려가는 대신 콧김을 뿜으며 자리에 앉아 있었다. 지금 정이준을
만나면 정말 그를 패 죽일 것 같았다. 각성자가 미각성자를 패 죽이는 건
생각보다 아주 쉽다.

"너, 왜 그래?"

옆에서 같은 S급 헌터 김현호가 낮은 소리로 물어 왔다. 세아는 벌떡 일어나 그를 질질 끌고 인터뷰장 밖으로 끌고 나갔다. 플래시 터지는 소리가 뒤통수를 갈겼지만 돌아볼 여유도 없었다.

세아는 인터뷰장 옆 작은 세미나실로 김현호를 밀어 넣었다. 그런 다음 분을 이기지 못하고 책상을 쾅 내리쳤다. 쩌적, 매끈한 나무 상판이 시원하게 갈라졌다. 문가에 서 있던 김현호가 얼떨떨한 얼굴로 물었다.

"왜 그래. 너 돌아 버렸어?"

"야, 너 내 말 잘 들어봐."

"뭘?"

세아는 부서진 책상에 시선을 고정한 채 주먹을 세게 말아 쥐었다.

"자, 네가 미각성자를 만났어. 각성 주사 사다가 각성도 시켜 줬어. 카드도 주고 인생도 즐기게 해 줬단 말이지. 그러고 나서 퀘스트 하나를 같이 깨자고 했어. 근데 걔가 자꾸 퀘스트 클리어 전에 뒤통수를 갈겨."

"어…….."

"이유가 뭘까, 씨발."

얘가 왜 갑자기 잠꼬대를 하지.

김현호는 그렇게 생각했으나, 세아의 성질을 건드리고 싶지 않았다. 예의를 지키고 둥글둥글하게 사는 편인 그녀는 망나니 S급들에 비하면 나은 인간이었다. 그래도 화가 나면 다른 망나니들 못지않았다.

"어…… 보상을 나눠 준다고 하지 그랬어?"

"나눌 수 있는 보상이 아니야. 아니, 나눌 수 없다기보다는…… 보상은 자동으로 얻게 돼."

"그럼 그 보상이 마음에 안 드는 거 아니야?"

"마음에 안 들 리가 없어."

"어떻게 확신해? 맨날 뒤통수 맞는다면서. 이야, 누가 천하의 이세아 뒤통수를 갈기고 멀쩡히 목숨 붙어서 돌아다니나 몰라."

세아는 말장난을 할 기분이 아니었다.

마음 같아선 김현호에게 모든 것을 털어놓고 의논하고 싶었다. 그러나 그녀는 김현호를 그만큼 믿지 못했다. S급치곤 정신이 똑바로 박힌 놈이긴 하지만 어떻게 돌변할지는 모르는 거다.

"예를 들자면 이런 거야. 그 보상이 몬스터 멸종이라고 생각해 봐."

"가능해?"

답답한 마음에 세아가 휙 뒤로 돌아섰다. 김현호의 멍청한 표정 때문에 더 화가 치밀었다.

"그니까 예시라고 하잖아. 근데 그 사람 부모는 몬스터한테 죽었거든. 그럼 당연히 몬스터 멸종을 바라지 않겠냐? 그니까 더 적극적으로 협조해야 되는 거 아니냐고."

김현호는 흠, 하고 고개를 기울였다.

그제야 세아는 자기 질문이 너무 배려 없었음을 깨달았다. 잠시 잊고 있었는데, 김현호도 몬스터에게 부모를 잃었다. 좀 더 조심스럽게 물었어야 하는데, 아니면 다른 예시를 들든지.

하지만 김현호는 자기의 아픈 상처를 위무하는 표정은 아니었다. 그는 정말 진지하게 고민하더니 고개를 들었다.

"왜?"

"뭐?"

"왜 몬스터 멸종을 바라는데? 각성했다며, 그럼 그 사람도 헌터잖아."

"근데?"

"근데라니?"

대화가 빙빙 돈다. 세아는 김현호의 말을 조금도 이해하지 못하고 그의 얼굴만 쳐다보았다. 그때, 김현호가 미세하게 얼굴을 찡그렸다. 뭐지, 잡아채려는 순간 그가 한숨을 내쉬었다.

"너 진짜 전혀 이해를 못 하는구나."

"뭐라고?"

"생각을 해 봐. 너 몬스터 다 사라지면 뭐 할 거야?"

"생각해 봐야지."

일단 회귀가 끝난 걸 자축하며 춤이라도 춰야겠다.

"그래, 그럼 그 사람도 뒷일을 생각해야겠지?"

"내가 돈을 주면 되잖아."

김현호가 어깨를 으쓱했다. 그는 아예 느긋하게 벽에 기대서 차근차근 설명을 이어 갔다.

"그냥 지금 이대로 있으면 좋잖아. 던전 들어갈 정도면 그렇게 낮은 등급도 아닌데, 헌터로서 돈도 벌고 명예도 얻고 대우도 받고. 근데 던전도 몬스터도 사라지면 헌터는 그냥 힘 좀 센 일반인일 뿐이야. 각성이 풀릴지도 모르고."

"그래도 부모님이 그거 때문에 돌아가셨는데……."

"몬스터 멸종시키면 부모님이 살아 돌아와? 아니잖아."

세아는 이해하기 어려웠다. 그게 그렇게 간단한 문제인가. 정이준은 열아홉에 혼자가 되어 힘든 삶을 살아야 했다. 그 시간에 대한 분노가, 복수심이 없단 말인가?

그러나 김현호에게는 모든 문제가 참으로 쉬운 모양이었다.

"나도 재앙 때 부모님 돌아가셨지만 복수심 같은 거 전혀 없어. 나 돈 많이 벌고, 어딜 가나 대접받고, 고개 숙일 일 없이 떵떵거리면서 살아. 가끔 부모님 납골당에나 찾아가고. 야, 잘 사는 게 효도지, 복수한답시고 몬스터 써는 게 효도냐?"

"하지만 그 사람은 각성자들에게 차별받은 것도 많아."

"그래서? 자기도 각성자 됐잖아, 이제. 자기가 위에 올라서게 됐잖아. 근데 그걸 잃고 싶겠냐? 그럼 또 평범한 일반인으로 돌아가는데."

"……."

"네가 왜 이걸 이해하기 어려운지 알아?"

모르겠다. 김현호는 단숨에 알아차리는 걸 자기는 왜 삶이 거듭되는 동안 몰랐는지. 목전에 닥친 자기 일이라 그랬나, 그게 아니라면?

"넌 돌아갈 데가 있잖아. 부모님 건강하게 살아 계시고, 각성하기 전까진 대기업에서 근무했고, 집이 가난하지도 않고. 각성 전에도 특별히 어려운 일 없이 그럭저럭 살았다며."

"……."

"난 돌아갈 데 없어. 그 사람도 마찬가지일 거고."

정이준, 그 텅 빈 눈을 생각한다.

보스 룸 앞에서 그가 거듭 물었던 말. 세상이 원래대로 돌아갈지, 각성자도 모두 사라질지. 정말 그는 김현호 말대로 돌아갈 곳 없는 현실을 두려워했는가.

"근데 너 진짜 몬스터 멸종시키려는 건 아니지? 불가능하겠지만 가능해도 하지 마. 그냥 적당히 살자."

세아가 눈을 깜빡였다. 김현호가 덧붙인 말은 거의 듣지도 못했다.

김현호 말이 맞을지도 모른다. 정이준은 과거의 평범한 삶으로 돌아가는 게 싫었을지도. 하지만 마음에 걸리는 게 딱 하나 있었다.

'친구로는 싫어요.'

몇 번째였는지 모를 생, 보스 몬스터에게 죽기 전에 들었던 정이준의 목소리.

그건 대체 무슨 뜻이었지?

12.2

이준이 밤에 어디서 근무하는지 알아냈다.

세아는 '크레이지 펍' 앞에 한참을 서 있었다. 홀을 분주하게 오가는 이준의 모습을 바라보면서. 손님이 많지도 않은데 이준은 이상하리만치 바빴다. 그리 크지 않은 맥주 가게였다. 세아는 조용히 문을 열고 안으로 들어갔다.

"어서 오세요!"

바지런하게 움직이던 이준이 목소리를 높여 인사했다. 막 다른 테이블에 안주 하나를 내려놓은 참이었다. 세아는 한산한 바 테이블에 자리를 잡았다.

"주문하실 때 말씀해 주세요."

"흑맥주 한 잔만 주세요."

"종류가 다양해서요, 여기, 메뉴판……."

"아무거나."

세아는 이준의 얼굴에서 눈을 떼지 않은 채 말했다.

"그냥 추천하는 걸로 주시면 돼요."

"어, 네……. 잠시만요."

낮에는 호텔 청소부, 밤에는 바텐더 겸 요리사. 이준이 왜 바쁜지 알 것 같았다. 가게에 일하는 사람은 그 하나였다. 사장은 성실한 아르바이트생 하나 믿고 다른 곳에 있는 모양이었다.

세아는 한참 이준을 지켜보았다. 요리, 서빙, 정리로 바쁜 그를.

정이준이 어떤 삶을 살아왔는지 이해할 마음이 없었다. 솔직히 그랬다. 누구나 자기 일이 가장 중요하지 않겠는가. 세아도 이 지긋지긋한 회귀의 굴레를 끊는 게 가장 중요했다.

죽기 전으로 돌아간다면 물어보고 싶다.

'세상이 원래대로 돌아가는 게 무서워요? 돌아갈 곳이 없어서?'

그러나 그때의 이준은 여기 없다. 세아는 가게가 좀 한가해질 때까지 기다렸다가 이준에게 물었다.

"여기서 매일 일해요?"

"아, 네. 주말은 쉬고요."

바에 앉아 말을 걸어오는 손님이 드물진 않은지, 이준의 대답은 꽤 자연스러웠다. 컴컴한 가게의 바 테이블 너머, 마른행주로 잔을 닦는 그의 모습이 무대에 혼자 선 배우처럼 또렷하게 보였다.

"일 끝나고 집에 가면 뭐 해요?"

"하하, 궁금하세요?"

자연스럽게 질문을 넘겨 버린 이준이 설거지를 시작했다. 물 쏟아지는 소리, 흐르는 노랫소리, 유리컵이 부딪치는 소리.

"언제 끝나요?"

세아가 묻자 이준은 슬쩍 세아의 잔과 얼굴을 번갈아 살폈다. 많이 마시지도 않았는데 취했나, 그런 표정이었다. 이런 질문을 어지간히도 많이 받은 모양이었다.

"글쎄요, 아주 늦게 끝나는데요."

"영업시간은 1시까지라고 적혀 있던데."

"문 닫고도 정리할 게 좀 많아서요, 손님."

"좋은 제안을 하고 싶어서 그래요, 이준 씨."

컵을 정리하던 이준의 손이 뚝 멈추었다. 그는 노란 조명 아래 드러난 세아의 얼굴을 살피고, 살짝 눈을 굴려 그녀의 가슴팍에 꽂힌 배지까지 확인했다. S급 헌터의 배지임을 알아본 이준의 얼굴이 흐려졌다.

"거절하겠습니다."

"스폰서 제안 같은 거 아니니까 그런 표정 짓지 말고요. 난 돈 주고 사람 사 먹는 짓은 안 해요."

이준은 손을 들어 자기 뺨을 매만졌다. 그러나 굳은 표정은 풀리지 않았다. 세아는 품에서 명함을 꺼내 바 테이블 너머로 내밀었다. 개인 핸드폰 번호까지 적힌 명함이었다.

"난 이준 씨가 필요해요. 이준 씨의 능력이."

이준은 예의상 한다는 태도로 미적미적 명함을 챙겼다. 그런 다음 엉뚱한 걸 물었다.

"제 이름은 어떻게 아셨죠?"

"우리 전에 만난 적 있거든요."

"……"

"꽤 여러 번."

"가게에 오신 적 있나요?"

세아는 대답 대신 픽 웃었다. 말해 뭐 하겠는가. 세아는 현금을 테이블에 올려 두고 자리에서 일어나 버렸다.

12.3

이준은 '이상한 손님'의 명함을 가게 쓰레기통에 버리려 했다.

술을 마신 헌터로부터 불쾌한 짓을 당한 게 한두 번이 아니었다. 예쁘장한 얼굴을 보고 음담패설을 서슴지 않는 사람도 많았다.

높은 등급의 헌터면 다인가, 처음에 그렇게 생각했지만 시간이 지난 후에야 확실히 알았다. 그게 다라는 걸.

하지만…….

'난 이준 씨가 필요해요. 이준 씨의 능력이.'

그렇게 이상한 사람은 아닐지도 모르겠다. 이준은 명함을 확인했다. 이세아. 얼굴을 알아보진 못했지만 유명한 헌터인 건 알고 있었다.

핸드폰으로 기사를 찾아보니, 또 다른 S급 헌터 김현호와 연인 관계로 추정된다는 기사가 보였다. 인터뷰장에서 그녀가 김현호를 끌고 밖으로 나갔다는 것이다. 기사 마지막 줄에 시선이 갔다.

[좁은 세미나실에서 두 사람이 어떤 밀담을 나누었는지는 아무도 모른다……]

소설 조로 휘갈긴 쓰레기 기사였다.

다음 날 저녁까지 고민했지만, 결국 이준은 세아의 핸드폰으로 전화를 걸었다.

"여보세요. 네, 안녕하세요. 정이준입니다."

S급 헌터의 제안이라니, 스폰서 제안이 아니라면 뭘지 궁금했다. 하지만 그것보다도 더 궁금한 건, 그녀의 필요. 이세아 같은 사람이 자신을 왜 필요로 한단 말인가.

"네……. 오늘 괜찮습니다."

또한 이유 없이, 그녀의 얼굴이 한 번 더 보고 싶었다.

12.4

서울에서 가장 높은 건물 레스토랑에서 이준은 세아와 만났다.

서울 전경이 한눈에 내려다보이는 곳이었다. 마치 서울 지도를 펼쳐놓은 듯 도로가 붉은 선처럼 보였다. 적색등이 들어온 차들이 꼬리를 물고 한강 너머로 흘러가고 있었다.

재앙 발발 후 늦게까지 일하다 보니 야경을 볼 일이 잦았다. 서울의 야경은 빛이 글썽이는 듯 서글프다. 이준은 종종 궁금해했다. 재앙 전에도 이랬을까?

"어서 와요."

안은 텅 비어 있었다. 세아가 먼저 인사해 이준도 고개를 숙였다.

"오는 데 불편한 점은 없었나요?"

"네. 차까지 보내 주셔서 편하게 왔습니다."

"내가 초대한 건데 그 정도는 해야죠."

주문도 하지 않았는데 음식이 차례대로 나왔다. 전형적인 양식 코스였는데 이준은 생전 처음 보는 요리가 대부분이었다.

식사가 이어지는 동안 세아는 이것저것 질문을 던져 왔다.

"일이 많은가요? 가게는 왜 혼자 봐요?"

"낮에는 어디서 일해요? 아, 거기. 우연이네, 나 며칠 전에 거기 있었거든요."

"혼자 살아요? 쓸쓸하진 않고요?"

이준은 꼬박꼬박 성실하게 대답하며 식사를 이어 갔다. 어색해서 물도 제대로 못 넘길 줄 알았는데, 그녀와 몇 번이나 만난 듯 익숙했다. 전에 여러 번 만났다는 말은 거짓말이 아닐지도 모른다.

"사실은 이준 씨를 정식으로 고용하고 싶어서요. 너무 길게는 아니고 일주일 정도."

"저를요?"

"네. 내 퀘스트에 이준 씨가 필요하거든요."

세아의 설명은 아주 간단했다. 이준과 함께 가야만 하는 던전이 있다. 이준의 도움도 필요하다. 그걸 위해 그를 각성시킬 것이며, 이후에 이준은 헌터로서의 삶을 살아가면 된다.

"던전을 공략한 후, 헌터로 적응하기 어렵다면 내가 도와줄 수도 있어요."

"왜 하필 저죠?"

"그건 시스템 마음이죠. 나도 잘 몰라요."

급여는 아쉽지 않을 정도로 쳐주겠다고, 세아는 덧붙였다. 헌터로서의 삶도 최대한 지원하겠다고, S급 헌터의 후원이 있으면 지내기 어렵진 않을 거라고.

"제가 거절하면 어떻게 되나요?"

세아가 눈을 들어 이준을 똑바로 바라보았다. 강아지처럼 순한 인상이라고 생각했는데, 눈빛이 날카롭다.

그러나 이준은 그녀에게서 눈을 뗄 수가 없었다. 늘 서글프다 여겼던 야경이 세아 뒤로 펼쳐져 있다. 길게 풀어 내린 검은 머리카락이 빛 때문에 윤곽만 하얗게 반짝거린다. 포크와 나이프를 쥔 두 손. 앙다문 입술.

"어떻게도 되지 않아요. 이준 씨에게 나쁜 거래는 아닐 텐데요. 각성도 할 수 있고, 퀘스트 클리어 후에 헌터로 살 수 있게 내가 도와줄 테니까요."

이준이 눈을 깜빡였다. 아무래도 속임수 같다. 그는 늘 각성하기를 바라 왔고, 그의 바람을 알고 접근한 사기꾼도 여럿이었다. 그리고 무엇보다도, 갑자기 나타난 행운의 꼬리에는 꼭 불행이 매달려 있는 법이다.

"하지만 거절해도 괜찮아요. 그러고 나면 나와 다시 만날 일도 없을 거고요. 끈질기게 따라다니면서 성가시게 굴진 않을 겁니다."

다시 만날 일이 없을 거라고?

세아가 사라지면 어떨까. 당연히 아무 일도 일어나지 않을 것이다. 그의 삶은 평소와 똑같이 지루하고, 힘겹고, 희망 없이 이어질 것이다.

다시 세아를 본다. 당신은 너무 반짝거린다. 그렇게 생각한다.

"하겠습니다."

12.5

세아는 모든 일을 아주 신중하게 처리했다.

생명이 걸린 일처럼 급하게 달려들지도 않았다. 퀘스트에 대해 많이 이야기하지도 않았다. 서브 퀘스트 정도라고, 중요한 퀘스트는 아니지만 성격상 시스템 창에 뜬 건 다 클리어해야 해서 그런다고, 그렇게 둘러댔다.

같은 호텔에 객실을 잡아 줬지만 너무 친밀하게 굴지도, 중요한 존재처럼 대해 주지도 않았다. 적당한 거리를 유지하는 게 가장 중요했으니까.

달라진 건 또 있었다.

"저, 뭐라고 부르면 좋을까요?"

레스토랑에서 계약서를 쓸 때, 이준이 조심스럽게 물어왔다. 전에는 세아 씨, 하고 쉽게도 부르더니 이번엔 좀 달랐다. 세아는 어깨를 으쓱하고 대답했다.

"그냥 이름 부르세요. 내가 이준 씨 이름으로 부르는 것처럼."

"그래도 그건 좀……."

"중요한 거 아니니까 편하게 불러요."

계약서를 한 장씩 나누어 가지는 동안 이준은 계속 머뭇거렸다. 그러더니 테이블에서 일어서기 직전에 속삭이듯 불렀다.

"……누나."

"……."

"좀 그런가요?"

"어, 뭐……. 괜찮아요."

세아는 떨떠름하게 대답했다. 이전 생에서, 이준은 단 한 번도 세아를 '누나'라고 부른 적이 없었으니까. 어색한 건 이준도 마찬가지인 듯했다. 그는 익숙해지려는 듯 다시 불렀다.

"세아 누나."

"큼, 그럼 갈까요?"

"말씀 편하게 하세요."

"어, 어. 그래, 그럼 가자."

처음에는 어색했는데, 며칠 지나기도 전에 '누나'라는 호칭에 익숙해졌다.

이준은 이전보다 유난히 살갑게 굴었다. 애교 있게 치대거나 요령 좋게 어리광을 부리진 않았지만, 호텔에 머무는 동안 꼬박꼬박 식사를 함께 했고 자기 이야기도 술술 털어놓았다.

"우리 전에 만난 적 있다고 했잖아요."

한번은 음식을 앞에 두고 그런 소리를 해서 아침부터 체할 뻔했다.

"언제 만났나요?"

"넌 기억 못 할 거야."

"저 어렸을 때?"

"글쎄……."

괜한 소리를 했다고 후회하며 세아는 대답을 피했다. 그러나 이준은 그 정도 대답으로도 충분한지, 세아를 보며 빙긋 웃었다.

"처음 봤을 때부터 좀 익숙했어요. 전부터 자주 만난 기분이었거든요."

"내 기사 사진 본 건 아니고?"

"전 헌터 기사는 잘 안 봐서, 그건 아닐 거예요."

"그래? 헌터 기사 재미없긴 하지."

"아니, 그것보단……."

이준은 무어라 대답하려다 물을 마시는 척하며 말을 멈추었다. 말을 하다 말면 더욱 호기심이 생기는 법이라, 세아는 그쪽으로 살짝 몸을 기울였다.

"왜?"

"그냥요."

"그냥이 아닌데?"

이준은 망설이다가 세아의 표정을 살폈다. 그런 다음 아무렇지도 않은 척 어깨를 으쓱하며 대답했다.

"배 아파서요."

"뭐?"

"전 미각성자고, 아무 능력도 없는데……. 기사 보면 부러워서요."

태연한 시늉을 하며 뱉어 놓고 민망해진 모양이었다. 그는 대답 없는 세아의 표정을 살피다가, 자기 대답을 그녀의 머릿속에서 지우고 싶은 듯 물었다.

"별로죠? 자기가 못 가진 거 질투하고."

"솔직해서 좋은데."

세아는 픽 웃고 물을 마셨다.

이준은 모를 것이다. 정말 '질투'하는 사람들이 어떤 짓을 하는지.

기사에 모욕적인 댓글을 달고, 행사 자리에 와서 무례한 질문을 퍼붓고, 불법 촬영한 사진을 인터넷에 뿌리고, 심지어 팬이랍시고 음식에 독을 타기도 한다. 그게 사람이다.

"그리고 정말 질투하는 사람들은 기사 열심히 봐. 그냥 보는 게 아니고 정말 하나하나 다 열심히 보더라니까. 엄지 아프도록 댓글 쓰고 루머 퍼뜨리고 그래."

"그건 이상한 사람들이고요."

"그래, 넌 안 이상하다고."

이준이 몇 차례 눈을 깜빡이며 세아를 바라보더니 약간 웃었다. 미미하게 붉어지는 뺨을 보고 세아는 그가 좀 더운가 보다 생각했다.

12.6

캘리포니아로 날아가기 위해 짐을 싸는데 김현호가 찾아왔다. 대단히 친밀한 사이는 아니지만 정이준의 심리에 대해 말해 준 게 고마워 문을 열어 주었는데, 그는 들어오자마자 실없는 소리를 했다.

"야, 우리 사귀냐?"

"미친 놈."

짤막하게 쏘아 준 후 세아는 짐을 싸는 데 열중했다. 현호는 엉망이 된 객실을 둘러보고 쯧 혀를 찼다.

"이런 거 그냥 사람 시켜."

"내가 하는 게 편해. 넌 왜 와서 헛소리야?"

"너 때문에 차이게 생겼으니까 그렇지."

"뭐?"

"기사도 안 보고 사냐?"

현호가 내미는 핸드폰을 낚아챘다. 큰 글자로 적힌 헤드라인이 눈에 들어왔다.

[S급♥S급, SS 커플 탄생?]

아래에 사진이 대문짝만하게 박혀 있었다. 자신이 김현호를 세미나실 안으로 밀어 넣는 모습이었다.

"바람피우냐고 난리 났어. 어쩔 거야?"

"어, 미안."

김현호에게는 오래 사귄 여자 친구가 있었다. 학생 때부터 사귀었는데 아직도 교제 중인 걸 보면 놀랍긴 했다. 거의 7년 넘게 사귀고 있는 셈이다.

김현호의 여자 친구는 미각성자지만, 그게 교제에 걸림돌이 되지는 않았다. 다만 둘의 연애는 철저히 비밀이었다. 연애 사실이 밝혀지면 S급 헌터인 김현호보다는 미각성자인 상대가 더 큰 피해를 입을 수 있어서였다.

"내가 전화해 줄게."

"야, 하지 마. 미쳤어?"

"왜?"

"이 시간에 같이 있는 게 보기 좋겠어, 그럼?"

그때, 밖에서 누군가 벨을 눌렀다. 세아는 현호의 핸드폰을 휙 던져 주고 직접 문을 열러 나갔다. 타이밍 맞게 현호의 핸드폰이 울리기 시작했지만 세아는 관심을 두지 않았다.

문 밖에 선 건 이준이었다. 그는 잠시 주저하더니 조심스럽게 말했다.

"짐 싸다가 여쭤볼 게 있어서요."

"아, 그래. 들어와."

이준은 안으로 들어오다가 문가에 놓인 현호의 신발을 발견했다. 세아는 객실 안에서 신발을 신고 다니는 편이었지만 현호는 꼭 실내 슬리퍼로 갈아 신었다. 검은 운동화를 본 이준의 얼굴이 미미하게 굳었다.

"누구 있나요?"

"아, 다른 헌터."

때마침 안에서 현호의 목소리가 들렸다. 전화를 건 사람과 통화하는 모양이었다.

"아니, 아니지. 지금 잠깐 친구 좀 만나러 왔어. 어? 아, 그냥 친구…… 영상 통화?"

현호는 분주하게 눈을 굴렸다. 그러다 막 들어서는 세아와 이준을 보고 눈을 빛냈다. 그는 손가락 끝으로 세아와 이준을 번갈아 가리키며 분주히 신호를 보냈다. 그러나 세아는 그 신호를 전혀 알아차리지 못했다.

"어, 잠깐만. 지금 친구 커플 소개해 줄게."

현호는 영상 통화 모드로 바뀐 핸드폰을 재빨리 세아와 이준 방향으로 돌렸다. 그러나 어정쩡하게 선 두 사람을 보고, 현호의 여자 친구는 의심만 커진 모양이었다. 핸드폰 너머에서 기계음 섞인 목소리가 들렸다.

"안녕하세요."

떨떠름한 음성이라, 현호가 다급하게 둘에게 손짓했다. 세아는 이제 그 수신호의 의미를 알았지만, 현호를 위해 이준과 다정한 분위기를 연출할 마음은 전혀 없었다. 커플 일에 왜 낀단 말인가.

그때, 이준이 팔을 뻗어 슥 세아의 어깨를 감쌌다. 세아가 올려다보기도 전에 그가 말했다.

"안녕하세요? 처음 인사드리네요. 말씀 많이 들었어요. 저희 마침, 나중에 넷이 모여서 놀자는 얘기 중이었거든요."

"아, 정말요?"

상대의 음성이 한결 누그러졌다. 현호는 이준의 아이디어가 마음에 든 듯, 핸드폰을 자기 쪽으로 돌려 열심히 살을 붙이기 시작했다.

"넷이 놀면 재밌을 거야. 어때? 우리 한 번도 그렇게 논 적 없잖아. 다음 주 정도는 어때? 대충 날짜 정해 봤는데."

"그래? 나야 좋지. 친구 소개시켜 주는 거 처음이잖아."

"친구들이 다들 혼자였거든. 나만 우리 자기랑 사귄다고 자랑하는 것 같잖아."

"하하, 정말?"

가지가지 하네, 정말. 세아는 눈을 위로 굴리며 징그럽다는 듯 혀를 내밀어 보이고 이준의 팔을 떼어내려 했다. 그러나 이준은 세아를 놓아주는 대신 가까운 곳에서 그녀를 빤히 내려다볼 뿐이었다.

'왜 이래?'

세아는 입만 벙긋거려 물었다. 현호가 여자 친구와 간지러운 대화를 나누는 중이라 목소리를 낼 수가 없었다.

'정이준.'

이름 세 자에 이준도 퍼뜩 정신이 든 모양이었다. 그는 후다닥 손을 떼고 세아에게서 물러났다. 순식간에 귓불까지 열이 올랐고, 이준이 낮은 목소리로 속삭였다.

"죄송해요."

"아, 살았다."

현호가 통화를 끝내며 중얼거렸다. 세아는 쯧쯧 혀를 차며 다시 캐리어 옆에 쪼그려 앉았다. 주섬주섬 짐을 싸며 그녀가 말했다.

"참 여러 가지 한다. 그렇게 오래 사귀었는데."

"너도 연애해 봐라. 아무튼 다음 주에 넷이서 만나는 거다?"

"뭐? 왜?"

"다 들었잖아. 부탁 좀 하자, 이세아. 아무튼 간다."

현호는 이준을 흘끗 바라보더니 큰 관심을 두지 않고 나가 버렸다. 세아는 어이가 없어 문만 쳐다보다가 고개를 저었다.

"그래서 뭐 물어보려고 한 거야? 비행기 처음이면 모르는 거 있을 수도 있으니까 아무거나 물어봐."

"두 분 사귀는 거 아니었나요?"

"누구, 나랑 쟤? 당연히 아니지. 너도 기사 봤구나? 그거 기자들 맨날 하는 짓이야. S급끼리 엮는 거."

"아."

그러더니 이준은 한동안 말이 없었다. 주섬주섬 짐을 싸던 세아는 이상한 기분에 그쪽을 돌아보았다. 뭘 물어보러 왔다더니, 말은 안 하고 자꾸 딴소리만……

"……."

딱 눈이 마주쳤다. 세아는 이준의 표정을 말로 설명할 수 없었다. 정확하게 세아에게 고정된 시선. 한 쌍의 검은 눈. 가까이 가서 그의 눈을 들여다보면 짐도 객실도 사라지고 세아 자신만 있을 것 같았다.

"그럼 다음 주에 저희 정말 같이 만나러 가는 건가요?"

당연히 아니다. 일단 그때쯤이면 시스템이 사라져 있을 테고 세상은 혼란스러워질 것이다. 그 상황에 한가하게 김현호 커플을 왜 만난단 말인가, 게다가 이준과 함께.

"당연히……."

그건 아니지, 말이 입 안으로 말려 들어갔다. 세아는 본능적으로 말을 끊었다. 이준의 눈빛이, 표정이 기이했다. 여기서 아니라고 하면 안 될 것 같은 느낌이 서늘하게 목덜미를 덮쳤다.

"상황 봐야지."

"같이 가요."

이준이 맑게 웃었다. 그는 아직 각성자도 아니고 뭣도 아닌데, 세아는 선뜻 거절할 수 없었다. 이유도 모르는 채로. 세아가 답하지 않자 이준이 반복했다.

"저랑 같이 가요, 누나."

12.7

김현호 커플과 만나러 가든지 말든지, 일단 샌프란시스코로 먼저 가야 했다. 이준과 함께 전용기를 탄 게 처음도 아닌데, 그 어떤 생보다도 분위기가 어색했다. 정확히 말하자면 세아만 어색함을 느꼈다.

'쓸데없는 생각 말고 계획 정리부터 하자.'

이준은 아직 아무것도 모른다. 던전을 공략하고 나면 시스템이 사라진다는 것, 최종 보스 공략에는 이준의 정화 스킬이 반드시 필요하다는 것. 세아는 이준을 각성시키지도 않았다. 보스 룸 문 앞에서 각성시킬 작정이었다.

'스킬에 익숙해질 틈을 주면 안 돼. 정이준의 역할은 보스를 정화하는 것뿐이니까.'

그와의 관계가 전보다 훨씬 가까워졌다고는 해도, 그를 믿을 수는 없다. 서브 퀘스트 정도라고 훌륭히 속여 넘겼지만, 이준이 언제 어떻게 돌변할지 모를 일이다.

"던전 보스 룸 앞에 가서 각성시켜 줄게. 그때까지 내 뒤를 잘 따라와."

이준을 각성시키지 않고 던전 안으로 들어가는 건 처음이었다.

그가 몬스터의 공격을 받고 죽어 버릴까 봐 조금 긴장이 되긴 했지만, 이미 이 던전을 여러 번 공략했다. 어디서 어떤 일이 벌어질지 환히 알고 있으니 이번에도 무난하게 공략을 진행할 수 있을 것이다.

"누나는 괜찮아요?"

"뭐가?"

"혼자 싸워도 위험하지 않아요?"

세아가 픽 웃었다. 나이도 어리고 힘도 없는 게 누굴 걱정해.

세아는 굳이 답하지 않고 이준의 손을 잡았다. 그런 다음 그대로 컴컴한 구멍으로 뛰어내렸다. 중력 상쇄 스킬 덕으로 둘의 몸은 가뿐히 바닥에 안착했다.

그 순간, 세아가 뻣뻣하게 굳어 버렸다. 그러나 이준은 앞을 바라보며 감탄했다.

"와, 무슨 호텔 같네요. 던전은 원래 다 이런가요?"

"……."

던전이 변했다.

12.8

세아는 한 걸음 한 걸음 신중하게 나아갔다. 어둠 그 자체와도 같던 던전이 정말 호텔 복도처럼 밝아져 있으니, 당혹과 긴장이 하나가 되어 몸을 식혔다.

광원도, 창문도 없는데 안이 대낮과도 같았다. 기둥이 일정한 간격을 두고 서 있고, 바닥은 매끈매끈한 대리석. 안은 또 누가 한차례 휩쓸고 간 것처럼 깨끗해서, 한 시간 이상 걸었는데 몬스터 꼬랑지 하나 발견하지 못했다.

"누나."

바로 그때, 뒤에서 이준이 작게 속삭였다. 세아는 몸을 긴장시키며 그쪽을 돌아보려 했다. 그러나 이준이 세아 뒤에 바짝 붙으며 속삭였다.

"돌아보지 마요. 누가 따라 오는 것 같으니까."

사라질 듯한 목소리라 세아는 하마터면 그 말을 놓칠 뻔했다. 뒤에 붙은 이준의 체온이 느껴졌다. 세아는 뒤를 의식하지 않으려 애쓰며 느리게 걸었다. 두 사람의 발소리가 들린다.

타박, 타박, 타박.

아니, 정말 두 사람이 맞을까?

12.9

"좀 쉬어야겠어."

1층을 헤매고 헤매다가 세아가 툭 내뱉었다.

신경이 너덜너덜해져 쓰러지기 직전이었다. 다른 던전이었다면, 다른 상황이었다면 이러지 않았을 것이다. 하지만 여긴 시스템 보스 던전, 그녀가 몇 번이고 배신당하고 죽었던 곳이다. 게다가 유일한 동행인인 이준조차 믿을 수 없다.

"여기 좀 앉아요, 누나."

이준까지 움직임을 멈추고 자리를 잡으니, 계속 따라오는 발소리도 함께 멎었다. 둘 다 그쪽을 신경 쓰지 않으려고 무던히도 애를 썼다.

세아는 딱딱한 바닥에 앉아 가방을 뒤졌다. 기력을 회복시키는 포션을 몇 개 꺼내 마시니 조금 기운이 났다.

"누나."

이준이 작은 목소리로 불렀다. 그러나 세아는 대답 대신 그의 손목을 잡아 끈 다음, 손바닥에 한 글자 한 글자 썼다.

'정신계.'

이준은 자기 손바닥 위에서 움직이는 세아의 손가락을 뚫어지게 바라보았다.

'몬스터.'

세아는 이준의 표정을 보고 그가 알아들었음을 확인했다. 그의 손을 놓아 주며 세아가 작게 속삭였다.

"지금 스킬이 안 먹혀."

오는 동안 여러 가지 스킬을 사용해 봤다. 정신계 몬스터를 감지하는 스킬, 미행자의 기척을 확장하는 스킬, 일정 범위 내 몬스터에게 피해를 입히는 무형의 스킬…….

그러나 무슨 짓을 해도 발소리는 사라지지 않았다. 환청인가 의심스러울 정도로 꾸준히 들려오는 발소리. 게다가 둘은 한 시간 넘게 1층에서 헤매고 있다.

이전에는 층 공략 속도가 빨랐다. 층 보스 몬스터도 금세 잡았고 다음 층으로 가는 입구도 쉽게 발견했다. 하지만 이번에는 어디로 가든 다 똑같아, 끝없는 벌판을 헤매는 기분이었다.

"흩어져 볼까요?"

이준의 숨결이 귓가에 부서졌다. 던전 안은 늦가을처럼 서늘해서 그의 체온이 도움이 되었다. 세아는 바로 고개를 젓지 못했다.

이준을 위험하게 만들 수는 없다. 그는 없어서는 안 될 존재다. 하지만…… 이대로라면 영원히 1층을 맴돌아야 할지도 모른다. 차라리 잠시 몬스터의 시선을 분산시키는 게 나을지도.

"제가 저쪽으로 갈게요. 제가 더 약하니까 제 뒤를 따라오면…… 그때 누나가 공격하면 돼요."

지금 각성시키자.

속삭이는 이준의 목소리를 들으며 세아가 결심했다. 던전이 변한 이상 과정도 변해야 한다. 어쩌면 이준을 각성시키지 않았기에 던전이 변한 걸지도 모른다. 또 흩어질 거라면 이준을 각성시켜 힘을 주어야 했다.

"손 줘."

세아는 이준의 등 뒤, 조금 떨어진 기둥을 짧게 곁눈질하며 속삭였다.

자꾸 등골이 오싹하다. 뒤에서 얼음처럼 차가운 손가락이 튀어나와 뒷덜미를 잡아챌 듯한 느낌.

"손 달라니까."

"왜요?"

"각성시켜 줄게."

"지금은 괜찮아요. 지금 각성하면 몬스터가 우리 계획을 알아차릴 거예요."

"……."

세아가 천천히 고개를 들었다. 이준의 얼굴은 평소와 똑같았다. 검은 눈동자, 이마를 가리는 부드러운 앞머리, 살짝 올라간 입꼬리까지. 이가 드러나지 않는 웃음은 몹시 온화했다. 마치 그린 것처럼.

"너 왜 웃어?"

이준이 웃던 표정 그대로 멈췄다. 그의 얼굴 어디에도 당혹이 없었다.

세아는 쿵, 쿵, 자기 심장이 뛰는 소리를 들을 수 있었다. 그녀는 자기 옆의 이준을 똑바로 올려다보며 물었다.

"이게 재밌어?"

세아는 번개처럼 몸을 일으켰다. 그리고 발로 땅을 박차며 거리를 벌렸다. 이준의 웃는 입이 그대로 눈 아래까지 쭉 찢어지는 게 보였다. 입은 점점 더 커지고 길어지더니 마침내 머리통 전체를 거꾸로 삼켜 버렸다.

"정이준! 정이준, 너 어딨어!"

세아가 목이 터지도록 소리치며 손을 앞으로 뻗었다. 허공의 빛이 선처럼 그녀의 손끝에 모이더니 형태를 갖추었다. 새까만 소총이었다. 세아는 총을 제대로 견착 한 후 그대로 얼굴 검은 몬스터에게 총을 갈겼다.

탕, 탕!

세아의 가장 큰 능력은 허공에서 자기의 무기를 만들 수 있는 것이었다. 총, 칼, 활, 몽둥이, 뭐든 좋다. 그녀가 치명적인 총탄을 쏘았으나, 총탄은 그대로 몬스터의 검은 얼굴로 빨려 들어가 사라졌다.

"이게 대체……."

세아는 총을 아래로 늘어뜨리며 뒷걸음질을 쳤다.

모든 속성의 공격을 다 사용했다. 물리, 마법, 신성, 암흑, 그 외 자기가 사용할 수 있는 모든 속성을 전부 총탄에 실었다.

그러나 몬스터는 그 모든 공격을 무효화시키며 한 걸음 한 걸음, 사냥감을 노리듯 세아에게 다가왔다.

말도 안 돼. 아직도 새로운 속성의 몬스터가 남아 있다고?

바로 그때, 갑자기 발목이 서늘해졌다. 아래를 내려다보아도 아무것도 없었다. 바람이 분다. 이 꽉 막힌 던전에서, 등을 떠미는 바람이…… 세아는 다시 고개를 들어 몬스터를 바라보았다.

그녀는 바람의 흐름을 읽을 수 있었다. 그녀는 오른발을 앞에 두며 끌려가지 않도록 버텼다. 몬스터의 입, 얼굴 전체를 집어삼킨 입이 이제는 세아마저 삼키려 하고 있었다.

"정이준!"

그는 이미 당했을까.

세아는 몸에 힘을 주어 뒷걸음질을 쳤지만 소용없었다. 끌려가지 않게 버티는 게 최선이었다. 채찍이라도 만들어 기둥에 감아 볼까 했지만, 채찍 끝이 휘리릭 몬스터의 입으로 먼저 빨려 들어갔다.

더는 버틸 수 없다. 모든 스킬이 무력화되었다. 이렇게 허무하게 몬스터에게 당한 건 처음이었다. 태어나 단 한 번도 느껴 보지 못했던 압도적인 절망감이 세아를 덮쳤다. 머리카락이 어지럽게 날려 시야를 가렸다.

정말 또 죽는 거야? 이렇게? 정체도 모르는 몬스터에게 먹혀서?

소리가 들린 건 바로 그때였다.

"정화!"

고개를 들어 앞을 보기도 전에 바람이 멎었다. 마치 선풍기를 끈 것처럼 간단하고 빠르게. 정면을 보니 몬스터의 몸이 빠르게 무너지고 있었다. 세아는 멍하게 입을 벌리고 무너지는 몸 뒤에 선 이준을 바라보고 또 바라보았다.

"정이준?"

"누나."

그가 허둥지둥 다가왔다. 세아는 다리가 뻣뻣하게 굳어 떨리는 걸 느꼈다. 몬스터 때문일까. 아니면 정이준의…….

"각성했어?"

몬스터가 네 행세를 하는 동안 넌 어디 있었느냐, 어떻게 몬스터의 술수를 물리치고 여기까지 나타난 것이냐, 그런 건 물을 수도 없었다.

"네, 각성했어요."

이준은 세아를 안심시키듯 그녀의 손을 잡았다. 이준의 손은 타는 것처럼 뜨거웠다. 그의 맑은 목소리가 세아를 뒤흔들었다.

"S급이에요."

12.10

몬스터가 자신의 모습으로 위장한 후, 이준 역시 내내 세아의 뒤를 따라왔다. 정확히 말하자면 따라갈 수밖에 없었다. 입을 벌려 누나, 세아 누나, 하고 불러도 소리가 나지 않았다.

세아 뒤에 붙어 선 몬스터는 종종 고개를 돌려 이준을 확인하고 씩 웃었다. 입이 눈꼬리까지 찢어지는 소름 끼치는 웃음이었다.

이준은 식은땀을 흘리며 거리를 좁히려 했지만, 귀신에 홀린 듯 세아와의 거리는 일정했다. 세아와 몬스터가 바닥에 앉아 쉴 때도 이준은 그들과 가까워질 수 없었다.

걸어도 걸어도 좁혀지지 않는 거리에 이준은 결국 우뚝 멈춰 섰다.

세아가 이준의 손, 몬스터의 손을 잡아끄는 게 보였다. 뭘 하는 걸까. 이준은 눈을 가늘게 뜨고 세아의 뒷모습을 응시했다.

잠시 후, 세아가 갑자기 자리를 박차고 일어섰다. 그러더니 몬스터에게서 달아나려는 듯 몸을 뒤로 **뺐**다.

이준은 제자리에 서서 세아를, 그녀가 총을 만들어 몬스터에게 갈기는 것을, 모든 공격이 무위로 돌아가고 속수무책으로 끌려가는 것을 보았다.

나는 무력해.

세아의 긴 머리카락이 엉망으로 휘날리며 몬스터 쪽으로 빨려 들어갔다. 이준은 앞뒤 가리지 않고 뛰기 시작했다. 그러나 뛰어도 뛰어도 제자리, 제자리, 제자리. 마치 현실처럼.

바로 그때, 목소리가 들렸다. 머릿속으로 직접 전달되는 소리였다. 청아한 남자의 음성.

'너에게 힘을 줄게.'

저 사람한테 가야 해. 내가 아무것도 도울 수 없어도 시간이라도 벌어 줘야 해. 무슨 짓을 해서든 지금…….

'죽일 힘을.'

그 순간, 세아가 힘을 쥐어짜 외쳤다.

"정이준!"

어떻게 그 일이 가능했는지 이준도 모른다. 그는 이제껏 그랬듯 성큼 뛰었고, 이번에야말로 단숨에 거리를 좁혔다. 물에 잠겨 있다 나온 듯 갑자기 온몸이 가벼워지며 힘이 솟았다. 아른아른 글자가 지나갔다.

[정이준. 24세. 각성 등급 S.]

개방된 스킬이 어지럽게 눈앞을 메웠다. 이준은 무작정 손을 뻗어, 자기 껍질을 뒤집어쓴 몬스터의 뒤통수를 꾹 눌렀다. 본능처럼 입이 열리고 마침내 목소리가 터져나갔다.

"정화!"

12.11

세아는 무너진 몬스터와 이준을 번갈아 바라보며 심각한 생각에 잠겼다.

몬스터의 모습은 기괴했다. 얼굴이 시꺼멀 뿐 여전히 이준의 손, 이준의 발을 가졌다. 체형도 똑같고 옷도 마찬가지였다. 얼굴 없는 시체처럼 쓰러진 모습을 보고 있자니 소름이 끼쳤다.

아니, 이런 관찰보다 더 중요한 것은…….

"정말 S급이야?"

"네."

세아 곁에 선 이준이 대답했다. 세아는 고개를 틀어 그의 얼굴을 뚫어지게 바라보았다. 이럴 리가 없다. 이전 생에서 세아는 그를 여러 번 각성시켰다. 그때마다 등급은 같았다. B.

그런데 이번에는 던전에서 스스로 S급으로 각성했다고?

"각성할 때 어땠어? 무슨 일이 있었어?"

"그냥 누나가 위험하다고 생각했어요. 그래서 가까이 가려고 했는데 갑자기…….."

"갑자기? 갑자기 뭐?"

이준이 말을 그치고 세아를 바라보았다. 평소와 똑같은 표정인데 느낌이 기묘했다. 세아는 더 재촉하지 못하고 그를 바라만 보았다. 설명이 이어지리라 여겼는데 이준은 다른 걸 물었다.

"제가 각성한 게 싫어요?"

절대 솔직할 수 없는 질문이다.

각성한 거 자체는 좋다. 그래, 좋다 이거다. 그런데 하필 S급이다. B급일 때도 그의 속박 스킬에 당해 여러 번 죽었는데 이번엔 S급. 세아는 손을 들어 얼굴을 감쌌다가 다시 고개를 들었다.

"아니, 싫은 게 아니야. 그냥 좀 놀라서 그래."

"소중한 사람을 구하려다 각성하는 건 흔한 경우 아닌가요?"

"그래, 근데 우리가 뭐 각별한 사이는 아니잖아."

"……."

이준이 답하기를 멈추었다. 세아는 그의 낌새를 알아차리지 못하고 몬스터 옆에 쪼그려 앉았다. 앞으로 던전을 공략하는 동안 이런 몬스터와 계속 마주치면 위험하다. 이준의 정화 스킬이 있지만…….

잠깐, 정화 스킬.

"너 스킬 확인할 수 있지? 정화 스킬 속성 좀 봐."

이준은 자기에게만 보일 허공의 글자를 읽느라 잠시 침묵했다. 곧 그가 짤막하게 대답했다.

"스킬 속성은 '시스템'이에요."

"시스템?"

처음 듣는 속성이다. 혹시 모르니 세아는 자기 스킬 창을 열어 가진 스킬을 전부 훑었다. 어디에도 '시스템 속성'은 없었다. 저런 속성이 있는 줄도 몰랐으니, 이번에 처음으로 나타난 스킬 속성이 분명했다.

"일단 던전 공략은 잠깐 중단해야겠어."

세아는 한숨을 참으며 말했다.

자기가 처리할 수 없는 속성의 몬스터가 나타났다. 이준은 막 각성하여 전투에 능숙하지 않다. 일단 밖으로 나가 시스템 속성에 대해 알아본 후, 획득할 수 있는 스킬이 있다면 그것도 얻어 와야 한다.

그러나 이준의 생각은 달랐다.

"저기 구멍이 생겼어요, 누나."

그가 먼 곳에 나타난 둥근 구멍을 가리키며 말했다. 시선은 여전히 세아에게 고정된 채였다. 세아만 고개를 돌려 그쪽을 확인했다. 저걸 언제 봤지, 그런 의문이 들기도 전에 이준이 말했다.

"계속 가요. 또 이런 몬스터가 나타나면……."

"……."

"제가 지켜 줄게요."

세아는 이준의 검은 눈을 들여다보고 또 들여다보았다.

이전 생에서 이준은 수차례 자신을 배반했다. 시스템이 사라지는 게 싫었겠지. 하지만 지금은 다르다. 이준의 말, 이준의 표정, 이준의 눈빛. 게다가 그는 방금 자신을 구하고자 각성했다.

'어쩌면 지금이 기회일지도 몰라.'

밖으로 나가면 이준이 스킬 창을 자세히 들여다볼지도 모른다. 이 던전을 완전히 공략하면 시스템이 사라진다는 걸 알아차릴 수도 있고.

기회가 왔을 때 속전속결, 던전을 돌파하는 게 옳다.

"좋아."

생각을 바꾼 세아는 단호한 표정으로 고개를 끄덕였다.

"앞으로 어떤 몬스터가 나올지 모르니, 네 역할이 중요해."

"네, 누나."

"믿을게, 정이준."

이번엔 날 배신하지 마.

12.12

던전은 전보다 훨씬 더 까다로웠다. 그러나 이번엔 S급이 둘. 게다가 이준의 스킬은 하나씩 더 새롭게 개방되었다. 모두 '시스템 속성'이었고, 그 속성 스킬은 던전에서 거의 무적에 가까웠다.

이번에 세아는 무척 편하게 보스 룸 앞까지 도달했다.

"누나, 괜찮아요?"

보스 룸 앞에 서서 이준이 그녀를 돌아보았다.

어느 순간부터 그가 자신보다 앞서 걷기 시작했다. 시스템 속성 몬스터가 다수 등장하면서 그의 역할이 커진 것이다. 여기까지 오는 동안 내내 길을 뚫었는데, 이준은 그리 지치지도 않은 듯했다.

"응, 난 멀쩡해. 네가 걱정이지."

"저도 괜찮아요. 힘들지도 않고요."

이준은 새삼스럽게 자기 손을 들여다보며 덧붙였다.

"S급은 신기하네요. 체력도 전보다 훨씬 좋아진 느낌이고."

"원래 그래. 그래도 조금 쉬었다가 들어가자."

최종 보스도 어떻게 바뀌었을지 모른다. 지금까지는 머리 열세 개 달린 용이었지만, 던전 구조가 달라지며 나타나는 몬스터도 변했다. 체력을 충분히 회복하고 가는 게 유리했다.

"좀 앉을까요?"

둘은 거대한 철제 문 앞에 나란히 주저앉았다. 문은 사람 힘으로는 열 수 없을 정도로 컸다. 머리 위로 수십 미터 이상 솟아 있는 듯 보였다.

이 큰 문을 두 사람의 손바닥만으로 열 수 있다니. 세아는 그런 생각을 하며 무심코 이준 쪽으로 고개를 돌렸다. 그리고 바로 눈이 마주쳤다. 세아는 깜짝 놀라 눈도 깜빡이지 못하고 그를 보았다.

언제부터 쳐다보고 있었지.

"왜?"

"누나."

"응."

"궁금한 게 있어요."

불길하다.

세아는 바로 고개를 끄덕이지 못하고 굳어 버렸다. 이 문 앞에서 이준은 매번 같은 걸 물었다. 시스템이 사라지면……. 그러나 지금의 그는 퀘스트의 보상을 모른다. 그때, 이준이 느린 어조로 물었다.

"언제 말해 주려고 했어요? 이 던전을 공략하면 시스템이 사라지는 거."

세아는 눈을 크게 뜬 채 움직이지 못했다. 언제, 아니, 어떻게?

그녀의 충격을 보고도 이준은 웃는 낯을 유지했다. 차라리 이번에도 몬스터면 좋겠다. 세아는 간절히 빌었다. 그러나 이준의 말은 덤덤하게 이어졌다.

"누나와 함께 이 던전을 완전히 공략하면, 나도 필요 없는 사람이 된다는 거 말이에요. 정화 스킬 확인하다가 봤어요. 부가 설명을 열어 보니, 시스템을 소멸시키는 스킬이라고 적혀 있더라고요."

"이유가 있었어."

"그래요?"

이준이 눈매를 접으며 예쁘게 웃었다. 고개를 기울인 채 세아를 물끄러미 들여다보다 그가 물었다.

"그럼 보스를 죽이고 시스템이 사라져도, 누나는 나와 있을 건가요?"

정신이 번쩍 들었다. 세아는 재빨리 몸을 기울이며 고개를 끄덕였다.

"그래, 걱정하지 마. 시스템이 사라져도 난 가진 게 많아. 네가 원하는 만큼 팔아서 너 줄게. 그러면 뭐든 시작할 수 있고 어디 가서 힘든 일도 없을 거야. 필요한 인맥이 있으면 내가 연락해 줄게. 전 세계에 아는 사람 많으니까 뭐든 도와줄 수 있어."

이준은 답하지 않았다. 침묵 앞에 조급해진 세아는 그의 손을 덥석 붙잡았다.

"이준아. 이거 나한테는 정말 중요한 문제거든?"

마음 같아선 모든 걸 다 털어놓고 그를 설득하고 싶었다.

네가 나를 여러 번 배신해서 여러 번 죽었다고, 몇 번의 삶을 반복하고 있는지 아느냐고. 그러니 이번엔 제발 내 뜻대로 좀 움직여 달라고 하고 싶었다.

"네, 중요한 문제처럼 보이네요. 그래서, 뭘 준다고요?"

"얼마나 필요해? 아니, 얼마나 갖고 싶어?"

"전부를 달라고 하면."

그의 입가에 맺히는 미소를 본다. 이준에게 저런 표정도 있었나. 먹잇감을 노리는 맹수의 얼굴, 오랜 시간 어둠 속에 도사리고 있다가 마침내 사냥감을 발견한 듯 스치는 안광.

"어쩔 건가요."

"줄게. 당연히 다 주지. 뭐든 다 가져. 얼마를 달라고 하든 다 네 거야."

이준의 미소가 짙어졌다.

성공이다! 세아는 환희에 차 그를 바라보았다. 고작 돈으로 미래를 살 수 있다니, 얼마나 헐값인가. 이제 더 이상의 회귀는 없다. 반복되는 죽음과 좌절과 권태도 없다. 그녀는 돈으로 자유를 사는 것이다!

"그래요?"

느긋하게 대꾸한 이준이 가방을 뒤져 비상 탈출 스크롤을 꺼냈다. 세아는 상황을 이해하지 못하고 멍하게 그를 바라보았다. 기쁨으로 부풀었던 마음이 불안으로 쪼그라들기 시작했다.

이준은 그녀와 눈을 맞추고, 한마디를 남겼다.

"누나는 진짜 바보예요."

찍, 세아가 보는 앞에서 비상 탈출 스크롤이 찢어졌다. 이준의 몸이 픽셀 단위로 해체되듯 일그러지더니 팟, 사라졌다.

"뭐야?"

세아는 망연히 앉은 채 중얼거렸다. 앞에 보이는 건 이준이 앉아 있던 자리, 그리고 굳게 닫힌 보스 룸 문.

"대체 뭐냐고, 쟤?"

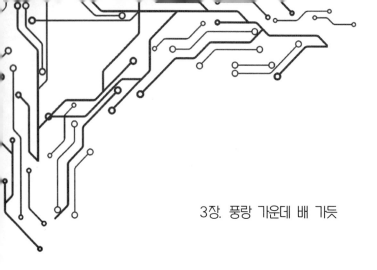

3장. 풍랑 가운데 배 가듯

12.13

　정이준은 흔적조차 없이 사라졌다. 세아가 곧장 스크롤을 찢어 밖으로 나갔을 때, 이준의 모습은 보이지 않았다. 컴컴하게 열린 던전 앞에 서서 세아는 망연히 주위를 두리번거렸다.

　"정이준?"

　뭐가 문제였지. 돈도 준다고 했고, 필요한 인맥이 있으면 소개해 준다고도 했다. 가진 걸 전부 달라기에 그러겠다고 약속했는데 뒤통수를 맞았다.

　"정이준!"

　외침은 공허하게 흩어졌다.

　죽지 않은 것에 감사해야 하나. 그러나 도저히 그럴 수가 없었다. 코앞이었다, 정말 코앞. 이준과의 관계도 그 어느 때보다도 좋았고 던전 구조가 바뀌었지만 보스 룸 앞까지도 수월하게 도착했다.

그런데 대체 왜. 대체 왜?

'누나는 진짜 바보예요.'

내가 모르는 게 대체 뭐기에?

12.14

세아는 정이준을 찾아 낼 자신이 있었다.

그녀는 S급 헌터로, 계급 없는 척 가장한 사회의 최상위 계급이었다. 정확히 말하면 포식자나 다름없었다. 인간 사회를 보호할 S급 헌터는 너무나 귀중해, 정부나 길드에 무슨 요구를 해도 대부분 받아들여졌다.

그러나.

'죄송하지만 다른 헌터의 정보는 저희가 제공할 수 없는지라…….'

'개인정보라 GPS 위치는 조금…….'

'이메일 주소도 요즘은 민감한 정보가 된 걸 아실 테니…….'

각성자 센터, 세계의 유력한 길드, 정부가 모조리 이세아의 요청을 거절했다. 세아는 정부와의 통화를 끝내며 이유를 깨달았다.

정이준, 그 역시 현재 S급 헌터다. 이제 세계의 S급 헌터는 총 열세 명. 정이준은 이제 세아가 돈으로, 또 권력으로 좌우할 수 있는 사람이 아니었다.

-고객님의 전화기가 꺼져 있어…….

미리 받아 두었던 핸드폰 번호로 전화를 걸 때마다 자동 메시지만 흘러나왔다. 세아는 몇 개의 메시지를 남겼다.

"정이준, 너 진짜 죽고 싶어?"

"내가 너한테 뭐 실수했어? 아니면 내 돈이 부족할까 봐 그래?"

"너 메시지 확인은 하고 있는 거야?"

결국 세아는 샌프란시스코에 며칠 머무르며 시간을 흘려보내야 했다. 이준과는 연락이 되지 않았고, 그가 지금 미국에 있는지 한국에 있는지 태평양 한가운데 있는지도 모른다. 답답해서 심장이 터질 듯했다.

이틀 후 아침, 세아는 아침에 일어나자마자 핸드폰을 켰다가 아무 연락도 없는 걸 보고 실망을 금치 못했다. 기운이 쭉 빠져 인터넷을 확인하는데 뉴스 헤드라인이 눈을 사로잡았다.

[열세 번째 S급 헌터, 정이준… 한국, 헌터 부자]

"미친."

세아가 벌떡 몸을 일으켜 앉았다. 그녀는 핸드폰으로 빨려 들어갈 듯 허리를 숙이고 기사를 꼼꼼히 읽기 시작했다.

[한국이 또다시 S급 헌터를 배출했다. 전일 각성자 센터에서 비밀리에 등록을 마친 정이준은 공식적인 열세 번째 S급 헌터다.

올해 스물네 살인 그는 고등학교 졸업 후 생계유지에 힘써 왔으나, 얼마 전 샌프란시스코 던전에서 돌연 각성했다. 미각성 상태로 어떻게 던전에 들어갔는지는 밝히지 않았지만, 정황상……]

세아는 그대로 자리를 박차고 침대 아래로 내려왔다. 제대로 풀지도 않은 캐리어를 대강 정리해 허둥지둥 밖으로 나가며 그녀가 어디론가 전화를 걸었다.

"안녕하세요, 이세아입니다. 네, 지금 한국으로 갈 거예요. 준비해 주세요."

정이준, 진짜 가만 안 둬.

12.15

이준과 함께 탔던 전용기에 홀로 오르며 세아는 정이준을 만나면 뺨부터 한 대 갈겨야겠다고 다짐했다. 그러나 곰곰이 생각해 보니 그건 의미 없는 짓이었다. 어쨌든 히든 퀘스트를 클리어하기 위해선 이준이 필요하다. 그의 마음을 얻어도 모자랄 판에 뺨을 때릴 수는 없다.

'대체 왜 날 거기 두고 갔지?'

세아는 답이 안 나오는 문제를 두고 오래 고민하는 사람은 아니었다. 그녀는 다리를 앞으로 쭉 뻗고 편안하게 호흡하려 애써 보았다.

일단 한국에 가자. 한국에 가서 정이준을 만나자. 물론 그가 한국 어디에 있는지는 모르지만.

머리가 지끈거린다. 인생 최대의 수수께끼를 만난 기분이다.

화목한 부모님, 윤택한 가정 경제, 명문대 입학, 스트레이트 졸업, 대기업 입사, S급 헌터 각성. 탄탄대로였던 인생 행로가 어쩌다 이렇게 어그러졌을까.

한국에 돌아온 후에도 세아는 이준을 만나지 못했다.

세아가 찾아올 걸 염려해서인지 아니면 본래 성격 탓인지, 이준은 인터뷰나 대외 행사 요청에 일절 응하지 않았다. 몇 장의 도촬 사진이 인터넷에 올라왔으나 장소가 매일 바뀌어 그의 행동 범위를 알아낼 수가 없었다.

며칠이 더 지나는 사이, 세아는 새로운 습관을 얻었다.

드르륵—

"여보세요!"

"야, 이세아. 잘 사냐?"

"……."

핸드폰이 울리기만 하면 번호도 확인하지 못하고 전화를 받았다. 거짓 진동까지 느껴져 자다가도 번쩍번쩍 깨어났다. 혹시 이준일까, 마음이 바뀌었을까, 그런 생각에 입 안까지 바짝바짝 말랐다.

"아니. 죽지 못해 산다."

전화 너머로 들리는 김현호의 목소리에 맥이 쭉 빠진 세아가 힘없이 대답했다. 그녀는 객실 창에 이마를 기대며 한숨을 내쉬었다. 서울의 야경이 잔에 고인 와인처럼 은은하게 흐르는 게 보였다.

"너, 내일 오는 거지?"

"내일?"

"나랑 아정이랑 같이 놀기로 했잖아. 아정이도 소개해 줄 겸."

아정이?

세아가 희미하게 인상을 썼다. 그녀가 알아듣지 못해 침묵하자 현호가 답답한 듯 외쳤다.

"아, 그때 얘기했잖아! 너랑 네 파트너랑 우리랑 넷이 만나자고. 이미 아정이한테 다 얘기해 놨단 말이야. 마침 네 파트너 각성했더라?"

"그래, 그게 문제야. 그 잘난 파트너랑 지금 연락이 안 돼."

"어?"

안 그래도 짜증나는데 왜 얘는 말귀도 못 알아들어. 세아는 한숨을 감출 생각도 하지 못한 채 대답했다.

"정이준이랑 연락 안 된다고. 지금 일주일 가까이 전화 한 통……."

"엥, 무슨 소리야? 나랑은 전화했는데?"

"뭐?"

세아가 창에 기댔던 몸을 번쩍 일으켜 세웠다. 자기도 모르게 핸드폰을 귀 가까이 가져다 댔다. 현호는 어이가 없다는 듯 말을 이어 갔다.

"정이준 씨랑 오늘 낮에 통화했다고. 내일 너랑 같이 온다던데?"

12.16

다음 날 열두 시, 세아가 도착한 곳은 약초 던전이었다.

던전에도 종류가 있다. 처음에 나타난 건 몬스터만 쏟아지는 던전이었지만, 시간이 갈수록 새로운 형태의 던전이 나타났다. 약초 던전도 그중 하나였다.

현실에서는 찾아볼 수 없었던 귀중한 약초가 자라는 던전으로, 약초를 뿌리째 채집해도 시간이 지나면 다시 생겨났다. 의학과 과학에 엄청난 번영을 가져다준 약초 던전은 이색 관광지로도 유명했다.

약속은 한 시인데, 눈이 벌겋게 되도록 이 순간만 기다린지라 너무 일찍 도착하고 말았다. 세아는 혹시 이준이 오지 않나 초조한 심정으로 주위를 두리번거렸다.

"어, 언니? 세아 언니?"

갑자기 들리는 소리에 세아가 옆으로 고개를 돌렸다. 교복을 입은 앳된 얼굴의 학생이 두 손을 맞잡고 세아를 보고 있었다. 눈이 마주치자 그녀가 짧게 환호했다. 그러더니 쭈뼛쭈뼛 망설이는 친구를 끌고 세아 옆으로 바짝 다가왔다.

"저, 저희 언니 팬이에요. 팬클럽 1기부터 활동했어요! 사인 좀…… 아니, 사진 한 장만 찍어도 될까요?"

발그레하게 붉어진 뺨. 어쩐지 이준과 비슷했다.

세아는 이런 요청을 잘 받아주는 편이었지만 지금은 마음이 불편해 사진을 찍고 싶지 않았다. 옷도 아무렇게나 주워 입고 나온 까만 셔츠에 블랙진이라, 전반적으로 너무 어두컴컴했다. 그래도 두 학생의 빛나는 눈을 보고 고개를 저을 수는 없었다.

"사진은 좀 그렇고 사인 해 줄게."

"와, 감사합니다! 저 언니 화보집도 샀어요!"

"화보집?"

"아, 도촬 화보집 말고요. 인터뷰랑 기사 사진 모은 거요! 저희는 도촬 화보집 안 사요."

"그래, 고마워."

두 학생은 약속이라도 한 듯 가방에서 두툼한 화보집을 꺼냈다. 펜도 함께 주기에 세아는 첫 장을 펼쳐 멋들어지게 사인을 갈겼다. 화려한 사인은 아니었지만 학생의 얼굴이 단번에 환해졌다.

"그것도 이리 줘."

세아는 두 번째 학생의 화보집을 받았다. 첫 장을 펼쳐 막 볼펜 끝을 대는 순간, 멀지 않은 곳에 선 이준을 발견했다. 눈이 마주치자 그가 살며시 웃었다. 눈매가 휘며 인상이 맑아지는 어여쁜 미소였다.

우득, 세아의 손에서 그대로 펜이 부러졌다.

"어, 언니?"

"미안. 사인은 나중에. 대신 이거 가져."

세아는 노란 클러치 백에서 펜을 꺼내, 화보집과 함께 학생에게 돌려주었다. 두 학생이 기쁨의 비명을 지르는 걸 뒤로하고 그대로 이준에게 걸어갔다. 그가 다정하게 불렀다.

"누나."

"정이준, 너……."

"저 보고 싶어서 일찍 왔죠?"

세아는 어처구니가 없어서 웃고 말았다. 웃음보다는 탄식에 가까운 소리가 튀어나갔지만. 날카롭고 위험한 말을 내뱉기 위해 그를 보았는데, 평소와는 느낌이 좀 달랐다. 어디가 달라졌지?

이준은 어느 모로 봐도 잔뜩 신경을 쓴 게 티가 나는 옷차림이었다. 새하얀 셔츠를 받쳐 입고 검은 티까지 입었는데, 세아도 아는 브랜드였다. 끈이 옆으로 달린 캐주얼한 가죽 구두까지 신고 있으니 과연 부유하고 유능한 S급 헌터처럼 보였다.

물론 그가 S급이든 B급이든 세아는 상관없었다. 그녀는 보기 좋게 웃고 있는 얼굴을 갈기고 싶은 마음을 꾹 참으며 물었다.

"너 죽고 싶어?"

"아니요. 누나랑 살고 싶어요."

말장난에 세아는 정말 이준의 얼굴을 뭉갤 뻔했다. 그러나 이준의 말이 좀 더 빨랐다.

"누나가 저한테 원하는 게 뭔지 알아요. 근데 저도 원하는 게 있거든요."

"그게 대체 뭔데?"

돈? 명예?

이준이 환하게 웃었다. 수면을 두드리는 첫 빗방울처럼 청량한 미소였다.

"오늘 재미있게 노는 거요."

세아는 느리게 눈을 감았다가 떴다. 숨을 내쉬며 이준을 보니 그는 여전히 웃는 낯이었다. 그대로 침을 뱉어 주고 싶은 마음이 치밀었다.

"너, 장난해?"

"아니요."

"넌 모든 걸 다 알고 있으면서 날 속이고 시험했어. 근데 지금 와서 하는 말이 재미있게 놀자고?"

"누나가 저한테 할 말은 아니지 않나요?"

"……"

이러면 또 할 말이 없다. 속이고 시험한 것은 세아 자신이다. 그러나 세아는 억울했다.

'아니, 내가 성격이 나빠서 그랬어? 이유가 있으니까 그랬지!'

몇 번이나 그에게 뒤통수를 맞았다. 보스에게 머리가 씹혀 죽었던 순간들을 떠올리면 아직도 뒤통수가 얼얼하다. 그런데 여기 서서 그 배신자에게 비난받고 있자니 기분이 오묘했다.

"탓하는 게 아니에요. 너무 혼내지 말라는 거죠."

그러더니 이준이 어리광 부리는 강아지처럼 그녀의 어깨에 이마를 기댔다. 세아는 뻣뻣하게 서서 그대로 굳어 버렸다. 얘 대체 왜 이래.

그의 몸이 가까이 다가옴과 동시에 희미하게 향수 냄새가 났다. 봄의 새순처럼 싱그러운 향이라 이준의 나이와는 어울린다는 무의미한 생각이 스쳤다. 맑은 하늘만 보며 얼어 있는데 목소리가 들렸다.

"야, 이세아!"

이준이 느리게 떨어졌다. 다가온 건 현호였다. 세아는 그에게 인사를 하기 전에 옆에 있는 사람부터 살폈다. 서아정. 둘 다 엄청 일찍 왔네. 그 생각을 안으로 밀어 넣으며 세아는 손을 내밀어 악수를 청했다.

"얘기 많이 들었어요."

상투적인 표현이 아니라, 김현호는 정말 여자 친구 이야기를 자주 했다. 뭐만 하면 우리 아정이, 우리 아정이……. 세아는 김현호에게 친구가 없는 건 애인 얘기를 너무 많이 해서라고 믿었다.

"아, 언니. 저도 기사로 많이 봤어요."

살갑게 웃으며 말을 붙여 오는 얼굴이 동글동글 예쁘다.

서아정은 올해 스물여덟, 미각성 상태다. 속이 환히 들여다보이는 물방울처럼 맑고 귀여운 얼굴. 손도 작고 발도 작고 키도 작았다. 김현호 옆에 서 있으면 머리 하나 이상 차이가 났다.

'보호 본능 자극하는 타입이네.'

아정을 본 세아의 감상은 거기서 끝이었다.

"이쪽은 세아 남자 친구야. 이름이 뭐랬죠?"

현호는 능숙하게 아정을 이끌었다. 두 사람이 인사를 나누려는데, 갑자기 아정이 이준의 손을 덥석 붙들었다.

"와, 기사에서 봤던 것보다 훨씬 잘생기셨네요! 저랑 영상 통화 할 때도 각성 상태였는데 숨긴 거예요?"

"네? 아뇨, 그건 아닙니다."

"그럼 갑자기 각성한 거죠? S급이라니, 정말 신기하지 않아요?"

"콜록."

현호가 조금 불편한 듯 헛기침을 했다. 남자 친구가 눈치를 준 걸 알 텐데도, 아정은 이준의 손을 꼭 붙잡고 놓아 주지 않았다.

이준이 불편한 내색을 하며 도움을 청하듯 세아를 보았지만, 세아도 아정과 초면인지라 난감했다. 세아는 하는 수 없이 이준의 손을 잡는 척하며 아정의 손을 부드럽게 떨쳐냈다. 그런 다음 아정을 바라보며 또박또박 말했다.

"이름은 정이준이에요. 스물네 살."

"아, 그렇구나. 그럼 동생이네요? 나 말 편하게 해도 될까요?"

"네, 그러세요."

이번에도 세아가 대신 대답해 주었다. 그런 다음 흘끗 현호를 살폈는데, 과연 표정이 좋지 못했다.

'틀림없이 오늘 가서 싸우겠네.'

어차피 남의 연애사다. 게다가 세아는 오늘 이들과 아름다운 데이트를 즐길 마음이 전혀 없었다. 이준을 만나러 온 것이니 이만 헤어지는 게 맞다. 생각을 정리한 세아는 현호를 보며 말을 시작했다.

"우린 사정이 생겨서……."

"더 재밌게 놀 수 있을 것 같아요, 그렇죠?"

이준이 뚝 말을 잘랐다. 세아는 합의되지 않은 말에 그를 돌아보았다가 뒤늦게 그의 제안을 떠올렸다.

오늘 재미있게 놀자고 했던가. 대체 그런 걸 해서 뭘 얻는다고. 마음 같아선 지금 당장 샌프란시스코로 날아가고 싶었다.

"너……."

"그렇죠, 누나?"

"……그래."

일단은 정이준에게 맞춰 줄 수밖에 없었다.

12.17

약초 던전 안에는 볼거리가 많았다. 전시장처럼 약초를 종류별로 분류해 놓았다. 손을 대면 파스스 흩어졌다가 잠시 후에 다시 나타나는 약초도 있고, 순한 눈이 달려 시선을 맞출 수 있는 풀도 있었다. 채집 키트를 이용하면 약초를 채집해 볼 수도 있어서, 미각성자인 아정도 즐겁게 놀았다.

"아정아, 이거 마셔."

동굴처럼 컴컴한 내부에 앉아 잠시 쉬는 동안. 현호가 음료수를 사 왔다. 사람은 넷인데 캔은 세 개.

“너희도.”

현호는 캔 두 개를 세아와 이준에게 건네고 자기 캔에 빨대 두 개를 꽂았다. 그러더니 아정과 이마를 맞대고 다정하게 음료수를 마시기 시작했다.

“내 자기는 왜 이렇게 눈이 예뻐?”

“음……. 내 자기가 자꾸자꾸 바라봐서?”

우웩. 세아는 고개를 돌리며 토하는 시늉을 했다. 그리고 무감하게 이준에게 캔 하나를 건넸다. 이준은 바로 움직이지 않고 현호와 아정의 다정한 모습을 잠시 관찰했다.

“누나.”

“응.”

지금이라도 던전 다시 가자고?

“나 목마르진 않은데, 하나로 나눠 마실래요?”

“그래? 그럼 너 마실 만큼만 마시고 나 줘. 난 목말라서.”

그렇게 말한 후 세아는 자기 몫의 캔을 따 빨대 없이 쭉쭉 들이켰다. 이준의 눈꼬리가 축 처지며 시무룩한 표정이 되었지만 세아는 거의 알아차리지 못했다.

12.18

“포션 제조 키트 체험입니다! 미각성자 사용 가능! 일회용 약초 키트 사용해 보세요!”

아정은 신이 나서 현호를 끌고 그쪽으로 달려갔다. 흰 조명으로 밝힌 동굴형 던전을 돌아다니느라 지친 세아는 벤치에 털썩 주저앉았다. 이준이 옆에 앉으며 물었다.

"그렇게 재미없어요?"

"뭐가 재밌어?"

"우리도 저거 같이 해 봐요."

흘끗 보니 현호가 아정 옆에서 포션 제조 키트 사용하는 방법을 알려 주고 있었다. 약초를 사용해 기념 포션을 만드는 작업이었다. 아정 쪽으로 다정하게 고개를 기울인 현호의 얼굴은 봄바람처럼 부드러웠다.

그러나 둘이 얼마나 다정한 분위기를 연출하고 있든 세아가 알 바 아니었다. 그녀는 바로 고개를 저었다.

"저걸 왜? 기념 포션 쓸 데도 없고."

"누나가 나 알려 주면 되잖아요."

"너도 기념 포션 같은 거 필요 없잖아? 아니면 하나 사."

"……."

말실수도 없었던 것 같은데 갑자기 침묵이 찾아왔다. 세아 역시 이 침묵이 불편했지만 할 말을 찾을 수 없어 그냥 입을 다물었다. 포션 제조 키트 따위는 이미 그녀의 머릿속에서 사라진 뒤였다. 지금 중요한 건 샌프란시스코에 있었으니까.

잠시 시간이 지나, 현호와 아정이 가까이 다가왔다. 아정이 먼저 물었다.

"두 분은 저거 안 하세요? 재밌던데."

"전 별로……. 정이준은 하고 싶대요."

"아, 정말요? 그럼 저랑 가요, 제가 알려 줄게요! 저 다 배웠거든요!"

이준은 가고 싶지 않은 게 분명했다. 그러나 아정이 막무가내로 그의 손을 잡더니, 방금까지 현호와 함께 있던 곳으로 끌고 갔다.

현호는 신이 난 뒷모습을 보다가 세아 옆에 앉았다. 방금까지만 해도 들판에 피어나는 아지랑이처럼 즐겁던 현호의 얼굴이 싸늘하게 가라앉았다.

세아는 그의 표정을 살핀 후 넌지시 물었다.

"그냥 가서 하지 말라고 하지?"

"됐어."

연애의 세계는 참으로 복잡하구만. 서아정 씨는 대체 왜 저래? 세아는 고개를 절레절레 젓고 무심결에 이준과 아정 쪽으로 고개를 돌렸다. 순간, 이쪽을 등지고 앉아 있던 아정과 정확히 눈이 마주쳤다.

'뭐지?'

검은 눈이 얼음장처럼 서늘하다. 잠시 시선을 맞대고 있었을 뿐인데 던전에 처음 들어갔을 때처럼 오싹했다. 세아가 눈을 가늘게 뜬 순간 아정이 확 고개를 돌렸다.

"어?"

"왜 그래?"

"아니, 방금……."

방금 뭐였지?

12.19

언젠가 세아의 어머니는 이런 이야기를 해 주었다.

'세아야, 너 직감이라는 걸 무시하지 마라. 직감은 아주 무서운 거야.'

'에이, 그런 거 다 미신이야.'

'아니야. 직감이라는 건 그냥 하늘이 번쩍 내려 주는 게 아니야. 네 뇌는 사실 지금까지 보고 듣고 겪은 모든 정보를 다 저장해 두고 있거든. 뭘 보고 느낌이 안 좋으면, 그건 뇌가 보내는 신호야. 지금까지 겪어 봤더니 이런 상황은 왠지 위험하더라, 이런 거.'

'뭐야, 그게.'

'나중에 알게 될 날이 올 거야.'

성인이 되고 이런저런 경험을 하며 세아는 어머니의 말이 옳다는 걸 깨달았다. 직감은 무시할 만한 게 아니다. 무언가를 보고 불길한 예감을 받았다면 보통은 적중한다.

세아는 아정에게 아이스크림 하나를 건네며 말했다.

"먹어요, 아정 씨."

"고마워요, 언니."

받아드는 아정의 눈을 유심히 들여다보았지만 아까와 같은 느낌은 들지 않았다. 세아는 고개를 돌려 다른 곳을 보는 척했다. 그러자 자기의 옆얼굴을 응시하는 아정의 시선이 느껴졌다.

'차라리 지금 뭐냐고 물어볼까?'

마침 남자들은 점심거리를 사러 갔다. 둘은 약초 덛전 깊은 곳에 마주 앉아 있었다. 사이에 테이블이 있어 거리도 적당했다. 세아는 자기 몫의 아이스크림을 먹는 둥 마는 둥 하며 아정을 관찰했다.

그때, 혀를 날름거리며 아이스크림을 핥던 아정이 곱게 웃으며 물었다.

"여기 아이스크림 진짜 맛있네요. 비싸서 그럴까요?"

"어, 글쎄요. 맛있다니 다행이네요."

"뭔가 밖에서 먹었던 아이스크림이랑은 좀 다른 것 같아요. 언니 아이스크림 좋아해요?"

"있으면 잘 먹어요."

"와, 전 엄청 좋아하거든요. 집에 혼자 있으면 통으로 놓고 퍼먹어요. 텔레비전 보면서 먹으면 금방 없어지잖아요."

남자들이 돌아올 때까지 그런 영양가 없는 대화만 이어졌다. 아정은 아까의 의심스런 태도는 싹 걷어치우고, 자기가 어떤 아이스크림을 왜 좋아하는지 구구절절 늘어놓았다.

손에 피자를 든 현호가 아정 옆에 앉으며 물었다.

"둘이 무슨 얘기 했어?"

"그냥 이런저런 얘기. 우리 자기한테는 비밀이야."

그러면서 아정이 눈을 찡긋했다. 세아는 의아해서 입만 벌렸다.

'녹차 아이스크림은 단맛이 덜할수록 꾸덕꾸덕 맛있는 것 같다는 얘기가 비밀이라고?'

"우리 자기, 피자 좋아하잖아. 아 해."

"아이, 언니랑 이준 씨가 보잖아."

"무슨 상관이야. 우리 자기 아―"

"아아―"

세아는 구겨진 얼굴을 겨우 펴며 피자를 들었다. 그때, 옆에서 이준의 목소리가 들렸다.

"누나도 먹여 줄게요."

얜 또 왜 이래. 같이 피자 사러 갔다가 김현호한테 머리를 맞았나? 세아가 세상 기괴한 걸 다 보겠다는 표정으로 자신을 바라보자 이준이 들고 있던 피자를 살짝 아래로 내렸다.

"그렇게 싫어요?"

"우리 각자 먹자. 응?"

그때, 맞은편에서 아정이 말했다.

"이준 씨, 내가 먹여 줄게요. 아 해요."

"네? 아뇨, 괜찮은데요."

이준이 반사적으로 몸을 뒤로 빼고 고개부터 저었다. 그러나 아정은 자리에서 일어나기까지 하며 피자를 내밀었다. 세아는 이번에도 습관처럼 현호의 표정을 살폈다. 과연, 그는 애인의 행동을 이해하지 못하고 굳어 있었다.

'어휴, 진짜. 성가시다, 성가셔.'

"정이준, 입 벌려. 피자 들어간다."

그렇게 말한 후 세아는 이준의 입에 피자를 물려 주었다. 아정이 무안한 듯 자리에 다시 앉았고, 이준은 우물우물 피자를 씹으며 기분 좋게 세아를 바라보았다. 그러거나 말거나 세아는 자기 몫의 피자를 먹을 뿐이었다.

12.20

원래 현호의 계획은 이랬다. 일단 약초 던전을 구경한다. 그런 다음 넷이 함께 이른 저녁을 먹으며 이야기를 나누고 가능하면 술도 한 잔씩 곁들인다. 아정에게 친구 이세아를 소개해 주고 의심도 풀어 버린다.

하지만 인생은 뜻대로 풀리지 않는 법이었다. 약초 던전에서 나왔을 때, 현호와 아정 사이의 분위기는 최악이었다.

"저녁은 따로 먹자."

연애 경험 없는 이세아가 눈치 없이 다른 소리를 하면 어쩌나 했는데, 다행히 세아도 기다렸다는 듯 고개를 끄덕였다. 그대로 헤어져 아정과 둘이 남은 현호는, 화를 다스리기 위해 심호흡을 해야 했다.

"아정아, 이렇게까지 해야 돼?"

"내가 뭘?"

아정은 뭐가 문제인지 전혀 모르는 듯 순진하게 눈을 깜빡였다. 현호는 아정을 정말 오래 좋아했지만, 이럴 때마다 사람 속은 도저히 알 수가 없다고 생각하곤 했다.

"이세아랑 그런 기사 난 건 미안해. 미안한데, 그렇다고 이렇게 유치하게 할 필요는 없잖아."

"내가 뭘 했는데?"

"몰라서 물어? 네가……."

너무 기가 막혀서 말이 턱 막혔다. 현호는 한숨을 내쉬며 고개를 저었다.

"됐어, 나중에 얘기하자. 지금 얘기하면 화낼 것 같아."

"이준 씨 때문에 그래?"

아정이 현호의 손을 덥석 붙잡으며 물었다. 다 알면서. 현호는 욱하는 마음에 그 손을 뿌리칠 뻔했지만 겨우 참았다.

"왜 그랬어? 처음 만났을 때부터 계속, 나랑 하는 거 그 사람이랑도 하려고 하고 하나하나 챙겨 주고."

"화내지 마."

아정의 눈에 순식간에 눈물이 차올랐다. 현호는 그녀의 눈물을 앞에 항상 마음이 약해졌지만, 이번만큼은 좀 달랐다. 기사 한번 났다고 이렇게 유치하게 복수하는 아정이 원망스러웠다.

"왜 이렇게 유치해? 이세아랑 아무 사이 아니라고, 네가 신경 쓰는 거 알아서 일부러 자리 만든 거야."

"그래서 그런 거 아니야!"

아정이 확 목소리를 높였다. 그녀는 작은 두 손을 애처롭게 꼭 쥐고, 자기 말이라면 철석같이 믿는 애인의 품에 매달려 속삭였다.

"처음엔 그냥 정말 반가워서 그랬어. 근데 나중엔……."

"아정아, 왜 울어."

"언니랑 둘이 이야기하는 거 들었단 말이야. 몬스터 멸종이 어쩌고……."

"뭐? 너 뭐라고 했어?"

현호가 아정을 품에서 떨어뜨렸다. 아정이 맑은 눈물을 흘리며 훌쩍였다.

"몬스터를 다 없앨 수 있다고, 던전도 다……. 난 그게 혹시 자기한테 피해가 가지 않을까 해서, 그래서 정이준 씨랑 친해져서 진짜인지 살짝 물어보려고…….”

“아정아, 확실히 말해 줘야 해.”

“확실해.”

아정이 손을 들어 뺨을 적신 눈물을 닦으며 반복했다. 울음에 젖어 오물오물 움직이는 입술이 애처로웠다.

“나 진짜 들었단 말이야. 세아 언니가 몬스터를 멸종시킬 거래.”

12.21

약초 던전에서 호텔로 돌아가는 길, 세아와 이준 사이에는 침묵만 흘렀다. 앞자리와 뒷자리 사이에 가림막이 있어 기사는 아무 말도 듣지 못할 것이다.

차라리 기사와 대화라도 나눌 수 있다면 좋으련만. 그러면 이 무거운 분위기를 깰 수 있을 텐데. 그럴 수 없으니, 세아는 한참을 생각했다.

현호와 아정이 하는 거라면 뭐든 따라하고 싶어 했던 이준의 행동. 돌이켜보면 그랬다. 음료수, 키트, 피자…….

생각을 정리하는 동안, 차는 소리도 없이 부드럽게 나아갔다. 저녁 시간 전의 오후, 나른한 햇빛이 땅을 적시고 세아의 뺨도 물들였다.

옆에 가만히 앉아 있던 이준이 가만히 그녀를 불렀다.

“누나.”

“…….”

“누나?”

“네 말대로 하루 놀았잖아. 이제 됐어?”

이준은 대답하지 않았다. 정적 속에서 세아는 한숨처럼 다시 물었다.

"네가 진짜 원하는 게 뭐야?"

김현호의 말이 틀렸을지도 모른다. 정이준은 돈이나 명예를 바라지 않았을 지도. 세아는 마침내 어렴풋하게나마 정답을 찾았다. 거절당할 때마다 시무룩해지던 이준의 표정, 가까이 붙어 있으려고 열심히 따라오던 행동.

세아는 창밖에서 시선을 떼고 이준을 응시했다. 이준은 대답하는 대신 가만히 세아의 손에 자기 손을 겹쳤다. 시트를 짚었던 손을 감싸며 가만히 깍지를 낀다. 세아는 뿌리치지 않았다.

"이준아."

남에게 이런 걸 묻는 건 정말 처음이다. 배 속이 조금 간지러웠다. 낯선 감각에 세아는 목을 가다듬었다.

"나랑 자고 싶어?"

무시무시한 적요가 두 사람을 덮었다. 이준은 거의 숨도 쉬지 못하고 세아를 바라보았다. 그러나 폭탄과도 같은 말을 던진 세아는 더없이 태연했다. 마침내 답을 찾은 자의 여유가 온몸에서 배어났다.

어쩐지 이상했다. 돈이나 명예를 원했다면 그는 세아의 제안에 응했을 것이다. S급 헌터가 자기 가진 돈을 다 준다는데 마다할 이유가 무언가. 하지만 이준의 목적이 다른 데 있었다면 이야기가 다르다.

"그러니?"

세아가 어조를 부드럽게 하여 대답을 재촉했다. 이준은 자기 속입술을 세게 짓이겼다. 생전 겪어 본 일 없는 감정이 치받아 눈물이 날 것 같았다. 슬퍼서가 아니다. 찢어지는 고통에 저절로 고이는 눈물이었다.

"왜 그렇게 물어요?"

"그럼 어떻게 물어야 할까?"

"알잖아요."

이준이 눈을 깜빡였다. 눈물은 흐르지 않았다. 그러나 이준은 세아에게서 눈을 뗄 수가 없었다. 당신이 구름처럼 보드라운 사람이라 좋아한 건 아니다. 그렇지만 이렇게까지 잔인할 이유가 무엇인가?

"내가 누나 좋아하는 거 알잖아요. 그런데 어떻게…… 어떻게 그런 식으로 물어요?"

"그건 착각이야."

세아는 이준의 손을 꽉 잡았다. 손깍지가 더욱 단단해졌고, 세아는 이준의 눈이 흔들리는 걸 보았다. 어릴 적부터 고달프게 살아온 스물네 살 어린 남자. 세아도 그 나이에는 천지를 분간하지 못하고 엉망이었다.

"내가 스물네 살일 때 처음 회사에 들어갔어. 갔더니 너무 힘들더라. 퇴근도 안 시켜 줘, 좋아하는 일도 아니고, 사람들도 너무 힘들게 하고."

그러다가 한 남자를 만났다. 동기였는데, 웃는 게 예쁜 사람이었다. 아니, 그냥 생긴 게 제법 예뻤다. 성별을 분간하기 어려운 중성적인 얼굴에 세아보다 큰 키. '피곤하죠?'라고 물으며 건네던 커피 한 잔.

"아무것도 아닌 위로에도 사랑에 빠졌다고 믿었어. 힘들 땐 쉽게 착각하는 거야. 원래 그래. 상황이 나아지면 금방 정신이 들어. 생각해 봐. 우리 사이에 대체 무슨 일이 있었다고?"

"그래서 이것도 착각이라고요?"

이준은 이해할 수 없다는 듯 천천히 물었다.

차는 계속해서 도로를 따라 나아갔다. 드문드문 선 차들이 차창 밖으로 휙휙 스쳤다. 해는 세아 쪽으로 졌다, 세아는 도시의 풍광을 등지고 자신을 보고 있었다. 지는 해 곁에서 당신은 더욱 눈부시다.

"이 고통이 착각인가요? 누나도 그때 그랬나요? 좀 아프다 말았어요?"

실제로 좀 아프다 말았다. 세아는 그렇게 대답하려다 입술이 뻣뻣하게 굳는 걸 느끼며 침묵을 택했다. 이준의 두 눈을 보고 있자니, 범람하는 강을 내려다볼 때처럼 희미한 긴장과 동요가 일었던 것이다.

"아니잖아요."

눈도 깜빡이지 않았는데 후드득 눈물이 떨어졌다.

왜 이렇게까지 상처받은 건지 이준 스스로도 이해하지 못했다. 그러나 세아가 '나랑 자고 싶어?'라고 물은 순간, 뾰족한 송곳에 찔린 듯 몹시 아팠다. 차라리 그녀가 '네가 싫어.'라고 했다면 괜찮았을 것이다.

"날 버리려고 했죠?"

퀘스트가 끝나면 뒤도 돌아보지 않았을 것이다.

그래, 돈은 줬겠지. 전화하면 받아주기도 했겠지. 필요한 게 있다고 하면 챙겨 주었겠지. 그러나 딱 거기까지. 세아는 이준을 자기 삶에 조금도 들여놓지 않았을 것이다.

"퀘스트가 끝나면 내가 필요 없으니까. 누나는 히든 퀘스트를 클리어하고 나면 누나 살 길 찾아서 가버리면 되니까. 내 앞에 그렇게 나타나 놓고, 잘 살고 있었는데 갑자기 찾아와서 나를 이렇게……."

혼자 앉아 잔을 기울이던 당신이 얼마나 다른 세계의 사람처럼 보였는지 모를 것이다. 이야기 책 속에서 튀어나온 이방인 같았다. 다른 각성자와는 느낌이 달랐다. 조명 때문에 머리카락의 윤곽이, 또 어깨선이 빛의 끈을 둘러 둔 것처럼 반짝였는데 착시인 줄 알면서도 눈을 떼지 못했다.

세아는 그대로 손을 뻗어 자신을 끌어올렸다. 땅속에 산 채로 묻힌 듯 홀로 캄캄했던 삶에 세아가 들어온 순간, 불을 켠 듯 주위가 환해졌다. 그러고도 그녀는 태연했다. 이 모든 일이 너무 쉽다는 듯. 그 태연함이 이준을 매료시켰다.

"내가 왜 좋은데. 너 그것도 모르잖아."

이준은 입을 다문 채 원망을 품고 세아를 응시했다.

이걸 어떻게 설명할 수 있을까. 그녀가 자기 인생에 구원자처럼 나타나서? 눈부신 망토를 두른 천사처럼 내려와 자신을 선택해서? 지금까지 만난 어떤 각성자보다도, 아니, 어떤 사람보다도 친절하게 대해 주어서?

도저히 모르겠어서 이준은 고개를 저었다.

"누나랑 만나기 전부터 누나를 좋아했던 것 같아요. 우리 이미 여러 번 만났던 것 같아요."

세아가 움찔했다. 그러나 이준은 그녀의 기색을 알아차리지 못하고 느리게 말을 이었다.

"누나랑 자고 싶어요."

차라리 이 말이 나와 다행이다. 세아는 고개를 끄덕이며 대답하려 했다. 그러나 이준이 좀 더 빨랐다.

"누나가 내 마음을 궁금해하면 좋겠어요. 왜 내가 누나를 좋아하는지 정말로 알고 싶어 했으면 좋겠어요."

그러니까, 이미 이유를 알고 있대도. 다 착각이라고 해도 어린애는 말을 듣지 않는다. 세아는 그에게 붙들린 손을 빼려고 했다. 그러나 이준의 악력이 생각보다 강했다.

뿌리치려면 뿌리칠 수 있었다. 그러나 겹쳐진 이준의 손이 절박하여 차마 냉정하게 굴지 못했다. 세아는 눈을 깜빡이며 붙들린 손을 내려다보았다.

'나 그새 정이 들었나.'

이럴 필요가 없다. 정이준은 히든 퀘스트에 필요한 인물일 뿐이다. 퀘스트를 끝내고 나면 서로 미련 없이 등을 돌리고 각자의 길을 가게 될 것이다. 마음이 흔들릴 이유가 없다.

"그래도 정말 이 모든 고통이 착각이라면."

이준의 음성은 비 내린 오후의 숲처럼 축축했다.

"키스해 주세요."

"……"

"나를 낮게 해 주세요."

세아는 숨을 멈추고 그의 눈을 바라보았다.

뿌리치고 물러나도 좋으리라. 호들갑 떨지 말라고, 영화 찍냐고, 외로운 거 풀 데 없으면 딴 사람 알아보라고 해도 괜찮으리라.

그래도 이준은 떠나지 못하리라는 확신이 들었다. 자기가 무슨 짓을 해도 이준은 여기 있을 것이다. 그러니 원치 않는 키스는 하지 않아도 좋다. 그것을 깨닫고 나니 몸이 기울었다.

모순이다. 입을 맞추며 세아는 생각했다. 다 말도 안 되는 짓이야.

이준의 손이 세아의 뺨을 감쌌다. 그는 정말 고통에 처해 약을 원하는 사람처럼 절박하게 세아를 붙들었다. 혀가 갈급하게 얽히고 몸이 순식간에 달아올랐다. 세아는 중심을 잡기 위해 이준의 어깨를 잡았는데, 그 작은 움직임에도 이준은 뜨겁게 신음했다.

"집으로 가고 싶어요."

입술과 입술 사이로 이준의 음성이 흘렀다.

"누나 집. 호텔 말고 진짜 누나 집에 가게 해 주세요."

"와서, 뭐 하게."

세아는 시선을 들어 그를 보았다. 어느새 이준의 얼굴에서 눈물이 싹 가셨다. 아까까지만 해도 애련한 빛으로 촉촉하던 눈이 열기를 품고 번뜩인다. 허락이 필요치 않은 투로 그가 답했다.

"자고 싶어요."

12.22

세아의 집은 멀지 않았다. 차는 약초 던전이 있는 근교에서 서울로

진입하다가 방향을 틀었다. 한적한 강 가까이 높이 솟은 이층집이었는데, 마당까지 넓게 거느리고 있었다. 차는 부드럽게 입구에 섰다.

외관을 자세히 볼 정신도 없었다. 세아가 출입 카드로 문을 열었고 그러기가 무섭게 이준이 문을 닫았다. 생활감이라고는 찾아볼 수 없는, 차가운 대리석 현관에 서서 그대로 이준이 세아를 안았다.

"잠깐, 정이준……!"

입술이 다시 겹쳐졌다. 센서 등이 켜지고 주위가 밝아졌지만 이준은 멈추지 않았다. 그가 한 손으로 세아의 머리를 감싼 후 그대로 벽에 기대서게 했다. 세아의 손에서 노란 클러치 백이 툭 떨어졌다.

잠시 시간이 지나고 불이 다시 꺼지니 사방이 어둠에 잠겼다. 세아는 고개를 뒤로 젖혀 이준을 밀어내며 중얼거렸다.

"안으로 들어가자."

"내가 강요했나요?"

"아니."

"그런데 왜 이렇게 심장이 뛰어요."

내 심장이 뛴다고? 세아는 자기도 모르게 손을 자기 가슴에 갖다 댔다. 정말로 심장이 마구 뛰는 게 느껴졌다. 이준이 두려운 것도 아니고 숨이 가쁜 것도 아닌데 왜.

세아는 깊이 생각하지 않고 고개를 저었다.

"해도 돼. 하자."

"왜요, 그래야 내가 누나를 도울 테니까?"

이준이 입술을 귀 가까이 갖다 대고 속삭이듯 물었다. 정곡을 찔린지라 세아는 조금 움찔했다. 그가 한때의 열정에 잠겨 착각하고 있는 거라면, 하룻밤 몸을 합하고 원하는 걸 얻어 내도 나쁘지 않을 듯했다.

"몇 번을 해도, 내가 누나를 돕지 않는다면요."

이준이 어깨에 이마를 기대고, 그대로 고개를 돌려 세아의 뺨을 쏘아 보았다. 어둠을 응시하는 그녀가 더없이 원망스러웠다. 그러나 세아의 심장이 뛴다, 할 수만 있다면 이준은 거기 입을 맞추었을 것이다.

"그래도 날 허락할 건가요."

마침내 세아가 고개를 틀어 이준을 보았다. 어둠 속인데도 눈빛은 선명하다. 그대로 이준을 빨아들일 것처럼.

"아니."

"……."

"날 돕지 않을 거라면 이대로 나가, 정이준."

둘의 시선이 한 데 얽혔다. 소리도 없이 둘은 맹렬히 다투었다. 그러나 세아는 자신이 승자가 될 것을, 이준이 굴복하여 자신의 뜻에 따를 것을 직감했다. 이준의 눈매가 살며시 일그러졌다. 그는 세아의 귓불을 잘근 씹더니 원망하듯 속삭였다.

"비겁하네요, 누나."

"너도 마찬가지야."

"던전을 완전히 공략하고, 시스템이 사라져도……."

이준이 그대로 고개를 숙여 세아의 흰 목에 입을 맞추었다.

"나 버리지 마요."

세아를 붙든 손에 더 힘이 들어갔다. 세아는 어쩔 줄 모르고 매달려 오는 짐승을 맞이하는 기분으로 그의 등을 한차례 쓸었다.

"그래, 이준아."

부러 더 다정하고 달콤하게 부른다. 의미 없는 대답임을 알기에.

공허한 약속이다. 버리지 말아 달라니, 정이준은 물건이 아니고 자신도 그의 소유주가 아니다. 그가 이렇게 매달리는 것도 한때의 착각이다. 때가 되면 자연스럽게 자기 곁을 떠나 나름의 인생을 개척하러 가겠지. 목숨이라도 빚진 양 절절하게 굴어 놓고 그러면 좀 얄미울 것 같다.

세아는 홀로 조금 웃었다.

"정말 버리지 마요."

"너나 가지 마."

세아가 픽 웃으며 대꾸했다. 대단한 의미가 있는 말은 아니었다. 어차피 갈 거면서 매달리는 게 우스워 뱉은 말인데, 이준의 기세가 갑자기 변했다.

"안 가요."

난 절대 안 가요, 거듭 속삭이며 그가 세아의 옷에 손을 댔다. 미끄러운 단추가 하나하나 풀리고 입술은 여전히 가까운 곳에 있었다.

한 손으로 단추를 풀며 그가 느릿하게 세아의 허벅지 안쪽을 쓸었다. 보이지 않는 곳인데도 그의 크고 단단한 손이 살결을 쓰는 모습이 선연했다.

"누나가 어디 있든 찾아 낼 거예요."

몸이 기분 좋게 달아올랐다. 침실로 가자니까, 세아는 그 말을 하려고 했지만 어떻든 좋을 듯했다. 눈을 감고 그의 목에 팔을 둘렀다.

12.23

먼저 눈을 뜬 건 이준이었다.

창밖은 아직 새벽의 권역. 침실이 푸르렀다. 액자형 창이 밖을 향해 환하게 트여, 새벽에 잠긴 세상이 푸른 그림 같았다.

누운 채로 고개를 돌리면 옆에 세아가 잠들어 있다. 자기 쪽으로 몸을 돌리고 눈을 감은 모습이 아름다웠다. 긴 속눈썹마다 새벽빛이 맺혀 푸른

색과 검은색이 어룽지듯 섞여 있었다.

살짝 손을 대 볼까? 그러면 세아가 곧장 눈을 뜰 것 같았다.

'어쩌면 이렇게 입술도 빨갛지?'

객관적으로 세아의 얼굴은 혈색이 돌아 생기 있어 보였으나 입술이 유독 붉은 편은 아니었다. 그러나 이준에게는 그녀의 모든 것이, 뺨으로 몇 가닥 흩어진 머리카락조차 유혹적이었다.

'꽃물 든 것 같다.'

이준은 누운 채로 손을 들어 살짝, 아주 살짝 세아의 입술에 손을 댔다. 세아는 간지러운 듯 고개를 약간 흔들었으나 깨지는 않았다.

보드라운 입술을 쓸다가 빛을 머금은 속눈썹도 조금 만져 보았다. 이불 밖으로 드러난 맨 어깨를 쓰니, 견디기 어려울 정도로 열이 올랐다. 이대로 세아를 깨워 다시 몸을 합하고 싶은 욕구가 치밀었다.

거절하지 않을지도 모른다. 어제 그토록…….

"으음…….."

세아가 신음하며 조금 뒤척이자 정신이 들었다.

새벽부터 사람을 깨우진 말자. 그건 좀 더 가까워진 다음에 하는 게 나을 것이다. 그렇게 생각한 이준은 세아가 깨지 않도록 조심스럽게 침대 아래로 내려왔다. 대강 옷을 걸친 후 천천히 침실부터 둘러보았다.

아까 보았던 액자형 창문, 회색 시트를 깐 아늑한 침대, 침대와 세트로 제작한 듯 깔끔한 흰색 서랍장. 바닥에는 어두운 색 카펫이 깔려 있었는데 작은 보풀 하나 없었다. 위를 올려다보니 지붕 바로 아래 있는 것처럼 가운데로 갈수록 천장이 움푹 들어가 높아지는 형태였다.

소리가 날까 염려하며 침실 문을 열었는데, 작은 소음조차 들리지 않았다. 집에서 매일 듣던 냉장고 돌아가는 소리조차 없으니 기분이 이상했다.

'주방은 어디지?'

어제 너무 정신이 없어 집을 제대로 둘러보지 못했다. 어마어마하게 크고 세련된 집이라는 것만 어렴풋이 알았을 뿐이다.

주방으로 가려면 복도를 지나야 했다. 집에 복도가 있다니, 이준은 두리번거리며 걸었다. 바닥에도 벽에도 먼지 하나 없었지만 어쩐지 생활감이 하나도 없었다.

주방도 침실과 느낌이 비슷했다. 찬장 문은 흰색 아니면 회색, 사용한 적이 한 번도 없는 것 같은 깔끔한 인덕션 레인지와 내장형 오븐까지. 넓은 거실 한편에 주방이 있는 형태라, 아일랜드 바 너머로 통유리창이 보였다.

물방울 얼룩 하나 없는 싱크대를 쓸며 유리창 쪽으로 다가갔다. 엷은 회색 소파에 놓인 쿠션마저 매일 정리하는 듯 가지런했다. 아니, 어쩌면 쿠션 같은 건 한 번도 사용하지 않았는지도 모르겠다.

커튼을 걷으니 바깥 풍경이 환히 내다보였다. 근교에 있는 집이라, 앞이 탁 트였고 멀지 않은 곳에 강이 보였다. 서서히 해가 뜨기 시작하는 시간, 강은 비늘 반짝이는 뱀처럼 유유히 흘러갔다. 그대로 창가에 서서 이준은 세아를 생각했다.

그 흔한 여행 기념품 하나 없다. 취향을 보여 줄 수 있는 액자 같은 것도. 일 년에 일주일만 머무는 휴가용 별장이라고 해도 믿을 수 있을 듯했다. 아니, 별장이라도 이렇게 황량할 수는 없을 것 같다. 이런 걸 생각하고 집에 데려가 달라고 한 건 아닌데.

이준은 다시 주방으로 돌아가, 실례는 아니겠지 망설이면서 냉장고를 열었다. 관리하는 사람이 따로 있는지 안에 재료는 충분했다. 대강 둘러보니 조리 도구도 완벽하게 갖춰져 있다.

이준은 셔츠 소매를 걷고 도마부터 꺼냈다.

12.24

세아는 서울에서 태어나 서울에서 자랐고, 대학교를 졸업한 후에도 부모님과 함께 지냈다. 회사에 다니면서 생활비를 보태고 자기 적금도 차근차근 쌓아 나가는 게 소소한 즐거움이었다.

그러나 '재앙'이 시작되면서 그녀의 삶은 완전히 변했다.

중요한 변화는, 부모님과 따로 살게 되었다는 것. 부모님 역시 아직 서울 근교에 살지만 세아는 따로 살 때가 된 것 같다고 판단했다. 스물다섯 살 무렵이었다.

부모님은 갑자기 달라진 세상에 적응하지 못했다. 현명하고 재빠른 분들이라고, 늦게 나이 드는 분들이라고 생각했는데 그렇지만도 않았다. 부모님 곁에서 힘이 되어 드리고 싶었으나 끊임없이 쏟아지는 불안과 불만에 세아는 그대로 나가 떨어졌다.

그렇다고 부모님이 불행하게 살고 계신 건 아니다. 세아가 산 전원주택에서 안전하게 지내고 계신다. 그래서 세아도 마음 편하게 혼자 살 수 있다.

그렇게 생각해도 혼자뿐인 집에 들어가기 싫은 날이 많았다. 시간이 갈수록 호텔에서 머무는 게 일상이 됐다. 그게 특별히 쓸쓸했던 건 아니다. 나이가 들면 다 겪는 일이겠거니 한다.

"정이준?"

침대에서 느리게 몸을 일으키며 중얼거렸다. 침실에 인기척이 없다. 세아는 멍하게 일어나 침대에 걸터앉았다. 정신을 차리기 위해 눈을 문지르고, 침실 옆에 있는 드레스 룸에서 무릎 아래까지 떨어지는 실내복을 찾아 걸쳤다.

'화장실이라도 갔나?'

슬리퍼를 신으며 그렇게 생각했다. 침실 밖으로 나가 거실 쪽으로 걸으니 달그락거리는 소리가 들렸다. 세아는 꿈을 꾸는 듯 몽롱하고 낯선 기분으로 소리를 향해 나아갔다.

가장 먼저 보인 것은 유리창으로 새어드는 눈부신 아침 햇살. 그리고 그 햇살을 향해 서서 텅, 텅, 무언가를 써는 이준의 뒷모습.

"이준아?"

부름에 이준이 고개를 돌렸다. 그가 눈을 동그랗게 뜨더니 조금 웃었다.

"누나. 이것만 넣고 깨우러 가려고 했는데."

식탁을 보니 이미 몇 가지 음식이 차려져 있다. 대단한 한식은 아니고 간단히 만들 수 있는 조식 수준이다. 다가가니 이준이 웃음기 어린 목소리로 인사했다.

"잘 잤어요?"

고개를 들어 그를 본다.

다시 말하지만, 특별히 외로웠던 건 아니다.

12.25

허브를 뿌려 볶은 달걀 요리. 가장자리를 잘라 내고 세모 모양으로 잘라 바삭바삭 구운 식빵. 얇게 썰어 놓은 치즈 몇 장. 양상추와 올리브, 방울토마토로 만든 샐러드.

"커피 마셔요, 누나?"

이준이 커피 머신 앞에 서서 물었다. 아침이라 덜 풀린 목소리는 낮고 허스키해서 평소와 느낌이 좀 달랐다.

"한 잔만."

"뜨겁게요?"

머그잔에 커피가 쏟아지는 소리가 들렸다. 세아는 잘 차려진 식탁을 앞에 두고 앉아 멍하게 기다렸다. 솔직히 지금 상황이 잘 이해 가지 않았다. 곧 다가온 이준이 세아 앞에 커피 잔을 내려놓고 살짝 웃었다.

"전 커피 안 마셔요."

그렇게 말하고 맞은편에 앉은 그가 조심스럽게 세아의 얼굴을 살폈다. 세아는 목소리가 잠긴 것 같아 헛기침을 하고 포크를 들었다.

"언제 일어났어?"

"얼마 안 됐어요."

"깨우지. 그냥 사람 부르면 되는데."

"해 주고 싶어서요."

음식은 모두 세아가 아는 그 맛이었다. 달걀 볶음은 달걀 볶음 맛, 샐러드는 샐러드 맛, 구운 식빵은 구운 식빵 맛……. 그래도 막 만든 음식 특유의 따뜻함은 마음에 들었다.

"냉장고에 재료가 가득하더라고요."

"관리하는 사람이 있으니까."

대화가 뚝 끊겼다. 이준은 그렇구나, 하고 고개를 끄덕이며 자기 식사에 집중했다. 침묵 가운데 식기가 접시에 부딪치는 소리만 들려 왔다. 세아는 억지로 대화를 시작하지 않고 기다렸다.

"맛이 어때요?"

"괜찮네."

"누나는 호텔에 익숙하니까, 이런 게 더 낫지 않을까 하고."

세아는 뭔가 말하려는 듯 고개를 들었다가, 이준과 눈이 마주치자 다시 시선을 음식에 고정했다. 말을 꺼내려다가 만 듯한 행동이라 이준은 잠시 포크를 내려놓고 물었다.

"왜요?"

"아무것도 아니야."

"말해 봐요. 맛이 없어요?"

"아니, 그것보다는."

세아는 도자기 접시에 예쁘게 플레이팅까지 된 음식을 바라보다가 조금 작은 소리로 말을 이었다.

"난 한식 더 좋아해서."

"아."

"호텔식 조식 싫어하는 건 아니야."

아침부터 요리한 사람에게 이런 말을 하고 싶지 않았는데, 사실이 그런 걸 어쩌겠는가. 그를 타박한 게 아니라 그저 자기 취향 이야기였는데, 이준의 표정이 시무룩하게 변했다.

이제 저 정도는 알아보게 되었다. 세아는 그의 얼굴을 살피며 그런 생각을 곁들였다. 실망한 표정, 아니, 그렇다기보다는 아쉬운 표정.

"다음엔 한식으로 차릴게요."

"차려 달라는 소리는 아니었는데. 사람 부르면 되는데, 뭐. 너도 S급으로 살다 보면 익숙해질 거야. 아니, 그 전에……."

시스템이 사라지려나, 세아는 그 말을 안으로 밀어 넣었다.

이준도 이어질 말을 짐작한 듯했다. 하지만 그는 그 이야기를 꺼내는 대신 자기 몫의 빵을 찢으며 다른 걸 물었다.

"여기 자주 오나요?"

"보면 알잖아. 거의 안 와."

"근데 집이 엄청 예쁘고 깨끗하네요. 이것도 관리하는 사람이 있는 거죠?"

"응."

세아가 문득 고개를 들어 이준의 먹는 모습을 살폈다. 말하는 걸 보니 집을 조금 둘러 본 것 같아 부드럽게 권했다.

"너 가질래?"

"네?"

"이 집 말이야. 너 가져도 돼."

이준은 대답하지 않고 그저 먹기를 멈추었다. 세아는 그가 입을 열기 전에 먼저 말을 이어 갔다.

"퀘스트 클리어 도와주면 원하는 거 주겠다고 했잖아. 각성한 다음 한국 온 지 얼마 안 됐으니 너도 호텔만 전전했을 거 아니야. 호텔에서 지내는 거 편하긴 한데, 요리하고 이러는 거 보니까 넌 집에 정착하는 게 더 맞을 수도 있겠다 싶어서."

고작 몇십 분 정도 사람이 움직였을 뿐인데 집 분위기가 달라졌다. 모델 하우스 같던 주방과 거실에 활기가 돌고, 아침 풍경도 왠지 평소와는 다르게 느껴진다. 느긋하면서도 정확하게 움직여 음식을 만들던 이준의 뒷모습도 떠오른다.

이준에게는 생활의 감각이 있다. 손끝 야무지게 음식을 만들고 공간을 돌보고 집을 알차게 꾸며 가는 감각이. 아주 잠깐 보았을 뿐인데도 느낄 수 있었다.

'좋은 집이니 좀 더 어울리는 사람에게 줘도 좋을 거야.'

생각이 거기 미친 순간, 이준이 툭 대답했다.

"그렇게 허둥지둥 밀어내지 않아도 되는데요."

이준은 어제보다 한결 안정된 듯했다. 울면서 좋아한다고, 버리지 말라고 매달리던 때와는 조금 달랐다.

하룻밤 잤다고 자신감이 붙은 건가, 삐딱하게 생각하며 이준을 응시하는데 그의 손이 약간 떨리는 걸 발견했다. 음식을 먹는 척하며 동요를 감추려던 이준은, 포크가 접시에 부딪혀 쨍 소리가 나자 무의미한 노력을 포기했다.

"그렇게까지 말하지 않아도 누나랑 같이 던전으로 갈게요."

"……."

"내가 이럴 줄 알고 어제 허락한 거죠?"

이준이 억지로 웃었다. 세아는 자기가 비겁했다는 걸 인정했다. 함께 던전에 가는 조건으로 밤을 허락했으니, 이준은 뻔뻔스럽게 고집을 부리지 못할 것이다. 어제부터 이미 알고 있었다.

"이 집은 필요 없어요."

덤덤하게 거절하는 목소리가 나직하다.

"누나랑 좀 더 가까워지고 싶어서 집에 데려가 달라고 한 거예요. 그러니까 누나 없는 이 집은 필요 없어요."

대답할 말이 없어서 세아는 침묵을 지켰다. 구름처럼 몽글몽글 풀렸던 분위기가 순식간에 바뀌었다.

처음에는 쉽게 생각했는데, 이준은 정말 어렵다. 돈을 많이 주면 되겠지, 시스템이 사라져도 부자로 떵떵거리며 살게 해 준다고 약속하면 되겠지, 사칙연산 문제를 푸는 것처럼 간단히 생각한 과거가 우스워질 정도로.

이준이 원하는 것은 자신의 마음이다.

그러나 세아는 지금까지 한 번도 누구를 좋아해 본 일이 없다. 이성을 사랑한다, 그 말이 무슨 의미인지도 잘 모르겠다. 부모님도 사랑하고 친구도 사랑하는데, 애인은 뭐가 그렇게 특별하다는 것인지.

"내일 캘리포니아로 갈 거야."

이준을 바라볼 때 느끼는 감정이 무엇인지, 알 수 없다.

"층 보스 몬스터는 그때 다 처리했으니까 바로 보스 룸 앞으로 가면 돼. 정화 스킬은 아직 있지?"

"네."

"시스템이 사라지면 어떤 혼란이 닥칠지 몰라. 약속했던 대로 시스템이 사라진 후에도 널 돕겠지만 너도 마음의 준비를 해."

팔꿈치를 식탁에 댄 세아가 손바닥으로 눈가를 감쌌다. 혼란스러우면서도 마침내 '그날'이 온다니 긴장이 되기도 했다. 이준은 이번에야말로 자신을 배신하지 않을 것이다. 드디어 지긋지긋한 회귀의 굴레에서 놓여나 정상적인 삶을 살 수 있게 된다.

긴 숨을 내쉬고 다시 고개를 들어 이준을 보았다. 그런데 그의 표정이 좀 이상했다. 그는 세아를 보는 게 아니라 세아의 등 뒤를 뚫어지게 바라보고 있었다.

왜 저러지, 의아함을 품고 세아가 고개를 돌린 그 순간.

끼기긱─ 손톱으로 철판을 긁는 듯 소름 끼치는 소리가 귀에 꽂혔다. 세아는 허공에, 자기 집 거실 한복판에 나타난 검붉은 균열을 보았다. 마치 거대한 검으로 허공을 가른 듯, 지직거리는 선이 길게 엉켜 있었다.

"던전이야."

세아가 벌떡 일어나며 말했다. 그녀는 그대로 이준 쪽으로 몇 걸음 뒷걸음질을 쳤다. 보호 스킬을 가동하고 숨을 죽인 채 기다렸다.

왜 거실에서 던전이 열리는지는 나중에 알아봐도 된다. 지금 중요한 건 살아남는 것.

그때, 이준이 뒤로 바짝 다가와 말했다.

"느낌이 안 좋아요. 누나, 도망가는 게 낫겠어요."

"도망 못 가. 던전이 열리면 한 시간 정도는 범위 밖으로 나갈 수가 없어. 들어오는 거라면 몰라도……. 다른 헌터에게 도움 요청하게 가서 내 핸드폰 가져와."

"하지만……."

"난 알아서 싸우니까 가져와!"

이준이 재빠르게 침실로 달려갔다. 세아는 마치 갈라진 상처를 양쪽으로 잡아 벌리듯 서서히 벌어지는 균열을 노려보았다. 역시 시스템은 죽이는 게 옳다. 그럼 적어도 아침 먹다 생명의 위협을 느낄 일은 없을 거 아닌가!

끼리릭, 끼릭······.

안에서 기어 나온 건 쪼글쪼글한 피부를 가진 난쟁이 몬스터였다. 세아의 허리에 간신히 미치는 키, 탄력 없이 축 늘어진 피부, 머리카락은 하나도 보이지 않는 민머리, 동공까지 새하얀 눈.

눈이 멀었구나. 처음 보는 몬스터였지만 세아는 즉시 알아차렸다.

빛을 받아들여야 하는 동공까지 표백한 것처럼 하얗다. 아마 앞을 못 보는 대신 소리나 냄새에 민감할 것이다. 이준이 제발 여기까지 조용히 와야 할 텐데.

몬스터의 발은 기괴할 정도로 말랐고, 발가락은 손가락만큼이나 길었다. 뼈와 힘줄이 그대로 보이는 다리로 몬스터가 터벅터벅 걸어오더니 코를 킁킁거리며 고개를 저었다.

한 마리, 두 마리, 끝도 없이 기어 나왔다. 퍽! 검으로 바닥을 내리찍는 소리가 났다. 몬스터들은 사람 팔의 반 정도 되는 길이의 검을 들고 있었는데, 휘어진 모양이라 사정거리는 길지 않았다.

세아는 발소리를 내지 않으려 천천히 뒤로 걸어갔다. 곧 이준의 기척이 느껴졌다. 그녀는 침실로 가는 복도까지 서서히 물러나, 뛰어오려는 이준에게 조용히 하라는 신호를 보냈다. 검지를 세워 입술에 갖다 대니 이준이 뚝 움직임을 멈추었다.

그때, 이준의 손에서 핸드폰이 울리기 시작했다.

디리링, 디리링―

요란한 기계음과 동시에 세아가 욕을 내뱉었다. 그런 다음 즉시 몸을 돌려 이준 쪽으로 돌진했다. 손을 뒤로 뻗어 미친 듯 흥분하여 달려드는 몬스터 떼를 몰살하려는데 갑자기 불길한 소리가 들렸다.

치치칭, 쇠붙이가 서로 스치고 부딪치며 나는 소리. 세아가 뒤를 돌아보기도 전에 이준이 그녀를 잡아 자기 뒤로 밀쳤다.

"누나, 검!"

중심을 잃고 바닥에 넘어져, 세아는 보았다.

몬스터가 들고 있던 검이 마치 뱀처럼 길게 늘어났다. 휘어지는 모양을 따라 살아 있는 것처럼 움직이더니, 그대로 이준의 목을 감싸 똬리를 틀었다.

검이 똬리를 틀다니?

서걱, 목은 깔끔하게 잘려 나갔다. 머리통이 바닥으로 툭 떨어졌고 핸드폰도 함께 나뒹굴었다. 맑은 피가 복도 가득 흩뿌려졌다.

세아는 주저앉은 채 멍하게 앞을 바라보았다.

정이준이 죽었다.

12.26

침실로 달려와 문을 걸어 잠갔다. 닫힌 문에 등을 대고 서니 두드리는 진동이 느껴졌다.

이준은 이 집을 '예쁘다'고 평했지만, 예쁘기만 한 집은 아니다. S급 헌터의 집인 만큼 몬스터의 습격에 대비해 지어졌다. 전문가가 문고리 하나까지 세심하게 설계한 공간이었다.

쾅! 쾅! 쾅!

세아는 문에서 떨어져 섰다. 온몸이 식은땀으로 축축했다. 처음 던전에 들어간 이후 이런 경험은 처음이었다.

방금 진짜로 죽을 뻔했다. 만약 뱀처럼 늘어난 날 사이에 갇힌 게 이준이 아니라 자신이었다면, 지금쯤 자기 목도 바닥을 구르고 있을 것이다. 아니, 그럴 틈도 없이 과거로 돌아갔을까.

손이 덜덜 떨렸다. 사실 공격 방식을 파악했으니, 이제라도 몬스터 무리를 전부 사냥할 수도 있었다. 그러나 바닥으로 떨어지던 이준의 목, 구멍 뚫린 봉지에서 새는 물처럼 흐르던 피 때문에 정신을 차릴 수가 없었다.

세아는 손을 들어 뺨을 문질렀다. 간지러워 그런 것인데 피가 묻어났다. 이준의 피가 여기까지 튀었다. 붉은 피가 묻은 손바닥을 보니 비로소 실감이 났다.

"미친 놈."

달려들길 왜 달려들어. 어차피 난 죽으면 과거로 돌아가는데. 지금까진 내내 날 죽여 놓고 이제 와서 몸을 날리면 나보고 어쩌라고?

생각이 머리를 마구 찌르고 들어왔다. 진정하고 싶어서 손을 여러 번 쥐었다 폈다. 자신은 여전히 얇은 실내복 차림이다. 일단 옷부터 제대로 입어야 한다.

정이준이 죽었으니 어차피 과거로 돌아가서 모든 걸 다시 시작해야겠지만, 지금 당장 죽을 순 없다. 왜 갑자기 거실 한복판에 던전이 열렸는지도 알아야 하고…….

디리링, 디리링, 디리링—

손에서 핸드폰이 울렸다. 문밖이 잠시 조용해졌다가 다시 소란스러워졌다. 문을 부술 듯 쾅쾅 두드리는 걸 보니, 장치가 된 문이라도 한 시간 내내 굳건히 버티진 못할 듯싶었다.

세아는 홧김에 핸드폰을 집어 던지려다 겨우 참았다.

'난 그 상황에 핸드폰을 챙긴 거야?'

기가 막혔다. 일단 세아는 액정을 확인했다. 피가 묻어 엉망이었지만,

익숙한 이름 세 글자는 문제없이 눈에 들어왔다.

[김현호. 010-2XXX-XXXX]

세아는 피 때문에 미끈거리는 액정을 만져 전화를 받았다. 던전의 종류와 규모를 전혀 파악하지 못했으니, 일단 지원을 요청해야 했다.

"김현호!"

"이세아, 너 어디야?"

"나 지금 집인데 거실에서 던전 열렸어. 위치 보낼 테니까 헌터들 오게 해. 던전 경보 안 울렸어?"

"안 울렸어. 그보다도 너 그거 정말이야?"

"뭐가?"

세아는 드레스 룸을 뒤져 적당한 옷을 찾아냈다. 움직이기 편한 티셔츠와 청바지를 입는 동안 핸드폰은 어깨와 귀 사이에 끼웠다. 옷을 다 입었는데도 핸드폰 너머가 조용했다. 세아는 전화가 끊어지지 않은 걸 확인하고 버럭 소리쳤다.

"뭔데, 김현호! 경보부터 울려, 던전 경보 안 울릴 정도면 이거 또 새로운 유형이니까!"

"몬스터……. 아니다, 일단 기다려. 내가 경보 울리고……."

전화가 뚝 끊어졌다. 그와 동시에 전파 신호가 나갔다는 메시지가 떴다. 세아는 욕을 읊조리며 핸드폰을 대강 팽개쳤다. 이제부터 한 시간 정도, 핸드폰은 무용지물이다.

던전이 열리고 일정 시간이 지나면 주위의 전파가 차단된다. 새 던전이 나타나면 경보를 울리는 기술도 생겨났지만, 새로운 유형의 던전은 감지하지 못할 때도 있었다.

"재수가 없으려니까, 시발."

그래도 전파가 끊어지기 전에 김현호와 통화해 다행이다. 세아는 다시 방어 스킬을 사용하고 숨을 골랐다. 문은 아직 부서지지 않았지만, 김현호와 다른 헌터들이 올 때까지 버텨 줄까?

'정이준 시체는 어떡하지……'

이 와중에 시체 생각이나 하다니, 어이가 없었지만 세아는 그 생각을 떨치기 어려웠다. 어차피 과거로 돌아가면 그도 살아날 텐데, 괜한 걱정이다. 세아가 눈을 질끈 감았다가 떴다.

'정신 차려야 돼.'

얼마나 기다렸을까, 밖에서 무언가를 베어 넘기는 소리가 들렸다. 긴장으로 바짝 굳었던 몸이 탁 풀리며 숨이 제대로 쉬어졌다. 헌터가 온 것이다.

바깥의 상황을 모르니 섣불리 문을 열고 나갈 수가 없었다. 잘못하면 헌터의 공격에 함께 휘말릴 것이다. 검과 검이 부딪치는 소리, 접시며 전등이 깨지는 소리, 몬스터의 비명을 들으며 세아는 가만히 기다렸다.

그때, 누가 밖에서 문을 두드리며 외쳤다.

"이세아!"

김현호다. 세아는 재빠르게 문을 열었다. 현호는 안으로 들어오자마자 등 뒤로 문을 쾅 닫았다. 현호의 손에는 그의 주 무기인 장검이 들려 있었다. 현호는 땀에 젖은 채 안으로 들어와 문에 기대 섰다.

"저게 다 뭐야? 속성이 제대로 안 먹혀서 하나하나 다 베어 넘겨야 해. 성가셔 죽겠네."

"지원은 언제 온대? 던전부터 빨리 안정시켜야 해."

"곧 와."

"여기 위치는 알아?"

"알지, 그럼!"

그 순간 문이 엄청난 소리를 내며 쩍 부서졌다. 나타난 건 복도에 몰려선 수십 마리의 몬스터와 번뜩이는 검날이었다. 세아는 마른침을 삼키며 허공에서 자기 검을 만들어 냈다. 그런 다음 현호에게 충고했다.

"저 검 조심해. 미친 것처럼 늘어나."

"바깥에 시체도 그 검 작품이야?"

"……."

세아는 대답하는 대신 가장 먼저 달려든 놈의 목을 뎅겅 베어 버렸다. 몸이 말라 베기 쉬울 줄 알았는데 그렇지만도 않았다. 힘줄이 비정상적으로 질겨, 안 썰리는 스테이크를 썰 때처럼 성가시고 시간도 오래 걸렸다.

"야, 이세아, 목 똑바로 잘라!"

현호가 버럭 소리쳐서 돌아보니, 몬스터 하나가 천천히 몸을 일으키고 있었다. 반쯤 잘리다 만 목이 괴기스럽게 덜렁거렸다.

"언데드야?"

"그런 것 같기도 한데 신성 속성은 안 통해!"

"진짜 개 같네."

나직하게 읊조린 세아는 이제 몬스터의 머리와 몸을 완전히 분리하기 위해 힘써야 했다. 목을 완전히 떨어뜨리지 않으면 몇 번이고 살아 일어나는 통에, 세아는 정말 고기를 썰 때처럼 칼날을 벅벅 문질렀다.

"이럴 바엔 톱이 낫겠어!"

뱀처럼 늘어난 검날에 몇 번이고 목이 베일 뻔했다. 목 대신 머리카락이 잘려 나갔으니 다행이라고 해야 할까. 세아는 물리 피해를 최소화하는 스킬을 계속 유지하며 미친 듯 뛰어다녔다.

이준이 평화롭게 세아의 속눈썹과 입술을 바라보던 침실은 금세 피로 물들었다. 몬스터의 피도 뜨끈하고 붉었다. 슬리퍼 없이 맨발인 세아는 몇 번이나 미끄러질 뻔했지만, 이준 같은 풋내기 헌터는 아니었으므로 그때마다 균형을 잡았다.

캉, 캉! 세아는 자기 검으로 쉴 틈 없이 몬스터의 검을 튕겨 냈다. 마법도 통하질 않는다. 무조건 근거리에서 머리를 잘라야 한다. 어느 순간부터 현호도 말이 없었다. 그 역시 몬스터를 상대하느라 바쁜 것이다.

열 마리, 스무 마리……. 제아무리 S급 헌터라 해도 기진맥진할 정도의 시간이 흘렀다. 몬스터는 좁은 침실 문으로 꾸역꾸역 계속 밀려왔다.

세아가 목소리를 높여 침실 저쪽에 있는 현호에게 물었다.

"야, 지원 얼마나 걸린댔어?"

"금방 오겠지!"

"벌써 한참 지났다고!"

현호는 대답하지 않았다. 바로 그때, 몬스터의 검이 휙 길어지더니 그대로 세아의 뺨을 스쳤다. 빗나간 검은 바닥에 있던 세아의 핸드폰을 정확히 내리찍었다. 노린 것 같지는 않았다. 세아는 숨을 고르며 흐르는 피를 닦았다.

'칼로 베는 것만 하는 게 아니라 두들겨 깨는 것도 하네.'

조심해야겠다, 그렇게 생각한 순간, 세아는 차가운 얼음물이 머리 위에서부터 확 쏟아진 듯한 느낌에 진저리를 쳤다. 그 바람에 검에 그대로 베일 뻔했다. 목숨을 건진 세아는 방어 자세를 취하는 대신 입을 열어 소리쳤다.

"김현호! 내가 너한테 위치 정보 전송했어?"

멀지 않은 곳에 있는 현호와 눈이 마주쳤지만 그건 정말 잠시였다. 세아는 달려드는 몬스터의 목을 썰며 다시 외쳤다.

"그 전에 전파 나가서 위치 정보 못 보내 줬는데, 너 신고는 어떻게 했어! 이 집 주소까지 알아?"

대답이 없다.

세아는 어금니가 부서지도록 이를 악물었다. 그런 다음 쏟아지는 공격을 무시하고 현호에게 달려갔다. 손목을 잡아채 열린 드레스 룸 안으로 그를 떠밀고 등 뒤로 문을 닫았다. 끔찍한 소음이 다시 한 겹 멀어졌다.

침실을 벗어나 더 좁은 공간으로 오고 말았다. 더 불리해진 것이다. 그러나 세아는 후회하지 않았다, 당혹하여 잘못된 판단을 내린 것도 아니다. 지금은 그보다 더 중요한 게 있으니까.

"김현호."

현호는 밖에서 문 두드리는 소리를 들으며 침묵했다. 그의 얼굴은 피와 땀으로 엉망이었다. 자기 꼴도 크게 다르지 않을 것이다. 세아는 기이한 불안과 막막함을 느끼며 현호에게 시선을 고정했다.

"신고 안 했지?"

현호는 침묵을 지켰다. 세아는 와락 달려들어 그의 멱살을 쥐고 흔들고픈 충동을 겨우 참아냈다.

"너 여기 나랑 와 본 적은 있어도 주소는 모르잖아. 아니면 뭐, 검색이라도 해서 보내 줬어? 그랬으면 진작 헌터들 왔어야 돼."

"이세아."

"왜 경보 울리고 신고했다고 했어?"

마음이 급해서 허둥지둥 왔을 수는 있다. S급 헌터가 그런 바보 같은 실수를 하면 안 되는 거지만 죽을 죄는 아니다. 그러나 김현호는 아예 신고조차 하지 않으면서 경보를 울렸다고 거짓말을 했다. 대체 왜?

모르는 것투성이다. 갑자기 열린 던전, 쏟아지는 새로운 몬스터, 전투 직후의 흥분으로 눈을 번들거리며 자기를 보는 김현호까지.

"너 저번에 인터뷰장에서 나한테 얘기한 거, 정말이었어?"

기분 탓일까, 현호의 목소리가 유난히 서늘했다. 그는 답하지 않는 세아를 거칠게 다그쳤다.

"몬스터 멸종 어쩌고 한 거, 사실이었냐고."

"김현호, 지금 그게 중요해?"

"사실이구나."

세아는 부인하지 못했다. 그러기엔 현호의 확신이 너무 강했다. 그는 선 채로 숨을 고르더니 욕을 내뱉으며 벽을 세게 쳤다. 그가 타오르는 듯 사나운 시선으로 세아를 노려보았다.

그와 늘 사이좋았던 건 아니다. 그러나 이런 시선을 받는 것도 처음이었다. 정말로 달려들어 죽일 듯한 눈빛. 세아는 물러나지 않으려고 이를 악물었다. 현호의 입에서 원망 어린 목소리가 쏟아졌다.

"꼭 그래야겠냐? 그때 자꾸 뒤통수 때린다는 사람이 정이준이었어, 맞지? 아정이한테 이야기 듣고 내가 얼마나……."

"아정 씨?"

세아가 얼굴을 찡그렸다.

새로운 국면이다. 현호가 자기 히든 퀘스트를 알아차린 건, 전에 했던 이야기 때문이라고 생각했다. 그런데 여기서 서아정 이야기가 왜 나온단 말인가?

"무슨 소리야? 아정 씨가 뭐랬는데?"

"너희 둘이 몬스터 멸종이 어쩌고 했다더라. 기가 막혀서. 이세아, 너 진짜 할 거야?"

"뭐? 우린 그런 얘기 한 적 없어."

이준과 그런 이야기를 나눌 상황이 아니었다. 김현호 커플과 떨어져 단둘만 있을 시간도 없었을 뿐더러, 바보가 아니고서야 그런 트윈 공간에서 히든 퀘스트 이야기를 하겠는가. 세아도 이준도, 시스템 살해나 몬스터 멸종을 입에 담지 않았다.

"됐고, 진짜 할 거냐고."

머리가 터질 것 같았지만 세아는 결정해야 했다.

김현호의 표정이 심상치 않다. 게다가 그는 전에 시스템 살해에 대해 부정적 생각을 표현한 적도 있다. 일단 여기서 살아 나가 상황을 파악하고, 아정이 대체 어떻게 자기 히든 퀘스트에 대해 알았는지도 캐내야 한다.

"안 해."

현호는 믿지 않는 기색이었다. 하긴, 이런 식으로 이야기하면 세아 자신이라도 못 믿을 것이다. 일단은 유일한 아군인 현호를 진정시키고 타일러야 했다. 세아는 목소리에 힘을 주어 쐐기를 박듯 말했다.

"어차피 정이준 없으면 하지도 못해. 다 망했다고."

쾅, 쾅, 밖에서 문 두드리는 소리가 계속 울렸다. 세아는 살인자처럼 번뜩이는 현호의 눈을 보며 또박또박 뱉었다.

"뭐, 계속 이러고 있을 거야? 일단 살아 나가고 생각해. 다 설명할 거고, 정이준 죽으면 왜 다 망한 건지도 얘기해 줄 테니까."

"좋아."

김현호가 반쯤 이를 갈며 대답했다. 한숨 돌린 세아는 드레스 룸 문을 열기로 결정했다. 아직 현호를 믿을 수 없다. 그가 언제 달려들지 모르니 일단 몬스터로 시선을 분산시켜야 한다. 세아가 그대로 문고리를 쥐었다.

푹. 배를 뚫고 튀어나오는 서늘한 날붙이.

"넌 거짓말하면 티가 나, 이세아."

검이 비틀리니, 내장이 찢기는 섬뜩한 고통이 밀려온다.

"미안하다."

이세아는 죽었다.

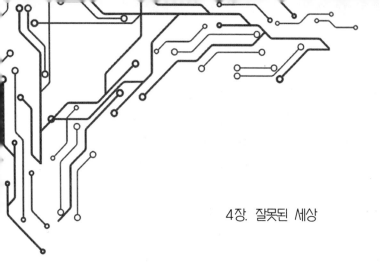

4장. 잘못된 세상

13.1

플래시 소리가 들리지 않는다. 과거로 돌아올 때마다 정신 차리라는
듯 머리를 후려치던 소리가 없으니 어쩐지 이상했다. 순간적으로 세아는
이번에야말로 정말 죽은 건가 생각했다.

지옥이라도 좋으니 정말 죽은 거였으면 좋겠다고 생각하며 세아는 느
리게 눈을 떴다. 그녀는 익숙한 객실 침대에 혼자 누워 있었다.

"진짜 지친다."

한숨을 내쉰 세아가 작게 중얼거렸다. 목소리를 내어 말하니 정말 손
가락 하나 까딱할 수 없을 정도로 지친 것처럼 느껴졌다. 몸은 전혀 무겁
지 않은데 정신이 너무 피로했다.

가장 먼저 떠오른 건 정이준과 김현호의 얼굴.

'김현호가 그런 건 이해가 가. 그런데 아정 씨는 왜 그런 이야기를 했지? 어떻게 알고?'

그녀는 약초 던전에서 이준과 퀘스트에 대해 말한 적이 없다. 아정과 단둘이 있을 때도 시답잖은 아이스크림 이야기나 하지 않았나. 그런데 아정이 어떻게 자기 히든 퀘스트를 알아 내 현호에게 이야기하기까지 했는지 이해하기 어려웠다.

혹시 이준이 말했나. 그랬을 것 같진 않다. 이준은 아정의 접근을 내내 거절하고 불편하게 여겼다. 그에 대한 모든 걸 알지는 못하지만, 히든 퀘스트를 아무에게나 떠들고 다닐 성격이 아니란 건 확신했다.

'아, 모르겠다.'

게으르게 눈을 움직여 창을 살피니, 암막 커튼 때문에 시간을 가늠할 수 없었다. 핸드폰은 바로 옆 서랍장에 있겠지만 몇 시인지, 며칠인지 알고 싶지도 않았다.

'보스 몬스터에게 씹혀 죽고 이제는 친구에게 찔려 죽고. 가지가지 한다, 이세아.'

이럴 때가 아닌 걸 아는데 몸을 일으키고 싶지 않았다. 세아는 이불을 머리끝까지 끌어올리며 아이처럼 몸을 웅크렸다. 이대로 한숨 자고 싶었는데, 몸은 완전히 깨어난 상태인지 쉽게 잠에 들 수가 없었다. 아무것도 생각하기 싫어서 세아는 계속 눈을 감고 있었다.

그러다 아주 희미한, 선잠에 빠졌던 것도 같다.

눈앞에 이준이 나타났다. 목에 감기는 칼날, 살과 근육과 뼈가 한 번에 잘리는 소리, 스르르 무너지던 그의 몸과 그보다 먼저 굴러 떨어지던 머리통.

"헉!"

벌떡 상체를 일으켰다. 세아는 수백 미터를 달린 듯 거칠어진 숨을 진정시키며 어둠 속에 앉아 있었다. 마치 방금 한 번 더 죽었다가 살아난 듯한 오싹한 느낌이 그녀의 몸을 덮쳤다.

세아는 가쁘게 오르내리는 가슴에 손을 얹고 주위를 둘러보았다. 무언가 이상한 느낌이 정신을 갉작거렸다. 한동안 그 거슬리는 느낌의 원인을 추적하던 세아는 새삼 놀라 번쩍 고개를 들었다.

인터뷰장이 아니다. 칼에 찔려 죽은 충격과 피로 때문에 바로 알아차리지 못했는데, 죽으면 늘 돌아오던 그 장소가 아니었다. 어쩌면 자신은 죽은 게 아닌지도 모른다. 칼에 찔리고 살아남아 어찌어찌 치료를 받은 후 이리로 이송되어 왔을지도.

그런 황당한 가정까지 떠올라 세아는 찔렸던 배를 손으로 더듬어 보았다. 통증은 전혀 없었다. 애초에 상처 따위는 입은 적도 없는 것처럼.

'이럴 때가 아니야.'

세아는 허둥지둥 침대 아래로 내려왔다. 서랍장에 놓인 핸드폰을 낚아채 날짜와 시간을 확인했다. 5월 11일. 오후 10시 36분.

"11일이라고?"

세아는 눈을 깜빡이며 핸드폰을 들여다보았다. 그러나 그런다고 날짜가 갑자기 12일로 바뀌는 일은 없었다.

인터뷰는 5월 12일 오후 2시 예정이었다. 당연히 죽을 때마다 돌아간 날도 5월 12일이다. 그런데 갑자기 하루 전날인 11일 밤 10시에 눈을 뜨다니. 혹시 몰라 퀘스트 창을 열어 히든 퀘스트를 확인했다.

[히든 퀘스트: 시스템 살해

히든 퀘스트 획득 조건: 죽음

클리어 조건: 지정인(정이준, 각성 등급: ?)과 접촉 후 협력하여 시스템 보스 던전 완전 공략.

클리어 실패 페널티: 회귀]

내용은 달라진 거 하나 없이 똑같았다. 하루 전으로 돌아온 데는 이유가 있을 것이다.

세아는 일단 창문을 가린 커튼부터 걷어 버렸다. 빛 한 점 없는 어둠 속에 있다가 갑자기 커튼을 걷으니 순간 눈이 부셨다. 대단할 거 없는 야경인데도.

'밖으로 나가야 하나?'

그저 시스템 오류일지도 모른다.

사실 요즘 시스템이 불안정하긴 했다. '시스템 속성' 몬스터가 튀어나오고, 거실 한가운데서 던전이 열리고 그 던전에서는 또 새로운 속성의 몬스터가 기어 나왔다. 이건 히든 퀘스트 클리어 조건을 알아내지 못해 10년씩 다시 살 때도 경험하지 못한 일이다.

재앙 발발 이후 1년 정도는 그야말로 전 세계가 지옥이었다. S급 헌터 몇 명을 비롯해 상위 헌터들이 나타났지만, 새로운 형태의 던전이 계속 나타났고 전산도 엉망이었다.

그렇게 1년이 지난 후에야 세계는 조금 안정을 찾았다. 가끔 던전이 열리긴 했지만 익숙한 형태였고, 몬스터 속성도 한정적이었다. 헌터는 적극적으로 움직여 던전을 완전히 공략했고 정부와 각성자 센터는 협력하여 위험을 사전에 차단했다.

그런데 최근 들어 이상한 일이 속속 벌어지고 있다. 느낌이 좋지 않았다. 그때, 핸드폰이 웅 울렸다. 문자 메시지였다.

[발신인: 김현호
내일 인터뷰 오지? 너 혹시 아는 거 좀 있냐?]

뭘 아느냐는 거지. 세아는 귀찮아서 답장하지 않았다. 솔직히 말하면,

지금 답장하면 욕밖에 쓰지 못할 것 같아서였다. '이 개새끼야. 네가 날 죽여?' 하는 두 문장만 머릿속에 맴돌았다. 멍하게 핸드폰 화면만 들여다보다가 세아는 문득 통화 키패드를 띄웠다.

정이준의 핸드폰 번호는 외우고 있다. 그와 몇 번의 생에서 거듭 만났다. 그때마다 핸드폰 번호를 교환했고, 그러다 보니 자연스럽게 외워 버렸다. 남의 번호를 잘 외우는 편이 아니라, 세아가 외운 번호는 부모님 번호와 정이준의 번호가 전부라 해도 과언이 아니었다.

'전화해 볼까?'

잘못된 충동이다.

이번 생에서도 그를 설득하고 자기편으로 만들어야 하는데, 대뜸 전화부터 걸면 당황할 것이다. 이상한 사람이라고 생각해 경계할지도 모른다. 의심을 살 행동은 피하는 게 옳았다. 어차피 내일이면 그를 만날 수 있지 않은가. 그러나 세아의 손가락은 멋대로 움직여 번호를 누르고 있었다.

잘려 나가 바닥을 구르던 이준의 목.

지금 그의 목소리를 들어야, 돌아왔다는 걸 확신할 수 있을 듯했다. 정이준이 살아 있는 세계로 돌아왔다는 걸 느끼고 싶었다.

뚜– 뚜–

빨리 받았으면 하는 마음과 이대로 받지 않았으면 하는 마음이 교차했다. 아니, 돌아온 시간이 바뀐 것처럼 이준의 번호도 바뀌었을지도 모르겠다. 아니면…….

"네, 정이준입니다."

단단하고 사무적인 목소리. 그래도 분명한 정이준의 목소리였다.

"여보세요? 누구십니까?"

어쩐지 전과는 느낌이 좀 다른 것 같지만, 일단은 안심이었다. 세아는 목소리를 가다듬고 대답했다.

"죄송합니다. 전화를 잘못 건 것 같아요."

어이가 없는지 이준은 대답하지 않았다. 바로 끊을까 하다가 세아는 한마디를 덧붙였다.

"그럼 끊겠습니다."

"잠깐만요."

이준이 세아를 붙들었다. 화장실에서, 또 크레이지 펍에서 만났을 때와는 다른 어조였다. 조심스럽지도, 지나치게 정중하지도 않다. 그의 음성에서는 짙은 의구심마저 느껴졌다.

"누구시냐고 물었는데요."

"제가 전화를 잘못 걸어서요."

"그래요? 목소리가 익숙한데요. 정말 제가 모르는 분입니까?"

"……."

세아는 너무 놀라 그대로 전화를 확 끊어 버렸다. 통화 종료를 알리는 화면이 떴다가 사라졌다. 세아는 한동안 화면을 들여다보며 상황을 이해해 보려고 했다.

'정이준이 왜 내 목소리를 알지?'

누군지 바로 알아차리지는 못했다. 그건 당연하다, 둘은 아직 한 번도 만난 적이 없으니까!

하지만 그렇다면 목소리도 몰라야 한다. 잘못 걸었다고 두 번이나 말했으면 끊으면 될 일인데 왜 굳이 말끝을 잡아채 정체를 캐묻는가.

'내가 너무 예민한가?'

정말 이준이 알던 사람과 목소리가 비슷했을지도 모른다.

바로 그때, 핸드폰이 다시 울렸다. 이준의 번호가 표시된 걸 보고, 세아는 자기도 모르게 통화 거절 버튼을 눌렀다. 한 번 그렇게 거절하고 나니 전화는 다시 걸려 오지 않았다.

세아는 이상한 느낌, 무언가가 달라진 느낌을 떨쳐 버리려 고개를 흔들었다. 일단은 순서대로 차근차근 다시 해 나가는 수밖에 없다. 내일 다시 이준을 만나자. 그렇게 생각하며 세아는 다시 침대에 몸을 눕혔다.

그날 밤, 세아는 이준과 밤새 통화하는 꿈을 꾸었다. 그가 목소리만 듣고 자신의 정체를 알아차리고 순식간에 모든 과거를 기억해 내는 허황한 꿈이었다.

13.2

인터뷰장은 전보다 유난히 더 북적였다. 그저 느낌이 아니라 사실이 그랬다. 인터뷰장으로 들어가기도 힘들 정도로 기자들이 많았다. 세아는 안내를 받아 안으로 들어서며 고개를 갸웃했다.

재앙 발발 5주년, 인터뷰에 응할 수 있는 몇몇 S급을 모아놓은 귀한 자리긴 하지만 이렇게 인산인해를 이룰 정도의 이슈는 아니었다. 게다가 이마저도 전과는 묘하게 달라진 듯한 느낌이…….

"이세아!"

갑자기 누가 어깨를 확 쳤다. 거의 경기하듯 놀라며 돌아보니 다름 아닌 김현호였다.

"왜 그래? 누가 보면 죽다 살아난 줄 알겠다."

죽다 살아난 게 아니라 실제로 죽었어, 너 때문에! 세아는 날을 세워 쏘아붙이고 싶은 마음을 겨우 갈무리하며 자리에 앉았다. 그런데 현호는 세아 옆에 앉는 게 아니라 한 자리 떨어진 곳에 앉았다.

매번 현호와 나란히 앉은지라, 세아는 의아한 얼굴로 그를 돌아보았다. 현호도 마침 세아 쪽을 보고 있었다. 그가 기자들에게 들리지 않을 만한 목소리로 물었다.

"너 혹시 아는 거 좀 있냐?"

"뭘?"

"오늘 오는 사람."

"누구? S급?"

"아, 왜 모르는 척이야. 너도 뉴스는 보고 살 거 아니야."

이 시기에 중요한 뉴스가 있었나? 세아는 그의 말을 이해하지 못하고 얼굴을 찡그렸다. 그런데 바로 그때, 플래시가 터지기 시작했다. 후려치는 듯 시끄럽고 폭력적인 소리에 세아는 몸을 바로 세웠다.

인터뷰장 문이 열리고 한 사람이 걸어 들어왔다.

단정하게 빗어 가라앉힌 검은 머리카락. 부드러운 빛을 띤 두 눈. 순하게 처진 눈매와 짙은 눈썹. 그의 모든 것이 익숙했다, 모든 것이.

세아는 자기도 모르게 벌떡 일어났다. 눈은 튀어나올 듯 커졌고 입은 바보처럼 벌어졌다. 심장이 하늘 꼭대기에서 땅바닥까지 곤두박질친 듯 마구 두방망이질 쳤다. 이럴 순 없어. 이럴 수는…….

다가온 남자가 세아 옆의 빈자리에 앉았다. 세아는 남자를 뚫어지게 바라보며 창백한 낯으로 굳어 버렸다. 남자는 기자들을 향해 살짝 미소를 보이며 인사했다.

"안녕하세요. S급 헌터 정이준입니다."

한쪽 단상에 선 진행자가 입을 열기도 전에, 플래시가 번개보다 더 눈부시게 터지며 질문이 폭발적으로 쏟아졌다.

"정이준 씨! 왜 지난 5년간 신분을 밝히지 않았습니까?"

"얼굴 없는 헌터로 알려져 있는데, 헌터 협회와는 어떻게 협의하셨습니까?"

"지금 시점에 신분을 밝히는 이유가 뭔지 설명해 주시죠!"

이준은 기자들이 진정할 때까지 한마디도 하지 않았다. 그는 시종일관 미소 띤 얼굴로 정면을 바라보다가, 그때까지도 우뚝 서 있는 세아를 돌아보았다. 플래시 소리가 잠시 멎었다가 다시 터졌다. 이제 기자들은 세아를 쳐다보며 고함치듯 질문을 던졌다.

"두 분 아는 사이인가요?"

"보자마자 놀라셨는데 전에 만난 적이 있습니까?"

세아는 너무 당황해서 말을 잃어버렸다. 정신을 차릴 수가 없었다.

친구에게 배신당해 죽었는데, 그 친구보다 친구의 애인이 의심스럽다. 늘 미각성자였던 이준은 갑자기 S급 헌터가 되어 나타났는데, 지난 5년 동안 얼굴 없는 헌터로 활동했다고 한다.

그때, 곁에서 이준의 목소리가 들렸다.

"일단 앉는 게 좋을 것 같은데요."

친근하지도, 딱딱하지도 않은 사무적인 목소리다.

무슨 마법에라도 걸린 듯 세아가 착석했다. 이대로 계속 서 있으면 질문 포화에 납작해질 것 같았다. 진행자는 혼란을 진정시키고자 마이크에 대고 '에…….' 하고 소리를 낸 뒤 말했다.

"미리 전달된 질문이 아니면 답변하지 않겠습니다. 일단 정이준 헌터부터 답변해 주십시오."

세아는 창백하게 굳은 낯으로 자기 앞의 질문지만 뚫어지게 내려다보았다. 질문지의 내용은 대부분 이전과 같았다. 물론 중요한 건 자기 질문지가 아니라 이준이었다.

이준은 자기 앞에 있는 마이크를 입 가까이 가져온 후 입을 열었다.

"저는 지난 5년 동안 시민들 앞에 얼굴을 보이지 않았습니다. 재앙 발발 후 얼마 지나지 않아 시스템 스킬 속성을 보유하게 되었는데, 헌터 등록 시 협회와 논의한 바가 있었기 때문입니다. 그건…….'"

"시스템 속성이 대체 뭡니까?"

성질 급한 기자가 달려들어도 이준은 화를 내지 않았다. 그는 침착하게 기자의 질문을 무시한 후 자기 말을 이어 갔다.

"당시 이 시스템 속성에 관한 연구가 필요했고, 결과에 따라 사회에 큰 혼란을 일으킬 수 있다고 판단해 저의 정보는 미리 공개하지 않은 것입니다. 이제 연구 결과를 공개하도록 하겠습니다."

세아는 멍하게 앞을 바라보았다. 진행 관계자들이 분주히 움직여 기자들에게 종이 뭉치를 나눠 주는 게 보였다. 세아를 비롯한 다른 S급 헌터들 앞에도 종이뭉치가 놓였다. 세아는 손을 댈 생각도 하지 못한 채 표지에 적힌 제목만 멍하게 바라보았다.

[시스템 속성 스킬—시스템 내 버그와 디버그 작용.]

다들 종이를 넘기며 정보를 확인하느라 분주했다. 세아도 분위기에 휩쓸려, 혹은 운명에 이끌려 표지를 넘겼다. 그러나 글자가 제대로 눈에 들어오지 않았다. 이준은 잠시 시간을 두었다가 특유의 나직하고 침착한 어조로 설명을 시작했다.

"보면 아시겠지만, '시스템 속성 스킬'은 일종의 디버그 스킬입니다. 5년 전, 세계에 퍼진 정체불명의 시스템은 놀랄 정도로 정교했습니다. 하지만 완벽하지는 못했는데요, 그래서 종종 위험한 버그가 나타났습니다. 5페이지를 봐 주십시오."

세아는 5페이지까지 휙휙 종이를 넘겼다. 그림 자료를 보자마자 그녀는 그대로 굳어 버렸다. 이준의 목소리가 헛된 메아리처럼 귓가를 스쳤다.

"다른 사람의 모습으로 변하는 몬스터, 뱀처럼 늘어나는 칼을 가진 몬스터, 실내에서 열리는 던전, 그 외에도 많은 '변종' 몬스터와 던전이 나타났습니다."

세아가 지난 생에서 겪은 모든 것이 그 페이지에 있었다. 세아는 손을 떨지 않으려고 온몸에 힘을 주었다. 여기서 동요하는 모습을 보일 순 없었다.

"이는 사회에 알려지지 않은 이상 현상으로, 저와 헌터 협회는 이 몬스터와 던전의 속성을 '시스템'이라고 판단했습니다. 오직 제가 가진 시스템 속성 스킬로만 완벽히 정리할 수 있었죠."

"그럼 정이준 헌터는 일종의 백신입니까?"

"그건 아직 알 수 없습니다. 하지만 헌터 협회는 저를 시스템이 만들어 낸 '디버그'라고 생각합니다. 지금까지는 시스템 속성 스킬을 가진 저만이, 모든 변종을 없앨 수 있기 때문입니다."

몇 가지 질문이 더 나왔으나 곧 인터뷰장은 쥐 죽은 듯 조용해졌다. 세아는 정신없는 틈에도, 사람들 사이로 은밀한 불안과 공포가 독가스처럼 번지는 걸 느낄 수 있었다.

던전이 생기고 몬스터가 나타나도, 사람들은 등교를 하고 출근을 한다. 핸드폰을 사고, 대학교에 가기 위해 공부하고, 승진하려고 토익 시험을 본다. 세상이 이렇게 멀쩡하게 돌아가는 건 '상황은 안정적이다.'라는 확신 때문이다.

이미 모든 던전의 종류, 몬스터의 속성이 대중에게 공개되었다. 사람들은 처음처럼 미지의 대상과 싸우는 게 아니다. 그러자 공기 중에 떠돌던 공포감이 사라졌고, 모두가 일상으로 신속하게 복귀할 수 있었다.

그런데 이제 와서 '버그'라니. 변종 던전과 몬스터가 나타나는 걸 숨겨 왔다니? 두꺼운 얼음 바닥 위에 선 줄 알았는데 알고 보니 그게 언제 깨질지 모르는 살얼음이었던 것이다.

그때, 사람들을 달래듯 이준이 말을 이어 갔다. 무척이나 부드러운 음성이었다.

"저와 헌터 협회는 여러 연구를 통해 마침내 버그 발생을 차단할 방법을 알아냈습니다. 그건 바로 '최초의 버그'를 제거하는 겁니다."

"최초의 버그가 뭡니까?"

"연구 결과, 변종 던전과 몬스터는 일종의 파생 버그입니다. 즉, 파생 버그를 만들어 내는 최초의 버그가 있다는 이야기죠. 저의 목표는 그 최초의 버그를 제거하고, 시스템을 안정화하여 여러분의 안전을 보장하는 것입니다."

세아는 책상 아래로 손을 내려 주먹을 세게 말아 쥐었다. 시스템 속성, 최초의 버그. 식은땀이 났다. 달라진 상황을 파악하기도 전에 새로운 이야기가 머리로 마구 쏟아져 들어오니 혼란스러웠다.

"연구가 끝난 지금, 계속 상황을 숨기는 건 여러분을 위한 일이 아니라고 생각했기에 모든 사실을 밝힙니다. 여러분이 하실 일은 저와 헌터들, 협회를 믿고 계속 학교와 직장으로 나가는 것입니다. 반드시 최초의 버그를 제거해 안전한 세상을 만들겠습니다."

이준은 마치 연설을 하듯 힘을 주어 발언을 마쳤다. 세아는 고개를 돌려 그를 쳐다보지도 못했다. 느낌이 좋지 않았다. 최초의 버그, 최초의 버그……. 어째서인지 그 말이 어쩐지 머릿속에서 떠나질 않았다.

생각을 정리하느라 바빠 세아는 알아차리지 못했다. 옆에 앉은 이준이 자기 옆얼굴을 빤히 쳐다보고 있다는 것을.

13.3

반쯤 넋이 나간 채로 차에 올라, 세아는 핸드폰으로 기사를 확인했다.

[새롭게 밝혀진 '시스템 속성'…협회와의 1문 1답]
['디버그' 정이준 헌터, 시스템의 희망인가?]
['최초의 버그' 언급…형태는 불분명]

세아는 그대로 핸드폰을 옆자리로 내던졌다. 머리를 좀 식히려는데, 갑자기 핸드폰이 요란하게 울리기 시작했다. 이전 생의 안 좋은 기억이 떠올라, 세아는 핸드폰을 진동 모드로 바꿨다. 화면을 보니 또 김현호였다. 그녀는 한숨을 내쉬고 전화를 받았다.

"여보세요."

"야, 너 어딨어?"

"가려고. 왜."

"간다고? S급끼리 모여서 대책회의 하기로 했잖아!"

"뭐?"

전혀 못 들었다. 아니, 인터뷰장에서 나오면서 언뜻 그런 소릴 들은 듯도 하고……. 그러나 어지럽고 두통까지 있어서 제대로 기억하지 않았다. 세아는 고개를 꺾어 낮은 천장을 올려다보다가 손으로 눈가를 문질렀다.

"미안한데 나 머리가 좀 아파서."

"아니, 그래도 이거 중요한 문젠데……."

"어차피 지금 당장 나 필요한 것도 아니잖아. 그냥 나중에 내용 알려 줘. 진짜 머리가 아파서 그래."

"이세아 씨."

갑자기 들린 목소리에 세아의 몸이 딱 굳었다. 이준이 현호의 핸드폰을 낚아챈 게 분명했다. 그는 사무적이면서도 친절한 투로 세아에게 말했다.

"오셔야 합니다. 이세아 씨는 꼭 참석하셔야 하는 자리니 어려우시더라도 돌아와 주시길 부탁드립니다."

"……."

"여보세요? 들립니까?"

"어, 응. 아니, 네, 알겠습니다."

말이 부탁이지 강요나 마찬가지라 저절로 대답이 튀어나갔다.

이준의 느낌이 전과는 너무 다르다. 세아는 호텔로 돌아가자고 말하며 허리를 곧추세우고 똑바로 앉았다. 차창 밖 풍경은 평소와 똑같았지만, 그날따라 유난히 어지럽게 느껴졌다.

13.4

호텔로 돌아가면 김현호를 비롯해 세계의 S급 헌터들과 다시 마주칠 줄 알았는데, 안은 기이하리만치 조용했다. 프런트 직원조차 보이지 않았다. 의아한 마음에 김현호에게 전화를 걸었지만 그는 받지 않았다.

세아는 로비에 서서 오싹한 적요를 살폈다. 높은 천장, 인공 분수의 물소리, 호텔 특유의 향긋한 냄새. 그래도 세아는 일단 인터뷰장으로 올라갔다.

'여러 번 죽어서 예민해졌나?'

중요한 회의니 주위를 비웠을 수도 있다. 세아는 엘리베이터 버튼을 누르고 가만히 기다렸다. 엘리베이터의 유리 벽 너머로 보니, 돌아다니는 사람 없는 로비가 더욱 낯설게 느껴졌다.

엘리베이터에서 내리면 굳게 닫힌 인터뷰장 문이 보인다. 그러나 세아는 그리로 가다가 우뚝 걸음을 멈추었다. 언젠가 김현호를 끌고 들어갔던 세미나실 문이 반쯤 열려 있었다.

고급스러운 원목 문틈으로 살짝 이준의 모습이 보였다. 단정한 자세로 책상 앞에 앉은 그는 아까 나눠 준 자료를 대강 놓아 두고 창밖을 보는 중이었다.

세아는 머뭇거렸다. 자신을 부른 게 이준이니 그에게 가야 할까, 아니면 인터뷰장으로 가 볼까?

바로 그때, 이준이 고개를 돌려 문틈 너머의 세아를 발견했다. 죄지은 것도 없는데 세아는 공연히 움찔했다.

"이세아 씨."

이준이 일어나서 문을 열었다. 세아는 태연한 표정을 유지하려 애쓰며 안으로 들어갔다. 이준은 안내원이라도 된 양 친절하게 말을 붙였다.

"돌아오시느라 고생하셨습니다. 차 한잔 드시죠."

책상을 살피니 찻잔은 두 개였다. 이준 앞에 하나, 자기 앞에 하나. 세아는 이준 맞은편에 앉았다. 이준은 문을 닫고 창문 블라인드를 내리느라 분주했다. 사람을 시켜도 될 텐데 손수 이러는 걸 보니, 무척 중요한 얘기를 할 모양이었다.

세아는 자기 앞의 찻잔을 내려다보았다. 절인 딸기가 동동 떠 있는 딸기차였다. 언젠가 세아는 손수 딸기차를 끓여 이준에게 대접했다. 그 안에는 자백제가 들어 있었다.

텅 빈 호텔. 밀실. '디버그'를 자처하며 나타난 정이준.

느낌이 좋지 않다.

세아는 잠시 망설이다가, 블라인드를 내리는 이준의 뒷모습을 흘끗 살폈다. 그런 다음 소리 없이 자기 잔과 이준의 잔을 바꿔치기했다. 아슬아슬하게 돌아선 이준이 미소 띤 얼굴로 세아 맞은편에 앉았다.

세아는 얼른 찻잔을 입술에 댔다. 찻잔을 바꿨지만, 혹시 모르니 차를 마시진 않았다. 이준은 자기 잔에 손가락 하나 대지 않은 채 예의 바른 투로 물었다.

"차가 식었죠?"

"네, 조금."

이준은 잠시 물끄러미 바라보았다. 조금도 줄지 않은 차와 책상에 가지런히 올려놓은 세아의 손을. 세아는 그 시선의 의미를 몰라 잠시 굳어 있었다. 살짝 웃은 이준이 갑자기 자기 차를 마셨다.

세아는 그의 목울대가 울렁이는 걸 바라만 보았다. 이준이 잔을 내려놓으니, 내용물이 반 정도밖에 남아 있지 않았다.

세아가 마른침을 삼켰다. 직감이 옳다면, 저 차에는······.

그때, 이준이 차분하게 말했다.

"변명이라고 생각하시겠지만 저는 반대했습니다."

"뭘요?"

"자백제 사용 말입니다. 협회는 완강했지만요."

이럴 줄 알았다. 세아는 분노하여 그를 탓하는 대신 자신의 감에 감탄했다. 지난 생에서 딸기차에 자백제를 타지 않았다면 그녀 역시 부지불식간에 자백제를 마시고 말았을 것이다.

"이세아 씨가 알아차리셔서 다행입니다. 저도 양심에 찔리는 짓은 안 해도 되겠네요. 자백제라니, 너무 비열하잖아요?"

그 '비열한 짓'을 했던 세아는 대답 없이 입을 다물었다. 양심이 아파서는 아니었다. 정이준의 의도를 알 수 없어서였다.

이준은 잔이 바뀐 걸 알고도 차를 마셨다. 아니, 잔이 바뀐 걸 알아차렸기 때문에 차를 마신 게 분명했다. 대체 왜? 무슨 꿍꿍이가 있기에?

세아가 행동을 정하지 못하는 사이, 그가 세아를 보며 웃었다.

"전 이세아 씨에 대해 좀 더 알고 싶습니다. 하지만 오늘 자백제를 마신 건 저니까, 저한테 뭐든 물어보셔도 됩니다."

이준은 깍지 낀 손에 턱을 괴며 나른하게 웃었다. 세아가 몇 번 본 적 있는 미소였다.

"저는 이세아 씨를 모르지만, 당신은 저를 알잖아요."

세아의 몸이 그대로 얼어붙었다. 이준은 잡았다, 라고 말하듯 물었다.

"제 말 맞죠?"

세아는 바로 대답하는 대신 이준의 얼굴을 구석구석 살폈다.

기회는 기회다. 정이준은 자백제를 마셨고, 앞으로 10분 정도는 묻는 말에 솔직히 답할 것이다. 그러나 지금 상황은 위기이기도 했다. 이준은 세아의 질문을 모두 기억할 것이다. 약효가 떨어지면 세아가 왜 그런 질문을 했는지 혼자 골몰할 것이다.

지금은 파고들 때가 아니라 물러날 때다. 세아는 몸을 살짝 뒤로 젖히며 고개를 흔들었다.

"잘 모르겠는데요. 그럼 이렇게 묻죠. 왜 제가 정이준 씨를 안다고 생각하시죠?"

"어제 저한테 전화한 사람, 세아 씨잖아요. 목소리가 똑같은데."

순간 말문이 막힌 세아는 답을 미루고 침묵했다. 아니라고 잡아떼기엔 너무 늦었고, 이제 와서 잘못 걸었다는 둥 핑계를 대는 것도 궁색하기 이를 데 없었다.

이준은 그녀 앞에서 눈을 빛내며 말을 이었다.

"만약 세아 씨가 자백제를 마셨다면 그걸 먼저 물어보려고 했습니다. 제 번호는 어떻게 알았는지, 왜 전화했는지……. 대체 저를 어떻게 아는 건지."

"협회가 요구한 질문이 그건가요?"

"아뇨, 물론 협회는 다른 걸 요구했죠. 세아 씨가 '최초의 버그'인지 아닌지 알아 오라고 하더군요."

세아는 동요를 드러내지 않기 위해 약간 웃었다. 어처구니가 없다는 듯. 제대로 연기했는지는 알 수 없었다.

"내가 최초의 버그라고요?"

"정확히 말하자면 전 세계에서 가장 먼저 각성한 헌터입니다. 알고 계셨나요?"

몰랐다. 세아는 아무 대답도 하지 않았지만, 이준은 그녀의 표정에서 답을 읽은 모양이었다.

가장 먼저 각성한 헌터라니, 그건 전혀 몰랐다. 상태 창에 표시되는 각성 시간을 각성자 센터에 말해 주긴 했지만, 센터는 그 시간을 받아 적었을 뿐 아무 말도 해 주지 않았다.

"바로 그 점 때문에 협회는 이세아 씨를 의심하고 있습니다."

"단지 그 이유만으로?"

"아직까지는 그렇습니다."

"그러는 당신은요?"

상황이 어떻게 돌아갈지는 몰라도 이 대화에서 지면 안 된다. 세아는 흔들림을 감추고 침착하게 되물었다.

"당신 혼자 '시스템' 속성 스킬을 가지고 있다지 않았나요? 그게 더 버그나 변종에 가깝죠."

"그래서 저도 테스트를 거쳤습니다."

"테스트?"

"저 자신에게 스킬을 사용하는 거죠."

세아는 무슨 스킬이냐고 되묻지 않았다. 묻지 않아도 알 것 같았다. 이준이 가진 운명의 스킬, B급 각성자일 때도 어김없이 개방되던 스킬. '정화'.

"'정화' 스킬이라는 건데, 다행인지 불행인지 저는 무사했습니다."

말을 마친 다음, 이준은 세아를 물끄러미 응시했다. 아까운 시간이 계속 흐르고 있다. 세아는 뭐든 더 물어야 했다. 그녀는 알 수 있었다. 자기 앞에 남겨진 단 하나의 질문을. 그리고 바로 지금, 그 질문을 던져야 한다는 것도. 입을 여는 동시에 그녀는 달아날 준비를 했다.

"그럼 원하는 게 그건가요? 나한테 '정화' 스킬을 사용해 보는 거?"

"……."

이준이 침묵한다.

최초의 버그. 그로부터 파생되는 여러 변종. 세아는 거의 확신했다. '최초의 버그'라는 게 있다면 그건 틀림없이 자기 자신이다. 그게 아니라면 자기 주위에서 변종 몬스터며 던전이 나타났을 리 없다.

게다가 히든 퀘스트의 내용은 어떠한가. 자신은 시스템을 살해할 존재로 낙점되었다. 아무 이유도 없이, 그저 돌연히. 그 사실 자체가 세아의 확신을 뒷받침했다.

그러면 자신에게 '정화' 스킬을 사용하면 어떻게 되는 것인가.

이준은 그 스킬로 버그를 없앨 수 있다고 했다. 그렇다면 자신은 그대로 사라질까, 더는 회귀하지 않고 소멸할까? 정말 그렇게 되면 좀 억울할 것 같았다.

"아니요."

이준은 조용히 고개를 저었다. 세아는 순간적으로 반쯤 숨을 멈추었다. 이준은 여전히 세아에게 시선을 고정한 채 또박또박 반복했다.

"물론 협회는 그걸 원하죠. 하지만 제가 원하는 바는 아닙니다."

"하."

세아가 헛웃음을 쳤다. 바보 같은 말장난이다. 이야기를 들어 보니, 이준은 지난 5년 동안 협회와 손발을 맞춰 왔다. 협회와 자기 자신의 결정이 다른 듯 말하는 건 허튼 속임수나 다름없다.

"왜 웃으시죠?"

"우스워서요. 어차피 협회의 뜻을 거절할 수 있는 것도 아니면서 그렇게 이야기하니 재밌네요. 명령이라 어쩔 수 없이 따르니까 이해해 달라는 건가요?"

가벼운 빈정거림 앞에 이준이 고개를 갸웃했다. 그는 정말로 이해할 수 없다는 듯 세아를 바라보더니 다시 머리를 흔들었다.

"아니요. 저는 세아 씨에게 그 스킬을 사용할 생각이 없습니다."

"……."

"아무리 헌터 협회라도 S급에게 명령할 수는 없어요. 그걸 저보다도 더 잘 아실 텐데, 왜 저를 시험하시나요?"

그야, 완전히 협회의 협력자인 듯 이야기했으니까. 세아는 솔직하게 대답하는 대신 이준의 말이 이어지기를 기다렸다. 그러나 이준 역시 세아의 말을 기다렸으므로 방 안은 한동안 침묵에 잠겼다.

"저한테 궁금하신 건 그게 다인가요?"

이준이 그렇게 물었는데, 어쩐지 좀 아쉬운 투였다. 세아는 그게 무얼 기대했기에 이러는지 의아했다. 그래서 곧장 되물었다.

"뭘 더 궁금해해야 하는데요?"

"왜 이세아 씨에게 정화 스킬을 사용할 마음이 없는지?"

그러고 보니 그걸 묻지 않았다. 왜 협회의 뜻에 반해 자신을 놓아 주는지.

협회는 자백제까지 준비했다. 세아를 강하게 의심하고 있다는 증거나 다름없었다. 이준에게도 분명 강하게 요구했을 것이다. 세아를 흔들어 자백을 받아 내라고, 적어도 단서라도 알아 오라고.

그러나 이준은 자백제를 자기가 마셨을 뿐더러 세아에게 정화 스킬을 사용하지 않겠다고 선언했다. 세아도 이유가 궁금하기는 했다. 과거의 기억도 없을 텐데, 왜?

"왜 나를 '정화'해 보려고 하지 않는 건데요?"

이준이 눈을 깜빡였다. 자기가 물어보라고 해 놓고, 대답이 바로 떠오르지 않아 당혹한 모양이었다. 그는 마치 오류 난 컴퓨터처럼 머뭇거리더니 고개를 저었다.

"그건 잘 모르겠습니다."

'자기가 물어보래 놓고 뭐야.'

세아는 실없이 웃었다. 심각하고 위험한 상황인데, 이준이 정화 스킬을 사용하지 않겠다니 그나마 안심이 되었다. 이제 협회의 의심을 피할 방법을 찾고, 이준을 이용해 자기 목적을 달성할 궁리만 하면 된다.

"알겠습니다. 제가 알고 싶은 건 이게 전부고, 이만 일어나고 싶네요."

손목시계를 확인하니 거의 10분이 지났다. 자백제의 효과도 슬슬 떨어질 테고, 호텔로 돌아가서 상황을 천천히 정리하고 싶었다. 다행히 두통은 많이 잦아들었다.

이대로 이준과 헤어져 돌아갈 작정으로 세아가 자리에서 일어났다. 그러나 이준은 세아에게 인사를 하는 대신 함께 벌떡 일어섰다.

"세아 씨."

"네?"

"지금 대답해도 되나요?"

"뭘요?"

"왜 정화 스킬을 사용하지 않는지."

세아는 시계를 확인했다. 이미 10분이 지났다. 지금 하는 말은 거짓말일 가능성이 높다. 그래도 세아는 그의 말을 들어 보기로 했다.

"그래요."

그가 뭐라고 하든, 세아는 귀담아 듣지 않고 흘려버릴 생각이었다.

이준은 바로 말을 잇지 않고 주저했다. 그는 선 채로 세아를 바라보더니 천천히 입술을 움직였다. 자기 입에서 나가는 말이 스스로 느끼기에도 낯선 듯했다.

"미움 받기 싫어서요."

세아의 생각이 딱 멎었다. 이준은 잠시 책상을 내려다보더니 곧 고개를 들었다. 주먹을 가볍게 쥐었다 펴는 모습에서 초조함이 전해졌다.

세아는 지난 생을 떠올리지 않을 수 없었다.

이 고통이 착각이냐고, 누나를 좋아하는 마음이 모두 기만이냐고, 눈물로 두 뺨을 적시며 묻던 어린 청년을. 그 입술에 자기 입술을 겹치던 순간을. 조금 축축했고 또 따뜻했다.

그러나 이준은 그걸 기억하지 못한다. 세아는 부드럽게 그를 밀어냈다.

"S급 헌터라고 무조건 친하게 지낼 필요는 없어요. 협회가 원하는 일을 하려면 모든 사람과 가깝게 지낼 수는 없겠죠."

"그래도 세아 씨한테 미움 받으면 나중에 후회할 것 같아서요."

"난 누굴 잘 미워하지 않아요."

세아는 대화를 끊고 싶어서 부드럽게 이준을 달랬다.

그녀의 말은 사실이었다. 각성하기 전부터 세아는 사람을 잘 미워하지 않았다. 특별히 착해서가 아니라, 그만 한 증오가 일어날 일이 없었다. 그녀는 자신을 여러 번 배신한 이준도, 직접 칼을 꽂은 김현호도 미워하지 않았다.

그저 반복해서 배신당하는 상황 자체에 화가 치밀어 죽이고 싶어진 적이 있을 뿐이다. 세아 안에서 이 두 가지는 엄연히 달랐다. 상황이 달라진다면, 당연히 마음도…….

"잘 좋아하지도 않고요?"

이준이 잠잠히 물었다. 확신하는 투라 세아는 조금 불편해졌다. 어색하게 변한 분위기를 알아차린 듯 이준이 말을 돌렸다.

"오늘 제가 불쾌하게 했다면 용서해 주세요."

"저기요, 정이준 씨."

세아는 견디지 못하고 그의 말을 끊었다.

"각자 입장이 다르니까 왜 그랬는지 이해합니다. 그렇게 불편하게 대하지 않아도 돼요."

무엇보다도 그와의 관계가 이렇게 되면 세아 자신에게도 좋을 게 없다. 이전 생에서 이준은 세아를 위해 목숨을 던졌다. 그 정도로 가까워질 필요는 없겠지만, 어색해지는 건 피해야 한다.

세아의 말에 이준의 표정이 묘하게 달라졌다. 그는 여전히 세아와 조금 거리를 두고 선 채로 물었다.

"그럼 누나라고 불러도 돼요?"

얘기가 왜 또 이리로 튀지? 세아는 묘한 기시감을 느끼며 대답하지 않았다. 이준은 작정하고 조르기로 한 듯 몸을 책상에 기대며 세아 쪽으로 고개를 기울였다.

"저 이제까지 협회랑만 일해서 밖에 아는 헌터도 없고, 이왕이면 한국인이랑 더 친해지고 싶어서요. 그리고 제가 더 어린데, 자꾸 세아 씨라고 부르면 이상하잖아요."

구구절절 이유를 덧붙이며 이준이 사르르 웃었다. 눈매가 어여쁘게 접히는 미소, 나 예쁘게 봐주세요. 세아가 여러 번 봤던 바로 그 표정이었다.

"네? 세아 누나."

13.5

며칠이 평화롭게 흘러갔다. 걱정과는 달리 협회가 갑자기 호텔로 쳐들어오는 일은 없었다.

지난 생에서는 헌터 협회와 거의 연이 없었던지라, 세아는 급하게나마 협회에 대한 정보를 알아보았다. 협회 홈페이지에 간단한 조직도가 나와 있었다. 세아는 한국 지부 협회장의 이름부터 살폈다.

[협회장: 최두정]

아래 사진이 보였다. 턱이 네모나고 머리카락이 짧아 이마와 귀가 모두 드러나 보였다. 이전 협회장은 여자였던 것 같은데, 얼마 전에 바뀐 모양이었다.

헌터 협회는 헌터의 권익을 대변하고 그들의 문제 행동을 통제하지만, S급과는 별로 상관없는 기관이기도 했다. 이준이 전에 말했던 대로, S급은 협회의 통제를 받지 않기 때문이다. 그래서 세아는 한 번도 협회장을 제대로 만난 적이 없었다.

하지만 이번 생에서는 좀 다를지도 모른다. 세아는 최두정의 얼굴을 잘 기억해 두었다.

그때, 옆에 놓아둔 핸드폰이 웅웅 울렸다. 화면을 확인하니 발신인은 김현호였다.

'이번에 물어볼까?'

세아는 핸드폰을 손에 든 채로 주저했다.

아정은 지난 생에 너무도 이상하게 굴었다. 현호에게 몬스터 멸종에 관해 이야기했다니, 정말로 믿기 어려웠다. 이번에는 그녀가 대체 어떤 사람인지 파악할 필요가 있었다.

그녀는 최대한 태연한 목소리로 전화를 받았다.

"어, 김현호."

"너 정이준이랑 무슨 얘기 했어?"

인사도 없이 대뜸 정이준 이야기다. 안 그래도 머리가 지끈거려 세아는 손으로 이마를 쓸었다.

"특별한 얘긴 안 했는데. 그냥 잘 부탁한다고."

"그래? 혹시 최초의 버그 어쩌고 하는 건 얘기 안 하디?"

"최초의 버그? 그건 또 왜."

현호의 말은 대강 이랬다. 평범한 나날을 보내고 있는데 갑자기 정이 준을 앞세운 협회 사람들이 찾아왔다. 최초의 버그를 찾아내고 있다며, 현호에게 '정화' 스킬을 사용해 봐도 되겠느냐고 물었다.

"말이 부탁이지 완전 협박이었다고."

"그래서 그냥 하게 해 줬어?"

세아는 아무렇지도 않은 척 물었다. 분통이 터지는 듯 현호의 목소리가 커졌다.

"협조 안 하면 억지로 하겠다는 것처럼 굴잖아. 카일리는 거부했다가 속박 스킬에 걸렸대. 이게 말이 되냐?"

카일리는 미국의 S급 헌터였다. 세아는 바로 대답하는 대신 한숨을 내쉬었다. 현호는 그걸 무언의 동조로 받아들인 듯했다.

"S급 헌터가 만만해? 이거 이대로 둬도 되는 거야?"

"이대로 안 두면 어쩌려고? 협회 상대로 고소라도 하려고? 헌터는 전부 협회 통제를 받는 게 맞긴 하잖아."

"S급 중에 누가 그걸 신경 쓰는데?"

"어쨌든 고소하거나 공개적으로 항의할 순 없다는 얘기야. 요즘 여론 뒤숭숭한 거 알잖아."

세아의 분석은 정확했다. 분위기가 좋지 않다. 최초의 버그, 시스템의 불안정성, 뉴스를 본 사람들이 정부와 협회에 힘을 실어주기 시작했다. 사회 안정을 위협하는 '최초의 버그'를 없앨 수만 있다면 극단적인 수사도 용납해야 한다는 식이었다.

"그래도 우리한테 이래도 돼? 던전 새로 열릴 때마다 제일 먼저 달려가는 게 누군데?"

현호는 억울한 듯 호소했다. 세아는 인터넷 창을 닫으며 픽 웃었다. 힘을 잃기 싫어서 살인도 자행하는 주제에 시민의 수호자인 척하는 김현호가 우스웠다.

사실 사람은 원래 그런 것이다. 결국에는 자기 이익이 가장 중요하다. 그래서 세아는 현호를 증오하지 않았다. 그녀는 탁, 노트북을 닫으며 충고했다.

"어쨌든 당분간은 몸 좀 사려. 최초의 버근지 뭔지 잡을 때까지는 분위기 계속 이럴 거야. 특별법 제정할 수도 있다더라."

"누가?"

"이준이가."

"……."

세아는 한 손에 핸드폰을 들고, 노트북과 옷을 대충 정리했다. 침대에 널어 두었던 옷을 의자에 척척 걸치는 동안에도 김현호는 조용했다. 세아가 끊긴 줄 알고 화면을 확인할 정도였다. 한참의 시간이 지난 후 현호가 천천히 되물었다.

"정이준이 너한테 그랬다고?"

"응."

"되게 친한가 봐?"

"뭐? 그건 아닌데."

지난 며칠, 가끔 이준과 통화하긴 했지만 특별히 친밀한 관계가 된 건 아니었다. 이준은 그저 협회와 관련된 정보 몇 개를 일러주며 당분간 조심하라는 말을 해 주었을 뿐이다.

밤마다 전화를 걸어 다정하게 굴기에 밥이라도 한번 먹자고 하려나 했는데, 협회와 S급 헌터들 검사하러 다니느라 바빴던 모양이다.

"근데 특별법이 어쩌고 하는 얘기까지 해 줬어?"

"응. 아, 넌 못 들었어?"

"못 들었냐고? 야, 걔 무슨 영화에나 나오는 이단 심문관처럼 굴었다고! 새파랗게 어린 게 재수 없게."

"그래?"

세아는 심드렁하게 대꾸했다. 이준 성격이 한결같지 않은 건 안다. 그래도 '이단 심문관'처럼 구는 이준은 상상하기 어려웠다. 김현호의 엄살이 언제 이렇게 심해졌지, 세아는 그렇게 생각했다.

다른 건 제쳐두고 슬슬 현호의 애인 서아정에 대해 물을 시점이었다. 세아는 대강이나마 정리한 침대에 털썩 주저앉아 창밖을 내다보며 타이밍을 계산했다. 현호가 자신을 죽일 수도 있다는 걸 안 이상, 신중해야 한다.

"그건 그렇고 너 요새 연애 잘돼 가?"

"연애? 무슨 연애?"

현호는 정말 모르겠다는 듯 되물었다. 세아는 객실 창밖의 익숙한 야경을 바라보며 지나가는 소리처럼 물었다.

"너 연애하는 거 아니었어? 아, 그분 성함이 뭐였지? 서…… 서 뭐였는데."

일부러 모르는 척 중얼거리니 핸드폰 건너편이 조용해졌다. 세아는 보채지 않고 가만히 기다렸다. 먼저 재촉하면 의심을 살지도 모른다.

잠시 후 현호가 낮은 소리로 물었다.

"아정이 말하는 거야?"

"아, 그래. 아정 씨."

"이세아, 너 왜 그래? 약 했어?"

"뭐?"

연애 잘되어 가느냐고 물은 게 그렇게 이상한 일인가. 약이라곤 구경도

해 본 적 없는 세아가 억울한 투로 대꾸했다. 그러나 현호는 세아의 억울함에 관심이 없었다.

"아정이 죽었잖아."

뚝, 세아의 움직임이 멎었다. 그녀는 순간 자기 귀를 의심했다. 현호의 목소리는 여전히 낮고 음울했다.

"5년 전에…… 재앙 발발 때 휩쓸려서."

"아."

한동안 무거운 정적이 흘렀다.

"이세아?"

"아, 응?"

"너 진짜 약 했어?"

"미안, 내가 잠깐 헷갈렸어."

"약 끊어."

약 같은 거 안 했다니까!

전화를 끊은 후 세아는 미친 듯이 기사를 검색해 보았다. S급 헌터 김현호의 연인, 서아정에 대한 기사가 눈에 띄었다. 모두 5년 전 기사였다.

[S급 헌터 김현호는 이번 인터뷰에서 죽은 연인 이야기를 해 화제를 모았습니다. 학생 때부터 교제한 연인의 이름은 '서아정'으로, 재앙 발발 당시 사망했습니다. 헌터 김현호는 이 아픔을 새기고 앞으로 더욱 사회의 안정을 위해 힘쓸 것을……]

세아는 핸드폰을 침대에 내려놓았다. 상황을 정리해야 한다.

첫째, 이번에 세아는 인터뷰 하루 전날로 돌아왔다. 둘째, 정이준은 5년 전에 이미 S급 헌터로 각성했다고 한다. 셋째, 의심스럽던 서아정은 5년 전에 이미 죽었다.

세아가 멍하게 중얼거렸다.

"이게 말이 돼?"

모든 게 너무 많이 달라졌다.

바로 그때 다시 핸드폰이 울렸다. 세아는 액정에 표시된 글자를 보고 잠시 심호흡을 했다.

"여보세요."

"누나. 지금 통화할 수 있어요?"

"어."

솔직히 말하면 끊고 싶었지만, 하지만 한편으로는 계속 통화하고 싶기도 했다. 머리가 너무 복잡해서 말이라도 하고 싶었다.

"저 오늘 밤에 한국 들어가서요."

"그래, 카일리 만났다며."

"아……. 네."

"김현호도 만나고. 협회 지시야?"

이준은 잠깐 사이를 두었다가 네, 하고 얌전히 대답했다. 세아는 그가 볼 수 없는 걸 알면서도 고개를 끄덕였다. 창가에 서서 유리창에 이마를 기댔다. 폭발할 듯 뜨거운 머리가 조금이나마 식는 느낌이 좋았다.

"살살 좀 해."

왜 이런 충고를 하는지 잘 모르겠다. 그래도 세아는 그렇게 말했다.

"S급 헌터랑 전부 척질 필요는 없잖아. 너무 빡빡하게 굴지 말고 요령껏 해, 좀."

"예의 바르게 했어요."

세아가 다른 사람 편을 드는 게 서운한 듯 이준의 대답이 불퉁했다. 어린애. 세아는 속이 빤히 보이는 음성에 약간 웃었다.

"S급들 다 좀 이상하지만 가까워져서 나쁠 건 없을 거야. 너도 언젠간

도움이 필요한 순간이 있을 거 아니야."

"그때 누나한테 도와 달라고 해도 돼요?"

세아는 바로 대답하지 않았다. 그녀는 한강 너머로 흐르는 불빛을 응시했다. 그녀의 검은 눈에 아롱아롱 불빛이 맺혔다.

"넌? 넌 어쩔 건데. 내가 도와 달라고 하면 도와 줄 거야?"

"네."

대답에 망설임이 없다. 세아는 그 말을 그리 믿진 않았지만, 대충 고개를 끄덕였다.

"그래, 나도 도와줄게."

"네, 누나. 아, 저 내일 부모님만 잠깐 뵙고 나면 바쁜 일 없는데……. 같이 밥 먹으면 안 돼요?"

"저녁? 내일……."

세아는 책상 쪽으로 걸어가 탁상 달력을 들어 올렸다. 아무래도 이준과 만나 이런저런 이야기를 들을 필요가 있을 듯하니 약속을 잡을 작정이었다. 그러다 그녀의 행동이 뚝 멎었다.

"잠깐만, 부모님?"

"네."

"혹시 양부모님?"

"네? 양부모님이요?"

세아는 핏기가 싹 가신 얼굴로 달력만 들고 서 있었다.

정이준의 부모가 살아 있다. 김현호의 여자 친구는 죽었다.

"잠깐 끊어 봐."

절로 목소리가 떨렸다. 정이준에게 여러 번 배신당했을 때도, 김현호에게 찔려 죽었을 때도 이러지는 않았다. 또 뭐가 바뀐 거야. 또 뭐가 잘못된 거야. 뭐가 달라진 거야, 뭐가…….

세아는 제자리에 못 박힌 듯 서서 꼼짝도 하지 못했다. 식은땀이 흘러 등 뒤가 서늘했다. 그녀는 핸드폰을 꽉 쥔 채, 다른 손을 심장 위에 대고 꾹 눌렀다. 배 속이 꽉 조이며 가슴이 미친 듯 뛰기 시작했다.

'우리 부모님은?'

손을 떨며 엄마 번호를 눌렀다. 통화 버튼을 누르기가 무섭게 핸드폰을 귀로 가져갔다. 건조한 기계음이 귓속으로 흘러들었다.

"지금 거신 번호는 없는 번호입니다. 번호를 다시 확인하시고 걸어 주시기 바랍니다. 지금 거신 번호는……."

13.6

이준은 잠잠한 핸드폰을 들여다보며 한참을 기다렸다. 점심을 먹고 식탁에 그대로 앉아 있으니, 어머니가 맞은편에 자리를 잡으며 물었다.

"왜 그래? 문자 왔어?"

"아뇨, 그냥."

잠깐 끊어 보라고 한 후 세아는 다시 연락을 주지 않았다. 핸드폰을 머리맡에 두고 자고, 깨어나자마자 연락 온 게 있나 확인했지만 협회 쪽 문자만 가득했다.

[이세아 헌터 제대로 확인한 거 맞습니까? 협회원이 동행해서 다시 확인하지 않아도 될까요?]

이준은 굳이 답장을 보내지 않았다.

오후 내내 초조하게 안을 서성이던 이준은 결국 기다리지 못하고 핸드폰에 세아의 번호를 꾹꾹 입력했다. 번호를 교환할 때 딱 한 번 들었는데 바로 외워 버렸다. 마치 전부터 이미 알고 있었던 것처럼.

지금 전화를 걸어 볼까? 성가시게 여기진 않을까?

이준은 자기 방 침대에 걸터앉아서 세아를 생각했다. 정확히 말하면 세아를 기다리는 자기 자신을 생각했다.

이상한 일이다. 세아 역시 그저 S급 헌터일 뿐이다. 그런데도 이준은 자기가 그녀를 안다고, 오래 알아 왔다고 느꼈다. 번호를 받은 것도 이번이 처음은 아닐 것이다. 밤에 전화 통화를 한 것도. 자신을 빤히 바라보던 한 쌍의 검은 눈……

용기를 내 통화 버튼을 눌렀지만 세아의 목소리는 들을 수 없었다.

"고객님의 전화기가 꺼져 있어……."

이준은 핸드폰을 든 채 그대로 멈춰 기다렸다. 그러다 문득 불길한 예감이 스쳤다. 헌터 협회는 여전히 세아를 의심하고 있다. 설마?

그는 허둥지둥 겉옷을 챙겨 입고 집 밖으로 나갔다. 기사를 부르면 이동하기 편했겠지만 그는 직접 운전대를 잡았다.

13.7

세아는 정신을 차리지 못하고 멍하게 침대에 누워 있었다.

밤새도록 고민했다. 그냥 창밖으로 뛰어내릴까. 다시 돌아가면 모든 게 원래대로 돌아와 있진 않을까.

부모님이 멀쩡히 살아 있는 세상. 두 분 다, 바뀐 세상에 적응하지 못한 미각성자로 살아가다가 가끔 딸과 통화하는 세상. 세아가 조금은 권태롭게 누렸던 세상.

그러나 도저히 뛰어내릴 수가 없었다. 몇 번을 죽어도 다시 이 세상으로 추락할까 두려웠다. 눈물도 나지 않았고 그냥 몸이 점점 차가워지는 것만 느낄 수 있었다.

딩동—

객실 벨이 울리는 소리도 듣지 못했다. 문을 두드리는 소리도. 세아의 정신을 일깨운 건 문이 부서지는 굉음이었다. 쾅! 세아는 깜짝 놀라 확 상체를 일으켰다. 즉시 침대 아래로 내려가 전투할 준비를 했는데, 안으로 뛰어 들어온 건 다름 아닌 정이준이었다.

"누나!"

그는 안으로 들어오자마자 목소리를 높여 불렀다. 세아는 그와 눈이 마주치고 너무 놀라 입만 벌리고 있었다. 이준은 바로 가까이 오지 않고 그 자리에 붙어 버렸다. 핏기가 가신 이준의 얼굴을 보다 세아가 느리게 물었다.

"왜 그래?"

솔직히 상황을 제대로 파악할 수가 없었다. 이준은 뒤를 돌아보고 다시 멀쩡한 세아를 살핀 후, 숨을 고르고 대답했다.

"아뇨, 무슨 일이 있나 해서."

"무슨 일?"

"혹시 협회 사람이 왔나 해서요."

세아는 기운 없이 한숨만 내쉬었다. 문까지 부수고 안으로 들어왔는데, 화를 낼 기운도 없었다. 지금 중요한 건 정이준의 부모는 살았고 자기 부모는 죽었다는 것뿐이었다.

"안 왔어. 미안한데 나 좀 혼자 있고 싶거든."

"괜찮아요? 얼굴이…….."

눈물 자국으로 엉망이다. 세아는 눈물이 말라붙어 찜찜한 뺨을 대강 비볐다. 그런다고 얼굴이 깨끗해지는 건 아니었지만.

"괜찮아."

"어디 아파요?"

이준이 걱정스러운 듯 세아의 뺨을 감쌌다. 그러나 세아는 성가신 파리를 쫓듯 고개를 반대편으로 돌려 온기를 피했다.

"누나?"

"됐다고 하잖아. 용건 없으면 그냥 가."

뜻밖의 냉대에 당황한 이준은 어쩔 줄 모르고 제자리에 서 있었다.

세아가 울었다. 왜? 이렇게 강한 사람이 밤새 혼자 운 건가? 핸드폰도 꺼져 있고 얼굴은 엉망이다. 이준은 그녀 옆에 있어 주고 싶었다. 자기가 할 수 있는 건 이불을 덮어 주고 눈부시지 않게 암막 커튼을 쳐 주는 정도일지라도.

"정이준, 용건."

찌를 듯한 시선이다. 이준은 물러나야 한다는 걸 알았다. 그래서 정말 필요한 말만 하고 사라져주기로 했다.

"누나 부모님께 연락을 드리는 게 좋겠어요. 협회가 누나를 좀 더 감시하려는 모양이에요. 협회에 누나한테도 '정화' 스킬을 사용했다고 얘기했는데 믿지 않는 것 같아서요. 혹시라도 부모님이 인질이 될 수도 있잖아요. S급 헌터를 조종하는 쉬운 방법이니까."

"……."

"아, 하긴, 두 분 다 강하셔서 특별히 조심할 필요 없을까요? 그래도 대비가……."

"너 무슨 소리를 하는 거야?"

"네?"

이준이 눈을 동그랗게 뜨고 되물었다. 그러나 세아는 정말 그의 말을 한마디도 이해하지 못했다. 다행히 그녀가 더 말하기 전에 이준이 덧붙였다.

"두 분 다 A급 헌터시잖아요. 지금 인도에 계신 거로 아는데, 전화라도 드리는 게 나을 거예요."

세아는 핸드폰을 드는 대신 눈을 깜빡이며 이준을 바라보았다.

부모님. A급 헌터. 인도.

"잠깐만."

세아는 핸드폰 주소록을 뒤졌다. '엄마'를 검색하자 번호가 떴다. 그런데 번호가 좀 이상했다. 가족 번호가 아니었다.

세아는 주저하면서도 통화 버튼을 눌렀다. 아주 짧은 대기시간 동안, 가슴이 얼어붙는 듯 서늘해졌다. 혹시 또 없는 번호라고 하면 어쩌지. 다행히 곧장 신호가 가기 시작했다.

뚜– 뚜–

"여보세요? 세아야?"

"엄마?"

목소리가 약간 떨렸다. 세아는 처음으로, 해일과도 같은 안도가 자기 몸을 그대로 후려치는 걸 느꼈다. 감정의 파도가 너무 강렬해서 그녀는 실제로도 조금 비틀거렸다. 이준이 재빨리 그녀의 몸을 잡았다.

"엄마? 엄마야?"

"어, 근데 던전이라 좀 끊어지네. 아빠도 저기 있어. 아빠 핸드폰은 아예 맛이 가 버렸어."

세아는 훅, 숨을 들이쉬었다. 이런 바보 같은 소리 하기 싫은데 저절로 원망이 터졌다.

"왜 번호 바꿨어?"

"뭐?"

"왜 번호 바꿨냐고! 난 바보처럼……."

"왜 그래, 세아야? 각성하고 나서 하도 사기꾼들 연락 많이 와서 번호 바꾼 거잖아. 네가 바꿔 줬잖아, 기억 안 나?"

기억날 리가.

세아는 자기가 무슨 소리를 하고 전화를 끊었는지도 몰랐다. 그저 핸드폰을 들고 서서 바닥만 내려다보았다.

부모님이 각성했다. 평범한 미각성자였던 부모님이, 둘 다 A급 헌터로 살고 있다. 활기찬 목소리로 던전에서 전화까지 받는다. 세상의 변화에 짓눌려 집 밖으로 잘 나오지도 못하던 소심하고 겁 많은 부모님은 사라져 버렸다.

이 세상은 너무 이상해. 뭐가 잘못돼도 단단히 잘못됐어. 그 생각밖에 할 수 없었다.

그때, 이준이 조심스럽게 세아의 어깨를 짚었다. 살피는 듯한 시선이 느껴져 세아는 고개를 반대편으로 틀었다.

"누나?"

"괜찮아. 내가 좀…… 좀 당황해서 그래."

세상이 갑자기 너무 변해서 놀랐다. 좀 더 침착했다면 밤새도록 부모님이 돌아가셨다는 생각에 사로잡혀 괴로워하지 않았을 텐데. 기사 몇 개만 검색해 봤어도 바로 알았을 텐데. 그러나 어제는 살아난 이준의 부모님과 죽은 서아정 때문에 이성적으로 판단할 수가 없었다.

'지금이라도 정신 바짝 차려야 돼.'

삶이 반복되며 변수가 늘어나고 있다. 정이준만 설득하면 해결되는 문제가 아니다. 이성적으로, 냉정하고 침착하게 상황을 돌파해야 한다.

세아는 고개를 들어 정이준을 똑바로 바라보았다. 염려 어린 표정이 보인다. 그와 한 번 몸을 합하기도 했었다. 그는 순진한 아이처럼 서툴고도 절박하게 매달려 왔다.

반복된 배반과 단 한 번의 희생. 이번에는 어느 쪽의 정이준을 믿어야 할까. 인간의 어떤 면에, 자신의 목숨과 자유를 걸어야 할까.

어차피 도박이다. 질문을 던지는 세아의 눈빛이 서늘하게 변했다.

"정이준. 너, 내 편이야?"

지금 가장 큰 문제는 자신을 의심하는 협회. 정이준이 문까지 부수며 달려올 정도면, 짐작보다 상황이 심각한 것이다. 그러나 세아에게는 이준이라는 패가 있었다. 믿을 수 없는 패가.

"네."

대답은 쉽고 간단했다. 세아는 이유를 묻고 싶었다. 너는 왜 내 편이냐고, 이번 생에서는 만난 지 얼마 되지도 않았는데 왜 나를 걱정해 달려왔느냐고 따지고 싶었다. 그러나 의미 없는 짓이다. 이유를 알면 그를 믿을 수 있을까? 이유를 모른다고 그를 믿지 못할까?

"그럼 협회가 지금 뭘 하려는 건지 설명해."

그저 선택하고 온전히 책임질 뿐이다.

"사소한 거 하나도 빼놓지 말고 전부."

13.8

협회는 '최초의 버그' 사건을 조용히 처리하고자 했다. 말이 번지고 사회가 불안정해지면 좋을 게 없다. 상황이 위험해질수록 헌터와 협회, 정부는 힘을 갖게 되겠지만 이전 협회장은 그걸 원하지 않았다.

"이전 협회장 김송숙 선생님은 저랑 몇 년이나 협력하고 대화하면서 '최초의 버그'를 알아내려고 했어요. 그러다가 협회장이 최두정으로 바뀌면서 제가 밖으로 나오게 된 거죠."

"이번 협회장은 왜 널 전면에 내세웠는데?"

"그걸 잘 모르겠어요. 협회도 결국 이익 집단이니까, 사람들이 불안해하면 더 큰 힘을 갖게 되죠. 그것 때문이 아닐까 추측만 하고 있어요."

열세 명의 S급 헌터를 시작으로, 협회는 모든 헌터를 조사하기 시작할 것이다. 의심스러운 사람을 불러 '정화' 스킬을 사용해 보고 그가 최초의 버그인지 아닌지를 판별할 것이다. 그 과정에서 정화 스킬을 보유한 이준의 역할이 중요했다.

세아는 잠시 상황을 가늠했다. 갑자기 바뀐 협회장. 사라지거나 새로 나타난 사람들. 이상하게 돌아가는 세계. 속내를 짐작할 수 없는 정이준.

"누나. 그럼 누나는 협회와 맞서려는 건가요?"

"아직 몰라."

자신이 최초의 버그라면 당연히 협회와 싸워야 한다. 이준의 스킬로 인해 '정화' 당하면 아마 높은 확률로 존재 자체가 사라질 것이다. 더 이상의 회귀는 없겠지만 정말 그대로 죽어 버리는 것이다. 세아는 삶의 반복을 끝내고 싶지, 이렇게 살다 돌연사하고 싶은 건 아니었다.

"그거 말고도 다른 중요한 문제도 있고."

히든 퀘스트.

어쩌면 문제는 간단할지도 모른다. 그냥 지금 비행기를 타고 캘리포니아로 날아가서 시스템 보스 던전을 정화하는 것이다. 그러나 그것도 그리 쉬운 일은 아니었다.

세아는 의자에 앉은 정이준을 가만히 바라보았다. 이번 생에서 둘은 만난 지 얼마 되지도 않았고 특별한 경험을 함께한 것도 아니다. 그런데 자기 말 한마디에 이렇게 모든 걸 털어 놓는 이준이 의심스러웠다.

"내가 협회와 맞선다고 하면 넌 어쩌려고. 넌 5년 동안 협회랑 협력했잖아."

"세상이 점점 더 위험해질 거라고 했고, 실제로 버그 몬스터가 많이 나타났으니까요. 그때는 협력하는 게 맞다고 생각했어요."

"지금은 아니고?"

"네."

"왜?"

이준은 곤혹스러운 듯 눈을 깜빡였다. 자기 마음을 뭐라고 설명해야 할지 잘 모르는 듯했다. 그는 객실 바닥을 내려다보다가 다시 고개를 들었다. 부딪쳐 오는 시선이 투명했다.

"누나가 원하니까요."

세아가 자리에서 일어서서 창가로 걸어갔다. 이준을 등지고 창밖을 바라보니, 밖은 아직 환한 낮이었다. 최초의 버그가 어쩌고, 시스템이 어쩌고 해도 사람들은 평범하게 살아간다. 강에 가득 뜬 물별이 눈부시게 반짝거려 세아는 조금 얼굴을 찡그렸다.

"이준아."

"네."

"솔직히 네가 왜 이러는지 잘 모르겠어. 근데 나는 그냥 너를 믿어. 지금은 그 방법밖에 없으니까."

투명한 창에 바깥 풍경과 객실 모습이 한 번에 비쳤다. 이준은 떨어져 선 세아의 뒷모습을 가만히 바라보았다.

다짐과도 같은 말을 남긴 후에도 세아는 한참을 침묵했다. 그녀 안에 얼마나 치열한 고민이 있는지 이준은 알지 못했다. 그럼에도, 돌아서서 자신을 보는 세아는 눈부셨다. 햇빛 때문이 아니었다.

"당분간은 협회에 협력하는 척해. 헌터들 조사도 계속하고 다니고. 난 가 봐야 할 곳이 있어."

"네, 누나."

"협회가 헌터들을 감시하고 있는 것 같은데, 눈 피해서 캘리포니아로 올 수 있겠어?"

"누나도 캘리포니아로 가려고요? 지금 협회가 S급 헌터들의 출국을 막고 있어요."

"별짓을 다 하네. 그래도 걱정할 필요 없어."

세아는 고개를 흔들어 이준의 걱정을 밀어냈다. 이준은 문까지 부수고 달려올 정도로 세아를 걱정한 모양인데, 그녀도 나름의 수가 있었다.

"내가 직접 협회장을 만날 테니까. 일이 잘되면, 너도 눈치 안 보고 전용기로 캘리포니아까지 올 수 있을 거야."

13.9

헌터 협회 한국 지부로 가는 차에서 세아는 부모님과 나눈 대화를 떠올렸다.

'엄마, 아빠랑 같이 있지? 일단 조심해. 요즘 분위기 이상한 거 알잖아.'

'그래? 분위기가 뭐가 이상한데?'

'협회 소식 못 들었어? 최초의 버그 어쩌고 하는 거.'

'아, 그거.'

어머니는 아무 걱정 없다는 듯 맑게 웃었다. 인도 던전을 공략하면서 한바탕 힘을 쏟아 개운한 모양이었다. 세아는 흘려듣지 말라고 했지만 어머니는 건성으로 대꾸했다.

'그래, 그래. 와서 뭐 한다고 하면 하라고 하면 되지. 어차피 우린 아닐 테니까.'

'엄마랑 아빠만 아니라고 다 되는 게 아니야.'

'그럼?'

엄마 딸이 최초의 버그일지도 몰라서 그래. 내가 버그의 원인으로 몰려서 제거 당할지도 몰라서 그런다고. 그런 소리를 대놓고 할 수는 없었다. 부모님을 너무 놀라게 할 필요는 없지 않은가.

무엇보다도…… 세아는 부모님의 지금 생활이 마음에 들었다.

넓고 휑한 집에서 종일 소일만 하는 게 아니라, 던전도 찾아다니고 세계여행도 다니는 부모님. 문제 인식이나 적응력은 좀 떨어져도 활기차고 즐거운 부모님.

'왜, 문제 있어, 세아야?'

'문제는 무슨. 딸이 S급인데.'

'그래도 엄마는 차라리 네가 A급이면 더 좋았을 것 같아. 그냥 B급이나. 허구한 날 인터넷에 얼굴 팔리고, 때 되면 인터뷰해야지, 이런 일 생기면 제일 바쁘지, 새 던전만 열렸다 하면 동원되지……. 어휴.'

넋두리 같은 말을 늘어놓으며 어머니가 고개를 저었다. 세아는 이해받는 듯한 느낌에 자기도 모르게 살짝 웃었다.

이전 생에서는 부모님과 멀어지고 말았다. 그들은 세아를 조금도 이해하지 못했다. 주야장천 딸 걱정을 하긴 했지만, 딸이 실제로 어떤 어려움을 겪고 있는지는 몰랐다. 세아도 헌터 사회에 대해 전혀 모르는 부모님에게 이런저런 하소연을 하지 않았다. 하지만 지금은 다르다.

'꼭 몸조심해. 알았지? S급이라고 무적은 아니잖아.'

'응, 엄마.'

세아는 창밖의 서울 정경을 내다보며 생각에 잠겼다. 처음에는 이 세상이 잘못된 것 같아 두려웠는데, 정신만 바짝 차리면 이것도 나쁘지 않을 것 같다. 차근차근 대비하고 위험한 돌부리를 제거하며 나아가면 된다.

"도착했습니다."

기사의 말과 함께 차가 부드럽게 정차했다. 세아는 곧장 문을 열고 내리며 협회 건물을 올려다보았다.

원래는 대기업이 돈을 쏟아 부어 지은 타워였다. 그러나 세상이 뒤집히자, 헌터 협회는 어마어마한 부를 쓸어 모았고 서울의 가장 높은 건물을 인수하기에 이르렀다. 재앙 후 고작 5년이 지났을 뿐인데.

보는 것만으로도 압도될 것 같다. 너무 높고 큰 건축물을 가까이서 올려다보면, 그대로 압사당할 듯한 느낌이 들기도 한다. 세아는 스물네 살, 처음으로 대기업에 입사했을 때 그런 기분을 느꼈다.

그러나 지금은 다르다. 그녀는 S급 헌터였고, 무슨 일이 있어도 클리어해야 할 히든 퀘스트까지 반강제로 획득했다. 건물 따위에 기가 죽어 어깨를 움츠릴 수는 없었다.

"금방 나올 테니까 지하에서 기다리세요."

기사에게 그렇게 지시한 후, 세아는 곧장 정문으로 들어갔다.

자동문은 소리도 없이 열렸다. 1층 천장은 까마득하게 높아서 불안한 느낌까지 들었다. 세아는 앞으로 똑바로 걸어갔다. 움직이기 편한 굽 낮은 신발, 하나로 질끈 묶은 머리카락. 그녀는 고개를 빳빳하게 쳐들었다.

안내 센터에서 기다리고 있던 직원이 재빨리 달려 나왔다. 그가 친절한 미소를 띠며 엘리베이터 쪽으로 팔을 뻗었다.

"이세아 헌터님, 바로 안내해 드리겠습니다."

협회장은 꼭대기에 머물고 있다. 엘리베이터는 엄청난 속도로 꼭대기까지 올라갔다. 협회 건물에 제대로 방문한 건 처음이지만, 주위를 둘러볼 마음도 들지 않았다. 세아는 전투하러 가는 사람처럼 짧은 숨을 내쉬었다.

마침내 최상층. 협회장실 앞에서 직원이 공손히 노크했다.

안에서 들어오라는 소리가 들리려나 느긋하게 기다렸는데, 갑자기 문이 벌컥 열리고 한 남자가 나타났다. 네모난 턱과 짧은 머리카락, 두꺼운 입술과 기이한 느낌의 삼백안.

세아는 손을 내밀어 악수를 청했다. 정이준의 경고가 아득하게 머릿속에 떠올랐다.

'조심해요, 누나. 증거는 없지만, 전 최두정이 이전 협회장 김송숙 선생님을 죽였다고 생각해요. 누나도 어떻게 할지 몰라요.'

"안녕하세요, 협회장님. 이렇게 직접 환영해 주시니 기쁘네요."

협회장, 최두정이 앞니가 모두 드러날 정도로 환하게 웃었다. 비정상적일 정도로 흰 이가 가지런히 보였다.

"저야말로 반갑습니다, 이세아 헌터."

세아는 힘있게 악수했다. 최두정의 새까만 눈이 기묘하게 번뜩였다.

완전히 처음 보는 사람이다. 반복된 지난 생에서, 혹시 잠시라도 마주친 적 없을까 했는데 얼굴이 너무 낯설었다. 길게 찢어진 눈이며 두툼한 볼살까지, 지나가다 봤으면 조폭인 줄 알았을 것이다.

그때, 최두정이 자리를 권하며 먼저 앉았다.

"이세아 헌터와 만날 날을 고대해 왔죠."

"저를요? 의외네요."

"모르셨겠지만 이전 협회장님이 이세아 헌터에게 정말 관심이 많았거든요."

세아는 그러냐는 듯 살며시 웃었지만 전혀 반갑지 않았다. 이전 협회장에 이어 지금 협회장까지 세아에게 관심을 가지고 있다. 좋은 의미의 관심일 것 같진 않았다.

"제게 왜요?"

"글쎄요, 그건······."

그때. 밖에서 누군가 노크했다. 나중에 오라고 할 법도 한데, 최두정은 반가운 목소리로 외쳤다.

"들어와!"

안으로 들어온 건 흰 가운을 입은 남자였다. 오래전에 유행했던 디자인의 은테 안경을 쓰고 있었는데, 어깨가 좁고 몸이 마른 데다 목까지 움츠리고 있었다. 세아는 최두정의 저의를 파악하지 못해 침묵을 지켰다. 곧 최두정이 활기찬 어조로 설명했다.

"우리 곽남주 연구원입니다. 버그 던전이나 몬스터에 대해 꾸준히 연구해 줬죠. 버그에 대해 이만큼 알아 낸 건 다 곽남주 선생 덕분이라고 해도 과언이 아닙니다."

"과찬이십니다."

곽남주는 쩔쩔매며 허리를 접었다. 그렇게 대단한 사람이라면 협회장과 친분도 있고 자신감도 내보일 법한데, 곽남주는 안 맞는 옷을 입은 듯 비굴해 보이기까지 했다.

협회장은 찻잔 하나 없는 매끈한 유리 테이블을 썼다. 먼지가 있나 없나 보듯 손가락을 들여다보며 그는 대수롭지 않은 투로 말을 던졌다.

"이세아 헌터가 '최초의 버그'일 가능성이 가장 높다고 한 사람도 곽남주 선생이죠."

세아는 동요를 드러내는 대신 조용히 미소를 지었다. 그리고 재빨리 정이준의 이름을 팔았다.

"안 그래도 정이준 헌터가 저한테 좀 무례하게 굴더군요. 다른 S급 헌터들에게도 예의 바르게 하진 않은 모양이지만, 저한텐 유독 심한 것 같아 왜 그러나 했더니."

"그랬나요?"

"다짜고짜 저한테 스킬을 사용하려고 해서 실수로 죽여 버릴 뻔했지 뭐예요."

세아는 소파에 편안히 등을 기대며 협회장의 얼굴을 똑바로 바라보았다.

"아시겠지만, S급이 그런 실수를 하는 건 흔한 일이잖아요?"

최두정 역시 각성자지만 S급은 아니다. 협회 홈페이지에 등록된 정보에 따르면 그는 B급, 세아는 이 자리에서 그를 가루로 만들어 버릴 수도 있었다. 그가 더 도발하면 세아는 참지 않을 작정이었다.

다행인지 불행인지, 최두정도 바보는 아니었다. 그는 한 걸음 물러나듯 몸을 뒤로 빼며 헛기침을 했다.

"그래서, 오늘 절 보자고 한 이유가 뭡니까?"

"S급 헌터는 지금 출국이 금지되어 있어서요. 미국에 좀 가고 싶은데."

"미국엔 왜요?"

그 질문에 세아가 빙긋 웃었다.

"지금 입국 심사 하시는 건가요? 제가 미국에 가는 이유까지 알고 싶으세요?"

"협회장으로서 의무를 다하는 겁니다, 이세아 헌터."

세아는 어깨를 으쓱했다. 이 정도 질문은 예상했으니 답하는 게 어렵진 않았다.

"카일리를 좀 만나러 가려고요. 보고를 받으셨을 테니, 아시죠? 정이준 그 싸가지 없는 새끼가 카일리한테 속박 스킬을 사용했다고 하던데."

"그런데요?"

"그 얘기를 듣고 나니 카일리와 못 만난 지 오래됐다는 생각이 들어서요. 안 그래도 카일리가 저한테 전화해서 하소연하길래 정이준 끌고 가서 사과라도 시킬까 싶었죠."

물론 카일리가 자신에게 전화를 걸었다는 건 새빨간 거짓말이다. 둘은 그리 자주 연락하는 사이도 아니었다. 그러나 지금 당장은 핑곗거리가 필요했다.

"아시겠지만 정이준이 좀 버르장머리가 없잖아요."

"카일리 헌터는 이해할 겁니다."

"정말요? 저랑 마지막으로 통화했을 땐 별로 이해 못 하는 것 같던데."

최두정이 조용해졌다. 협회장이라고 해도 S급을 제어할 수 있는 건 아니다. 아마 최초의 버그만 잡아내면 그만이라고 생각해 S급 헌터에게 함부로 굴었겠지만, 이제 협회도 S급의 비위를 맞출 때가 온 것이다.

"같은 한국인이잖아요. 제가 정이준 데려가서 확실히 사과시키고, 겸사겸사 친목 도모도 하고, 관광도 하고 해야죠."

"좋습니다."

오래 고민할 줄 알았는데 최두정은 의외로 쉽게 고개를 끄덕였다. 그러더니 그때까지도 엉거주춤 서 있던 곽남주를 바라보며 말했다.

"대신 저 친구도 데려가시죠."

"연구원을요?"

"저희도 카일리 헌터에게 성의를 보여야죠. 그리고 상황이 상황인 만큼, 아무 안전장치 없이 S급 헌터를 둘씩이나 해외로 내보낼 순 없습니다. 물론 이 정도는 이해해 주시겠죠."

세아는 슬쩍 눈살을 찌푸렸다.

'감시자를 함께 보내겠다?'

그래도 곽남주 연구원을 위아래로 훑어보니 대단한 위협이 될 것 같진 않았다. 일단 캘리포니아로 가는 게 중요해서, 세아가 고개를 끄덕였다.

"좋아요. 각성자인가요?"

"아뇨."

"그럼 저희가 보호해야겠군요."

"혹만 붙여 보내는 게 아닌가 모르겠네요."

최두정은 사람 좋은 척하며 웃었다. 한 방 먹였다 싶은 모양이라 세아는 마주 미소했다.

"별말씀을. 미각성자나 낮은 등급 헌터를 보호하고 통제하는 것도 S급의 의무인걸요."

두 사람은 일어나서 악수했다. 세아는 곧장 돌아서서 협회장실을 빠져나왔다. 그때, 문이 바로 다시 열리고 곽남주 연구원이 허둥지둥 달려왔다. 세아는 그를 돌아본 후 엘리베이터 버튼을 눌렀다.

"같이 타요."

곽남주는 마치 쫓기는 사람처럼 뒤를 돌아보더니 급히 엘리베이터에 올랐다. 환한 엘리베이터 안에 나란히 서서 둘은 오래 침묵했다. 말을 걸어야 하나, 협회장의 끄나풀인데 괜찮을까, 그런 생각을 하며 곽남주 쪽으로 고개를 돌렸다. 그 순간 곽남주가 불쑥 핸드폰을 내밀었다.

"저…… 번, 번호 좀 알려 주십시오."

"번호요? 아, 공항에서 만나야죠. 그래요."

세아는 번호를 눌러 주었다. 저장하지 않고 그대로 돌려 주니, 곽남주가 핸드폰을 받았다. 잠시 화면을 만지던 그가 핸드폰을 내밀어 보여 주며 물었다.

"이 번호 확실하죠?"

세아는 액정을 내려다보았다. 번호를 확인할 거면 그냥 전화를 걸어보면 되지, 뭐 하러 이렇게 확인시키는지. 무심하게 번호를 확인하는데, 이름 칸에 '이세아' 대신 다른 게 적혀 있었다.

[도청중협회장조심]

세아는 부러 고개를 들지 않았다. 대신 액정을 내려다보는 척하며 고개를 끄덕였다.

"이 번호 맞아요."

"고맙습니다."

"전화 한번 해 주세요. 저도 번호 저장하게."

"네."

곽남주가 핸드폰을 가져갔다. 띵, 기계음과 함께 엘리베이터가 1층에 멈추었다.

13.10

세아는 호텔 객실로 돌아오자마자 안을 샅샅이 뒤졌다.

침대 헤드, 서랍장, 스탠드, 와인 냉장고, 심지어 식칼 손잡이까지 살폈다. 세 개의 카메라를 찾아냈는데, 영상을 실시간으로 전송하는 타입이었다. 세아는 손톱보다 작은 렌즈를 향해 중지를 보여 준 다음 카메라를 부쉈다.

기억을 천천히 되짚어 보았다. 객실에서 나간 일이 많이 없다. 부모님 일 때문에 놀라 온종일 객실에만 있기도 했다. 그렇다면 카메라는 오늘, 협회장을 만나러 간 사이에 설치되었을 확률이 높다.

"진짜 미쳐 돌아가네."

세아가 머리를 쓸어 넘기며 중얼거렸다. 협회가 S급이 머무는 객실에 카메라를 설치하다니. 심지어 엘리베이터 대화를 도청하려고 시도하다니. 곽남주 연구원이 알려 주지 않았으면 까맣게 몰랐을 것이다.

그런데 그는 왜 자신에게 도청 사실을 귀띔해 주었을까? 이유가 무엇이든 상황 자체는 기가 막혔다. 최두정의 얼굴을 떠올리며 세아가 중얼거렸다.

"주제에 진짜……."

불평만 하고 있을 수는 없었다. 세아는 일단 간단히 짐을 쌌다. 사람을 부르면 편하긴 하겠지만, 원래 짐 싸는 일을 남의 손에 맡기는 성격이 아닌 데다 지금은 믿을 사람이 없다.

큰 캐리어에 대충 옷을 쓸어 담은 후, 세아는 그대로 체크아웃을 했다. 차에 오른 후에야 이준에게 전화를 걸었다.

"정이준, 나 집으로 갈 거야. 호텔로 오지 말고 내 집으로 와."

"누나 집이요?"

목소리가 갑자기 밝아진 것 같다. 세아는 지난 생에서 이준과 뭘 했는지 떠올리지 않으려 애썼다. 그건 지나간 일이고 이준도 그때와 같은 사람이 아니다.

"그래. 주소 보내 줄게. 자세한 얘기는 거기서 해."

적어도 집은 안전하다. 등록되지 않은 카메라나 도청기를 가지고 들어오면 경보가 울리는 데다 관리인이 주기적으로 안을 점검한다. 협회도 아직 거기까지 손을 뻗진 못했을 것이다.

오늘 밤만 자고, 내일 바로 캘리포니아로 출발해야 한다.

시스템 보스 던전만 공략하면 이 모든 일이 끝난다. 세아는 지치지 않기 위해 숨을 깊이 들이쉬었다.

13.11

집은 늘 그렇듯 깔끔했다. 세아는 캐리어를 적당한 곳에 세우고 침대에 늘어졌다. 최두정, 곽남주, 정이준, 카일리, 김현호……. 온갖 이름이 머릿속을 어지럽게 했다.

'무사히 갈 수 있을까.'

곽남주 연구원도 완전히 신뢰할 순 없다. 협회장도 믿는 구석이 있으니 그를 함께 보내겠다고 한 것이다. 게다가 곽남주 연구원은 '최초의 버그' 가설을 세운 사람이라지 않았나.

딩동―

벨 소리에 세아가 벌떡 일어섰다. 현관으로 가서 문을 여니, 예상대로 정이준이 서 있었다. 그런데 빈손이 아니었다. 그가 양손에 든 장바구니에서 대파가 비죽 튀어나온 게 보였다.

"이게 다 뭐야?"

세아는 들어오라는 말도 잊고 물었다.

"집에 초대해 줬잖아요. 요리해 주려고요."

이미 설레는 듯 이준이 웃었다. 세아는 그가 안으로 들어올 수 있게 비켜섰다. 장바구니를 든 채 안으로 들어선 이준이 대수롭지 않은 듯 말했다.

"누나 호텔 조식보단 한식 좋아하잖아요. 맞죠?"

13.12

'지금 죽여야 하나?'

세아는 전용기에서 곤히 잠든 이준을 내려다보며 고민했다. 기회가 있다면 바로 지금이다. 그는 아무 걱정 없는 아이처럼 편안하게 잠들어 있었다. 스킬을 사용한다면 쥐도새도 모르게 깔끔하게 처리할 수 있다.

하지만 처리하면 그 다음엔?

세아는 두 손으로 얼굴을 감쌌다. 정신을 차리려고 고개를 흔들었지만 아무 대책도 떠오르지 않았다. 그녀는 자기 자리로 돌아가 몸을 묻었다.

세상에 이렇게 마음대로 안 되는 게 있었다니. 대학 입시도, 회사 합격도 이렇게 어렵진 않았다. S급으로 각성한 후 힘든 일이 많았지만 이 정도는 아니었다. 몬스터에게 죽을 뻔했을 때도 이렇게 막막하진 않았다!

'누나 한식 좋아하잖아요. 맞죠?'

이준은 정말 과거를 기억하는 걸까. 그렇다면 어디서부터 어디까지?

이준이 자백제를 마셨을 때도 그런 낌새는 전혀 알아차리지 못했다. 대놓고 자신을 기억하느냐고 물을 수 없었기 때문이기도 했고, 이제까지 이준은 지난 생을 기억한 적이 한 번도 없으니까.

그런데 어떻게. 대체 왜 갑자기?

그때, 이준의 자리 쪽에서 움직이는 기척이 느껴졌다. 막 눈을 떠서 기지개라도 켜는 모양이었다. 세아는 책을 펼쳐 들여다보는 척했다. 심심풀이로 가져온 건데, 내용이 하나도 눈에 들어오지 않았다.

"누나. 좀 잤어요?"

이준이 다가와 다정스레 말을 걸었다. 세아는 아무 일도 없다는 듯 그를 올려다보며 조금 웃었다.

"난 책 좀 읽고 있었어. 넌 자는 것 같던데."

일부러 말을 잠시 끊은 후, 세아는 말갛게 웃었다. 이준이 허물어지듯 움찔하는 게 훤히 보였다. 세아는 부러 손을 뻗어 그의 뺨에 살짝 갖다 대며 달콤하게 물었다.

"잘 잤어, 이준아?"

이준의 얼굴이 삽시간에 붉어졌다. 네, 하고 고개를 돌린 그의 귓불이 타는 것처럼 붉었다. 세아는 아무 일도 없었던 것처럼 손을 떼고 창밖으로 시선을 돌렸다. 그러면서 태연한 어조로 말했다.

"이제 두어 시간만 더 가면 도착이야. 캘리포니아로 가서 뭘 할지 얘기 안 해 줬지?"

"네? 아, 네……."

이준은 여전히 정신을 차리지 못하고 쩔쩔맸다. 눈도 제대로 못 마주치는 그를 바라보던 세아가 또 그의 어깨에 손을 댔다. 이준은 긴장해서 돌처럼 굳어 버렸다.

"나 피곤하다. 옆에 좀 앉을래? 기대서 눈 좀 붙이게."

원하기만 하면 의자를 뒤로 젖히거나, 전용기 안에 따로 마련된 소파나 침대로 가면 된다. 그걸 뻔히 알면서도 세아는 이준을 부추겼다. 이준은 당황한 듯 눈을 깜빡이더니, 세아가 말을 바꿀까 두려운 듯 재빨리 곁에 앉았다.

"많이 피곤해요?"

"그건 아닌데…… 신경을 좀 썼나 봐. 손님도 있고."

멀지 않은 곳에 앉은 곽남주 쪽을 곁눈질하고, 세아는 스르르 이준의 어깨에 머리를 기댔다. 이렇게 있으니 이준의 심장이 두근두근 뛰는 게 느껴졌다.

목적을 달성하기 위해 이런 비겁한 방법을 써야 했던 적은 없는데.

그래도 상황이 상황인 만큼 고상한 척 버틸 수만은 없다. 세아는 한숨을 참으며 뒤척이는 척 고개를 조금 움직였다. 이준이 얼른 자신의 고개를 고정해 주고 머리카락을 쓸어 주는 게 느껴졌다.

13.13

눈을 뜨니 옆에 이준이 없었다. 이준만 없는 게 아니었다. 고개를 돌려 보니 곽남주도 보이지 않았다. 도착할 때가 다 되었는데 두 사람 다 보이지 않자, 세아는 몸을 일으켜 전용기 안을 살피기 시작했다.

화장실로 가는 통로에서 이준의 목소리를 들은 건 그때였다.

"수작부리지 마. 네가 김송숙 선생님 배신한 거 모를 줄 알아? 협회 사람들 다 알고 있어. 몰라서 널 가만둔다고 생각하지 마."

세아는 벽에 등을 기대고 느긋하게 섰다. 그래, 둘이 아는 사이였다 이거지. 안 그래도 정보가 필요했으므로 그녀는 서두르는 대신 귀를 기울였다.

"누나한테 무슨 짓을 하려는 거야? 이젠 누나까지 죽이려고?"

이준이 낮게 위협했다. 멱살이라도 잡혔는지, 곽남주는 헐떡이고 있었다. 가쁜 숨소리를 들으며 세아는 천장을 바라보았다.

가능성은 두 가지. 첫째, 이준이 그저 따라온 곽남주만 보고 의심하여 다그치는 중이다. 둘째, 자기가 자는 동안 곽남주가 뭔가 수상한 짓을 했다.

"왜, 왜 이러십니까, 그만해요. 제, 제발 그만……."

이야기가 더 나올까 싶어 기다렸지만, 그 뒤로는 뻔한 위협과 애원의 반복이었다. 세아는 피로한 눈가를 문지르며 막 나타난 척 통로 안쪽으로 걸음을 옮겼다.

"둘이 뭐 하는 거야?"

이준과 곽남주의 시선이 일제히 그녀에게 집중되었다. 곽남주를 벽에 밀어붙이고 있던 이준은, 나쁜 짓을 하다가 들킨 아이처럼 급히 뒤로 물러났다. 곽남주가 뻐근한 가슴팍과 어깨를 만지는 걸 보던 세아는 비딱하게 물었다.

"이준아, 연애하니?"

"네?"

"곧 내릴 거니까 앉아. 연구원님도 앉으세요."

세아는 친절하게 덧붙이고 등을 돌렸다. 이준이 허둥지둥 그녀를 뒤따랐지만, 세아는 무시하고 자기 자리로 돌아갔다. 이준이 옆에 앉으며 속삭였다.

"누나. 아까 그건……."

"벨트 매."

이준은 일단 그녀의 말대로 벨트를 맸다. 무감한 세아의 어조에 안달이 났는지, 그가 애원하듯 말했다.

"이유가 있었어요. 저 사람이 누나한테 이상한 짓을 하려고 했다고요. 누나 신발이나 옷에 도청기를 달려는 것 같았어요."

"협회장이 보낸 사람이야. 그 정도는 당연히 했겠지."

"그럼 그냥 두고 볼 거예요?"

"나한텐 목적이 있어. 그것만 달성하면 돼."

곽남주는 어차피 협회장의 끄나풀이다. 도청기를 달려고 한 게 아니라 목구멍에 칼을 쑤시려고 했어도 놀랍지 않다.

엘리베이터에서 협회장을 조심하라고 충고해 준 것도, 자신을 걱정해서라고는 생각하지 않는다. 어쩌면 신뢰를 얻기 위한 방편이었을지도 모른다. 정이준에게 무수히 뒤통수를 맞은 이후, 누구도 쉽게 믿을 수 없다.

이준은 착륙을 준비하는 비행기 안에서 세아를 물끄러미 바라보았다. 차가운 옆얼굴이다. 그녀가 지금 어떤 생각을 하는지, 그로서는 조금도 알아차릴 수 없었다. 이준이 고요히 물었다.

"누나 목적이 뭔데요?"

"……."

"내가 필요한 거죠? 그러니까 날 여기까지 데려온 거잖아요."

세아는 이준의 검은 눈을 가만히 들여다보았다. 이준은 당돌한 척 시선을 마주하더니, 긴 시간 버티지 못하고 살짝 눈을 피했다. 강한 척, 예리한 척해도 어린애에 불과하다. 세아는 빙긋 웃었다.

"모르는 척하지 마. 너 이미 짐작하고 있잖아."

정이준이 과거를 기억하든 못하든 한 가지는 분명하다. 그는 바보가 아니다. 이전 생에서 이준은, 자기가 가진 '정화' 스킬의 설명만 보고도 세아의 목적을 알아차렸다. 이번이라고 다를까?

"그럼 누나가 하려는 게 그거예요? 시스템 살해?"

"그래."

비행기가 천천히 하강하기 시작했다. 기우는 기체(機體)를 느끼며 세아가 긴 숨을 내쉬었다.

"이준아, 잘 들어."

그가 자신을 미워해서 배반했다고 여기지 않는다. 그냥 자기 이익과 감정이 더 중요했을 뿐. 다른 모든 평범한 사람처럼. 그러니 세아도 나름의 카드가 필요했다.

세아가 고개를 돌려 이준의 창백한 얼굴을 바라보았다. 그녀의 얼굴에는 여전히 은은한 웃음기가 어려 있었다.

"이번에도 날 배신하면, 너를 영원히 잊어버릴 거야."

비행기가 활주로에 착륙했다. 세아는 다시 캘리포니아에 도착했다.

13.14

공항 밖으로 나가자마자 낯익은 사람이 펄쩍 뛰어 달려왔다.

"세아!"

"카일리!"

세아는 깜짝 놀라 외치며 달려든 그녀와 포옹했다. 늘씬하게 키가 큰 카일리는 짧은 머리카락을 찰랑이며 세아의 어깨에 얼굴을 묻었다. 카일리 특유의 체향이 전해졌다.

"어떻게 알고 왔어?"

"협회에서 연락 받았어. 나 보러 온다며!"

협회에서 그새 연락한 모양이다. 세아는 어물쩍 말을 돌리기로 했다.

"겸사겸사. 아, 내 말은, 그 이유도 있고."

이준은 서로 자기 나라 언어로 대화하는데 말이 통하는 두 사람을 바라보았다. 유창한 외국어를 구사할 수는 없어도 듣고 이해하는 건 가능하니 참 편리했다. 그건 이준도 마찬가지인지라, 그는 카일리에게 먼저 손을 내밀었다.

"오랜만입니다."

"꺼져."

싱긋 웃으며 그렇게 말한 카일리는 세아의 손을 잡고 오붓하게 멀어져 버렸다. 세아도 둘을 급하게 화해시킬 마음은 없는지, 뒤도 돌아보지 않고 걸음을 옮겼다.

"난처하게 됐네요."

뒤에서 소심한 투로 덧붙인 곽남주 역시 정이준 마음에 안 들긴 마찬가지였다. 이준은 한숨을 참으며 세아를 따라갔다.

"그래서 무슨 일이야? 정말 나 보려고 온 거야? 그럼 저 무례한 새끼는 두고 오지."

"이유가 있었어. 가고 싶은 던전도 있고."

"와, 던전! 나 데려가, 나도, 나도!"

카일리가 요란스럽게 방방 뛰며 외쳤다. 원래 리액션이 크고 감정 표현이 과장된 편이긴 하지만, 이렇게까지 격렬한 반응은 처음이라 세아는 조금 당황했다. 둘은 가깝긴 하지만 절친한 사이라고 볼 수는 없었다.

S급 중에서는 '그나마' 세아와 현호, 카일리가 친밀하게 지냈다. 하지만 친밀하다, 딱 그 정도지 그 이상은 아니었다. 그런 카일리가 던전에 함께 가자며 환하게 웃으니 바로 대답하기가 어려웠다. 그러나 '협회에서 연락을 받았다'는 말이 조금 마음에 걸렸다.

"카일리?"

"응?"

"너……."

'혹시 협회에서 너까지 날 감시하라니?'

세아는 그 말을 꿀꺽 삼켰다. 맞든 아니든 물어서 좋을 게 없는 소리였다. 괜한 의심만 사게 될 수도 있다. 그래서 세아는 가만히 고개를 저었다.

"아니야, 아무것도. 미안한데 던전은 나랑 정이준, 그리고 저 연구원 셋만 가야 할 것 같아."

"어, 근데 협회장이 저 연구원 미각성자라고, 나도 같이 가서 좀 도와주라고 하던데?"

"……."

젠장. 세아는 욕을 꿀꺽 삼켰다.

아무래도 카일리는 협회장이 심은 첩자는 아닌 듯했다. 또 협회가 보낸 정이준으로부터 심한 대접을 받았으니 순순히 협조할 리도 없고. 데려가는 거 자체는 문제없지만 솔직히 좀 편히 가고 싶었다.

"나랑 정이준도 둘 다 S급이잖아. 충분할 거야."

"아니야, 괜히 던전에서 미각성자 잘못되면 우리만 더럽게 욕먹잖아. 그러기 전에 그냥 같이 가자."

"괜찮다니까."

세아가 조금 성가신 듯 대꾸하자 카일리의 표정이 묘해졌다. 아차 싶은 순간, 카일리가 목소리를 낮추어 물었다.

"너 왜 그래? 그 던전에 그냥 가는 게 아니구나?"

"뭐? 아니야."

"그럼 왜 오지 말래? 저 헌터 놈 솔직히 협회 사람 아니야? 뭘 믿고 쟤랑 둘만 가려고."

빌어먹을, 댈 핑계도 없었다. 던전 내부 구조가 복잡하니, 적당히 함께 다니다가 보스 룸에 도달하기 전에 찢어져야겠다. 세아는 그렇게 다짐하며 고개를 끄덕였다.

"그래, 그래, 알겠어. 같이 가자."

"나 던전 진짜 오랜만이야! 너무 설레!"

'넌 설레겠지.'

세아는 고개를 저으며 한탄하고 싶은 걸 겨우 참았다. 뒤를 돌아보며 이준과 곽남주가 잘 쫓아오고 있는지 확인한 후 다시 카일리의 얼굴을 바라보았다. 눈이 마주치자 그녀가 티 없이 맑게 웃었다.

이번엔 정말로 성공하고 싶었다.

13.15

카일리와 정이준 사이는 보는 사람이 민망할 정도로 냉랭했다. 세아는 굳이 남의 일에 나서서 중재하는 타입이 아니었으므로 둘이 사이가 안 좋을 만도 하다고 생각해 내버려두었다. 곽남주는 어디에도 끼지 못하고 겉돌았다.

던전 입구에 다다라서도 카일리와 정이준은 계속 말씨름을 했다. 정확히 말하면 카일리가 일방적으로 시비를 거는 형태였다.

"누나, 여기 던전 있는 건 어떻게 알았어요?"

"네가 알면 뭐 하게?"

카일리가 말을 뚝 끊으며 딴죽을 걸면 이준은 깨끗하게 그쪽을 무시했다.

"그냥 아는 수가 있어."

"중요한 던전인가요? S급이 이렇게 많이 가니까 공략은 문제없겠네요."

"아주 살랑살랑 난리 났다. 세아는 네 본성 아니?"

"내 본성이 어때서?"

정이준은 이제 대뜸 반말이다. 그나마 카일리는 상대라도 해 주지, 곽남주 쪽은 아예 무시하고 있었다.

"협조했으면 굳이 스킬까지 쓸 생각 없었어. 날 먼저 죽이려고 한 건 그쪽이잖아."

"죽이려고 했어?"

세아는 정말 순수한 궁금증에서 그렇게 물었다. 정이준을 두둔하거나 카일리를 힐난할 뜻은 전혀 없었다. 그런데 이준은 이때다 싶었는지, 연약하고 가련한 종달새처럼 지저귀기 시작했다.

"누나도 알잖아요, 전 시스템 속성 아니면 회복 스킬 위주인 거. 제가 제때 방어 안 했으면 정말 목이 잘릴 뻔했어요. 얼마나 무서웠는데요."

"야, 세아! 너 같은 한국인이라고 쟤 편드는 거야?"

"편드는 게 아니라 그냥 물어본 거야. 우리 이제 제발 입 다물고 내려가자."

세아가 크고 검은 구멍 앞에 우뚝 멈춰 섰다. 그녀는 습관처럼 정이준의 손을 잡았다.

"중력 상쇄할 거야. 카일리, 너도 스킬 있지? 곽남주 연구원 좀 챙겨."

"흥."

카일리는 아직도 불만인 듯 콧방귀를 뀌긴 했지만 얌전히 곽남주의 손목을 잡아챘다. 책상 앞에만 앉아 일생을 보낸 양 핏기 없던 곽남주의 얼굴이 전보다 더 심하게 창백해졌다.

카일리는 협회 때문에 성가신 미각성자를 끌고 던전에 들어가야 하는 게 불만인 모양이었다. 이준은 잠시 그쪽을 바라보더니 세아에게 속삭였다.

"누나. 던전에서 저 사람 조심해요."

"어차피 미각성자야."

"미각성자가 더 무서워요. 던전 안에선 더 그렇잖아요. 우릴 한꺼번에 죽이려 들지도 몰라요."

세아는 카일리와 곽남주 쪽을 흘끗 돌아보았다.

"저 사람을 이렇게까지 의심하는 이유가 뭐야?"

이준은 세아에게 기대듯 서며 거리를 바짝 좁혔다. 세아와 함께 구멍 바로 앞까지 다가가는 동안, 그가 낮게 중얼거렸다.

"곽남주는 김송숙 전 협회장 사람이었어요. 협회장이 바뀌고 연구원도 물갈이될 때 저 사람만 살아남았고, 지금 여기까지 따라왔잖아요."

"……."

"정말로 위험해요."

세아가 픽 웃었다.

"입 다물고 뛰어내리기나 해."

자신을 우습게 봐도 유분수지, 미각성자에게 당할 줄 알고. 세아는 몇 번이고 그랬듯 구멍 속으로 펄쩍 뛰어들었다.

13.16

던전의 모습이 또 달라졌다. 호텔 같던 내부는 이제 기계실로 변했다. 양쪽 벽에는 수백 수천 개의 톱니바퀴가 맞물려 돌아갔고, 웅웅 모터 도는 소리도 요란해 대화를 나누려면 거의 소리를 질러야 하는 수준이었다.

그나마 다행인 건 바닥은 빙빙 돌지 않고 안전하다는 점. 카일리는 벽 가까이 다가가더니 고개를 흔들었다.

"돌아가는 속도가 빠르고 톱니가 날카로워. 여기 손가락이라도 잘못 끼이면 그날로 끝장날 것 같아."

"카일리, 연구원 좀 부탁해. 우리도 신경 쓰겠지만."

"이준보고 챙기라고 해. 협회 사람이잖아."

카일리는 뾰족한 목소리로 항변하듯 쏘아붙였다. 세아는 두 사람의 신경전을 아예 무시하기로 작정했으므로 대꾸하지 않았다. 대신 곽남주 연구원을 향해 충고했다.

"아무것도 건드리지 마요. 던전 경험이 없으니 트랩이라도 건드리면……."

구석에 있던 곽남주가 사색이 된 얼굴로 이쪽을 돌아보았다. 각성자 모두를 긴장시키는 소리가 났다. 작은 스위치를 누른 듯, 달칵.

"아, 잘 챙기랬잖아!"

세아는 자기도 모르게 짜증스럽게 외치고 말았다. 그녀는 가까이 있는 이준부터 끌어당기고 마치 순서대로 불을 끄는 듯 차례로 어두워지는 실내를 노려보았다.

"빛부터 밝혀!"

세아가 앞으로 손을 크게 휘두르자 빛 무더기가 사방으로 확 펼쳐졌다. 이준과 카일리도 각자의 스킬로 앞을 밝혔다. 그러자마자 오른쪽 벽이 마치 거대한 자동문처럼 스르르 열렸다.

세아는 쌍욕이 튀어나오려는 입을 겨우 다물었다. 그녀는 어른거리는 빛무리 너머에서 슬금슬금 모습을 드러내는 몬스터 떼를 볼 수 있었다. 칼. 그 빌어먹을 칼이 보였다. 뱀처럼 늘어난 칼이 이준의 목을 감싸 서걱 썰어 버리던 환영이 눈앞을 스쳤다.

"누나, 저 칼 뱀처럼 늘어나니까 조심……."

"너, 링크 스킬 있어?"

세아가 그의 말을 뚝 끊었다.

'링크'는 두 사람 이상의 힘을 연결하는 스킬로, 자신에게 없는 속성의 스킬을 사용하고 싶을 때 유용했다. 대신 연결되고자 하는 둘 모두가 링크 스킬을 보유하고 있어야 했다.

다짜고짜 묻는 말에도 이준은 당황하지 않고 고개를 끄덕였다.

"네, 있긴 한데……."

"스킬 랭크 뭐야."

"B요."

"내가 S니까 커버할게. 정이준, 링크!"

챙, 마치 사슬로 묶이는 듯한 소리와 함께 두 사람의 손목이 흰 끈으로 연결되었다.

저번에는 처음이라 당황해서 그대로 당하고 말았다. 갑작스러운 정이준의 죽음, 그리고 김현호의 배신. 그러나 세아도 배움 없이 개죽음을 당한 건 아니었다. 그녀는 다시 그런 상황이 벌어지면 어떻게 해야 할지 충분히 생각해 두었다.

"너 정화 스킬 사용해."

"근데 누나, 그건 광역 스킬이 아니라 한 대상에게만……."

"그래서 나랑 연결했잖아. 셋 셀 거야. 카일리! 그 빌어먹을 미각성자 좀 챙겨!"

세아는 환한 빛 너머, 무한한 어둠 속에서 끝없이 나오는 몬스터 떼를 노려보며 소리쳤다. 칼이 소름끼치는 소리를 내며 자기들끼리 부딪치고, 바닥에 질질 끌리다가 빛을 반사하며 번뜩였다.

그녀는 자기 옆에 선 정이준을 보았다. 그 역시 세아가 무얼 하려는지 알아차린 듯 준비를 마쳤다. 문득, 누나 한식 좋아하잖아요, 하며 웃어 보이던 그의 얼굴이 떠올랐다.

혹시 그가 지나간 모든 생을 다 기억하고 있는 건 아닐까. 혹시 그에게 까맣게 속고 있는 건 아닐까. 세아는 충동적으로 묻고 말았다.

"정이준, 너 기억나?"

이준이 고개를 돌려 세아와 눈을 맞췄다. 세아는 그 검은 눈동자에서 어떤 진실, 어떤 거짓도 찾아낼 수 없었다. 심지어 그가 자기 질문을 이해했는지조차 알 수 없었다. 그녀는 이 모든 생각을 생존 이후로 미루기로 했다.

"셋 셀 거야. 난 발동어 없으니까 너만 외치면 돼. 동시여야 돼, 알지."

"네, 누나."

"하나, 둘, 셋!"

세아가 정면으로 손바닥을 펼침과 동시에 이준이 외쳤다.

"정화!"

콰광! 앞쪽으로 엄청난 벼락이 내리꽂혔다. 한두 곳이 아니었다. 허공 전체에 뇌운을 펼친 듯, 일행이 둘러선 곳을 제외한 모든 곳에 번개가 꽂혔다. 눈이 부셔서 이준은 자기도 모르게 눈을 가렸다.

이준의 스킬과 세아의 스킬이 하나가 되었다.

고막이 터져 버릴 듯한 소음, 몬스터의 비명, 천지가 흔들리는 듯한 진동이 한참을 이어졌다. 모두 귀를 막고 눈을 감을 때 세아만이 굳건했다. 그녀는 정면을 잡아먹을 듯 노려보며 이를 악물고 스킬을 이어 갔다.

쾅! 콰과광! 세아는 한참을 더 버티다가 한순간에 힘을 거두듯 손을 치웠다. 그 순간, 사방이 밝아지고 윙 돌아가는 기계음이 자리를 채웠다.

벽이 다시 천천히 닫히기 시작했다. 발아래 남은 것은, 칼을 놓치고 쓰러진 괴이한 몬스터의 시신뿐이었다.

"하아……."

세아가 땀에 젖은 머리카락을 쓸어 넘기며 한숨을 내쉬었다. 이준이 괜찮으냐고 묻기 위해 손을 뻗었지만, 그녀는 그대로 돌아서서 곽남주에게 성큼성큼 걸어갔다.

곽남주가 뭐라고 변명하기도 전에 세아가 그의 멱살을 잡아챘다.

"이 새끼야, 협회장이 우리 다 죽이라고 하든?"

"세아야, 진정해! 이 사람 미각성자야, 몰랐겠지!"

카일리가 허둥지둥 세아의 손목을 붙들었다. 그러나 세아는 들은 척도 하지 않고 곽남주를 벽으로 밀어붙였다. 소름끼치는 톱니 수천 개가 돌아가는 바로 그 벽이었다. 곽남주는 백짓장처럼 창백한 얼굴을 마구 흔들며 거품을 물 기세로 부인했다.

"연기하지 마."

세아가 땀에 젖은 얼굴로 웃었다. 이제는 이준까지 그녀를 말리려고 달려왔다. 세아는 곽남주의 몸을 톱니 가까이 바짝 밀어붙였다. 머리카락이 잘못 말려들기라도 하면, 그대로 머리 가죽이 뜯겨져 나갈 것이다.

"너 웃었잖아, 시발."

"헉, 헉, 아, 아니……."

곽남주는 가쁘게 숨을 몰아쉬며 말을 절었다. 뒤에서 귀를 찌르는 끔찍한 기계음 때문에 눈알이 바삐 굴러갔다. 이제 그는 잘못 움직였다가 머리카락이라도 낄까 싶어 고개도 제대로 젓지 못했다.

"대답해 봐. 너 왜 저거 건드렸어. 협회장이 그냥 여기서 다 죽으라던?"

세아가 거세게 윽박질렀다. 그러나 곽남주는 땀을 비 오듯 흘릴 뿐 답하지 못했다. 뒤에서 카일리와 이준이 세아의 팔에 매달렸다. 세아는 곽남주를 노려보다가 사납게 외쳤다.

"정이준! 이 새끼한테 정화 사용해."

"네?"

이준이 되물었지만 세아는 두 번 말하지 않았다. 곽남주에게 시선을 고정한 그녀는 정확히 목격했다, 곽남주의 입이 눈꼬리까지 쭉 찢어지는 것을. 섬뜩한 기시감이 등 뒤를 덮쳤다. 그러나 세아는 카일리처럼, 이준처럼 경악하지 않았다. 대신 한 걸음, 한 걸음 똑바로 걸어 곽남주의 형상을 한 몬스터를 그대로 톱니 사이로 밀어 넣었다.

기긱, 기기긱− 카일리가 헉 숨을 들이키며 손으로 입을 가렸다. 그러나 세아는 덤덤하게 톱니 사이에서 피도 진액도 없이 몸이 찢기는 몬스터를 바라볼 뿐이었다.

"몬스터였어요."

이준의 목소리가 약간 떨렸다. 지난 생, 그 역시 이 몬스터에게 당한 적이 있었다. 지금 그걸 기억하고 있을까, 세아가 이준을 돌아보았다. 그러나 그는 사색이 된 카일리에게 상황을 설명하는 중이었다.

"시스템 속성 몬스터 중 하나인데, 다른 사람의 모습으로 변해 얼굴을 삼켜요."

"이 몬스터는 웃는 게 습관인가 보네, 아주."

지난 생의 기억을 떠올리며 세아가 찢어진 옷자락을 툭 찼다. 이준은 그쪽을 돌아보더니 주저하며 대답했다.

"그래서 '스마일맨'이라고 불러요. 보통 정화 스킬로만 없앨 수 있는데, 톱니 사이에 끼었으니 아마……."

뼈도 못 추리고 가루가 되었을 것이다.

세아는 한숨을 내쉬고 얼굴을 적신 땀을 닦았다. 당장이라도 구역질을 할 듯한 카일리의 얼굴을 확인한 후, 이준과 눈이 마주쳤다. 그는 아무 말도 하지 않았지만 세아는 자신과 그가 같은 생각을 하고 있음을 알았다.

"그래서."

세아는 머리끈을 꺼내 머리를 높이 올려 묶으며 짜증스럽게 중얼거렸다.

"진짜 곽남주는 대체 어디 있을까?"

13.17

한 시간 가까이 1층을 전부 뒤졌다. 아무도 위험한 트랩을 건드리지 않았고, 보물 상자를 열자 나타난 층 보스 몬스터도 순조롭게 처리했다. 이번에도 시스템 속성 몬스터여서 이준이 처리해야 했다.

세아는 그가 고속 이동 스킬을 사용하며 단숨에 보스의 머리에 손을 대는 걸 보고, 최종 보스도 문제없겠다고 중얼거렸다. 하지만 성과는 그게 다였다.

"아니면 먼저 던전 밖으로 나간 건 아닐까요?"

이준이 조심스럽게 가능성을 제시했다. 카일리가 기다렸다는 듯 면박을 주었다.

"너 바보야? 미각성자가 어떻게 혼자 밖으로 나가?"

"혹시 모르잖아. 협회 사람이니까 스크롤을 갖고 있었을 수도 있고. 들어오기 전에 짐을 뒤져봤어야 하는데."

"찾기 힘드니까 말도 안 되는 소리 하기는."

세아는 둘의 말씨름을 무시하고 오른손을 반쯤 들었다.

"그만하고, 1층 보스 몬스터는 정리했으니까 안은 안전할 거야. 던전에는 함정이 많으니 곽남주는 거기 빠졌을 수도 있어. 한 사람은 여기 남아서 곽남주를 찾고, 나머지는 계속 나아가는 게 맞아."

"그럼 저 새끼 두고 가자."

카일리가 손가락으로 정이준을 가리켰다. 세아는 한숨을 내쉬며 고개를 저었다.

"제발 애처럼 굴지 마. 정이준만 시스템 속성 스킬을 가지고 있어. 이 던전 몬스터는 대부분 정화 스킬로 처리 가능하니까, 이준이는 무조건 데려가야 돼. 카일리, 네가 남아서 곽남주 좀 찾아 봐."

"싫어! 나 혼자 여기서 찜찜한 협회 놈이나 찾으라고? 이 던전이 그렇게 중요해?"

"그렇다고 여기 계속 있을 수는 없잖아. 부탁해."

세아는 카일리의 손을 잡으며 말했다. 여기서 곽남주 때문에 발목을 잡힐 순 없었다. 협회가 어떤 의심을 하고 있는지 모른다. 한시라도 빨리 던전을 완전히 공략하고 이 굴레에서 벗어나고 싶었다.

카일리는 불만스런 얼굴로 눈살을 찌푸렸으나 유치하게 굴지는 않았다. 그녀는 하는 수 없다는 듯 한숨을 내쉬고 고개를 끄덕였다.

"알겠어. 대신, 곽남주 찾으면 신호 보낼게."

카일리는 짐을 뒤지더니 동그란 호출 아이템을 건네주었다. 호출 아이템은 골프공 정도의 무게로, 여자 손에 쏙 들어올 정도로 작았다. 카일리가 신호를 보내면 작은 공이 소리를 내며 진동할 것이다.

"알겠어, 카일리. 언제든지 신호해. 탈출 스크롤은 있지?"

"응."

"혹시라도 위험해지면 바로 탈출하고."

"나도 S급이야. 걱정 마."

카일리의 어깨를 두드린 후, 세아는 이준에게 가자고 고갯짓을 했다. 1층 보스 몬스터를 처리한 후 다음 층으로 가는 통로는 즉시 개방되었다. 이제 그곳으로 가기만 하면 된다.

다음 층으로 가기 전, 세아는 고개를 돌려 혼자 멍하게 선 카일리를 확인했다. 구멍으로 펄쩍 뛰어내리기 직전 카일리와 눈이 마주쳤다. 협회 연구원이 던전에서 죽으면 성가셔질 테니, 카일리가 잘 해내기를 바랄 수밖에 없었다.

'그래도 잘된 거야.'

핑계대지 않고 카일리를 떼어놓을 수 있게 되었다. 곽남주가 시신으로 발견되어도 어쩔 수 없다. 일단은 목표에 집중하자.

"이준아, 가자."

이제 남은 관문은 하나, 정이준의 배신을 막는 것.

13.18

보스 룸 앞까지 가는 길은 험난했다. 세아는 물론이고, 협회와 함께 시스템 속성 몬스터를 연구해 온 이준도 처음 보는 몬스터가 마구 쏟아졌다. 곽남주 연구원이 함께 왔다면, 조사할 게 늘었다며 좋아했을까, 아니면 사색이 되어 도망 다니느라 바빴을까.

"호출 오진 않았죠?"

"응. 조용해."

말은 안 해도, 이준도 카일리와 곽남주 쪽을 신경 쓰고 있는 듯했다. 어떤 의미에서 신경을 기울이고 있는 것인지 세아는 알 수 없었다.

협회의 협력자라서 곽남주를 걱정하는 것일까. 아니면 과거를 모두 기억하기에 변수나 마찬가지인 카일리와 곽남주를 경계하는 것일까. 그게 아니라면…….

물론 지금 중요한 건 그게 아니었다.

"저건 또 뭐야."

세아가 한숨을 내쉬며 정면을 바라보았다.

층 보스 몬스터였다. 평범한 사람 크기에 팔다리가 두 개씩 달린 것도 사람과 비슷했다. 눈도 두 개, 귀도 두 개. 그러나 외피가 전혀 없어서 근육과 힘줄의 모습이 그대로 드러나 보였다.

눈꺼풀이 없으니, 비정상으로 보일 정도로 큰 안구도 그대로 드러나 보였다. 안을 파헤치면 촘촘하게 연결된 신경까지 다 살필 수 있을 듯했다. 세아는 역겨움에 얼굴을 찡그리며 한 걸음 뒤로 물러났다.

"저것도 시스템 속성이겠지?"

"아마도요."

평범한 속성이면 세아가 가진 광역 스킬로 바로 박살낼 텐데, 그게 아니라 쉽지 않았다. 여기까지 쉬지도 않고 오느라 기력도 많이 떨어졌다. 세아는 한숨을 참으며 중얼거렸다.

"지겹다. 정이준, 링크."

링크를 마친 후에는 곧장 거대한 활을 만들어 냈다.

공격할 때는 총이 훨씬 빠르다. 하지만 이렇게 멀리 있으면 세아에게는 활이 더 유리했다. 화살을 유도탄처럼 만들 수 있는 스킬을 보유한 덕이었다. 이번에는 화살촉에 이준의 정화 스킬을 입힐 작정이었다.

그때, 몬스터가 손을 들더니 그대로 손가락을 자기 뼈와 안구 사이로 쑤셔 넣었다. 그 장면을 본 세아와 이준이 동시에 얼굴을 찡그렸다.

푸슉, 소름끼치는 소리와 함께 안구가 쑥 뽑혀 나왔다. 고통도 없는지 몬스터는 자기 눈알을 한동안 손바닥에서 빙글빙글 돌리며 바라만 보았다. 구슬이라도 가지고 노는 듯한 태도였다.

저 몬스터가 무통이라는 건 확실히 알겠군. 혼자 생각한 세아는 이준이 정화 스킬을 사용할 수 있도록 천천히 숫자를 헤아렸다. 동시에 몬스터도 눈알을 높이 치켜들었다.

"하나, 둘······."

"누나!"

이준이 세아의 허리를 감싸고 바닥을 굴렀다. 쾅! 폭음이 귀를 찢었고, 세아는 방금까지 자기가 서 있던 자리가 움푹 들어간 걸 보았다. 시꺼멓게 탄 자리에는 정체 모를 끈끈한 액체까지 묻어 있었다.

"이게 뭐야?"

"저기 봐요!"

몬스터가 남은 눈을 가차 없이 뽑았다. 이번에는 망설임도 없이 그대로 세아와 이준 쪽으로 내던졌다. 세아는 벌떡 일어나며 이준과 함께 뒤로 물러났다. 쾅! 본능적으로 실드 스킬을 사용하지 않았다면 분명 피해를 입었을 것이다.

"이건 또 뭐야. 눈알 폭탄이야?"

세아는 기가 막혀 중얼거렸다. 이준은 신중하게 몬스터를 주시했고, 세아도 고개를 털고 다시 활을 들었다. 두 눈을 모두 잃은 몬스터는 주위를 두리번거리지도 않고 장승처럼 서 있었다. 지금이 기회다.

그러나 바로 그때, 몬스터가 네 발로 엎드리더니 지네처럼 재빨리 기기 시작했다. 긴다기보다는 거의 총알처럼 몸을 날렸다. 세아는 급히 활을 거두며 옆으로 몸을 피했고, 마지막 순간, 이준이 그녀의 몸을 거세게 밀어 버렸다.

콰쾅! 굉음과 함께 끈적끈적한 액체가 뺨과 목에 잔뜩 튀었다. 따뜻한 음식물 쓰레기 냄새가 나서, 세아는 구역질을 하며 소매로 얼굴을 닦았다. 뻘겋고 누런 액체가 옷에 잔뜩 묻었다.

고개를 들어 소리가 난 쪽을 보니, 마치 폭탄이 터진 듯 근육 조각이 붉게 흩어져 있었다. 자폭 몬스터다. 세아는 다시 얼굴을 닦고 침을 뱉었다. 입에 잔해가 들어간 것 같아 불쾌했다.

옆에 있는 이준은 창백한 낯으로 꼼짝도 하지 않았다. 세아와 몬스터 사이를 막아선 그의 몸에는 훨씬 더 많은 액체가 튀어 있었다.

세아는 그가 역겨움 때문에 굳어 버렸다 여기고 가방을 뒤져 닦을 것을 꺼냈다. 마른 손수건으로 이준의 얼굴을 닦자, 그가 입술을 세게 깨물며 신음을 억눌렀다.

"정이준, 너 왜……."

그때, 보았다. 팔꿈치 아래로 반쯤 잘려 나간 이준의 오른팔을. 반 이상 잘려, 팔을 잡고 흔들면 손 부분이 힘없이 흔들릴 듯했다.

세아가 흡, 숨을 들이켜며 입을 막았다. 이보다 더 끔찍한 꼴을 많이 보았지만, 피가 바닥을 적시며 끝없이 흘러내리는 걸 보고서 태연할 수는 없었다. 이준은 비명조차 지르지 않았다. 아픔 때문에 식은땀에 푹 젖었는데도. 세아는 더듬더듬 중얼거렸다.

"너…… 너…… 기다려. 포션 꺼낼게."

"괜찮아요. 저 스킬 있으니까……."

이준은 바닥을 짚고 있던 왼팔을 움직였다. 심호흡을 한 후 손을 상처 부위에 댄 순간, 이준의 얼굴이 완전히 일그러졌다. 그러나 그는 침착하게 발동어를 외웠다.

"치유."

끊어진 근육과 힘줄, 핏줄이 마치 뿌리가 자라나듯 서로를 향해 뻗어가더니 엉키듯 단단히 묶였다. 근육이 처음부터 다시 생겨나는 것처럼 차오르고 살이 매끈하게 올랐다. 이준의 손에서 은은한 빛이 흘러나왔고, 그는 상처가 다 나을 때까지 손을 떼지 않았다.

세아는 이만한 치유력을 처음 보았다. 이제까지 수많은 힐러를 만났지만, 이 정도 상처를 단숨에…… 세아는 멍하게 그 광경을 바라보다가 뒤늦게 떠오른 듯 이준의 얼굴을 마저 닦았다.

"넌 치유 스킬 위주잖아. 아까 나 밀지 말고 물러나 있지."

고맙다는 말 대신 타박이 나갔다. 이준이 핏기 없는 얼굴로 살짝 웃었다. 통증이 가시니 웃을 여유도 생긴 모양이었다.

"누나보단 제가 다치는 게 낫죠."

어차피 이준이 치유 스킬을 사용할 수 있는데 누가 다치든 무슨 상관인가. 세아는 어이가 없어서 내뱉었다.

"앞으론 그냥 네 몸이나 잘 챙겨."

"무슨 소리예요?"

이준은 비틀거리지도 않고 곧장 몸을 일으켰다. 치유 스킬을 사용해 상처를 낫게 해도 피가 모자라 고생하는 경우가 많은데, 이준의 스킬은 그것마저 상쇄할 정도로 강력한 듯했다.

세아는 똑바로 선 그를 보며 복잡한 감정에 휩싸였다. 이전 생에서는 자신을 죽게 내버려두더니, 이번에는 또 왜 몸을 던져 자신을 구한 것인가. 돌이켜 보면 그는 자신을 지키다가 목이 잘려 죽은 적도 있었다.

배반하는 이준과 희생하는 이준. 행동을 종잡을 수가 없다. 그가 당연히 자신을 배신하리라 여겼는데, 그래서 그걸 막아야 한다고 생각했는데, 정보와 판단이 어지럽게 뒤엉켰다.

세아의 생각을 까맣게 모르는 이준은 손을 들어 멀지 않은 곳에 열린 구멍을 가리켰다.

"가요, 누나. 멀지 않은 것 같아요."

13.19

결국 여기 다시 도달했다.

세아는 최종 보스 룸 앞에 서서 천천히 숨을 내쉬었다. 가슴이 부풀도록 숨을 들이쉬고, 또 내쉬기를 반복한다. 그래도 긴장이 풀리지 않았다.

손바닥 두 개를 댈 수 있는 홈이 보였다. 하나는 세아의 손, 다른 하나는 이준의 손. 세아는 이준과 나란히 서서 이 문을 연 순간을 여러 번 떠올릴 수 있었다.

"누나."

이준이 여기 서서 자신을 부른 순간도.

"물어볼 게 있어요."

바라보니, 그는 웃고 있었다.

세아는 이미 다짐했다. 무조건 거짓말을 하자. 그가 전과 같은 것을 물으면 널 사랑한다고, 널 원한다고, 시스템이 사라져도 영원히 너와 함께할 거라고 하자. 그가 원한다면 이 자리에서 곧장 입이라도 맞출 것이다.

그런 다음, 정이준은 버린다.

"물어봐."

"누나는 왜 시스템을 죽이고 싶어요?"

뜻밖의 질문이었다. 여기서 회귀 때문이라고 말해도 될까, 당연히 안 된다. 아직 이준을 그렇게까지 신뢰할 수는 없었다.

"너 이 세상이 정상 같아?"

"……."

"그 전에도 물론 죽는 사람 많았어. 사고 나서 죽고, 지구 반대편에선 못 먹어서 죽고, 전쟁 나서 죽고. 그래도 이 정도는 아니었어. 언제 어디서 던전이 나타날지 모르고, 언제 어떤 몬스터가 나올지 몰라."

이준은 잠잠한 표정으로 세아의 말을 들었다. 속을 읽을 수 없는 무표정이었지만 세아는 그리 불안하지 않았다. 될 대로 돼라, 차라리 그런 심정이었다.

"안 죽어도 될 사람들이 너무 많이 죽었어. 지금까지 살아남은 우리나 그 사람들이 다른 점이 뭐야? 제때 각성을 했냐 못 했냐, 그게 다야. 그리고 앞으로도 똑같을 거야. 게임에선 사람 죽으면 다시 살아나지, 여긴 달라."

이런 정의로운 생각 같은 건 해 본 적도 없다.

이전의 세상도 유토피아는 아니었다. 변한 세상에서 어떻게 살아 남을지만 생각했고, 주어진 것을 누렸고, 익숙해졌다. 히든 퀘스트만 아니었다면 이런 말을 할 일도 없었을 것이다.

"이준아, 이 세상을 바꾸기 위해선 네 도움이 필요해. 네가 내 생각에 동의하든 안 하든, 난 너한테 부탁할 거야."

이준은 잠시 아무 대답도 하지 않고 세아를 바라보았다. 그녀는 쐐기와도 같은 한마디를 덧붙였다.

"넌 좋은 사람이니까. 난 그걸 알아."

"누나."

이준이 희미하게 웃었다. 그가 손을 뻗어 세아의 머리카락을 살짝 매만졌다. 무척 조심스러운 손길이라 세아는 피하지 않았다.

"누나는 모를 거예요. 내가 얼마나 한심한 사람인지. 시스템이 사라지면 내가 지금 누리는 것도 다 포기해야 해요. 그건 다 버릴 수 있어요. 변한 세상에서 또 적응하면 되니까. 내가 진짜 두려운 건……."

세아는 그의 눈을 피하지 않았다. 그가 처음으로 B급이 아닌 S급으로 각성하던 순간, 자기를 대신해 죽은 순간이 차례로 떠올랐다.

"누나를 잃을 것 같아요. 누나는 뒤도 돌아보지 않고 나를 버릴 것 같아요. 나를 사랑하지 않으니까, 나는 누나 인생에서 조금도 중요한 사람이 아니니까."

아니라고 해야 한다. 고개를 젓고, 불안해하는 그를 달래자. 세상이 원래대로 돌아가고 나면 던전도 몬스터도 없는 안전한 땅에서 행복하게 살자고 하자. 그러나 세아보다 이준이 좀 더 빨랐다.

"여기서 누나를 배신하면, 누나는 정말로 나를 잊겠죠."

이준이 머리카락을 매만지던 손을 거두어 갔다. 세아는 그가 운다고 생각했다. 눈이 젖은 것도 아니고 뺨도 깨끗하고 목소리도 멀쩡한데, 이준이 운다고 느꼈다.

자신의 어떤 면이 정이준을 이렇게 끌어당기는지 알지 못한다. 알 수 있는 건 단 하나, 여기서 너를 사랑한다고 말해도 이준은 그게 거짓임을 알아차리리라는 것. 세아는 잠잠히 다음 말을 기다렸다.

"누나가 날 잊는 건 싫으니까, 할게요."

탁, 긴장이 풀렸다. 이준은 진심이다. 이번에 그는 배신하지 않을 것이다. 이번에야말로 이 지긋지긋한 회귀를 끝내고 자유로운 삶을 살 것이다.

"우리 만난 적 있죠?"

이준이 한 발짝 가까이 다가왔다. 대답 없는 그녀의 얼굴을 내려다보며 이준이 조르듯 재촉했다.

"말해 주세요. 이게 처음일 리 없어요. 그게 아니라면, 만난 지 얼마 되지도 않은 누나를 이렇게 간절히 원할 리가 없어요."

말할 수 없다. 세아는 입을 다물고, 핏기가 가신 얼굴로 이준을 바라만 보았다. 이준이 고통에 젖은 목소리로 속삭였다.

"병이 난 것 같아요. 제발 날 낫게 해 주세요……."

세아는 마치 속박 스킬에 걸린 것처럼 굳어 버렸다. 눈도 제대로 깜빡일 수 없었다.

언젠가 이와 똑같은 말을 들은 적이 있다. 그때 세아는 이준과 입술을 겹쳤다. 그와 집에서 보냈던 긴 밤, 마음과는 상관없이 몸을 적시던 쾌락.

세아는 대답 대신 왼손을 뻗어 홈에 댔다. 딱 맞았다. 세아가 선언했다.

"이런 세상에선 안 돼."

이준이 오른손을 움직여 홈에 끼웠다. 그쪽도 정확했다. 시선은 여전히 세아에게 고정된 채였다. 세아는 그의 열망에 답하지 않으려고, 빨려들어가지 않으려고 꼿꼿하게 서서 버텼다.

거대한 쇳덩이가 바닥에 끌리는 소리가 났다. 철컥, 어디서 났는지 알수 없는 소리와 함께 벽에서 돌던 톱니가 일제히 멈췄다. 두 사람은 이제 열리는 문 너머로 시선을 돌렸다. 거대한 두 개의 문이 안쪽으로 천천히 열렸다.

"절대 실패하면 안 돼. 알겠지."

세아가 다짐을 받듯 말했다. 이준은 네, 하고 짧게 대답했다.

문틈 사이로 도사린 보스 몬스터가 천천히 모습을 드러냈다. 어둠 속에서 한 발, 한 발씩 걸어 나온다. 던전이 바뀌었으니 보스 몬스터도 바뀌었을 건 짐작했다. 세아는 눈을 가늘게 뜨고 몬스터의 정체를 파악하려 했다.

"누나, 저거 설마……."

이준이 몸을 앞으로 기울이며 중얼거렸다.

"하마 맞아요?"

세아는 너무 어처구니가 없어서 대답하지 못했다.

보스 몬스터가 용도, 사자도, 불타는 새도, 인간형도 아닌 하마라니. 물론 몬스터의 겉모습이 중요한 건 아니지만 하마는 처음 봤다. 게다가 생긴 게 특이하지도 않았다. 평범한 하마가 커지기만 한 것 같았다.

"용보단 낫잖아. 걘 날아다니니까."

세아가 헛기침을 하며 말했다. 이준은 아무 대답도 하지 않았다.

"저 몬스터에게 링크 공격이 통할지 모르겠어. 일단은 링크 스킬로 원거리에서 공격해 보고, 그게 안 되면 네가 다가가서 직접 정화 스킬을 사용해야 돼."

"네. 아, 속박 스킬을 써 볼까요?"

이렇게 반응하면 안 되는데, 그의 입에서 '속박'이라는 단어가 나온 순간 세아는 허공으로 펄쩍 뛰어올랐다. 순간적으로 그가 다시 속박 스킬을 사용하려는 줄 알았다.

"그 스킬은 사지도 않았고 특별히 획득 퀘스트를 수행한 것도 아닌데 자연스럽게 열렸거든요. 혹시…… 이런 순간에 쓰라고 열린 건 아닐까요?"

"저 몬스터한테 써 본다고?"

다행히 몬스터는 바로 달려드는 대신 얌전히 서 있기만 했다. 곧장 공격하던 용과는 좀 달랐다. 거대한 하마는 멀리 떨어진 곳, 보스 룸의 맨 안쪽에서 고개를 기울인 채 두 사람을 바라볼 뿐이었다.

"시도는 해 볼 수 있을 것 같아요. 그건 원거리도 가능하니까. 속박!"

말릴 틈도 없이 이준이 손을 뻗으며 외쳤다. 그러나 아무 일도 벌어지지 않았다. 심지어 하마는 고개를 털며 게으르게 하품까지 했다. 동물 다큐멘터리를 보는 듯 평화로운 느낌에 세아는 마른침을 삼켰다. 이준이 머쓱하게 손을 거두었다.

"안 되네요. 아무래도 대상 이름을 정확히 알아야 하나 봐요."

"그런데 왜 공격을 안 하지?"

세아가 손을 들어 그의 말을 막고 혼잣말처럼 물었다. 이준도 고개를 끄덕였다.

"이상하긴 해요. 선공형이 아닐 수도 있지만……."

던전의 최종 보스 몬스터는 무조건 선공형이다. 선공형이 아닌 경우는 하나도 없었다. 게다가 저 하마도 두 사람 쪽을 바라보고 있긴 했다. 인식은 했는데 후속 행동을 하지 않는 것이다.

"페이크 보스 아니야?"

"아니면 2단계가 있을 수도 있고요."

한 번 죽이면 더 강한 형태로 살아나는 몬스터도 있었다. 이준의 말을 들으니 그가 옳은 듯도 했다. 일단 한 번 죽이고 다시 시도해야 할지도 모른다.

"제가 가까이 다가가 볼게요."

"잠깐 기다려. 넌 안 돼. 정화 스킬은 너만 가지고 있잖아."

세아가 방어 스킬을 사용했다. 시스템 속성 몬스터의 공격으로부터 얼마나 안전할지는 모르지만, 없는 것보단 낫다.

정신을 집중하니 몸 전체에서 푸른 기운이 흘러나왔다. 지금은 무형의 기체에 불과하지만, 공격당하면 즉시 단단한 방패처럼 몸을 감싸 줄 것이다. 세아가 한 걸음 나아가는데, 이준이 덥석 그녀의 손을 잡았다.

"그러지 말고, 아까 이야기한 대로 원거리에서 공격해 봐요. 지금은 저래도 어떻게 변할지 모르잖아요."

하마는 귀가 가려운 듯 머리를 탈탈 털더니, 벽으로 다가가 멈춘 톱니에 귀를 비볐다. 뾰족한 톱니에 긁혀 피가 흐르는데도 몇 번이나 더 몸을 비비는 걸 보니 절로 얼굴이 찌푸려졌다.

활을 만들어 시위를 당겼다. 이준의 힘이 화살촉에 실리니, 은은한 빛이 일렁거렸다. 세아는 흡 숨을 멈추고 그대로 시위를 놓았다. 화살은 엄청난 속도로 허공을 가르며 하마에게로 날아갔다.

그런데 그때, 머리를 벽에 비비던 하마가 고개를 돌리더니 입을 쩍 벌렸다. 입안은 마치 블랙홀처럼 검고 깊고 기이했다. 화살은 그대로 입속으로 빨려 들어갔다.

세아와 이준은 다가올 공격에 대비해 몸을 긴장시켰다. 그러나 하마는 게으르게 귀를 한번 팔락거리더니 관심 없다는 듯 바닥에 털썩 주저앉았다.

"원거리는 안 되는 것 같아요. 가까이 가 볼게요."

이준은 세아가 말릴 틈도 없이 걸음을 옮겼다. 혹시 달아나야 할 수도 있으니 고속 이동 스킬을 사용하긴 했지만, 접근은 느리고 침착했다. 이런 몬스터는 언제 어떻게 돌변할지 모른다. 이준은 한 걸음씩 천천히, 그러나 확실하게 다가갔다.

손을 높이 뻗었지만 하마의 배에도 닿지 못했다. 이준의 키가 큰 걸 생각하면 하마의 크기가 어마어마한 것이다. 이준은 손이 잘리거나 녹아 버려도 놀라지 않으려고 심호흡을 한 후, 과감하게 하마의 다리에 손을 없었다. 하지만 몬스터는 관심조차 주지 않았다.

세아는 여차하면 달려가 그를 구할 작정으로 감각을 끌어올렸다. 바로 그때, 이준이 외쳤다.

"정화!"

쩍, 쩌적— 이준의 손이 닿은 부분부터 몬스터의 몸이 빠르게 얼기 시작했다. 거친 거죽에 살얼음이 끼고, 비명을 지를 틈도 없이 온몸이 얼어 버렸다. 이준은 끝까지 손을 떼지 않고 이를 악물었다. 스킬이 진행되는 동안엔 집중력을 유지해야 한다.

'됐다!'

몬스터의 머리까지 완전히 얼었을 때 세아는 속으로 환호했다. 지금이라면 이준에게 키스를 퍼부을 수도 있을 듯했다.

"이준아, 됐……!"

챙! 몬스터의 몸을 감쌌던 얇은 얼음이 마치 유리잔 깨지듯 깨져 버렸다. 날카롭고 커다란 얼음 파편이 그대로 날아와 세아의 발치에 박혔다.

가까이 있던 이준은 제대로 피하지 못했다. 방어 스킬을 가동했지만 가장 먼저 날아온 파편이 창처럼 그의 오른손을 꿰뚫었다. 못이 박힌 것처럼. 피가 후드득 떨어지고, 이준이 비명을 참기 위해 입술을 세게 짓이겼다. 몬스터는 약간의 타격도 입지 않은 듯 파라락 머리를 털었다.

"정이준!"

세아가 급히 달려갔다. 그러나 이준이 더 빨랐다. 그는 왼손을 얹고 다시 소리쳤다.

"정화!"

몬스터의 몸이 얼었지만, 이번에도 의미 없었다. 다시 깨지고, 다시 정화, 다시 깨지고, 다시 정화. 그러는 동안 이준의 몸은 파편에 긁혀 엉망이 되었다. 찢어진 이마와 뺨, 허벅지와 발등에서 피가 뚝뚝 흘러내렸다.

"미친 새끼야, 그만해!"

뛰어간 세아가 억지로 그를 잡아끌었다. 그러나 세아보다 이준이 더 충격받은 것 같았다. 그는 핏기가 싹 가신 낯으로 세아를 올려다보며 중얼거렸다.

"일부러 그런 게 아니에요. 정말, 정말로 사용했는데……."

일부러 스킬을 제대로 사용하지 않았다는 의심은 하지도 않았다. 세아는 이를 악물고 그를 몬스터로부터 멀리 떨어뜨리며 혼잣말처럼 대답했다.

"알아. 뭔가 문제가 있어."

"누나 속인 게 아니에요. 진짜로……."

"안다고, 아니까 그만하라고!"

세아가 주머니에서 비상 탈출 스크롤을 꺼냈다. 그녀는 얼음 조각에 꿰뚫린 이준의 오른손을 보았다. 끔찍한 고통일 텐데도 이준은 식은땀을 흘리며 세아만 보고 있었다. 그녀의 입술에 자기 생명이라도 달린 듯.

"나가자. 일단 여기서 나가야 돼."

세아는 이준의 왼손에 스크롤을 쥐여 주었다. 그다음 자기 손으로 스크롤 반대편을 잡고 쭉 찢었다. 두 사람의 몸이 해체되듯 사라졌다. 그들이 떠난 후, 보스 몬스터는 평화롭게 하품을 하며 자리에 드러누웠다. 아무 일도 없었던 것처럼.

13.20

이준의 몸은 피투성이였다. 가까이서 쏟아지는 파편을 맞은 탓에 긁히고 찔려 엉망이었고, 손바닥에 박힌 얼음은 뜨거운 피에도 제대로 녹지 않았다.

세아는 던전 앞에 이준을 앉히고 상처부터 치료했다. 이준이 치유 스킬을 사용할 힘이 없어 보여서, 일단 손바닥에 포션부터 들이부었다. 엄지 크기의 병에 몇십만 원을 호가하는 고급 포션이 몇 개고 이준의 몸에 쏟아졌다.

작은 상처는 순식간에 나았지만, 문제는 손이었다. 손바닥 가까이 불을 사용하기도 어려워서, 결국 세아는 손바닥을 뚫고 들어간 얼음을 밀어서 손등 쪽으로 빼내야 했다. 이준은 입술을 짓뭉개며 고통을 참았다.

"한두 번 해 보고 안 되면 적당히 그만둬야지, 지금 공략 못 하면 죽는 것도 아닌데 왜 멍청하게 굴어."

세아는 보기 흉하게 뻥 뚫린 상처에 포션을 부으며 타박했다. S급으로 지내며 오만 상처를 입어 봤지만, 남의 상처를 이렇게 가까이서 보긴 처음이었다. 좋은 말이 나가질 않았다. 이준은 조직이 촘촘하게 얽히고 뼈와 근육이 복원되는 모습을 내려다보며 중얼거렸다.

"이거 퀘스트 아닌가요?"

움찔한 세아는 대답하지 않았다. 왜 시스템을 살해하고 싶으냐고 묻기에 적당히 둘러댔는데, 퀘스트라는 걸 알아차린 모양이다.

"페널티 있을까 봐요."

"없어, 그런 거."

"그리고 누나가 오해할 수도 있잖아요, 스킬 사용 제대로 안 했다고."

"그런 오해 안 해."

손바닥의 상처가 완전히 사라졌다. 열 개 이상의 포션을 사용해, 바닥에 빈 병이 가득했다. 이준은 통증이 사라지자 좀 살 만한지 세아를 보고 빙긋 웃었다.

"고마워요."

세아는 빈 병을 다시 가방에 집어넣으며 대꾸하지 않았다. 이준은 바닥에 앉은 채 자기 손을 내려다보며 생각에 잠겼다. 잠시 시간이 지난 후, 그가 가방을 닫는 세아를 향해 물었다.

"왜 스킬이 통하지 않았을까요?"

"통했어."

"하지만……."

"뭔가 부족한 거야."

세아는 확신하는 투로 답했다.

스킬이 아예 통하지 않았다면, 몬스터에게 아무 일도 일어나지 않았어야 한다. 물 속성 몬스터에게 물을 부으면 아무 일도 벌어지지 않는 것처럼. 그러나 보스 몬스터는 분명 잠시 얼었다가 깨어났다.

"스킬 자체가 잘못된 건 아니라는 거지. 뭔가 후속 작업이 필요한 것 같은데……. 스킬 설명 좀 읽어 봐."

이준은 스킬창을 여는 듯 잠시 말이 없었다. 그동안 세아는 황량한 주위 풍경을 자세히 살폈다. 지금까진 의식하지 못해 몰랐는데, 큰 공사가 진행되다 중단된 공간인 듯했다. 철근 같은 공사 자재가 여기저기 널려 있고, 빈 시멘트 자루며 먼지 앉은 삽, 안전모 따위도 눈에 들어왔다.

곧 이준이 스킬 설명을 읽기 시작했다.

"정화. 스킬 등급 S. 스킬 속성은 시스템. 상세 설명은, 시스템 보스 던전을 정화한다. 시스템을 소멸시킬 수 있는 유일한 스킬이다. 일반 속성 몬스터에게도 사용할 수 있다. 스킬 강화 방법……."

이준이 말을 뚝 멈추었다. 세아가 재촉하듯 왜, 하고 묻자 그가 고개를 갸웃하며 옆에 앉은 세아를 바라보았다.

"글자가 깨졌어요."

"뭐?"

"스킬 강화 방법은 원래 없었는데, 갑자기 생겼거든요. 그 뒤로 이어져야 할 글자가 외계어처럼 다 깨져서 나와요. 아무래도 오류인 것 같아요."

"시스템 오류라고?"

이런 적은 한 번도 없다.

시스템은 갑자기 나타났지만 놀랄 정도로 정교하고 섬세했다. 게임에서 흔히 발생하는 번역 오류조차 없었다. 시스템 메시지가 외딴 섬의 토착어로도 나타났을 정도다. 당연히 글자가 깨진 적은 한 번도 없었다.

'거짓말 아니야?'

세아는 눈을 굴려 이준의 얼굴을 살폈다. 그는 허공을 바라보며 눈을 가늘게 떴다. 시스템 창을 만지려는 듯 손을 뻗었지만, 손가락은 이리저리 방황할 뿐 한 지점을 짚지 못했다.

"이상한데요. 아무래도 이 현상은 저 혼자 해결하긴 힘들 것 같아요. 협회나 길드에 알리고 도움을 받는 게 좋지 않을까요?"

"정말 글자 깨진 거 맞아?"

"네?"

이준이 눈을 동그랗게 뜨고 세아를 돌아보았다.

의심하는 건 미안하지만, 그에게 너무 여러 번 당해서 쉽게 믿을 수가 없었다. 그래도 지금 당장은 이준의 말이 옳았다. 어쩌면 기존에 보고된 오류가 있었을지도 모른다. 아니면…….

"누나, 전화 오는데요."

이준이 세아의 짐 쪽을 바라보며 알려 주었다. 진동 소리도 제대로 못 듣고 있던 세아가 얼른 핸드폰을 꺼냈다. 어쩌면 던전에 남겨 두고 온 카일리나 곽남주 연구원일지도 모른다. 미리 나와 있다가 전화를 걸었을지도.

화면에 표시된 건 모르는 번호였다. 카일리나 곽남주의 번호는 모두 저장되어 있어서, 세아는 한숨을 내쉬며 전화를 받았다.

"여보세요."

"이세아 헌터, 저희 지금 캘리포니아 공항입니다."

"네?"

누구냐고 물으려는 순간 목소리의 주인을 깨달았다. 협회장 최두정이었다.

"곽남주 연구원의 생명 신호가 꺼졌습니다."

"잠깐, 잠깐, 지금 그거 때문에 여기 왔다고요?"

"물론 그것 때문만은 아닙니다. 곽남주 연구원의 위치 신호가 마지막으로 표시된 장소로 가고 있으니, 거기서 만납시다. 던전 앞이라고 나오는데 거기서 보죠."

뭐라고 되묻기도 전에 전화가 뚝 끊어졌다. 세아는 통화 종료 화면을 내려다보며 눈을 깜빡였다.

"뭐야?"

"무슨 일이래요?"

"곽남주 연구원이 죽은 것 같대. 생명 신호 추적하는 장치까지 달아 놓은 모양이네."

"연구원들도 은근히 위험한 곳에 갈 일이 많아서…… 칩 같은 거 자주 삽입해요."

별짓을 다 하는군. 세상이 미쳐버리기 전까지 그런 일은 사생활 침해였는데. 세아는 그런 생각을 하다가 퍼뜩 정신을 차렸다.

"그게 중요한 게 아니라, 지금 공항에서 여기로 오겠대. 설명도 제대로 안 하고 그냥 끊어 버리네. 급한 일인 것 같아."

"일단 카일리한테 전화해야 하지 않을까요?"

카일리의 전화는 먹통이었다. 아직 던전 안에 있는 듯했다. 세아는 한숨을 내쉬며 얼굴을 문지르고 자리에서 벌떡 일어났다.

"내가 가서 데려올게. 넌 여기서 협회 사람들 기다리고, 만나면 그 오류 이야기도 해 봐. 그 전에 카일리랑 내가 나올 수도 있지만."

"같이 가요. 시스템 속성 스킬은 저밖에 없잖아요."

세아는 일어나려는 그를 말리며 고개를 저었다.

"협회장이 좀 이상했어. 거의 명령하는 투였다니까. 대단하신 몸이 한국에서 캘리포니아까지 직접 왔다는 걸 보니 뭔가 문제가 있는 것 같은데, 너까지 여기 없으면 우리가 달아났다고 생각할 수도 있어. 전화해서 설명해도 들어가지 말라고 할 테고."

어차피 곽남주 연구원을 찾으며 1층은 전부 정리했다. 몬스터가 새로 나타났을 수도 있지만, 급한 대로 정리하면 된다.

"누나, 잠깐만요."

이준이 덥석 세아의 손을 잡았다. 그러더니 자기 짐을 뒤져 하얀 스크롤을 건네주었다. 그게 뭔지 알아본 세아가 입을 딱 벌렸다.

"너…… 이거 어디서 났어?"

사용 시점에 원하는 장소로 갈 수 있는 지정 이동 스크롤이었다.

세아도 전에 딱 한 번, 이 스크롤을 만져 보았다. 히든 퀘스트 클리어 조건을 알아내지 못해 몇십 년씩 다시 살 때를 포함해서 딱 한 번. 그만큼 구하기 힘든 아이템이었고, 억만금을 줘도 살 수 없는 물건이기도 했다.

"예전에 퀘스트 클리어하고 보상으로 받았어요. 몇 년 됐지만 사용하는 데는 문제없을 거예요."

"이걸 왜 주는데?"

"누나도 짐작하잖아요."

이준이 검은 눈으로 세아를 바라보며 말했다. 그는 말을 이으려고 입을 열었다가 다시 다물었다. 어떤 어조로 말해야 할지 모르는 모양이었다. 이준은 곧 밝은 목소리로, 아무 일도 아니라는 듯 명랑하게 뱉었다.

"협회가 누나를 '최초의 버그'로 의심하고 있다는 거. 나오면 협회 전투 인력이 대기하고 있을 수도 있어요. 아무리 누나 스킬이 대단해도 애초부터 몬스터를 대상으로 한 거라, 쏟아지는 총알을 계속 견딜 순 없잖아요."

"무슨 소리를 하는 거야. 그럼……."

"협회는 누나를 죽이려고 오는 건지도 몰라요. 협회장이 여기서 기다리라고 했다면서요. 하지만 평범한 방법으로는 최초의 버그를 완전히 없앨 수 없죠. 분명 나한테 누나를 정화하라고 할 거예요."

이준은 마치 책이라도 읽듯 침착하게 이 모든 말을 했다. 세아는 그를 멍하게 바라볼 뿐 어떤 대답도 줄 수 없었다. 나는 최초의 버그가 아니야, 나한테 정화 스킬을 사용해도 돼, 협회는 헛물만 켤 거야. 그런 말을 뱉을 수가 없었다.

"나왔을 때 내가 인질이 되어 있으면, 스크롤을 찢고 달아나세요."

"……."

"그리고 카일리도 믿지 말아요. 정말 던전이 그리워서 여기까지 따라왔을 리 없어요. 꼭 누나 혼자 달아나야 해요."

이준은 거기까지 말하고 잠시 멈추었다. 세아는 묻고 싶었다. 너도 나를 의심하느냐고. 나한테 정화 스킬을 사용하지 않은 건 내가 최초의 버그임을 확신해서냐고. 그런데도 왜 나를 돕느냐고.

"나는 누나를 정화하지 않아요. 누나가 정말 최초의 버그라고 해도, 그래서 세상이 잘못되었다 해도, 그것 때문에 계속 사람들이 죽는다고 해도 절대. 누나는 날 이해 못 하겠죠, 사람이 죽는 게 싫어서 시스템을 없앤다고 했으니까."

"이준아."

"그냥 잘못된 세상에서 누나랑 살래요."

이준이 눈부시게 웃었다. 세아는 그의 눈을 피하지 못했다.

"다녀오세요, 세아 누나."

13.21

이준에게 아무 대답도 해 주지 못했다. 그런 말을 듣게 될 줄은 전혀 몰랐으니까. 이해가 가지 않는다. 자신에게 무얼 바라 이러는 것인지, 앞으로 뭘 어쩌겠다는 것인지.

일단은 해야 할 일에 집중하는 수밖에 없었다.

"카일리?"

던전으로 들어가 불렀는데, 대답이 돌아오지 않았다. 불길한 느낌이 발아래서부터 스멀스멀 기어올랐다. 전화를 걸었을 때 응답할 수 없는 상태였으니 아직 던전에 있는 건 분명한데, 곽남주를 찾다가 어디까지 가 버린 것인지 보이지 않는다.

"카일리!"

보스 룸 문을 열 때 벽의 톱니가 멈추었는데, 그게 1층까지도 영향을 주는 모양이었다. 철컥, 철컥 맞물리며 돌아가던 기계음이 사라지고 사방이 고요했다. 홀로 걷는 발소리가 또렷하게 울려 몹시 거슬렸다.

1층이 너무 넓다. 이대로 가다간 몇 시간이 지나도 카일리를 찾지 못할 것 같았다. 세아는 짐을 뒤져 아이템을 꺼냈다. 손바닥만 한 확성기였다. 던전에서 흔히 구할 수 있는 아이템인데, 게임으로 따지면 '전체 서버에 메시지 보내기' 아이템과도 비슷했다. 물론 현실에는 서버가 없으니, 일정 규모의 공간에 목소리를 전할 수 있었다.

커버할 수 있는 범위가 꽤 넓으니 카일리도 자기 목소리를 들을 수 있을 것이다. 호출 아이템이 울리지 않았으니 위험에 처한 것도 아닐 테고. 세아는 작은 확성기에 입술을 가까이했다.

"카일리! 나 세아야. 던전 출구 쪽으로 나와. 문제가 생겼어. 내 말 들리면 들린다는 뜻으로 호출 아이템 사용해서 알려 줘."

카일리와 나누어 가진 호출 아이템을 바라보았으나, 골프공 크기의 아이템은 미동조차 없이 조용했다. 세아는 확성기에 표시된 사용 시간을 확인했다. 앞으로 1분 정도는 더 사용할 수 있었다.

"카일리, 있으면 호출 아이템 사용해! 던전 출구 쪽에서 기다리고 있어. 협회한테 연락이 왔는데, 곽남주 연구원이 죽었……."

"이세아 씨!"

"악!"

갑자기 뒤에서 누가 손을 대는 바람에 세아는 확성기에 대고 비명을 지르고 말았다. 번개처럼 뒤를 돌아보았는데, 뜻밖의 인물이 자신을 보고 있었다.

"곽남주?"

세아가 멍하게 중얼거렸다. 분명 협회는 죽었다고 했는데. 생명 신호가 사라졌다고…….

그러나 곽남주의 꼴을 보니 이해가 갔다. 멀쩡히 붙어 있던 오른손이 통째로 사라진 것이다. 세아는 경악하여 그를 살피다가 물었다.

"포션 사용했어요?"

절단 부위는 오래전에 치유된 상처처럼 뭉툭하고 말끔했다. 살이 심하게 엉기긴 했지만 그래도 피가 흐르지는 않았다. 곽남주가 고개를 끄덕였다.

"네. 몬스터 피해서 혼자 달아나다가, 떠밀려서 실수로 벽을 짚는 바람에……. 그, 그래도 갑자기 번개가 쳐서 겨우 살았습니다."

"번개?"

세아가 얼굴을 찡그렸다. 번개라면 분명, 늘어나는 칼을 가진 몬스터를 해치울 때 사용한 스킬이다. 범위가 넓은 스킬이긴 하지만, 그 범위 내에 있었다면 곽남주도 그리 멀리 있지는 않았던 것이다. 그런데 왜 진작 나타나지 않았을까?

"우리가 찾는 소리 들었어요?"

"드, 듣긴 했는데……."

"근데 왜 안 나왔어요."

곽남주는 바로 대답하지 못하고 어물거렸다. 세아는 이 새끼의 멱살을 잡아 흔들어 대답을 들을까 잠시 고민했다. 다행히 세아가 생각을 행동에 옮기기 전에, 그가 얼굴을 시뻘겋게 붉히며 대답했다.

"상처에 포션 사용하자마자 기절해 버려서…… 원래 빈혈이 좀 심하거든요."

빈혈? 빈혈이라고? 세아는 기가 차서 입만 벌렸다. 곽남주는 억울한 듯 작은 목소리로 항변했다.

"빈혈도 질병입니다. 전 각성자가 아니라 평범한 사람이라고요."

"알겠어요."

세아는 그의 말을 뚝 끊었다. 질병과 미각성자에 대해 심도 깊은 토론을 할 마음은 조금도 없었다.

"협회는 당신이 죽었다고 생각해요. 생명 신호가 사라졌다고 하던데, 칩을 오른손에 넣은 모양이죠?"

"네."

"어쨌든 다행이네요. 미각성자가 던전에서 죽으면 일이 커지니까. 일단 우린 카일리를 찾아야 해요."

호출 아이템은 여전히 조용했다. 세아는 한 발 한 발 앞으로 걸어 나가며 사방을 살폈다. 바닥에서 천장까지 이어진 긴 기둥, 사각지대가 생각보다 많다. 오래된 신전처럼 높고 장엄한 공간이라 고속 이동을 사용해 돌아다녀도 시간이 걸릴 것이다.

게다가 죽은 줄 알았던 곽남주까지 옆에 붙어 있다. 언제 몬스터가 리젠될지 모르는데, 미각성자를 혼자 내버려 두고 돌아다닐 수는 없었다.

"카일리 못 봤죠?"

"네……."

기대도 안 했지만 참 맥 빠지는 대답이었다. 세아는 옆에 있는 곽남주를 돌아보며 충고했다.

"해결 안 된 트랩이 많으니까, 아무거나 만지지 말고 나만 잘 따라와요. 30분 정도 찾아보고 없으면 바로 나갈 거예요."

"괜찮을까요? 카일리 헌터가 여기 혼자 남는 건데."

"어쨌든 S급 헌터고, 비상 탈출 스크롤도 있으니까 상관없어요. 호출 응답이 없어서 혹시 위험한 지경에 처했나 둘러보는 거니까……."

바로 그때, 강렬한 사이렌 소리가 두 귀에 꽂혔다. 윙- 윙- 날카로운 소음이 일정하게 울려 퍼지고, 붉은 등이 켜졌다 꺼지기를 반복하듯 공간의 빛이 변했다. 세아는 경고음처럼 울리는 소리에 얼굴을 구기며 곽남주를 돌아보았다.

"내가 아무거나 만지지 말라고 했죠."

"안 만졌습니다! 만질 것도 없잖아요!"

곽남주가 시끄러운 사이렌 소리 틈으로 소리쳤다. 세아는 재빨리 그와 자신 주변을 훑어보았다. 그의 말대로 주위에는 건드릴 만한 게 보이지 않았다. 수상하게 튀어나온 장치나 움푹 들어간 땅, 괜히 한번 당겨 보고 싶게 생긴 끈 같은 건 전혀 없었다.

"뭐지?"

옆에서 곽남주가 자기도 연구원이다, 미각성자긴 해도 대책 없이 움직이진 않는다, 던전 연구도 많이 해서 경험도 있다, 하고 구구절절 불평하는 소리가 들렸지만 세아는 싹 다 무시했다.

던전은 위험한 곳이지만 이유 없이 위험해지지는 않는다.

갑자기 몬스터가 튀어나오고, 보물 상자처럼 보였던 게 폭발할 수는 있다. 하지만 아무 짓도 하지 않았는데 이 정도 경보가 울릴 수는 없다. 분명 누군가 트랩을 건드린 것이다.

세아 자신이 아니다. 곽남주도 아니다. 그렇다면······.

"카일리, 너 어딨어!"

목이 찢어지도록 외쳤지만 돌아오는 답이 없었다. 바로 그때, 경보음이 멎더니 멀지 않은 허공에서 몬스터가 생겨나기 시작했다. 붉은빛 속에서 터지듯 탄생하는 수십 마리 트랩 몬스터, 세아가 눈을 가늘게 뜨고 위를 올려다보았다.

가장 먼저 보인 건 이쪽을 겨눈 총구. 그다음으로 보인 건 빠르게 돌아가는 프로펠러. 세아가 손을 뻗으며 있는 힘껏 소리쳤다.

"결계!"

두 사람 주위로 반구형의 막이 형성된 순간, 가느다란 총구가 불을 뿜었다. 요란한 소리에 곽남주가 털썩 주저앉아 두 손으로 머리를 감쌌다. 그러나 세아는 그렇게 한가하지 않았다. 그녀는 결계를 유지하며 몬스터 떼를 둘러보았다.

드론형이다. 사람 몸통 크기 정도로, 뜨거운 광선을 직선으로 발사한다. 이동 속도는 느리지만 쏘는 광선의 속도는 빨라서, 대강 살피니 총알보다 조금 느린 정도다. 세아는 눈을 가늘게 뜨고 개수를 헤아렸다.

스무 개 정도. 이것도 전부 시스템 속성일까. 그렇다면 말 그대로 엿됐다. 정이준이 옆에 있다면 링크로 해치울 텐데, 지금은 곽남주와 둘뿐이다. 세아는 선택을 해야 했다. 그녀는 바닥에 엎어진 곽남주 옆에 앉았다. 그런 다음 그의 어깨를 흔들며 침착하게 말했다.

"결계 안에서는 공격할 수가 없어요. 내가 밖으로 나갈 겁니다."

"아, 안 돼요! 헌터와 멀어지면 결계도 약해지잖아요!"

"난 S급이에요. 충분히 유지할 수 있어요. 무슨 일이 벌어져도 절대 결계 밖으로 나가선 안 됩니다."

겁에 질린 미각성자를 달래 줄 시간은 없다. 세아는 가방을 뒤져 긴 와이어를 꺼냈다. 한쪽 끝에는 천으로 된 고리가, 다른 쪽 끝에는 끈끈이 주걱과 비슷한 장치가 달려 있었다. 세아는 끈끈이에 손을 댔다 떼기를 반복하며 접착력을 시험했다.

"그, 그게 뭡니까?"

곽남주가 와락 달려들 듯 물었다. 그의 눈에 불안이 가득했다. 세아는 대답하지 않고 긴 와이어를 휙휙 결계 밖으로 늘려 보았다. 세아의 뜻대로 늘어났다 줄어들기를 반복하는 와이어를 보며 곽남주가 입을 벌렸다.

이 놀라운 아이템은 세아가 미각성자의 의뢰를 해결해 주고 사례로 받은 것으로, 스파이더맨의 거미줄과도 같았다. 잘못 사용하면 추락사할 위험이 있지만 세아는 무척 선호하는 아이템이었다.

세아는 고개를 들어 기둥의 위치를 살폈다. 어지럽게 날아다니는 몬스터의 위치도 파악했다. 곽남주가 허둥지둥 소리쳤다.

"그, 그걸로 끌어내리면 되잖아요! 추락시켜서 터뜨리면……!"

"그만한 무게를 당기진 못해요. 조용히 하고 안전한 데 있어요."

거기까지 말한 후 세아는 힘껏 와이어를 휘둘렀다. 와이어 끝이 먼 기둥에 정확히 붙었다. 몬스터는 아이템까지 인식하진 못했다.

세아는 그대로 결계 밖으로 뛰어가 땅을 박차고 날아올랐다. 허공으로 몸이 빠르게 떠오르며 바람이 온몸을 감쌌다. 높은 곳으로 올라갈 때와 낮은 곳으로 떨어질 때의 느낌은 비슷해 공기 저항이 강했다.

세아는 기둥을 중심으로 한 바퀴 돌아 와이어를 잡고 기둥에 두 발을 딛고 섰다. 삐비빅- 몬스터가 자신을 인식하는 소리가 들렸다. 몸 곳곳에 붉은 레이저가 선명히 박혔다.

세아는 빠르게 주위를 둘러본 후 있는 힘을 다해 기둥 높은 곳까지 뛰었다. 와이어가 단단히 고정되어 있어 몸을 제대로 받쳐 주었다. 펑, 펑, 광선이 세아가 있던 자리를 강타했다.

어느 정도까지 올라간 세아는 와이어를 거두며 그대로 가장 가까운 몬스터를 향해 뛰어내렸다. 와이어를 잡고 있는데도 자유롭게 활강하는 듯한 느낌이 그녀의 마음을 지배했다.

그대로 살을 갈아 버릴 듯 돌아가는 프로펠러를 피해 중심에 안착한다. 손바닥이 몬스터에게 닿자마자 힘을 내보냈다. 쾅, 안에서부터 터지는 소리. 지직거리는 소리가 나더니 몬스터가 아래로 천천히 떨어졌다.

됐다! 세아는 속으로 환호성을 지르며 더 아래 있는 몬스터 위로 내려앉았다. 그것도 폭발시키고 곧장 몸을 날린다. 검은 연기를 뿜으며 추락하는 모습을 제대로 보기도 전에, 멀지 않은 곳에서 수십 개의 광선이 날아왔다.

세아는 와이어를 쓰지 않고 그대로 떨어졌다. 바닥에 닿기 직전, 팔을 크게 휘둘러 와이어를 벽에 붙였다. 원심력을 이용해 반원을 그리며 크게 돌아 한 기를 더 처리하고, 벽에 발이 닿는 순간 다시 몸을 날려 또 한 기를 처리한다.

광선을 피하기 위해 몸을 거꾸로 꺾을 때마다 세아는 이를 갈았다.

'이럴 거면 내가 체조 선수를 했지!'

그러나 동시에 쾌감이 솟구친다. 이 아이템만이 줄 수 있는 쾌락. 몸이 깃털처럼 가볍게 느껴지고, 나무에서 나무로 건너뛰듯 허공에서 몸을 옮겨가는 감각에 잠시 아찔하다.

와이어를 몬스터에 붙였다. 몬스터를 끌어내릴 순 없으니 세아가 끌려 올라갔다. 머리가 부딪치기 전에 세아가 손을 뻗었다. 다시 쾅 소리와 함께 세아의 무게를 지탱하던 몬스터가 산산이 조각났다.

이 몬스터에서 저 몬스터로, 기둥에서 벽으로, 바닥에 착지했다가 다시

허공으로, 타이밍을 놓쳐 떨어질 것 같으면 중력을 상쇄하고 광선을 피할
수 없으면 방어를 끌어 올린다. 수십 기의 몬스터는 세아에게 약간의 상처
도 입히지 못한 채 힘없이 부서졌다.

"헉, 헉……."

마지막 한 기까지 모두 처리하고, 세아는 느리게 바닥으로 착지했다.

솔직히 힘은 많이 쓰지 않았다. 내부 폭발 스킬은 각성하자마자 개방된
스킬이라 정신력 소모도 크지 않고, 결계를 유지하는 것도 어려운 일은 아니
다. 하지만 와이어를 타고 온 사방을 누비고 다닌 탓에 숨이 찼다.

주위는 엉망이었다. 안에서부터 망가져 바닥으로 떨어진 쇳덩어리들이
사방에 시체처럼 널려 있었다. 기계 종말 영화에서나 보던 풍경이 눈앞에
펼쳐져 있어, 바라만 봐도 심신이 피로해졌다. 세아는 한숨을 내쉬었다.
곽남주는 괜찮겠지, 결계 쪽으로 눈을 돌린 순간.

윙- 윙- 윙-

다시 경보가 울리기 시작했다.

세아는 믿을 수가 없었다. 방금 트랩을 정리했는데, 끝나자마자 다
시……. 세아는 아득히 먼 곳, 볼 수 없는 곳을 쏘아보며 중얼거렸다.

"무슨 짓을 하는 거야, 카일리?"

13.22

몬스터는 끝없이 쏟아졌다. 게다가 처음 트랩은 장난이었다는 듯, 몇
개의 트랩이 연달아 작동되었다.

세아는 결계 밖에 몬스터의 시신으로 산을 쌓았다. 싸우는 건 자신 있었
고, 이대로 몇 시간을 더 버텨야 한다고 해도 괜찮았다. 그녀는 현존하는

열세 명의 S급 중 가장 강력한 헌터였으니, 얼마든지 더 싸울 수 있었다.

꼬리가 다섯 개 달린 표범 몬스터를 처리했다. 시스템 속성이라 다섯 개의 꼬리를 모두 잘라야 했지만 그래도 할 만했다. 켄타우로스형 몬스터도 달려 나왔는데, 위는 사람이 아니라 외계인이었다. 외계인 상반신과 말 하반신을 완벽히 분리해야 죽어 자빠졌다.

마법사가 나왔을 때는 잠시 위험했지만 세아는 전방위 공격에 능했다. 그녀는 결계에 손상이 갈 걸 감안하고 불타는 운석 덩어리를 사방에 쏟았다.

윙- 윙-

세아는 다시 울리기 시작한 경보음을 듣고 헛웃음을 쳤다.

"아예 1층에 있는 트랩을 다 건드릴 모양이네."

차라리 곽남주를 데리고 달아나는 게 낫다. 카일리가 무슨 생각으로 이런 짓을 하는지는 모르지만 그건 나중에 알아도 된다. 곽남주를 데리고 나가 협회와 대화를 하든, 이준의 스크롤로 달아나든 해야 한다. 거기까지 계산이 섰지만 세아는 그러고 싶지 않았다.

지난 생, 자기 몸으로 망설임 없이 칼을 찔러 넣던 김현호가 떠올랐다. 같은 S급을 만만하게 봐서는 안 된다. 이 자리에서 결판을 내고 싶었다. 그러려면 여기서 몬스터나 썰고 있을 순 없다.

세아는 결계를 슬쩍 돌아보았다. 안에 갇히다시피 한 곽남주가 창백한 얼굴로 웅크려 있었다. 괜찮겠지, 대강 생각한 세아는 등을 돌리고 뛰기 시작했다. 물결처럼 밀려오는 몬스터를 학살하며 반대 방향으로 거슬러 올랐다.

분명 카일리는 가까이 있다. 세아가 죽었는지 살았는지 알아야 할 테니까. 세아는 멈추지 않고 뛰었다. 몬스터가 몰려 번거로울 때는 와이어를 사용해 날아올랐다. 그녀의 생각이 옳다면 이 몬스터 떼의 근원지에 카일리가 있을 것이다.

얼마나 달렸을까, 마침내 보았다. 수십 개의 레버 앞에 우뚝 선 카일리의 뒷모습을.

"카일리!"

카일리가 막 레버 하나를 내리려는 순간 세아가 외쳤다. 카일리는 무언가에 얻어맞은 듯 놀라 휙 뒤를 돌아보았다. 그녀의 눈에 이쪽으로 달려오는 세아가, 그리고 그녀의 뒤를 좇는 몬스터 떼가 비쳤다.

"당장 그만둬!"

그러나 카일리는 세아의 말을 듣는 대신 달려오는 그녀 쪽으로 손바닥을 펼쳤다. 세아는 카일리의 손바닥에서 검은 구체가 응집되는 걸 보고 욕을 내뱉었다. 막을 틈도 없이, 구체가 팍 터지더니 갑자기 사방이 어둠에 잠겼다. 눈앞에서 잉크가 터진 듯했다.

끼이이— 몬스터의 비명과 그들끼리 엉켜 넘어지는 소리가 들렸다. 세아는 당황하지 않고 뛰기를 멈추었다.

카일리의 주 속성은 어둠. 시전자와 시전자의 파티를 제외한 모두가 시력을 잃은 듯한 암흑에 잠긴다. 세아는 이전 생에서 몇 번 이 스킬을 보았다. 물론 그때의 세아는 카일리의 파티였으므로 어둠에 갇히지 않았지만.

"카일리. 왜 이러는 거야?"

물음과 동시에 세아는 결계를 발동시켰다. 세아를 중심으로 반구형 막이 생성되었을 테지만, 정작 세아는 그걸 볼 수 없었다.

"넌 이거 못 깨. 그냥 나와서 대화하자."

세아의 결계는 대단히 강력하여, 같은 S급 헌터 세 사람이 달라붙어 공격을 퍼부어야 겨우 깰 수 있는 수준이었다. 공격도 방어도 세아를 따라올 자는 없었다.

'이렇게 강한데 마음대로 안 되는 일이 너무 많아.'

한숨을 참으며 막막한 어둠을 노려보았다. 카일리는 어디 있을까. 트랩을 작동시키는 건 멈춘 모양이다. 물론 대화할 의지가 생겨서 그런 것 같진 않았다. 세아는 좀 쉬고 싶어서 결계 안에서 철퍼덕 주저앉았다.

그래도 이준이나 현호처럼 갑자기 뒤통수를 갈기지 않고 트랩으로 예고를 해 줘서 고마웠다. 절친한 사이인 양 다가와 칼을 쑤셨다면 또 당했을지도 모른다. 문득 이준의 말이 떠올랐다.

'그리고 카일리도 믿지 말아요. 정말 던전이 그리워서 여기까지 따라왔을 리 없어요.'

사실 카일리에게 다른 목적이 있을 거라고는 생각했다. 그게 뭐든 알 바 아니라 신경 쓰지 않았을 뿐. 이렇게 방해할 줄 알았다면 무슨 수를 써서든 떼어 놓고 오는 건데. 낭패감에 입 안이 썼다.

"나 죽이려고 같이 온 거야?"

돌아오는 대답이 없다. 세아는 인내심을 가지려 애썼다. 그녀는 보통 몇 가지 원칙을 가지고 움직이는데, 가장 강한 사람은 그만큼 강한 원칙에 묶여야 한다고 믿는 탓이었다.

그 원칙 중 하나, 능력으로 몬스터가 아닌 사람을 해치지 말자. 어차피 S급이고 사회 지도층이나 다름없으니 힘으로 다치게 하지 말고 말로, 권력으로 하자.

대단한 도덕군자라 그런 건 아니다. 그저 내키는 대로 살다가 제풀에 걸려 넘어지는 헌터를 많이 봤을 뿐. 어디까지나 자기 자신을 망치지 않기 위한 원칙이었다.

그러니까 지금처럼 위급하고 황당한 상황에서는 원칙을 잊어도 좋다.

세아는 그대로 몸에 힘을 풀고 바닥에 털썩 드러누웠다. 딱딱하고 차가운 바닥에 누우니 기분이 좋지 않았다. 결계를 풀고 발동어를 외치는 목소리는 낮고 착잡했다.

"불꽃놀이."

세아의 심장 부근에서 한 줄기 붉은빛이 솟아오른다. 허공을 향해 일직선으로, 한 치의 흐트러짐도 없이 똑바로. 어둠을 가르고 나아가는 연약한 신호탄 같았다.

펑. 소리는 요란하지 않았다. 깊은 동굴에서 나온 소리처럼 깊고 낮고 언뜻 느끼기에는 고요하기까지 했다. 세아는 바닥에 누운 채 허공 한 지점에 멈춰 미동도 없는 불빛을 잠시 바라보았다.

사용할 때마다 느끼는 거지만 살상 스킬치고는 꽤 예쁘다.

곧 주먹만 하던 불빛이 수십, 수백 갈래로 갈라져 나갔다. 정말로 불꽃이 터지듯이. 그러나 하늘에서 허무하게 스러지고 마는 불꽃이 아니었다. 높은 곳에서 아래로 고속 낙하하는 수백 개의 폭탄이나 다름없었다.

펑, 펑, 펑! 하나하나 바닥에 떨어질 때마다 언제 고요했냐는 듯 폭음을 동반한다. 그러나 그 폭음마저도 깊고 나직하다. 시전자에게는 상처를 입히지 않아, 세아는 정말 불꽃 축제라도 감상하듯 어둠 속에 누워 눈만 깜빡였다.

불꽃이 떨어진 자리마다 어둠이 물러난다. 피할 곳 없이 빼곡하게 내리꽂힌다. 이 스킬의 좋은 점은 멈추고 싶을 때까지 계속 지속된다는 것. 기력을 소진해야 하지만 이 정도는 우스웠다.

펑, 펑— 잠시 평화롭던 옛 시절로 돌아간 것 같다.

생을 거듭할수록 이상해지는 정이준. 시스템이 주는 안락을 포기하기 싫어 자신을 찌른 김현호. 갑자기 사라진 서아정과 돌연 나타난 협회장. 도움 되는 일이라곤 전혀 없는 빈혈 연구원 곽남주. 그리고 다시, 함께 영원히 살자던 정이준.

그 순간 마치 불을 켠 듯 어둠이 사라졌다.

세아는 길고 느리게 숨을 내쉬었다. 죽지는 않았겠지. 그런 생각을 하며 몸을 일으켰는데, 멀지 않은 곳에 엎어진 카일리의 몸뚱이가 보였다.

완전히 일어난 세아는 저벅저벅 그쪽으로 다가갔다. 카일리는 스킬을 사용해 불길을 막은 듯 멀쩡했다. 물론, 생명은 멀쩡했다는 이야기다. 머리카락이며 옷, 얼굴과 팔다리가 다 뜨거운 불꽃에 그슬려 엉망이었다.

"카일리."

포션이 있지만 쓰지 않았다. 이유를 듣기 전까지는, 어쩌면 이유를 들은 후에도 카일리를 믿을 수 없다. 세아는 카일리 옆에 쪼그려 앉아, 그녀가 멍하게 눈을 깜빡이는 걸 보고만 있었다.

"왜 날 죽이려고 해?"

카일리는 대답하기 위해 입을 열었다. 그러나 심한 화상 때문에 말이 제대로 나오지 않는 듯했다. 목구멍까지 타진 않았을 텐데, 그렇게 생각한 세아가 다시 물었다.

"협회가 시켰어?"

"너…… 던전…… 다 없애려고 한다며."

그야말로 다 죽어 가는 목소리였다. 세아는 한숨을 내쉬며 손으로 눈가를 문질렀다.

"누가 그래, 협회가? 그래서 나 막으려고 여기까지 따라온 거야?"

"없애면 안 돼……."

"왜, 너도 누리고 있는 거 포기하기 싫어?"

이러면 문제가 심각해진다. 김현호와 그랬듯, 카일리 역시 기습을 시도할지도 모른다. 그렇다고 여기서 같은 S급 헌터를 죽이는 건 좀 찜찜하고, 나중에 뒷수습도 어렵다. 되도록 이번 생에서 퀘스트를 클리어하고 싶어서 행동이 조심스러웠다.

"그게 아니, 아니야……. 콜록, 컥."

카일리는 힘겹게 중얼거리며 바닥에 닿은 얼굴을 좌우로 젓기까지 했다.

세아는 재촉하는 대신 기다렸다.

"스테파니가 갇혀 있단 말이야. 던전에…… 던전에 갇혔어……. 넌 몰라."

"스테파니?"

세아가 얼굴을 찡그리고 되물었다. 스테파니, 언뜻 기억이 나는 듯도 했다. 카일리의 여동생이었던 것 같은데 무슨 사정이었는지는 떠올릴 수 없었다. 그러다 반짝 불이 켜지듯 제대로 생각났다.

스테파니는 카일리와 열 살 넘게 차이 나는 소녀 헌터로, 언니보다 한참 못한 C급 헌터지만 채집과 아이템 제작 스킬이 대부분 A였다. 둘은 재능 있는 헌터 자매로 매스컴에도 자주 이름을 올렸다.

그러던 어느 날, 스테파니가 약초 던전에서 사라졌다. 함께 있던 카일리는 반쯤 정신을 놓고 동생이 어디론가 빨려 들어갔다고 말했다. 정말 안 됐지만 그런 일은 흔하다. 헌터라고 던전에서 늘 안전한 건 아니고, 약초 던전처럼 평화로운 곳에도 변수는 존재한다.

세아는 스테파니를 기억했다. 마흔 살 무렵 숨을 거두던 생, 자기가 죽기 전 스테파니는 돌아왔다. 싸늘한 시체로.

"지금쯤이면 이미 죽었을 거야."

무의식적으로 그 말을 뱉은 순간, 세아는 깜짝 놀라 손으로 자기 입을 가렸다. 이런 말을 해선 안 되는 거였는데.

카일리가 눈을 번뜩이며 세아를 노려보았다.

"내 동생 살아 있어. 살아 있어, 살아 있다고! 난 알아, 난 느낄 수 있어, 걘 아직 거기서 살아서 날 기다린단 말이야!"

"카일리, 내 말은……."

"지금 던전을 없애면? 없애면 내 동생은 어떻게 되는데, 내 동생은 어떻게 되냐고, 거기서 죽어 버리잖아!"

카일리는 흥분과 분노, 좌절과 슬픔 때문에 제정신이 아니었다. 그녀는 화상을 입은 손으로 미친 듯이 머리를 쥐어뜯고 비명을 질렀다. 마치 짐승이 울부짖는 듯 괴이한 소리가 마구 터져 나왔다.

"곽남주 말이 사실이었어, 사실이었어, 너 정말 없애려고 하는구나. 그게 다 사실이었어, 설마 했는데 사실이었어!"

반쯤 정신을 놓친 카일리가 악령에라도 들린 듯 말을 토하듯 쏟아 냈다. 그러나 세아는 카일리를 다독여 줄 수가 없었다. 그녀는 카일리가 답하지 못할 걸 알면서도 느리게 되뇌듯 물었다.

"곽남주가 그런 말을 했다? 너한테…… 곽남주가?"

세아는 그대로 벌떡 일어나 곽남주가 있던 곳을 향해 뛰기 시작했다. 그러나 멀리 가지 못해 우뚝 멈춰 섰다.

"아아악! 으아아악!"

짐승의 울부짖음 같다. 세아는 머리가 지끈거리는 걸 느끼며 뒤를 돌아보았다. 바닥에 엎드린 카일리가 패닉에 빠져 맨주먹으로 바닥을 내리치는 게 보였다. 날것 그대로의 고통이다.

형제 없는 세아는 카일리의 고통을 모른다. 아니, 안다 해도 어쩔 수 없다. 카일리와 스테파니를 위해 시간을 두고 기다리기엔 너무 많은 날을 살아왔다.

"아, 진짜."

세아는 완전히 몸을 돌이켜 카일리 쪽으로 성큼성큼 걸어갔다. 곧 그녀가 짐을 뒤져 포션을 우르르 쏟았다. 단단한 병이 바닥에 부딪치며 요란한 소리가 울렸다. 세아는 상처도 잊은 채 통곡하는 카일리의 어깨를 짚었다. 이 정도로 친한 사이 아닌데.

세아는 어색하게 카일리의 어깨를 토닥이며 말했다.

"포션 쓰고 던전 밖에서 만나. 내가 스테파니 찾아 줄게. 어떻게 찾아야 할지 알아."

"뭐?"

카일리가 번쩍 고개를 들었다. 그녀는 구명줄이라도 발견한 듯 세아의 팔목을 세게 붙잡았다. 통증이 느껴질 정도라 세아가 얼굴을 찡그렸지만, 카일리는 그걸 전혀 알아차리지 못했다.

"안다고? 안다고? 네가 어떻게 알아, 정말 알아?"

"화, 확실하게 아는 건 아니지만 짐작은 가."

미래를 살았으니 안다고 할 수 없으니 세아는 적당히 둘러댔다. 그러면서도 마음은 멀리 가 있었다. 다른 S급 헌터들도 적이 될 텐데, 카일리까지 적으로 돌릴 필요는 없다. 차라리 던전을 뒤져 시신이라도 찾아 주고 같은 편으로 만들자.

그리고 어쩌면…… 스테파니는 살아 있을지도 모른다.

지난 생에서 약초 던전을 탐험하던 헌터가 우연히 트랩을 건드려 스테파니의 시신을 찾아냈다. 당시 시신 상태가 나쁘지 않았다고 기사가 났으니, 어쩌면 아직은 살아 있을지도.

"고마워. 세아, 고마워, 고마워, 진짜 정말 고마워!"

"그래, 그래. 알았어. 알았으니까 이따 봐."

세아는 대충 카일리의 손을 떨쳐내고 뒤돌아 달렸다. 카일리, 옆에서 볼 때는 다 잊고 멀쩡하게 사는 것 같더니 그렇지도 않았다. 마음 깊은 곳의 트라우마가 저렇게 사람을 돌변하게 한다.

얼마 지나지 않아 세아의 마음에서 카일리 문제가 완전히 지워졌다. 그녀는 이를 악물고 힘껏 달려갔다. 금세 곽남주가 있던 곳에 다다랐다.

그는 몬스터 시신 사이에 혼자 서 있었다. 표백제라도 맞은 듯 얼굴이 창백했다. 피와 끈적끈적한 진액이 흐르는 시신을 보다가 허리를 꺾어 구역질을 하기도 했다. 그러나 세아는 그 가증스러운 연기에 속지 않았다. 그대로 달려가 곽남주의 멱살을 잡아채 밀었다.

"으악!"

외마디 비명을 지르며 곽남주가 바닥에 털썩 쓰러졌다. 그의 옆에는 외계인 켄타우로스와 표범 몬스터의 시체가 널려 있었다. 곽남주는 흰자위가 보이도록 눈을 굴려 시체를 확인하고 누운 채로 토하려 했다.

"야."

세아가 손을 들어 턱 그의 입을 막았다. 곽남주의 눈동자가 파들파들 떨렸다. 이 뻔뻔한 새끼, 세아가 땀에 젖은 얼굴로 웃었다. 너무 어처구니가 없어서 그냥 저절로 웃음이 났다.

"너지?"

이렇게 가까이 두고도 몰랐다니. 내내 수상한 놈이라고, 이상한 놈이라고 의심해 놓고 알아차리지 못했다니. 곽남주가 핏기 가신 얼굴로 마구 고개를 저었다. 하지만 입과 코를 뭉개는 힘이 너무 강해서 얼굴이 제대로 움직이지도 않았다. 세아는 손을 떼고 그의 위에 올라탄 채로 물었다.

"그때도 너였잖아. 서아정."

뭔가 이상했다. 김현호와 서아정 커플과 함께 약초 던전에 갔을 때, 세아는 이준과 히든 퀘스트 이야기를 한 적이 없었다. 그런데 서아정은 김현호에게 가서 몬스터 멸종이 어쩌고 하며 이야기를 전했다. 어떻게 알았을까, 당연히 의심스러웠다.

그래서 돌아오자마자 현호에게 서아정 이야기를 꺼냈지만 돌아오는 대답은 그녀가 이미 죽었다는 것뿐. 당장 해결할 일이 너무 많았기에 더 깊이 생각하지 못했다.

"이제야 다 맞아떨어져. 너 서아정이고 곽남주잖아. 안전한 미각성자인 척 나타나서, 슬쩍 S급 사이에 끼어들어 이간질……."

왜 이런 짓을 할까. 서아정이 말을 전해 세아는 김현호에게 살해당했다. 곽남주가 입을 함부로 놀려 카일리를 자극했다. 세아는 한 번 죽었고 한 번은 죽을 '뻔'한 것이다.

이런 짓을 해야 하는 존재, 몸을 바꿔 가며 농간을 부릴 능력이 있는 존재는 딱 하나뿐이다. 세아가 곽남주의 두 어깨를 세게 누르며 물었다.

"너, 시스템이지."

곽남주의 얼굴에서 표정이 싹 사라졌다. 석고로 만든 인형으로 변한 듯 단숨에 무표정이 된다. 눈, 코, 입, 경련하던 뺨까지 얌전해지고 영혼이 사라진 듯 밋밋하게 변한다. 그 무감한 얼굴에 흐르는 식은땀이 더없이 이질적이다.

다음 순간, 곽남주의 입이 눈 아래까지 초승달 모양으로 쭉 찢어졌다. 언뜻 스마일맨처럼 보였으나 세아는 물러나지 않았다. 그녀는 그대로 곽남주를 누른 채 변하는 얼굴을 뚫어져라 노려보았다. 곧 기괴한 입술이 위아래로 움직였다.

"생각보다 늦었네?"

여전히 곽남주 목소리다. 괴물 같은 얼굴로 인간의 목소리를 내니 기괴했지만 세아는 차분히 그의 말을 들었다.

"난 이 던전 들어올 때 바로 알아차릴 줄 알았지. 내가 널 너무 과대평가했나 봐."

"개소리하지 마."

"그렇잖아? 애초에 2인 던전이었는데 말이야. 나하고 카일리까지 같이 들어오는데, 이상한 줄도 모르고."

세아가 잠시 그를 내려다보며 눈을 깜빡이다 곧 헛웃음을 쳤다. 시발, 작게 읊조리는 소리가 곽남주의 귀에 똑똑히 꽂혔다. 곧 세아는 허탈한 투로 받아쳤다.

"너도 한 열 번 죽고 살아나 봐. 그런 거 안 잊어버리나."

"열두 번 죽었어."

곽남주가 웃음기 어린 목소리로 세아의 말을 정정했다. 그렇게 많이 죽었나? 다른 사람의 입을 통해 들으니 더 기가 막혔다. 세아는 더 추궁하는 대신 곽남주를 놓아 주고 일어섰다. 곽남주는 바닥에 누운 그대로 상체만 일으켜 앉았다.

"안 죽이려고?"

"어차피 날 직접 공격하진 못하잖아. 그러니까 미각성자 몸 빼앗고, S급들 뒤에 숨어 그림자처럼 훌쩍훌쩍 다니며 이간질이나 하겠지."

세아는 덤덤하게 대꾸했다. 카일리가 포션을 너무 빨리 마시고 여기까지 달려오면 안 되는데. 처음으로 시스템과 제대로 조우했으니 이 기회에 몇 가지 알아내고 싶었다. 그녀는 반박하지 않고 무력하게 앉은 곽남주를 내려다보며 툭 물었다.

"너 죽기 싫어서 이러나? 나한테 그런 히든 퀘스트가 나타나면 안 되는 거였는데, 버그 때문에 생겨서 참 안됐다."

대답이 돌아오지 않았다. 뻔한 이야기라 세아도 답을 재촉하진 않았다.

"정이준 정화 스킬 글자 깨진 것도 네가 수작 부려서겠네. 던전 입장 인원도 바꿀 수 있고, 스킬 설명도 깨뜨릴 수 있는데, 헌터 몸은 못 빼앗고 날 직접 죽일 수도 없다……."

세아가 빙긋 웃었다.

"나야말로 널 과대평가했네."

시스템이라기에 대단한 줄 알았다. 그런데 자기 안의 기능은 이리저리 손댈 수 있어도 헌터는 조작하거나 조종할 수 없다. 그래서 무해해 보이는 미각성자의 몸을 취해 헌터끼리 서로 죽이게 한다. 어쩌면 거듭되던 정이준의 배신도…….

"잘난 척하지 마."

곽남주의 말에 생각이 뚝 끊어졌다.

"네가 모르는 거 하나 알려 줄까? 세상이 갑자기 바뀐 거, 그거 다 내가 한 짓이라고 생각하지? 내가 서아정도 죽이고 협회장도 바꿔서 일을 다 꼬아 놨다고?"

"아니라는 거야?"

"아니지, 그럼. 잘 들어, 이세아."

곽남주가 비밀 이야기라도 하는 듯 목소리를 낮추었다. 그는 눈을 가늘게 뜬 세아를 향해 속삭였다.

"그건 다 정이준 때문이야."

"정이준이 죽였다고?"

세아는 믿을 수 없어서 되물었다.

말도 안 된다. 자기가 기억하지 못하는 5년, 그 사이에 정이준이 동에 번쩍 서에 번쩍 서아정도 김송숙 전 협회장도 죽였단 말인가? 그 역시 S급이니 불가능한 일은 아니지만, 그래도 설마 정이준이?

'그냥 잘못된 세상에서 누나랑 살래요.'

웃는 얼굴이 아득하게 떠오른다. 세아는 다시 되뇌었다. 설마 정이준이?

세아의 혼란을 알아차린 곽남주의 입에서 맑은 웃음이 터져 나왔다.

"왜 못 믿어? 너 그 여우같은 새끼한테 홀렸구나. 새끼 여우처럼 살살 눈웃음치면서 누나, 누나 하니까 마음이 동하든?"

세아의 표정에 금이 갔다. 그녀가 불쾌한 얼굴로 내뱉었다.

"닥쳐."

"나도 세상이 이렇게 달라지길 원하지 않았어."

곽남주가 어쩐지 답답한 어조로 말했다. 그게 무슨 소린지 알아듣지 못해서 세아는 침묵했다. 무언가 더 부연할 줄 알았는데, 갑자기 곽남주가 세아를 똑바로 응시하더니 빙긋 웃었다.

"이번엔 들켰으니, 다음 세상에서 만나."

그 순간 곽남주의 입이 원래 크기로 빠르게 줄어들었다. 동시에 꼿꼿하게 세워져 있던 상체에서 힘이 빠지더니 바닥으로 무너졌다. 세아는 너무 놀라 딱 굳어 있다가, 천천히 곽남주 옆에 한쪽 무릎을 대고 앉았다. 코 아래 손가락을 대 봤지만 아무것도 느껴지지 않았다.

"세아!"

뒤에서 카일리가 달려왔다. 옷이 군데군데 타서 없어지긴 했지만, 포션을 마셨는지 발랐는지 몸은 멀쩡해 보였다. 세아는 곽남주의 얼굴에서 눈을 떼지 못했다. 욕이라도 퍼붓고 싶었지만 한 마디밖에 할 수 없었다.

"죽었어."

"뭐?"

카일리가 경악하여 곽남주를 내려다보았다. 세아는 한숨을 내쉬고 자리에서 일어났다.

"이만 나가자."

13.23

밖에서 무슨 일이 벌어지고 있는지 알 수 없다고, 세아는 충분히 경고했다.

카일리는 세아가 스테파니를 찾아 줄지도 모른다는 생각에 들떠 침착함을 잃은 상태였다. 들어온 곳을 통해 밖으로 나가는 동안에도, 카일리는 끊임없이 스테파니에 관한 것을 물었다.

"약초 던전 어디에 있는데? 어떻게 알 수 있는데?"

몸이 저절로 천천히 떠오르는 걸 느끼며 세아가 대수롭지 않은 투로 답했다.

"트랩을 건드리면 돼. 스테파니는 그 트랩 때문에 열린 공간에 갇힌 거니까."

"하지만 나도 다른 사람들도 그 던전을 여러 번 뒤졌어. 미발견 트랩이 또 있다고?"

"아직 발견되지 않은 형태의 트랩이긴 해."

대답하기가 피곤했고, 자기와 상의도 해 보지 않고 죽이려 한 주제에 뻔뻔스럽게 말을 붙이는 카일리가 성가셨지만 세아는 최대한 친절하게 설명했다.

스테파니를 구해 주고 나면, 적어도 시신이라도 찾아 주면 카일리의 협조도 얻을 수 있을지 모른다. 죽인다고 달려드는 사람이 하나 사라지는 것만으로도 세아로선 기쁜 일이었다. 카일리는 잠시 생각하는 듯 고개를 끄덕이더니 조심스럽게 말을 시작했다.

"그런데 넌 왜······."

던전을 없애려는 거야, 말이 끝나기도 전에 눈앞이 환해졌다. 대답할 마음 없던 세아로선 다행스러운 일이었다. 물론 바닥에 발을 딛자마자 보인 광경은 전혀 다행스럽지 않았다.

"꼼짝 마십시오!"

반갑지 않은 외침과 함께 상황이 한 번에 파악되었다. 가장 먼저 보인 건 이쪽을 향해 총을 겨눈 수많은 사람들. 그들이 구멍 형태의 던전 입구를 빙 감싼 상태였고, 검고 긴 총구가 위협적으로 번뜩였다. 세아는 그들 너머의 협회 사람들을 보았다.

일단 올 걸 알고 있었던 협회장 최두정. 그가 거느린 여러 수행 인원들, 가운을 입은 연구원들, 곽남주의 시신을 수습하기 위해 온 사람들. 최두정이 전화했을 때 곽남주는 시체가 아니었지만, 이제 시체로 변했으니 수습자들도 헛걸음은 하지 않겠다 싶었다.

그들 곁에 여기 있을 줄 전혀 몰랐던 낯익은 사람이 하나 더 보였다.

그의 이름은 카일리의 입에서 튀어나갔다.

"오스카?"

알고 지내던 S급 헌터가 갑자기 나타나니 카일리는 깜짝 놀란 모양이었다. 오스카는 독일 출신 헌터인데도 한때 카일리와 각별했었다. 그와 친해지고 싶어서 카일리는 독일어까지 배운 적 있었다.

하지만 세아는 그쪽에 그다지 관심이 없었다. 그녀는 오스카 옆에 만신창이가 된 채 간신히 서 있는 정이준을 바라볼 뿐이었다. 정확히 표현하자면 서 있는 게 아니라 오스카에 의해 부축을 받고 있었다.

바람이 서늘하게 목덜미를 쓸고 지나갔다. 세아는 문제가 되는 것들을 빠르게 눈으로 훑었다.

'일단 총.'

총구는 둥글게 열려 있었고, 결계를 만들면 무사하겠지만 결계 안에서 공격할 수 없으니 버티기 싸움이 될 뿐이다. 또 결계는 기본적으로 헌터나 몬스터의 공격에 대비한 스킬이니 총알을 영원히 막아 낼 수 없다.

다음은 정이준. 그에게 잘난 속박 스킬이 있다 해도 S급 헌터까지 앞세워 떼로 몰려오니 뾰족한 수가 없었던 모양이다. 왜 저렇게 얻어맞았는지는 모르겠지만 협회가 세아의 정화를 두고 거래를 시도했을 건 분명했다.

마지막은 여기 왜 있는지 알 수 없는 오스카. 몸에 비해 얼굴이 작고, 콧대가 선명해 눈이 우묵하게 들어간 것처럼 보인다. 눈빛을 제대로 읽을 수 없다. 그의 특기는 최면과 세뇌. 협회장이 그를 여기까지 데려온 데는 이유가 있으리라.

침묵의 균형을 깬 건 최두정이었다.

"이세아 헌터, 순순히 협력하십시오."

"뭘 협력하라고요?"

세아는 최대한 태연한 어조로 물었다. 스크롤은 주머니에 있다. 결계를 만들고 스크롤을 찢어 달아난다 해도 정이준은 여기 두고 가야 한다. 그래도 괜찮을까. 아무래도 오스카의 대표 스킬이 마음에 걸렸다.

"당신이 정말 최초의 버그가 아니라면, 와서 정화 스킬에 응하면 됩니다. 정말 평범한 헌터라면 정화 스킬에도 무사할 겁니다."

"이렇게 총구 들이대고 무례하게 부탁할 일은 아닌 것 같네요."

세아가 빈정거렸으나 협회장도 만만치 않았다. 그는 총을 든 남자들 사이로 걸어와 세아와 똑바로 마주 보고 섰다.

"협회를 바보로 보지 마십시오. 최초의 버그가 시스템을 없애려 한다는 걸 알아냈으니까요. 아마 파생 버그는 자신을 지키기 위한 시스템의 디버그 작용이겠죠. 여기, 정이준 헌터 역시 그중 하나고요."

세아의 눈썹이 움찔거렸다. 한국을 떠날 땐 그렇게 시원하게 보내 주더니, 여기까지 쫓아와서 갑자기 속셈을 드러낸다.

"켈리포니아로 간다고 할 때부터 수상했는데, 그 구멍 속에 있나요? 시스템을 없앨 수 있는 던전이."

여기서 말려들어서는 안 된다. 세아는 일단 입술을 움직여 답했다.

"잘 모르겠지만 시스템을 없앨 수도 있다니, 참 뜻밖의 소식이네요. 그럼 세상으로서는 참 다행이겠죠?"

"혼자 꽃밭에 사는 척하지 마십시오. 순순히 협조하지 않으면 강제할 수밖에 없습니다."

역시, 돈줄 잃기 싫다 그거지. 세아는 빙긋 웃었다.

시선을 돌려 정이준을 살폈다. 눈빛이 멀쩡한 걸 보니 아직 오스카에게 당한 것 같지는 않다. 하지만 여기 두고 가면 틀림없이 문제가 생기겠지. 이 사람들을 다 뚫고 단숨에 정이준을 구하려면 시간이 얼마나 걸릴까? 그 순간, 시스템의 말이 떠올랐다.

'그건 다 정이준 때문이야.'

대체 무슨 뜻이었을까. 서아정을 정이준이 죽였단 말인가. 김송숙 협회장을 정이준이 죽이기라도 했단 말인가.

세아가 주먹을 말아 쥐었다. 흔들려선 안 된다. 다른 사람도 아니고 시스템의 말이다. 그가 이제껏 S급을 이간질해 자신을 몇 번이나 죽이려 했던 걸 기억하자. 애초에 시스템이 자신에게 도움 되는 말을 해 줬을 리 없다.

이준과 눈이 마주쳤다. 눈빛으로 알 수 있는 건 많지 않아서, 세아는 그가 무슨 말을 하려고 하는지 알아차릴 수 없었다. 그를 믿어야 할지, 끈질기게 의심해야 할지 판단이 서지 않았다.

다시 선택의 순간이다. 믿으면서 의심하고, 의심하면서 믿는 건 불가능하다. 세아는 이준을 향해 약간 미소를 보였다.

'내가 틀렸으면 죽은 다음 다시 하면 되지.'

하도 죽고 살아났더니 이제 이런 생각도 할 수 있게 되었다.

시선이 곧장 최두정에게로 돌아갔다. 저 눈깔이 마음에 들지 않는다. 마음 같아선 손을 쑥 집어넣어서 눈을 파 버리고 싶다. 하지만 그럴 수는 없다. 저 사람이 협회장이라서가 아니다.

세아는 반격할 틈을 주지 않고 고개를 살짝 오른쪽으로 틀었다. 삭, 칼이 횡으로 지나가는 듯한 소리와 함께 최두정의 목이 바닥에 뚝 떨어졌다. 너무 놀라 우왕좌왕하는 전투 인력이 정신을 차리기 전에 세아가 결계를 펼쳤다. 풀썩, 최두정의 몸이 쓰러진 건 그 다음이었다.

"씨발, 사람 안 죽이려고 했는데 왜 까불어."

"세, 세아, 너 미쳤어? 너 어쩌려고 이래?"

옆에서 카일리가 기겁하며 외쳤다. 결계 너머는 다른 세상인 듯 혼란스러운데, 세아만 느긋했다. 세아가 혼잣말로 중얼거렸다.

"이것도 틀렸으면 다시 하면 돼."

"뭐?"

"가자, 카일리. 정이준은 괜찮을 거야."

협회에서 아직 필요로 하는 사람이니까.

그 말을 삼킨 세아는 이준이 준 지정 이동 스크롤을 꺼냈다. 세상에 없다고 해도 믿을 수 있는 희귀한 아이템이라, 세아의 돌발 행동에 놀란 카일리조차 잠시 거기 시선을 빼앗겼다.

"같이 찢고 갈 거야. 장소는 한국에 있는 약초 던전."

"뭐? 거긴 대체 왜……."

"이유가 있어."

세아는 마지막으로 이준의 모습을 확인했다. 사람들이 마구 뛰어 다니고 이쪽으로 총을 난사하고 있어서 제대로 볼 수 없었다. 세아는 그의 얼굴로 안도가 번지는 걸 봤다고 생각했다.

"가자, 카일리."

이준은 무사할 것이다. 꼭 무사해야 한다.

세아는 카일리와 스크롤을 한쪽씩 나눠 들었다. 그대로 스크롤이 찢어 졌고 둘의 몸이 순식간에 사라졌다.

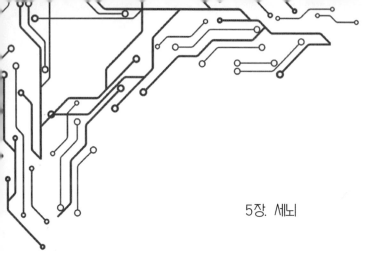

5장. 세뇌

13.24

이준은 어딘지도 모를 작은 방에 갇혔다.

여기가 한국인지, 그대로 미국인지, 아무것도 알 수 없다. 눈을 떴을 때는 이미 감금된 상태였다. 이준에게도 공격 스킬이 몇 가지 있었지만, 특수 제작된 방에서는 할 수 있는 게 많지 않았다.

천장 구석에 스피커만 하나 달린 방은 불법 치료실처럼 을씨년스러웠다. 부술 수 없도록 단단한 철망으로 감싸 둔 스피커를 가만히 올려다보던 이준은 눈을 꼭 감았다 떴다. 피로감이 몰려왔다.

창문조차 없다. 여기 있으면 낮인지 밤인지도 분간하지 못하게 될 것 같았다. 아니, 사실 이미 시간을 알 수 없어 불안했다.

그때, 단단한 철문이 열리고 한 남자가 들어왔다. 이준은 그가 누구인지 잘 알았다. 협회와 함께 움직이던 시절, 그에게 찾아가 정화 스킬을 사용한 적이 있으므로.

독일 출신 헌터 오스카였다. 만들어서 붙여 놓은 듯 높은 콧대가 가장 먼저 눈에 띄었다. 딱딱하고 진중한 인상인데, 웃지도 않으니 마네킹처럼 보이기도 했다. 이준은 빙긋 웃었다.

"안녕하세요."

"그래."

대답은 영어로 나왔다. 오스카는 S급 헌터로 각성하자마자 영어를 배웠다. 세계 무대에서 활동하기 위해서는 영어가 필수라는 생각 때문이었다. 그렇게 그는 그런 식으로 바뀐 세상에 누구보다 빠르게 적응했다.

"전 왜 갇힌 거죠? 반항하지도 않았는데."

"이세아 헌터를 정화하는 걸 거부했으니까."

무성의한 투로 답한 후 오스카는 오른손 끝을 이준의 이마에 댔다. 오싹한 한기에 이준은 고개를 틀어 손을 피했다. 오스카는 달려드는 대신 침착하게 설명했다.

"나쁜 짓을 하려는 게 아니야."

"세뇌하려고 했잖아요."

이준이 웃는 낯으로 이죽거렸다.

협회와 오래 협력해서 잘 안다. 오스카의 특기는 최면과 세뇌, 위험한 능력이라 협회는 그를 누구보다도 엄격히 감시하고 통제하려 했다. 물론 그런 협회가 그의 능력을 이용해 어떤 지저분한 뒷공작을 부렸는지는 이준도 몰랐다.

그리고 오스카를 이 방에 들여보냈다는 건 이준 자신도 세뇌하려 한다는 거나 마찬가지였다. 이준은 한 걸음 물러나며 살짝 주위를 둘러보았다. 부수고 나갈 틈이 전혀 보이지 않았다.

오스카는 이준의 생각을 읽은 듯 느긋하게 말을 건넸다.

"나갈 수 없을 거야. 이 방은 던전 광물로 만들어졌어. 이세아 헌터 정도라면 벽이 수백 겹쯤 있어도 다 뚫고 나가겠지만, 넌 치유 계열이야. 잘난 속박과 정화 스킬만 제외하면 나보다도 더 약해."

구구절절 옳은 소리였다.

이준은 그 어떤 헌터보다도 강력한 치유 능력을 지녔고, 그 능력은 최상급 포션보다도 뛰어났다. 그러나 거기까지였다. 기본적인 공격은 가능하지만 일정 수준 이상의 데미지는 입힐 수 없다.

이준은 아주 잠깐 고민했다. 이대로 오스카를 속박하고 목을 비틀어 죽일까. 역시 그래야겠다. 이준이 입을 벌리려는 순간, 갑자기 문이 다시 열리고 총 든 사람들이 우르르 몰려 들어왔다. 좁은 방에 사람이 꽉 찼다. 오스카가 가는 입술을 비틀어 웃었다.

"스킬을 쓸 생각은 하지 마. 내 이름을 말하는 순간 넌 죽을 테니까."

이준은 번뜩이는 총구를 노려보았다.

세아만큼 강했다면 얼마나 좋았을까. 그랬으면 오스카나 총 든 사람들 정도는 간단히 해치우고 여길 벗어날 수 있었을 텐데. 그러나 그는 그만한 능력을 받지 못했다. 그렇다면 가지고 있는 능력 안에서 해결해야 한다. 오스카가 어조를 바꾸어 이준을 달랬다.

"아주 쉬운 문제야. 넌 그냥 이세아를 정화하겠다고 말하기만 하면 돼."

"최두정 협회장이 죽었는데 아직도 그 꿈을 못 버렸나요? 당신도 들었잖아요, 협회는 그저 가진 걸 내려놓기 싫어서 이러는 것뿐입니다."

"그래, 그게 정확히 내가 원하는 거야."

오스카가 덤덤하게 대꾸했다. 이 정도 말에 그가 흔들릴 거라고는 기대하지도 않았으므로 이준도 태연했다.

세아가 한국 협회장의 목을 쳤지만 앞으로도 쉽지 않은 길이 될 것이다.

오스카만 해도 S급 헌터로서 가질 수 있는 것들이 아쉬워 시스템을 지키려 한다. 다른 헌터라고 다를까?

"난 절대 이세아 헌터를 정화하지 않아요."

이준이 빙긋 웃었다.

"날 죽이는 게 더 쉬울 겁니다."

발끈할 줄 알았는데 오스카는 조용했다. 그는 이준의 눈을 물끄러미 바라보더니 갑자기 물었다.

"자기 자신이 그렇게 강하다고 생각해? 내 스킬을 정신력으로 이겨 낼 정도로?"

"날 세뇌해서 이세아 헌터를 정화하게 할 셈이겠죠. 하지만 불가능할 걸요."

오스카는 처음으로 웃었다. 마치 어린 고양이가 털을 세우고 다 자라지도 않은 이를 드러내는 걸 본 사람처럼. 그의 눈에 비친 이준이 딱 그랬다.

사람들은 오스카의 힘을 무시하고 우습게 본다. '마음의 힘' 어쩌고를 믿는 것이다. 아무리 스킬에 당해도 내가 그런 짓까지 할 리는 없어, 나는 결국 올바른 선택을 할 거야. 그렇게 자만의 술을 마시고 취해 버린다.

하지만 굳이 스킬에 당하지 않아도 사람은 광기에 사로잡힌다. 옳지 못한 일을 하면서 죄책감을 느끼기는커녕 자부심을 느낀다. 그렇게 연약한 게 사람인데 어떻게 스킬을 이겨 낸단 말인가.

오스카는 가만히 손을 뻗으며 속삭였다.

"움직이지 마."

오스카의 손이 다시 이준의 이마에 닿았다. 이준은 몸부림치지 않았다. 세아의 퀘스트에는 자신이 꼭 필요하다. 여기서 죽을 수는 없었다. 그는 자기 자신의 정신력을 믿는 게 아니라 세아를 믿었다.

만일 자신이 세아를 정말 정화하려 한다면, 그런 위험한 순간이 온다면 세아는 망설이지 않고 자신을 죽일 것이다. 최두정의 목을 자른 것처럼 아주 가차 없이.

하늘에 뜬 비행기에서 세아가 한 말이 아득하게 머리를 스쳤다.

'이번에도 날 배신하면, 너를 영원히 잊어버릴 거야.'

당신은 알까. 잊히는 것보다 당신 손에 죽는 게 몇 배는 더 황홀하리라는 것을.

오스카의 손에서 차갑고 끈적한 것이 흘러들어왔다. 뇌의 착각이겠지만 이준은 그 물질이 자기 뇌를 박박 문질러 씻어 버린다고 느꼈다. 순간 몸이 떨릴 정도로 강한 한기가 찾아들었다.

13.25

세아와 카일리는 약초 던전 한가운데 떨어졌다. 세아는 스크롤을 찢었던 손을 내려다보며 감탄했다.

"이거 진짜 물건이네. 던전 안으로도 이동할 수 있잖아."

물론 카일리의 눈에는 그녀가 미친 사람처럼 보였다. 정말 세아가 스테파니를 찾아 줄 수 있을지도 의심스러웠다. 그런 와중에 한국 헌터 협회장의 목을 잘라 죽이다니 제정신인가!

카일리는 세아의 팔을 덥석 잡으며 빠르게 말을 쏟아냈다.

"너 진짜 왜 그래? 너희 나라 협회장 목은 왜 잘라? 돌았어?"

"진정해."

"수배당한다고!"

"절대 그런 일 없어. 오스카나 미국 협회가 그걸 공론화시키고 싶을까?"

"왜 못 시켜?"

세아는 일단 주위를 둘러보았다. 바닥과 벽 곳곳에 약초가 가득했다. 깊은 곳으로 들어왔더니 사람이 없었다. 하지만 또 모른다. 약초 던전을 통째로 빌린 게 아니니 다른 사람이 여기까지 올지도.

생각을 정리하며 세아가 대강 뱉었다.

"내가 협회장을 죽였다고 한 다음 어쩔 건데. 사람들이 왜 '그' 이세아가 협회장을 죽이기까지 했냐고 묻지 않을까?"

"그게 뭐?"

"나 각성한 다음 과실치사 이력 한 번도 없어. 넌 있지, 카일리."

카일리의 낯빛이 확 달라졌다.

과실치사는 S급 헌터만의 문제는 아니다. 욱하는 성질이 있거나, 자기가 가진 힘에 취하거나, 때로는 힘을 컨트롤하는 능력이 부족해서 많은 헌터가 '실수로' 사람을 죽인다.

A급까지는 엄격히 처벌받는다. 실제로 헌터 능력을 사용해 미각성자나 다른 헌터를 죽인 이가 무기징역을 선고받은 경우도 꽤 많다.

문제는 세계에 열세 명뿐인 S급이 그런 실수를 저질렀을 때다. 중요한 전력이고 세계 사회의 안전을 떠받치는 기둥을 '작은 실수' 한 번에 뽑아 버릴 순 없다. 문제는 조용히 묻히거나 무마되곤 했다.

그러나 이세아는 달랐다. 그녀가 사람에게 손을 댄 건 이번이 처음이었다. 예전에 실수로 정이준을 한 번 죽인 적 있긴 하지만, 그건 이미 지난 생이다. 사람들은 이세아를, 그녀의 자기 통제 능력을 믿고 있다.

"예전에 술 취한 미각성자가 나한테 시비 걸었을 때 결계도 안 쓰고 그냥 맞아 줬다는 얘기도 유명해. 괜히 팬클럽 있는 게 아니야, 사람들은 날 무슨 자애로운 수호자 취급하거든. 내가 한국 협회장을 죽였다고 하면 사람들은 반드시 이유를 궁금해하겠지."

"협회 쪽에서 거짓말하면 그만이잖아. 그냥……."

"그럼 내가 가만히 있을까? 협회가 시스템을 완전히 없애고 안전한 세상을 만들 방법을 알고도 나를 없애려 했다고 말해 볼까? 능력은 헌터가 가졌지만, 세계엔 미각성자가 훨씬 많아. 혼란을 만들고 싶진 않을 거야."

카일리는 세아의 말을 믿을 수 없는 듯했다. 그녀는 세아를 뚫어지게 바라보다가 천천히 물었다.

"그럼…… 다른 국가 협회가 이 일을 은폐할 거라고?"

"솔직히 S급 헌터 셋이나 배출한 나라 출신이라고 거들먹거리는 거 다른 놈들도 보기 싫었겠지. 게다가 자기들한테 해될 거 없는데 왜 굳이 나서서 잡음을 만들겠어?"

"그냥 정신이 나가서 협회장을 죽인 게 아니었어?"

"무슨 큰일이 있었다고 내가 정신이 나가?"

세아가 의아한 얼굴로 카일리를 돌아보았다. 카일리는 입을 벙긋거리며 무어라 말하려 하다가 이내 그만두었다. 세아의 정신 상태보다는 자기 동생이 더 중요했으니까.

"스테파니는 미국 약초 던전에서 실종됐는데 왜 여기로 온 거야?"

"내가 예지 능력이 있어서 미래를 보거든."

"뭐?"

"농담이야. 그냥 추측한 거야. 난 오래전부터 몬스터가 나오지 않는 던전에서 사람들이 왜 자꾸 사라지는지 궁금했어. 몇 가지 연구하다가 이 장소를 찾아낸 건데…… 자세한 걸 말하려면 너무 길어."

입에서 어찌나 거짓말이 술술 나오는지 세아는 마술을 부리는 기분이었다. 던전에서 사람이 사라지는 이유를 궁금해하긴 개뿔. 그래도 이게 회귀해서 그렇다고 고백하는 것보단 낫다.

무엇보다도 카일리가 원하는 건 스테파니지, 진실이 아니다.

"그때 그 트랩은 어쩌다 작동됐어?"

"트랩을 건드린 게 아니야. 우린 그냥 약초를 채집하고 있었어. 그러다가……."

카일리가 입술을 꾹 깨물었다. 세아는 재촉하지 않고 기다려 주었다. 사실 이미 다 아는 얘기지만, 카일리에게는 힘겨운 이야기일 것이다.

"기억이 안 나. 그냥…… 스테파니를 잃어버렸다는 것밖엔……."

"그래. 그럼 여기서 약초 채집해."

"응?"

카일리가 의아한 표정으로 고개를 들었다. 어린 동생을 잃은 슬픔에 잠기기도 전에 세아가 뺨을 후려쳐 깨운 느낌이었다. 세아는 친절하게 설명을 덧붙였다.

"채집 스킬은 있지? 여기서부터 저기까지 약초 하나도 빼놓지 말고 싹 다 채집해. 전부 다."

"뭐? 대체 왜……."

"약초 던전에는 약초 던전만의 트랩이 있어. 특정 약초를 채집하려고 하면 발동되는 트랩일 거야."

"그게 무슨 말도 안 되는 소리야? 아니, 여기 있는 약초를 어떻게 다 채집하라고?"

이 약초 던전은 웬만한 축구장보다 훨씬 더 넓었다. 카일리의 의문은 지당했지만, 세아는 다른 대안을 내줄 수가 없었다. 그녀는 빙긋 웃으며 카일리의 어깨에 손을 얹었다.

"카일리, 난 정신이 나간 게 아니야. 내가 한 말은 전부 사실이야. 이 약초들을 채집하다 트랩을 발견하면 네 동생을 찾을 수 있어. 어려운 일 아니잖아."

카일리의 눈빛이 흔들렸다. 세아는 더는 설득하지 않고 그녀를 바라보았다. 믿지 않는다면 어쩔 수 없다. 그녀는 진실을 말했으니까.

지난 생, 한 평범한 헌터가 이 던전에서 스테파니의 시신을 찾아 냈다. 그는 카일리처럼 충격으로 인한 해리 장애를 앓지 않았으므로 상황을 또 렷하게 기억하고 설명했다.

그날도 그는 그냥 평소처럼 약초를 채집하고 있었다. 깊은 곳으로 들 어가 채집하는데, 갑자기 앞에 거대한 구멍이 열렸다. 위험할지도 몰라 신고했고, 구멍 안으로 들어간 사람들이 스테파니의 시신을 건져 올렸다.

"할게."

곧 카일리가 단단한 어조로 답했다.

"너 믿을게, 세아."

"그래. 그럼 하고 있어. 난 어디 좀 다녀올 테니까."

"어, 어디 가는데?"

세아는 돌아서다 말고 카일리를 돌아보았다. 그녀의 대답은 무척 간단 했다.

"정이준 부모님한테."

13.26

세아는 약초 던전에서 나오자마자 핸드폰을 꺼내 전화를 걸었다. 상대 는 첫 신호음이 끊기기도 전에 응답했다.

-세아 씨.

익숙한 목소리다. 세아는 저벅저벅 걸음을 옮기며 용건부터 꺼냈다.

"혜진 씨, 누구 정보 하나만 줄래요?"

-누구 정보인데요?

"정이준 헌터요. 부모님이 어디 사시는지 좀 알 수 있나요?"

-잠시만요.

건너편에서 타닥타닥 자판 두드리는 소리가 들렸다. 세아는 일단 차를 탈 수 있는 곳으로 나가며 이어질 말을 기다렸다. 주위를 둘러보았지만 미행하는 사람은 없다.

가능성은 두 가지. 여기 있는 걸 협회가 아직 모르거나, 아니면 알면서도 무언가 준비하느라 찾아오지 않거나. 자신을 제거하려면 정이준이 필요하다는 걸 알 테니, 그에게 먼저 손을 쓰는 중인지도 모르겠다.

곧 건너편에서 차분한 음성이 들렸다.

-찾았어요. 주소만 불러 드리면 되나요?

"문자로 보내 주세요. 고마워요."

용건이 해결된 후 바로 통화를 끝내려 했는데, 혜진이 붙잡듯 다급하게 불렀다.

-세아 씨, 잠깐만요!

"네?"

세아는 일단 자리에 멈춰 섰다. 무슨 문제라도 있나 싶어 기다렸는데 혜진은 엉뚱한 소리를 했다.

-잘 지내죠? 오랜만에 통화하잖아요.

"아…… 네. 저야 늘 똑같죠."

김혜진은 재앙이 발발한 날 슬라임에 갇혀 질식사할 뻔했다. 그런 그녀를 구해 준 게 세아였다. 사실 혜진에게 특별한 애정이 있어서 그런 건 아니었고, 눈앞에서 사람이 죽어가니 일단 손을 뻗은 것뿐이었다.

운 좋게 각성하지 않았다면 세아 역시 슬라임 안에서 혜진과 함께 죽었을지도 모른다. 그래도 혜진을 위해 희생했다고는 생각하지 않았을 것이다. 그저 반사적으로 몸을 움직인 것뿐이니까.

하지만 혜진은 세아를 은인으로 생각했다. 세상이 미쳐 버린 후 따로 만났을 때, 그녀는 세아의 손을 덥석 붙들고 이런 인사를 건넸다.

'그날 세아 씨 아니었다면 전 죽었을 거예요. 다른 사람은 다 달아나는데 세아 씨만 저한테 와 줬어요. 앞으로…… 앞으로, 제 도움이 필요하면 꼭 말씀해 주세요. 뭐든 도울게요.'

세아는 이럴 필요 없으며 자신은 당연한 일을 했을 뿐이라고 대답했고, 보답 같은 건 전혀 필요 없었다.

물론 김혜진이 한국 3대 길드 중 하나인 '알고리즘'의 정보팀에 취직한 후에는 얘기가 달라졌다.

길드가 헌터의 집단이라도 후방에서 서류를 처리하고 정보를 수집하는 지원팀은 반드시 필요했다. 위험한 일도 적고 급여도 높아, 많은 미각성자가 거대 길드의 사무직이 되고 싶어 했다. 혜진 역시 그중 하나였다.

알고리즘의 정보팀에 취직했음을 알리며 혜진은 전에 했던 이야기를 반복했다.

'이제 더 많이 도와드릴 수 있어요. 필요한 일 있으면 연락주세요.'

히든 퀘스트 내용을 획득하기 전까지 세아는 혜진의 도움이 필요 없었다. 그러나 히든 퀘스트의 내용을 확실히 알게 된 후에는 혜진에게 자주 전화했다. 클리어 조건을 알아내기 위해서. 지금의 혜진은 기억하지 못하겠지만.

세아는 잠시 걸음을 옮겨 던전 밖 나무 그늘로 향했다. 햇빛을 피한 그녀가 나무에 살짝 기대섰다.

"혜진 씨도 잘 지내죠?"

-네.

"다른 S급 헌터 정보 알려 주면 곤란해질 수도 있다고 들었는데……미안해요, 거기까진 생각을 못 했네요."

-괜찮아요. 아무도 모를 거고, 안다고 해도 세아 씨 부탁인 걸요.

세아가 살짝 웃었다. 평화롭던 시절의 인연이어서인지, 아니면 혜진이 유독 살갑게 굴어서인지 그녀와 대화할 때는 편안하다. 꿍꿍이 없는 느낌에 마음이 느긋해진다.

"잘리면 어떡해요?"

-잘리는 거죠.

누가 보면 남의 직장 이야기하는 줄 알겠네. 다시 웃음이 나서 세아는 툭 내뱉었다.

"뭐, 그럼 내가 먹여 살릴게요. 그럼 몸조심하고, 끊어요."

통화 종료 후 문자가 도착했다. 세아는 주소를 확인한 후, 이번에는 자기 부모님에게 전화를 걸었다. 설마 아직도 인도에 있는 건 아니겠지, 그렇게 생각하며 그녀는 목소리를 명랑하게 바꾸었다.

"어, 엄마. 혹시 어디야?"

13.27

지은 지 얼마 안 된 듯 보이는 목조 건물이 나타났다. 외관은 동화 속에 나오는 통나무집처럼 평범했고, 마당도 그리 넓지 않았다. 외아들이 S급 헌터인 만큼 호화로운 생활을 하고 있을 줄 알았는데 그렇지도 않았다.

그나마 서울에 있는 곳이라 다행이었다. 그게 아니었다면 또 몇 시간을 차를 타고 달려야 했을 테니까.

세아는 아담한 마당을 가로질러 현관문을 두드렸다. 곧 사람이 나왔다.

"누구세요?"

이준은 어머니를 더 닮은 게 분명하다. 누가 봐도 정이준 어머니 같은 사람이 서 있었다. 목 늘어난 티에 통 넓은 냉장고 바지. 그런데도 얼굴이 말끔하고 머리도 정리가 잘 되어 있어서 지저분해 보이지 않았다.

세아는 일단 예의바르게 인사했다.

"안녕하세요, 저 이준이 아는 누나입니다. 이름은 이세아라고 하고요……."

"어, 이세아 헌터!"

이준의 어머니가 갑자기 손뼉을 쳤다. 그러더니 어머, 어머, 하며 발을 동동 구르고 집안을 향해 마구 소리를 질렀다. 대충 이세아 헌터가 왔으니 빨리 나와 보라는 소리였다.

불청객 취급을 하는 건 아닌 것 같아서 세아는 어색한 미소를 띤 채 가만히 기다렸다. 집에서 사람이 나오기도 전에 이준의 어머니가 두 손으로 뺨을 감싸며 수줍게 고백했다.

"누군지 알아요. 저, 저…… '세세' 1기거든요."

"아."

세아가 마른침을 삼켰다.

'세세'란 '세아 세상'의 줄임말로, 이세아의 공식 팬클럽이었다. 이들의 목표는 '조용하고 행복한 덕질하여 세아를 이롭게 하자.'

"아, 네……. 1기시구나……."

"우리 이준이랑 아는 사이였어요? 자식 아무 소용없네, 자기 엄마가 세세인 거 알면서 어떻게 나한테 말도 안 하고!"

웬만하면 당황하는 일이 없는 세아도 이번만큼은 좀 놀랐다. 이준의 어머니가 팬클럽 회원이라니, 이렇게 당황스러울 데가. 이준이 왜 자기에게 한 번도 말한 적 없는지 알 것 같았다. 어쨌든 이대로 현관에 서 있을 순 없었다. 세아가 조심스럽게 입을 열었다.

"저, 선생님."

"선생님이라뇨. 그냥 아줌마라고 불러요. 아휴, 세상에, 아휴, 나 실물

영접한 거 처음이야, 어머."

무척 젊게 사는 분이었다. 어색하게 웃던 세아는 이대로는 말이 끝나지 않을 것 같아 그냥 내뱉고 보기로 했다.

"갑자기 이런 말씀 드려서 죄송하지만, 몸을 피하셔야 합니다."

이준의 어머니 얼굴에서 웃음기가 사라졌다. 미각성자이긴 하나 아들이 S급 헌터인 만큼, 위험 상황에 대한 경계는 확실한 듯했다. 다행히 안에서 이준의 아버지로 보이는 사람도 걸어 나왔다. 한 번에 이야기할 수 있겠다. 세아는 설명을 시작했다.

"지금 이준이 상황이……."

세아는 담백하고 간단하게 사실을 전했다.

협회가 중요한 이유로 이준을 잡아 갔고, 그를 협박할 것이다. 가족은 인질이 되기 딱 좋다. 이준이 잘 이겨 낼 것이니 그때까지 미각성자인 부모님은 피해 있는 게 옳다.

'최초의 버그'니 '정화'니 하는 이야기까진 하지 않았다. 이쪽에서 아들을 구하기 위해 세아의 위치나 상황을 협회에 전할지도 모른다. 그건 결코 달갑지 않은 일이다. 그래서 세아는 그저 위험을 전하기 위해 온 전령인 척했다.

대략적인 이야기가 끝나자, 이준의 어머니는 덤덤한 표정으로 고개를 끄덕였다.

"알겠어요. 사실 우리도 지난 5년 동안 협회를 그리 좋아하진 않았어요. 그럼 우린 어디로 피하면 되죠?"

"저희 부모님이 두 분 다 A급 헌터세요. 괜찮으시다면 그분들과 만나서 안전한 곳에 가 계시는 게 어떠세요? 제가 이야기는 해 놨습니다. 일단은 그게 제일 안전할 거예요."

"이세아 헌터 부모님이랑요? 너무 좋죠, 너무 좋죠! 어린 시절 사진도 살짝 봐도 될까요? 인터넷에 올리진 않을게요!"

"……."

아들이 협회에 잡혀 갔다는데 반응이 너무 덤덤하다. 세아도 적응이 빠르고 걱정이 덜한 편이지만, 이건 좀 낯설었다. 그녀가 아무 대답도 하지 못하고 입만 벙긋거리자 뜻을 오해한 이준의 어머니가 시무룩한 표정을 지었다.

"그건 너무 개인정보죠? 미안해요, 괜히……."

"아, 아뇨. 당연히 보셔도 됩니다. 그냥 저는, 이준이 너무 걱정하지 마시라는 말씀을 드리고 싶어서요."

"걱정 안 해요."

이준의 어머니가 빙긋 웃으며 대답했다. 곧 그녀는 한마디를 덧붙였다.

"이준이가 생긴 건 그래도 강하거든요."

세아는 바로 대답하지 못했다. 두려워하면서도 강하게 버티고 서서 아들은 강하다고 말하는 부모에게 그가 세뇌당하거나 강한 최면에 걸릴지도 모른다고 말할 수가 없었다.

"네, 이준이는 강하니까요."

그 정도 대답이 세아의 최선이었다.

13.28

약초 던전으로 돌아가니 카일리는 열심히 약초를 채집하고 있었다.

위치를 알면 좋을 텐데, 세아도 대강의 경위만 알 뿐 트랩의 정확한 위치는 몰랐다. 게다가 랜덤 트랩이니 위치는 수시로 바뀔지도 모른다. 세아가 한숨을 내쉬며 카일리 옆으로 다가가 쪼그려 앉았다.

"카일리, 괜찮아?"

웬만하면 괜찮겠거니 하는데, 카일리의 얼굴은 땀범벅이었다. 세아는 혹시나 하는 심정으로 물었다.

"너 채집 랭크 낮아?"

채집 랭크가 낮으면 낮을수록 기력 소모가 크다. 카일리는 대답할 힘도 없는지 숨을 헐떡이며 간신히 고개를 끄덕였다. 세아는 한숨을 참았다. 시간이 얼마 없는데, 먼저 협회를 습격해도 시원찮을 판에 여기서 약초나 채집해야 한다니.

그래도 세아는 마음을 달리 먹었다. 일단 여기까지 온 거 최선을 다하자. 채집하면서 앞으로의 계획도 정리하고…….

세아가 아무 생각 없이 일어나 벽에 있는 약초를 쥐어뜯듯 채집했다.

바로 그 순간.

쿠르릉– 요란한 소리와 함께 갑자기 몇 걸음 떨어진 곳의 바닥이 갈라지기 시작했다. 지진이 난 듯 던전 전체가 흔들렸고, 카일리는 땀에 젖은 얼굴을 들며 눈을 동그랗게 떴다.

잠시 후, 진동은 멎었고 사방이 조용해졌다. 그리고 멀지 않은 곳에 나타난 선명한 크레이터. 카일리가 더듬거리며 물었다.

"너, 너 어딘지 알고 있었어……?"

"아니."

세아도 얼떨떨하긴 마찬가지였다. 그래도 둘은 얼른 정신을 차렸다. 세아와 카일리는 서로 눈빛을 교환한 후 함께 벌어진 틈으로 뛰어내렸다.

몸은 깃털처럼 가볍게 바닥에 닿는다. 발아래는 부드러운 흙, 숨을 들이쉬자 강한 약초 냄새에 콧속까지 얼얼했다.

깊은 지하로 들어온 것이나 마찬가지라 주위는 무척 어두웠지만, 둘은 스킬을 사용해 주위를 밝힐 필요가 없었다. 이미 빛이 있었으므로.

열 걸음 정도 떨어진 곳에 빛나는 약초를 채집해 만든 불빛이 보였다. 그리고 그 불빛 아래 웅크린 자그마한 몸. 이쪽에 등을 보인 상태였다.

거리가 그리 가깝지 않아 숨을 쉬고 있는지 아닌지는 알 수 없었다.

카일리가 두 손으로 자기 입을 틀어막았다. 세아가 재빨리 다가가 카일리를 부축했다. 카일리는 온몸을 덜덜 떨면서, 몇 번이고 넘어질 뻔하면서 거의 기다시피 불빛 쪽으로 나아갔다. 세아는 카일리의 심정을 짐작조차 할 수 없었다.

카일리는 거의 꺽꺽거리듯 호흡하며 겨우 걸었다. 몇 걸음 다가가니 스테파니의 몸이 가볍게 오르락내리락하는 게 선명히 보였다. 밀려오는 안도에 압도당한 카일리가 털썩 무너지며 절규하듯 외쳤다.

"스테파니!"

갑작스러운 자극에 작은 몸이 스프링처럼 튀어 올랐다.

스테파니는 믿어지지 않을 정도로 날쌘 몸놀림으로 벌떡 일어나 경계 자세를 취했다. 한 발은 앞으로 뻗고 두 손을 앞으로 내밀며 그녀는 당장이라도 달려들 준비를 했다. 언제 쥐었는지 손에는 예리한 단검까지 든 채였다. 그 모습을 본 카일리가 통곡하며 동생을 불렀다.

"스테파니! 스테, 스테파니, 흐어어, 언니야, 스테파니! 언니야, 카일리야, 내 동생, 내 동생!"

"언…… 니?"

스테파니의 목소리는 공간만큼이나 어둡고 낮았다. 카일리는 세아의 부축도 뿌리치고 네 발로 기어 동생에게 다가가, 바닥에 무릎을 꿇은 채로 그 허리를 와락 감싸 안았다. 사람 소리라고 생각할 수조차 없는 기괴한 울음이 벽에 부딪쳐 울렸다.

세아는 이 감격의 재회를 말없이 지켜보았다.

스테파니는 멍한 표정으로 언니를 내려다보고, 또 고개를 들어 세아를 바라보고, 지상의 빛이 새어들어 실금이 간 듯 보이는 까마득한 허공도 올려다보았다.

스테파니의 무미건조한 얼굴에 서서히 감정이 깃들었다. 눈썹 사이가 좁아지고 콧잔등에 주름이 가고 입에도 힘이 꽉 들어가 강하게 다물렸다. 울음을 터뜨리겠구나, 세아가 그렇게 예상한 순간.

"저리 꺼져!"

스테파니가 카일리의 어깨를 있는 힘껏 밀쳐 버렸다. 갑자기 나동그라진 카일리와 뜻밖의 광경에 당황한 세아가 돌처럼 굳어 버린 사이, 스테파니는 홱 몸을 돌려 어둠 속으로 달아나 버렸다.

멍하게 스테파니의 뒷모습만 보던 세아는 어떻게 된 일인지 알고자 카일리에게 시선을 돌렸다. 그러나 카일리도 영문을 모르기는 마찬가지인 듯했다.

"스테파니! 스테파니, 어디 가! 가지 마, 제발 가지 마!"

카일리는 번쩍 정신이 든 듯 비명처럼 외치며 몸을 일으켰다. 그러더니 앞으로 한 발 내딛자마자 고꾸라졌다. 아무리 부드러운 흙바닥이어도 돌 위로 넘어지면 까지는 법이라, 카일리의 무릎에 피가 맺혔다. 상태를 보니 이성이 완전히 날아간 듯했다. 세아는 침착하게 그녀에게 뛰어가 바닥에 무릎을 대고 눈높이를 맞추었다.

"카일리, 여기서 잠깐 기다려. 내가 쫓아가 볼게."

"이러다 또 놓치면 어떡해. 어떡해, 겨우 찾았는데!"

"너 이 상태로는 몇 걸음 걷지도 못해. 네 동생 따라가는 데 방해만 된다고."

냉정한 말이었는데, 카일리는 오히려 그 차가움에 정신이 든 것 같았다. 그녀는 눈물범벅이 된 얼굴을 들어 세아를 보더니 입 안쪽 살을 꽉 깨물며 고개를 끄덕였다. 북받치는 울음을 누르려는 듯 어깨가 들썩였다.

"여기서 가만히 기다려."

세아는 다시 다짐을 받고 그대로 일어나 뛰기 시작했다.

세계의 약초 던전은 지하를 통해 이어져 있다. 물론 아직 밝혀지지 않은 사실이므로 미래를 살아 본 세아만 아는 사실이었다.

당연히 도보로 이어진 건 아니고, 고유한 포털이 존재했다. 미국 약초 던전에서 실종된 스테파니가 갑자기 한국 약초 던전의 지하에서 발견되는 건 바로 이 포털 때문이었다. 혼자 이리로 떨어져 헤매던 스테파니는 우연히 이리로 오는 포털을 건드렸을 것이다.

"스테파니?"

세아는 뛰면서 소녀의 이름을 불렀다. 쉽게 찾지 못할지도 모른다는 불안감이 스멀스멀 기어 올라왔다.

트랩을 건드려 열린 크레바스는 얼마 지나지 않아 닫혀 버린다. 계속 시간을 낭비하다간 자기마저 여기 갇히게 될지도 몰랐다.

기억이 정확하다면 스테파니는 아직 성인이 되지도 않았다. 열여덟 아니면 열아홉, 그 정도일 것이다. 게다가 헌터 등급도 낮고 공격형 스킬을 많이 보유한 것도 아니라 발견만 하면 잡기 쉬울 것이다. 하지만…….

"씨발, 길이 어디야?"

문제는 세아가 이 안의 지리를 전혀 모른다는 것.

스테파니는 한 자리에 정착했지만 농사를 지은 건 아니다. 먹을 것과 자원을 구하기 위해 끊임없이 안을 돌아다녀야 했을 테니 누구보다도 근처 지리에 밝을 터다. 그러나 세아는 눈앞에 갈림길이 나타날 때마다 멈춰야 했다. 세 갈래로 갈라진 길을 앞에 두고, 세아는 고심했다.

이대로 술래잡기를 계속할 수는 없다. 주위는 어둡고 축축하고 조용하다. 발소리가 들리지 않는 걸 보면 가능성은 둘.

스테파니가 이미 너무 멀리 갔거나, 아니면 근처에 숨어 있거나.

'스스로 나오게 하자.'

결론을 내린 세아가 입을 벌려 영어를 쏟았다.

"스테파니, 우린 널 구하러 온 거야. 네가 골 빈 애처럼 던전 안을 돌아다니다 트랩을 건드렸지만 우리가 일부러 널 찾으러 왔다고. 발을 헛디뎌서 떨어진다니, 웬만큼 멍청하지 않고서야 말이 돼?"

그때, 날카로운 단검이 정확히 세아 쪽으로 날아왔다. 세아는 목을 노리고 날아오는 단검을 가볍게 피한 후, 힘을 끌어올려 가운뎃길로 질주했다. 달아나듯 가쁜 숨소리가 들리기 시작했다.

곧 세아는 손을 뻗어 그대로 스테파니의 뒷덜미를 낚아챘다.

"아악!"

비명과 함께 스테파니가 뒤로 넘어졌다. 세아는 제때 손을 놓아 서로 부딪치지 않도록 했다. 그리고 스테파니가 일어나기 전에 재빨리 그녀의 몸 위로 올라탔다. 세아 주위로 빛나는 구가 생겨나며 주위를 밝혔다.

"안녕, 스테파니."

영어로 인사하니 스테파니가 반응했다. 얼굴 근육을 움찔한 스테파니가 빠른 속도로 영어를 쏟아냈지만 세아는 그 이야기를 거의 알아듣지 못했다. 울음과 비명에 묻혀 발음도 엉망이었다.

"천천히, 스테파니. 천천히."

어린애를 다루는 방법은 잘 모른다. 그래도 본 건 있어서, 세아는 가쁘게 오르내리는 스테파니의 가슴에 손을 얹어 다독였다. 그런 다음 땀과 눈물에 젖어 지저분해진 뺨을 대강이나마 닦아 주었다.

헉, 헉……. 스테파니의 숨이 조금씩 잦아들었다. 오랫동안 갇혀 있어서 반쯤 정신이 나가 있을 줄 알았는데, 카일리보다 진정이 빨랐다. 어쩌면 더 강한 건 동생 쪽인지도 모르겠다, 쓸모없는 잡생각이 스쳤다.

스테파니가 흥분을 가라앉히자 세아도 그녀의 몸에서 내려왔다. 스테파니는 천장을 노려보다가 천천히 상체를 일으켰다. 허리를 똑바로 펴고 앉은 그녀가 세아를 쏘아보았다.

"당신이 카일리 데려왔어?"

세아는 잠시 망설였다. 카일리는 한국어를 알아들어서 그냥 편하게 이야기하지만, 이쪽은 아닐 것 같았다. 그래서 짤막하게 영어로 답했다.

"그래."

"하, 왜, 이번엔 완전히 죽이려고?"

"뭐?"

자기도 모르게 한국말이 튀어나갔다. 그러나 스테파니는 했던 말을 반복하는 대신 다른 말로 쐐기를 박았다.

"그날 트랩 안으로 날 민 건 카일리야."

'그럴 리가.'

반사적으로 의심부터 치밀었다. 그러나 스테파니의 확신이 너무 강해서, 세아는 반박하지 않고 차분하게 그녀의 이야기를 들었다.

그날, 카일리와 스테파니는 평소처럼 약초 던전에서 놀고 있었다. 채집도 하고, 제작도 하고 이런저런 이야기도 하면서 평범하게. 카일리는 나이 차이가 열 살 이상 나는 언니치곤 동생과 잘 놀아 주는 편이었다.

그런데 그때, 카일리가 건드린 약초 때문에 트랩이 열렸다. 이게 뭐지, 하고 다가가서 몸을 기울이는 순간.

툭, 따뜻한 손이 등을 밀었다.

거기엔 자매 둘뿐이었다. 게다가 아래로 떨어진 후에 한참을 불렀는데 카일리는 내려오지도 않았다. 그렇게 시간이 지나자 크레바스가 닫히고 스테파니는 어둠 속에 홀로 남았다.

홀로.

세아는 스테파니의 이야기가 끝나자마자 대꾸했다.

"스마일맨일 수도 있어."

"스마일맨?"

세아는 스마일맨이 어떤 몬스터인지 설명해 주었다. 내내 여기 갇혀 있었던 스테파니는 시스템 속성 몬스터가 뭔지도 몰랐다. 세아는 참을성을 가지고 모든 걸 설명했다. 그러면 스테파니가 슬픔과 분노의 눈물을 흘리며 언니인 카일리에게 뛰어갈 거라고 생각하면서.

그러나 스테파니의 반응은 예상 밖이었다.

"그래서?"

"뭐?"

"그게 정말 그 몬스터였는지 언니였는지 모르잖아. 그 말이 사실이라면 지금 저기 있는 게 카일리가 맞다고 어떻게 확신해? 게다가 약초 던전에 몬스터가 나타나는 건 드문 일이야. 그건 분명 카일리였어."

"······."

세아는 입을 벙긋거리다가 한국말로 중얼거렸다.

"너 되게 야무지구나."

"뭐라고?"

"아니야. 그럼 어떻게 할 거야? 크레바스가 곧 닫힐 거야. 나가려면 지금뿐이야."

현실적인 이야기를 꺼내자 스테파니가 눈을 흡뜨고 세아를 노려보았다.

"나가고 싶으면 카일리 믿으라고? 같이 가라고?"

"아니, 따로 가고 싶으면 따로 가. 카일리랑 있기 싫으면 내가 다른 안전한 곳으로 데려가 줄게. 내 말은 그냥, 크레바스가 닫히기 전에 올라가야 한다는 거야."

스테파니의 표정이 변했다. 그녀는 세아의 얼굴을 물끄러미 바라보더니 내뱉듯 물었다.

"이름이 뭐야?"

내내 갇혀 있었다면서, 빨리 나가고 싶을 텐데 한가하기도 하다. 세아는 그렇게 생각했지만 착실히 대답을 해 주었다.

"세아."

"세아? 한국 S급 헌터?"

"그래, 그래, 아는구나. 그럼 일단 위로 올라가지 않을래? 나 슬슬 불안해지기 시작했거든."

"카일리 얼굴 보기 싫어."

"알겠어. 내가 이야기할게. 넌 거리 좀 두고 따라와."

마음이 급했다. 주위에서 슬슬 이상한 소리가 나기 시작했다. 크레바스 입구가 곧 닫힐 것이다. 세아는 허둥지둥 달려 카일리에게로 돌아갔다.

13.29

지상으로 올라오자마자 우르릉, 소리와 함께 크레바스가 닫혔다. 세아는 아래를 내려다보며 몸서리를 쳤다. 안에서 1분이라도 더 미적거렸다면 어떻게 됐을지 상상하기도 싫었다.

세아의 손을 잡고 함께 올라온 스테파니는 눈살을 찌푸리며 손으로 눈을 가렸다. 내내 어두운 곳에 있다가 지상으로 오니 적응이 어려운 모양이었다. 손으로 빛을 차단하면서도 카일리가 있나 없나 살피는 모습이 불안해 보였다.

"카일리는 먼저 나가 있으라고 했어. 이미 던전 밖으로 가고 있을 거야. 부모님 댁으로 보내 주고 싶지만…… 지금 상황이 좋지 않아서 일단 한국에 머물러야 해. 괜찮겠어?"

"괜찮아. 어차피 지금 공항 가면 사진 찍힐 거고."

세아는 스테파니의 깡마른 몸을 바라보며 확실히 지금 이 상태로는 사진 찍히기 싫을 것 같다고 생각했다. 보기 흉측할 정도는 아니지만, 몸 전체에 굶주림과 고독의 기운이 짙게 배어 있었다. 그녀의 움푹 꺼진 눈을 살피다 세아가 고개를 끄덕였다.

"그래. 우리 부모님 집으로 갔으면 싶어. 거기 도착해서 너희 부모님이랑 연락해 보자."

"응."

오래 갇혀 있었던 사람치고는 말투도 태도도 차분했다.

세아는 던전 밖으로 나와 차에 올랐다. 부러 기사를 부르지 않고 직접 운전했다. 세아와 이준의 부모님이 함께 머무는 곳까지 가는 동안, 스테파니는 별다른 말 없이 조용했다.

13.30

카일리가 기다리는 던전 근처의 카페로 갔을 때, 카일리는 울고 있었다. 눈물에 젖은 얼굴을 보며 세아는 생각했다.

'아직도 울고 있을 줄은 몰랐는데.'

스테파니를 데려다주고 다시 돌아왔으니 시간이 꽤 걸렸다. 카일리에게 진정할 시간을 주기 위해 여기서 기다리라고 한 건데, 아직도 울고 있으니 착잡했다. 세아는 천천히 다가가 카일리 맞은편에 앉았다.

"스테파니는?"

카일리가 축축한 목소리로 물었다. 얼마나 울었는지 코가 꽉 막혀 있었다.

"잘 데려다줬어. 오래 혼자 있었는데도 금방 적응하더라."

"아직도 나 보기 싫대?"

잠시 멈칫한 세아가 자신 없는 투로 중얼거렸다.

"아마 스마일맨을 실제로 보면 생각이 바뀔 거야."

"그럼 난 그 몬스터 때문에, 3년 만에 만난 동생 얼굴도 제대로 못 보고 전화도 못 해? 같이 식사 한 번도 할 수 없는 거야?"

그건 참 안타까운 일이다. 하지만 세아에게는 질문이 하나 남아 있었다.

"카일리……. 그런데 너, 스테파니 사라질 당시의 상황 기억 못 하잖아."

카일리의 표정이 확 변했다. 그녀는 찌를 듯한 눈빛으로 세아를 노려보았다. 그러나 세아도 확인은 해야 했다. 물론 지금 가장 유력한 용의자는 스마일맨이지만, 카일리도 완전히 믿을 순 없었다.

곧 카일리가 따지듯 물었다.

"정말 내가 스테파니를 밀기라도 했다는 거야?"

"내 말은, 넌 기억을 못 하니까……."

스테파니는 카일리가 밀었다고 확신했다. 물론 스마일맨에게 당했을 가능성이 크지만, 혹시 모르는 일이다. 카일리의 해리는 확실히 미심쩍은 데가 있었다. 그러나 카일리는 몹시 모욕적인 이야기를 들은 듯 얼굴을 굳혔다. 곧 그녀의 입술에서 거센 항변이 쏟아졌다.

"난 한 번도 걜 해칠 생각을 한 적 없어. 단 한 번도! 대체 내가 왜 내 동생을 죽이려고 하는데? 기억 안 나는 건 나도 진짜 답답해. 하지만 절대, 절대 내가 그랬을 리 없어. 절대로!"

스테파니도 날 믿어 줘야 할 텐데, 가느다랗게 중얼거리는 소리가 뒤를 이었다. 세아는 잠시 침묵을 지키다가 고개를 끄덕이며 그녀를 달랬다.

"그럼 시간을 좀 갖고 기다리자. 스테파니도 내색은 안 해도 힘들 거야. 걔한테 너무 서둘러서 많은 걸 강요할 순 없어."

카일리는 그 말에 동의했지만 여전히 감정을 주체하기 어려울 정도로 서글펐다. 그녀는 완전히 지친 듯 두 손에 얼굴을 묻고 어깨를 들썩였다. 세아는 섣부른 위로의 말을 모두 삼키고 침묵을 지켰다.

얼마 지나지 않아, 카일리가 갑자기 고개를 번쩍 치켜들었다. 세아와 눈을 맞춘 그녀가 결연한 어조로 불렀다.

"세아."

"응."

"던전을 다 없앤다고 했지? 그럼, 시스템을 없애는 거지?"

"그래."

카일리는 그 말을 기다렸다는 듯 고개를 끄덕이며 말했다.

"나도 도울게."

세아는 아무 대답도 하지 않았다. 카일리의 도움을 얻고자 한 건 맞지만, 이렇게 빨리 이야기할 줄은 몰랐다. 혼란스럽고 힘겨운 나머지 아무렇게나 결정한 건 아닌지 의심스럽기까지 했다.

바라보니 카일리의 두 눈이 활활 타오르고 있었다. 온 세상과 싸울 준비가 된 듯 불타는 눈이었다. 카일리는 젖어 묵직한 목소리로, 그러나 단호하게 선언했다.

"이제 이런 세상에서 안 살래."

13.31

세아와 카일리는 던전을 떠나 집으로 향했다. 세아가 운전하는 차에서 카일리가 조심스럽게 물었다.

"근데 너희 집은 너무 위험하지 않아?"

"협회 때문에? 괜찮아."

협회가 움직일 수 있는 헌터는 생각보다 많을 텐데 아직 움직임이 없는 걸 보면, 저쪽도 당장 덮칠 생각은 없는 듯했다. 게다가 어차피 이준의 정화 스킬이 아니면 세아를 죽일 수 없으니, 이준을 충분히 설득하거나 세뇌하기 전까진 움직이지 못할 것이다.

구구절절 설명하는 대신 세아는 부드럽게 핸들을 꺾었다. 차는 마침내 세아의 집 앞에 섰다. 세아는 차 문을 열고 내려 정원을 가로질렀다. 현관문을 열며 살짝 카일리를 돌아보니, 그녀는 기운 없는 얼굴로 서 있을 뿐이었다. 세아가 툭 그녀를 불렀다.

"카일리."

"아. 응?"

"너 좀 쉬어야겠다. 너무 피곤해 보여."

"아냐, 뭘 했다고."

말은 그렇게 해도 충격이 클 것이다. 3년 만에 동생과 만났는데, 동생은 언니가 제 등을 밀었다고 주장하며 얼굴도 보지 않으려 들었다. 게다가 공교롭게도 카일리는 그 시기의 기억이 해리된 상태, 본인도 혼란스러울 게 분명했다.

세아는 카일리를 안으로 데리고 들어갔다. 일단 땀에 젖은 몸을 좀 씻으라고 카일리를 욕실로 보냈다. 그런 다음 자신은 씻는 걸 잠시 미루고 식탁 앞에 앉아 눈가를 꾹꾹 눌렀다.

남겨 두고 온 정이준이 걱정이다. 세뇌와 최면에 능한 오스카가 그에게 무슨 짓을 할지 알 수 없다. 이준은 최대의 변수가 될지도 모른다. 그가 S급 헌터의 스킬을 이겨 낼 정도로 강한 정신력을 가졌을까?

당장 그를 구할 방법이 없다는 것도 문제였다. 히든 퀘스트를 클리어하려면 반드시 그가 필요하니 서둘러 방법을 강구해야 했다.

아니, 사실 진짜 걱정은 이게 아니다.

이준은 괜찮을까. 분명 협회에서 험하게 다룰 것이다. 그 역시 S급 헌터고 어린애가 아니니, 조금 얻어맞거나 굶는 것 정도는 괜찮겠지만 그래도 걱정이 되는 건 어쩔 수 없었다.

여기서 같이 밥을 먹었었는데. 세아는 두 번의 식사를 떠올렸다. 함께 밤을 보낸 후, 이준은 일찍 일어나 아침을 만들었다. 그리고 이번 생, 집에 초대해 줘서 고맙다며 근사한 한 상을 차려 주었다. 밥을 먹으며 특별한 대화를 한 것도 아닌데 생각이 났다. 그냥, 생각이 났다.

핸드폰이 진동한 건 그때였다. 세아는 깜짝 놀라 핸드폰을 확인했다. 전화한 사람은 김현호였다. 순간 이준이 달아나서 전화를 건 줄 알았다. 그럴 리 없다는 걸 알면서도. 세아는 가볍게 숨을 내쉬고 핸드폰을 들었다.

"여보세요."

-어, 이세아. 잘 있냐?

"……."

세아는 바로 답하는 대신 사이를 두었다. S급 헌터 중에서는 김현호와 '그나마' 가깝긴 하지만 용건 없이 통화하는 사이는 아니다. 분명 이유가 있어 전화했을 텐데, 그는 바로 목적을 이야기하지 않고 말을 돌렸다.

-내일 비 온다고 하더라. 어쩐지 오늘 너무 흐리지 않았어? 너무 습하니까 집에서 나가기가 싫다, 진짜.

"어, 그치. 차라리 비 시원하게 오는 게 낫다."

적당히 맞장구를 치며 자리에서 일어나 부엌을 살폈다. 김현호가 먼저 말을 꺼낼 때까지 기다릴 작정이었다. 그녀는 가지런히 꽂힌 칼이나 정갈하게 정돈된 컵을 들었다 놨다 하며 주의를 분산시켰다.

그때, 카일리가 밖으로 나왔다. 짧은 머리카락에서 물이 뚝뚝 떨어졌고, 몸은 커다란 수건으로 감싼 상태였다. 카일리는 세아가 통화하는 걸 보더니, 방해하지 않기 위해서인지 입만 벙긋거려 물었다. 혹시 입을 옷 있어?

정확히 알아들은 세아는 부러 목소리를 냈다.

"잠깐, 김현호. 카일리, 내가 금방 옷 찾아줄게. 그냥 실내복이면 되지?"

-카일리랑 있어?

김현호가 핸드폰 너머에서 물었다. 어, 하고 건성으로 대답하며 세아가 카일리와 함께 드레스 룸으로 향했다. 길게 머무는 집이 아니라, 드레스 룸에 걸린 옷도 대부분 새 옷이었다. 세아는 한 번도 입은 적 없는 파란 실크 잠옷을 꺼내 카일리에게 건네주었다.

"그거 마음에 안 들면 다른 거 골라. 어차피 난 잘 안 입어."

-카일리가 어쩐 일로 너희 집에 갔어?

"김현호."

세아는 옷을 입는 카일리를 두고 돌아서며 뱉었다.

"모르는 척하지 마. 너 이미 알고 전화했잖아."

허를 찔린 듯 김현호가 잠시 침묵했다. 세아는 그에게 한 번 찔려 죽었던 드레스 룸에 서서 덤덤한 투로 말했다.

"협회가 지금 당장은 움직일 수 없으니, 너 시켜서 나 감시하라고 한 거 아니야? 어디까지 들었어, 전부 들었어?"

-그래. 네가 시스템 없애려고 하는 것까지 전부. 진짜 그럴 거야?

"어, 그럴 거야."

-하지 마.

"싫어, 개새끼야."

세아는 전화를 끊어 버렸다. 설마 했는데 역시나. 아무래도 김현호와는 악연인 것 같다. 이전 생에서 그는 서아정의 말만 듣고도 자신을 죽였다.

언뜻 보면 애인 말을 참 잘 듣는 사람이구나 싶지만 속내는 그렇지 않을 것이다. 그저 시스템이 사라지는 게, S급 헌터로서의 지위를 잃는 게 두려웠겠지. 그 속이 너무 투명하게 들여다보여 세아는 무섭지도 않았다.

옷을 다 입은 카일리가 수건으로 머리를 감싸며 물었다.

"세아, 왜 그래?"

"김현호인데, 아무래도 우릴 감시하려나 봐."

"감시해? 김현호가 왜?"

"너도 아까 들었잖아, 협회는 내가 최초의 버그고 그래서 시스템을 없애려 한다고 생각해. 근데 지금 당장은 움직일 수 없으니 김현호를 시킨 거겠지."

카일리는 심각한 얼굴로 그 이야기를 듣더니 고개를 끄덕였다. 그런 다음 세아를 향해 말했다.

"그래, 그럼 이제 뭘 해야 할지 알겠네."

"딱히 김현호까지 죽일 생각은 없어. 협회장 죽인 건 추적을 늦추려고 그런 거고, 아무나 죽여 버리면 안 되지."

"아니, 죽이라는 게 아니라."

눈이 동그래진 카일리가 고개를 저었다.

"협회가 김현호를 끌어들였다면서. 그럼 우리도 움직여야지. 다른 S급들이 다 협회 쪽으로 넘어가기 전에 우리 편으로 만드는 거야!"

"……."

굳이 그럴 필요가 있을까? 세아는 가만히 서서 자문했다. 사실 그녀는 정말 강한 헌터였고, 카일리를 도운 것도 그녀의 도움이 필요해서는 아니었다. 그저 카일리의 배반을 막고 싶었을 뿐. 그런데 지금 움직여서 다른 헌터들을 끌어들여야 할까?

"가만히 있다간 갑자기 습격당할 수도 있어. 우리도 우리 편이 필요해."

듣고 보니 맞는 말이긴 했다. 이러다 갑자기 당한다면 또 처음부터 일을 시작해야 한다. 그건 정말 상상만으로도 피곤한 일이었다. 세아는 카일리를 보고 고개를 끄덕였다.

"좋아. 근데 사실 나 친한 S급 별로 없어. 공식 석상에서 만나도 눈인사 정도만 하고 지나갔는데."

"나 아는 사람 있어."

"누군데?"

세아의 물음에 카일리가 의미심장하게 웃었다.

"자연인."

13.32

중국은 처음이다. 전용기에서 내려 공항으로 가자마자 들리는 중국어에 압도되는 듯한 느낌을 받았다.

세아는 중국어를 잘 할 줄 몰라서 카일리에게 의존해 움직여야 했다. 카일리가 앞장서서 이리저리 안내해 주니 편하기는 했지만, 낯선 땅이 주는 설렘과 불안이 묘하게 마음을 어지럽혔다.

공항을 빠져나가며 세아가 물었다.

"너 리웨이랑 친한 사이였어?"

"아니? 리웨이는 아무랑도 안 친하잖아."

"그니까. 근데 어떻게 사는 곳까지 아나 싶어서."

중국 출신 S급 헌터 리웨이는 협회도 두 손 두 발 다 든 기인이었다. 원래부터 산속에서 혼자 살았던 그녀는 갑자기 각성해 귀찮게 군다며 매번 투덜거렸다. 외모도 40대치고는 무척 젊어 보여서, 그녀를 본 헌터들은 '역시 자연이 좋은가 봐.'라고 수군대기도 했다.

리웨이는 헌터들과 일절 어울리지 않았고, 공식 일정에도 거의 참여하지 않았다. 세아도 그녀의 얼굴과 이름만 알뿐 자세한 건 전혀 몰랐다.

카일리는 세아의 의문 앞에 어깨만 으쓱했다. 세아는 수상하다는 듯 그녀를 바라보다가 입을 열었다.

"너 설마…… 아니지?"

"응?"

"어디 사는지 모르는데 그냥 무작정 온 건 아니지?"

"무슨 소리야, 당연히 알지! 리웨이는 신선거에 산다고!"

"신선거?"

세아는 중국에 대해 잘 몰랐으므로 그저 고개만 끄덕였다. 아마 어디 작은 동네 이름이겠거니 했다. 리웨이는 자연을 사랑하니, 어쩌면 산과 가까이 닿아 있는 평화로운 마을일지도 모르겠다. 그렇게 둘은 '신선거'를 향해 이동하고 또 이동했다. 그리고 마침내 '신선거' 앞에 도착했다.

"여기라고?"

"응. 명산, 신선거!"

앞에는 과연 입이 다물어지지 않을 정도로 웅장한 산이 버티고 서 있었다. 세아는 그대로 손을 들어 카일리의 뒤통수를 갈길 뻔했다.

"그래, 리웨이가 여기 사는구나. 그렇구나."

"응."

"여기 어디 사는데?"

카일리가 해맑게 웃었다.

"이제부터 찾아봐야지!"

13.33

미국 헌터 협회장, 엠마는 모니터로 오스카와 이준의 모습을 지켜보았다.

최면과 세뇌 스킬에 대해 잘 몰랐는데, 이번 기회에 확실히 알았다. 그게 고도의 정신계 스킬이며 공격 스킬보다 훨씬 더 사용하기 어렵다는 것을.

실제로 오스카는 일주일 넘게 이준을 넘어뜨리지 못하고 있었다.

단순히 공격해서 되는 일이라면 정이준 정도야 쉽게 요리했을 것이다. 그러나 오스카는 이준의 정신을 안에서부터, 안에서부터 하나씩 망가뜨려야 했다. 쉬운 작업이 아니라는 건 진작 알았지만 생각보다 시간이 걸렸다. 상황실에 설치된 스피커에서 오스카의 목소리가 흘러나왔다.

"협회에서 널 찌르는 걸 허락해 준다면 좋을 텐데."

의자에 묶인 이준이 고개를 들어 오스카를 바라보았다.

모니터 너머로 이준의 웃는 얼굴이 똑똑히 보였다. 스킬에 저항하느라 식은땀에 푹 젖었는데도 얼굴은 조금도 상하지 않고 오히려 어여뻤다. 엠마는 주름진 턱을 쓸며 상황을 지켜보았다. 주위 협회원들은 숨을 죽인 채 협회장의 눈치만 살폈다.

"몸이 약해지면 마음도 약해지거든."

"그럼 찔러."

"그럴 수야 없지."

오스카가 손을 내밀어 이준의 관자놀이를 타고 흐르는 땀을 닦아 주었다. 그러면서 웃음기 어린 목소리로 또박또박 일러 주었다.

"너는 멀쩡한 몸으로 이세아를 죽이러 가야 하니까. 안 그래도 이세아는 워낙 강한 헌터라 협회나 다른 S급도 힘을 못 쓰는데, 너라도 건강해야 하지 않겠어?"

"앞으로도 애 많이 써 봐, 그럼."

이준은 웃는 얼굴로 이죽거렸다. 음식도 물도 제대로 주지 않아 지쳤을 텐데, 저렇게 빈정거릴 힘이 남아 있는 게 신기했다. 엠마는 두 손으로 책상을 짚고 모니터 쪽으로 몸을 기울였다.

"내 모든 스킬을 다 동원해도 이세아 헌터한테 상대가 안 돼. 세뇌에 성공한다 해도 이세아 헌터가 날 바로 죽여 버릴걸."

"거짓말하지 마. 속박 스킬 있잖아."

오스카가 찰싹, 가볍게 이준의 뺨을 쳤다. 이준은 아무 대답도 하지 않고 약간 돌아간 고개를 제자리로 돌려놓았다. 오스카는 이준의 머리카락을 쓸며 속삭였다.

"카일리도 꼼짝을 못 했다지? 그런 스킬이 너한테만 개방된 것만 봐도 네 운명을 알 수 있어. 최초의 버그를 좀 더 수월하게 없애기 위한 스킬이잖아."

이준은 고집스럽게 침묵을 지켰다. 오스카에게서 차갑고도 뜨거운, 기이한 기운이 흘러나오는 게 느껴진다. 자꾸 머리카락이며 뺨을 만지작거리면서 세뇌를 시도하고 있는 것이다. 정신을 유지하려면 잠시 집중해야 했다. 그러는 중에도 오스카의 목소리는 달고 은밀하게 흘러들었다.

"그 운명을 인정하지 않는 건 너뿐이지."

"……."

"정이준, 너뿐이라고. 나약한 새끼."

철썩, 이번에는 좀 더 강하게 고개가 돌아갔다. 이준은 이를 드러내고 웃었다.

"그 나약한 새끼한테 일주일째 절절매고 있는 넌 뭔데?"

이준도 알 수 있다. 정신이 무너지고 있다는 것을.

제대로 먹지도, 자지도 못한 지 오래다. 온종일 딱딱한 의자에 묶인 채 시간도 알 수 없는 곳에서 지내다 보면 서서히 정신이 뭉개진다. 얼마나 더 버틸 수 있을까, 솔직히 자신이 없다.

그러나 아직은 더 기다려야 했다. 자신을 완전히 길들이지 못한다면 협회는 움직이지 못한다. 이세아는 무조건 공격하여 무력화시키고 묶어 잡아 둘 정도로 만만한 헌터가 아니니까, 자신을 보내 단숨에 허를 찌르는 수밖에 없으리라.

'좀 더 시간을 벌자.'

이준은 어금니로 입 안쪽 살을 있는 힘껏 짓씹었다. 뺨을 맞아 이미 터져 있던 살에서 다시 피가 솟았다. 불쾌한 비린내에 잠시 이성이 맑아졌다. 또 세아 생각이 났다.

누나는 나를 생각할까.

단 한 번이라도, 아주 잠시라도 나를 걱정했을까?

13.34

이준을 걱정할 틈이 없을 정도로 세아는 바빴다.

S급 헌터로 각성하며 체력이 늘긴 했지만, 신선거 전체를 뒤지고 다니는 건 미친 짓이었다. 카일리에게 이끌려 여기저기 다니면서도 세아는 문득 찾아오는 허탈감의 늪에 빠져 허우적거렸다.

'나 지금 뭐 하는 거지. 이럴 거면 그냥 협회로 쳐들어가서 다 쓸어버리는 게 나은 거 아닌가. 시스템 사라진 세상에서 내가 감옥에 가든 말든 다 때려치우고 죽여 버릴까…….'

그 와중에도 카일리는 해맑았다.

"경치 진짜 끝내준다. 이 구름이랑 안개 좀 봐. 진짜 동양 신선 나올 것 같지 않아?"

"신선이고 뭐고 이게 뭐 하는 건지 모르겠어."

"여유를 가져, 세아!"

득도한 듯 격려하는 소리를 듣고 정말 주먹이 나갈 뻔했지만 세아는 겨우 참았다. 태연한 척하고 있지만 카일리 속도 말이 아닐 것이다.

어제는 침낭 속에서 카일리가 우는 소리를 들었다. 애타게 그리던 동생이 자신을 오해한 데다 지금 당장은 그 오해를 풀 방법도 없으니 그녀역시 답답할 것이다.

그래도 카일리는 날이 밝으면 기운찬 표정으로 산행에 나섰다. 세아는 그런 그녀에게 다 그만두고 협회나 때려잡으러 가자는 무모한 소리를 하지 못했다.

'하지만 계속 이렇게 헤매고 다니다간…….'

세아의 생각이 위험한 방향으로 튀는 순간, 카일리가 헉 소리를 내더니 손가락으로 먼 곳을 콕 찍었다.

"세아! 저기!"

아름다운 운무(雲霧) 너머, 깎아지른 듯 높다란 바위 위에 바로 그 사람이 서 있었다. 다 떨어져 가는 천 쪼가리를 걸친 자연인, 리웨이였다. 귀가 드러나도록 짧게 자른 머리는 무척 정갈했고, 드러난 맨발은 흙투성이였다.

그쪽도 세아와 카일리를 발견했다. 눈이 마주친 순간 세아는 어쩐지 불길한 느낌을 받았다. 리웨이가 마치 사자와 눈이 마주친 여우처럼 재빠르게 달아날 자세를 취했기 때문이다. 그리고 그걸 눈치채지 못한 카일리는 손을 번쩍 들어 흔들었다.

"리웨이! 리웨이! 나예요, 카일리가 왔어요!"

세아의 예상이 맞았다. 리웨이는 홱 등을 돌려 우다다 뛰기 시작했다. 카일리가 어쩔 수 없다는 듯 어깨를 으쓱했다.

"사실 나도 친한 건 아니라서."

"알겠으니까 뛰자."

세아는 이를 갈며 달리기 시작했다. 정이준이 있다면 속박 스킬을 써서 단숨에 잡았을 텐데!

애초에 그가 함께였다면 여기까지 올 일도 없었다는 걸 잊고 세아는 잠시 그런 아쉬움에 잠겼다.

13.35

"헉, 헉⋯⋯."

세아는 드물게 숨을 몰아쉬며 두 손으로 무릎을 짚었다.

그야말로 절경이었다. 절벽 끝에 다다르니 선경이 펼쳐졌다. 빼곡하게 솟은 봉우리와 그 사이로 용처럼 흐르는 운무, 하늘과 땅이 구분되지 않는 별세계였다. 물론 관광하러 온 게 아니니 풍경을 즐기는 건 나중이었다.

세아는 몸을 똑바로 일으켜 세우며 리웨이를 노려보았다. 위풍당당하게 다리를 벌리고 선 리웨이가 외쳤다.

"날 여기까지 몰아오다니, 정말 대단하구나!"

"중국어 말고 영어로 좀 해 줄래요?"

예의 차릴 기분이 아닌 세아가 불퉁하게 내뱉자 리웨이가 그녀에게 시선을 고정했다. 어쩌면 중국어만 할 줄 아는 사람일지도 모르겠다. 그러면 통역은 카일리에게 맡겨야 하는데⋯⋯.

그 순간 리웨이의 입에서 유창한 한국어가 흘러나왔다.

"한국인가? 아, 한국 S급 헌터! 내가 이름은 잘 기억하지 못해서."

"이세아입니다."

한국말을 한다니 정말 다행이다. 이미 너무 오래 산을 뒤지느라 지친 세아는 다짜고짜 본론으로 들어갔다.

"리웨이, 당신의 도움이 필요해서 찾아왔습니다."

리웨이는 한동안 검은 눈으로 세아와 카일리를 바라만 보았다. 세아도 기회를 놓치지 않고 상대를 살폈다.

산에서만 살고 세상으로는 나오지 않아, 얼굴이며 손발이 꼬질꼬질할 줄 알았는데 온천수에 씻은 듯 깨끗했다. 발에 묻은 것도 산의 맑은 흙이었다. 분명 40대인 걸로 아는데 30대 초반 정도로밖에 보이지 않았다.

그러면서도 기운이 연약하지 않고 굳건했다. 허리도 목도 어깨도 전혀 굽지 않았다. 몸이 처음 만들어진 그대로, 가장 자연스러운 형태로 유지되고 있다. 보유한 스킬이 뭔지는 잘 모르지만 같은 편으로 만든다면 큰 도움이 될 것 같았다.

"협회 문제라면 난 아무도 돕지 않아."

"……."

세아도 카일리도 깜짝 놀랐다. 그가 협회 문제를 이미 알고 있을 줄은 몰랐던 것이다. 세아는 미심쩍은 투로 물었다.

"혹시 협회에서 찾아왔었나요?"

"그래. 어제."

한발 늦었군. 세아는 낭패감에 혀로 입술을 적셨다. 협회에서 이미 자기들 좋을 대로 이야기를 꾸며 전달했을 것이다. 리웨이가 돕지 않겠다고 한 것도 그 때문일까?

리웨이는 한동안 두 사람을 바라보더니 호쾌하게 외쳤다.

"그래도 여기까지 왔으니 차 한잔은 대접해야지. 날 따라오라고!"

13.36

이름 모를 쑥색 차는 무척 썼지만, 떫거나 텁텁하지는 않았다. 마치 쓴 크림처럼 목으로 부드럽게 넘어갔다. 처음에는 쓴맛에 얼굴을 찌푸렸던 카일리도 금세 맛을 느낀 듯 컵을 자주 기울였다. 세아는 리웨이의 거처를 둘러보았다.

'자연인'이 사는 곳이라고 해서 뭐든 대강대강 다 엉망일 줄 알았는데 그렇지도 않았다. 컵 하나를 만들어도 정성껏, 숟가락 젓가락도 매끈매끈, 나무로 만든 집도 웬만한 텐트보다 나았다.

"정성스럽게 사시네요."

세아는 한마디 칭찬을 건넸다. 리웨이는 세아를 보고 빙긋 웃었다.

"그렇게 아부해도 너희를 돕지는 못해."

"아부가 아니라요."

세아는 어깨를 으쓱하며 짤막하게 대답했다.

마른 풀 냄새, 젖은 흙 냄새……. 높고 또 낮게 날아드는 새 소리, 코를 자극하는 은은한 향. 리웨이가 왜 그렇게 당당하고 시원해 보이는지 알 것 같았다. 왜 돕지 않겠다고 하는지도.

카일리는 기다리는 대신 찻잔을 내려놓고 물었다.

"협회가 와서 뭐라고 하던가요?"

"너희가 오면 말해 달라고 하던데."

리웨이가 장난스럽게 눈을 찡긋했다. 그러나 세아도 카일리도 그녀가 정말 협회에 연락하지 않을 것 정도는 알고 있었다. 리웨이는 차를 홀짝이다가 만족스러운 소리를 토했다.

"이 차 한 잔이면 모든 게 다 해결되는데 내가 왜 나서겠어. 다 부질없는 짓이야. 너희도 너무 애쓰지 말고 적당히 살아."

열 번 넘게 회귀한 세아는 그러려니 했는데, 카일리가 더 욱했다. 동생 일이 해결되지 않아 마음이 부글부글 끓는 듯 그녀가 톡 내쏘았다.

"한가한 소리 할 수 있어서 좋겠네요. 시스템이 세상을 엉망으로 만들고 있다고요. 가족끼리 이별하고……."

"그건 시스템이 나타나기 전에도 똑같았잖아?"

"둘이 같아요?"

"뭐가 다른데?"

리웨이는 정말 모르겠다는 듯 물었다. 그 태도에 카일리는 더 화가 난 것 같았지만 할 말은 잃어버린 듯했다. 세아는 단정하게 앉아 있으면서도 온수에 잠긴 듯 편안해 보이는 리웨이를 보다 툭 물었다.

"그럼 협회한테도 그랬나요? 돕지 않겠다고."

"그래. 난 평소에도 협회가 이것저것 하라는 게 싫었어. 던전 정리야 힘이 생겼으니 그냥 했지만, 아주 성가시다고."

"여기 있는 카일리는 시스템 속성 몬스터 때문에 동생을 잃었었고, 이대로 두면 앞으로도 많은 사람이 같은 비극을 겪을 거예요. 그런데도 두 손 놓고 구경만 하겠다니 너무 태평한 거 아닌가요."

리웨이가 눈을 들어 세아의 얼굴을 훑어보았다. 날카로운 시선이었지만 세아는 전혀 움츠러들지 않았다. 카일리는 옆에서 세아 말이 맞다는 듯 열심히 고개를 끄덕였고, 그러면서 책상다리로 앉은 게 불편한지 몸을 들썩였다. 어색한 고요 속에서 리웨이가 픽 웃었다.

"말은 잘하네. 협회 말로는 네가 '최초의 버그'라던데, 시스템을 죽일 운명이라고."

"그래요. 그것 때문에 협회는 물론 같은 헌터들도 나를 죽이려 하죠."

"넌 살고 싶어서 시스템을 죽이려는 건가?"

세아가 눈을 깜빡였다. 너무 많은 일을 겪었다. 그런데 대답으로 꺼낼 수 있는 말은 딱 하나였다.

"설명해도 당신은 이해 못 할 거예요."

"협회도 같은 말을 했지. 산에서 세월이나 죽이며 사는 S급은 이해 못 할 거라고."

세아는 바로 답하는 대신 침묵을 지켰다.

대단한 도덕군자인 척할 생각 없다. 협회도 자신도, 원하는 것을 얻기 위해 싸울 뿐이다. 몇 가지 명분이 있지만 그건 다 허울일 뿐, 세아는 그저 지긋지긋한 회귀를 끝내기 위해 싸우는 것이다. 협회와 똑같다는 말이 맞는지도 모른다. 그러나 세아는 그게 조금도 부끄럽지 않았다.

"헌터들도 널 죽이려 한다고 했는데, 나처럼 아무 선택도 하지 않는 S급이 더 많을 거야."

"왜죠?"

세아가 얼굴을 찌푸렸다. 김현호만 해도, 시스템 살해 이야기를 듣자마자 바로 얼굴을 바꾸어 친구의 배에 칼을 쑤셨다. 하물며 친구도 아닌, 가끔 공식 석상에서 얼굴만 본 자들이야 그보다 더할 것이다.

카일리가 리웨이를 먼저 설득하자고 한 것도 그런 이유였다. 산에 묻혀 사는 리웨이는 욕심이 없을 테니 쉽게 끌어들일 수 있다고 믿었다.

세아의 반문을 듣고 리웨이는 빙긋 웃었다.

"몰라서 물어? 시스템이 사라지는 건 아까워도 이세아, 너랑 척지고 싶지 않으니까. 네가 마음을 바꿔서 협회 말고 S급 헌터들 목부터 잘라야겠다고 마음먹으면 큰일이잖아?"

"……."

"그냥 협회와 네 싸움을 지켜보기만 하겠지. 자기들 살 궁리하면서."

잘난 별장이며 요트도 좀 팔고 말이야, 그렇게 덧붙이며 리웨이가 낄낄 웃었다. 그녀의 웃음을 바라보던 세아는 이 헌터를 끌어들이는 일은 완전히 실패한 것 같다고 생각했다.

"S급 헌터들만 문제라고 생각하진 마라."

리웨이는 웃음기가 덜 가신 얼굴로 서늘히 충고했다.

"A급, B급, C급이 더 무서울지도 모르지. 덜 가진 자들이 더 악착같으니까."

"그래요."

"시스템을 죽이면, 반드시 보복하려는 사람들이 생길 거야. 평범한 세상으로 돌아가면 넌 그냥 힘없는 여자애일 뿐이야. 살아남을 수 있을까?"

세아는 대답하지 않았다. 생각해 보지 않은 건 아니다. 하지만 어차피 선택지는 둘뿐이었다. 죽고 돌아오기를 영원히 반복하며 사는 삶과 개죽음 당할지도 모르는 삶. 차라리 영원한 안식이 낫지 않겠는가. 이미 너무 많은 시간을 반복했는데.

"힘없는 여자애라뇨."

세아가 빙긋 웃으며 받아쳤다.

"돈이 지켜 주겠죠."

"으, 속세 냄새."

리웨이가 장난스럽게 얼굴을 찌푸렸다. 그러면서 남은 차를 홀짝였다.

"아무튼 잘 생각하라고. 잘 사는 것만큼 잘 죽는 것도 중요하니까."

"당신은 어떻게 죽고 싶은데요?"

"그냥 자연사. 아니, 결국 어떤 죽음이든 자연사야. 우린 죽을 운명이니까."

세아가 멈칫했다. 나무를 매끈하게 깎아 만든 컵을 만지작거리며 그녀는 잠시 생각에 잠겼다가 지나가는 투로 물었다.

"리웨이, 당신 능력이 뭐죠? 특화된 스킬 말이에요."

"전방위 능력자한테 말하려니 쑥스럽네. 난 소환수를 불러내."

소환수, 확실히 특이한 능력이다. 기동력도 뛰어나고 일당백 노릇을 할 수 있다. S급 헌터의 소환수라면 분명 믿음직스러울 것이다. 소환자의 눈과 귀가 되어 주니 정보를 캐기도 좋고 어딘가에 몰래 침투할 때도 유용하다. 탐이 나는 능력이긴 했다.

세아도 이게 정이준만 설득한다고 될 문제가 아님을 느끼고 있었다. 많은 도움이 필요하다. 처음엔 너무 안일하게 생각했던 것이다.

세아는 슬쩍 카일리를 돌아보았다. 갑자기 눈이 마주치자 카일리는 어리둥절한 표정을 지었다. 한 줄기 고민이 머릿속을 스쳤다.

'둘 다 믿어도 될까.'

잠시 고민했으나 어차피 이런 건 답이 없는 문제였다. 세아는 자기 손에 들었던 컵을 내려놓고 고개를 똑바로 쳐들었다. 또렷한 눈으로 리웨이를 응시하며 그녀는 반복해 말했다.

"날 도와 줘야 해요."

"이미 말했지만 싫어. 복잡한 문제에 끼는 건 질색이라고."

"죽고 싶다면 날 도와요."

"……."

카일리와 리웨이의 얼굴이 동시에 변했다. 살고 싶으면 도우라는 것도 아니고, 죽고 싶으면 도우라니? 카일리는 영 이해를 못 한 듯 입만 벌렸으나, 리웨이는 제대로 알아들은 듯했다. 리웨이도 천천히 컵을 내려놓았다.

"설마?"

"시스템 살해는 내 히든 퀘스트입니다. 페널티는 영원한 회귀."

담백하게 말한 후 세아는 부러 환하게 웃었다.

"리웨이, 당신은 기억하지 못하겠지만 아마 열두 번쯤 다시 살고 있을걸요?"

카일리도 이제야 세아의 말을 알아들었다. 그녀는 입을 다물지 못하고 세아만 바라보았고, 리웨이는 한숨을 내쉬며 허공을 올려다보았다. 그러더니 부루퉁한 목소리로 따지듯 물었다.

"열두 번이나 실패했어?"

"쉬운 퀘스트는 아니니까요."

"허."

세아는 재촉하지 않고 가만히 기다렸다. 카일리에게는 나중에 자세히 설명해 주겠다고 눈짓했다. 정이준에게도 말하지 않은 걸 이 두 사람에게 먼저 말하다니, 기분이 좀 이상했다.

"그래도 싫어."

리웨이가 아무렇게나 내뱉었다. 세아는 고개를 끄덕인 다음, 짐을 뒤져 명함 한 장을 꺼냈다. 그걸 성의 없이 툭 건넨 세아가 바로 자리에서 일어났다.

"마음 바뀌면 연락해요. 가자, 카일리."

"어? 어어……."

세아는 뒤도 돌아보지 않고 밖으로 나왔다. 시원한 공기가 가슴 가득 들어찼다. 세아는 개운하게 숨을 들이마시며 고개를 가볍게 돌려 근육을 풀었다. 허둥지둥 따라 나온 카일리가 조심스럽게 물어 왔다.

"연락이 올까?"

"올 거야."

"그거 정말이야? 네 히든 퀘스트 페널티……."

세아는 가만히 카일리를 응시했다. 이 사람을 믿어도 좋은지 아직 잘 모르겠다. 그러나 밤마다 들리던 울음소리, 그것만은 정말이라고 믿었다. 세아가 나직하게 말을 시작했다.

"난 꼭 마흔 살에 죽었어. 그 세상에서, 스테파니는 언제나 죽어서 돌아왔어."

카일리의 눈에 눈물이 가득 고였다. 몇 번이고 어둠 속에서 혼자 죽어야 했던 동생을 상상하는 게 분명했다.

"전에 스테파니는 이미 죽었을 거라고 말한 것도 그래서 그랬던 거야."

"그랬구나."

카일리의 목소리가 꽉 잠겨 있었다. 리웨이는 자기가 '자연사'할 수 없다는 사실에 충격을 받은 모양이지만 카일리는 그런 것 따윈 신경도 쓰지 않을 것이다.

세아는 어색하게 손을 들어 카일리의 어깨를 다독였다. 회귀를 반복하기 전에는 이런 일도 곧잘 했던 것 같은데, 지금은 어렵게만 느껴졌다. 너무 오랜 세월 목적만 보고 오래 달리다 보니 이상한 사람이 되어 버린 것 같다.

지금도 그렇다. 카일리의 젖은 눈을 보고도 고통 대신 난처함을 느낀다. 반복되는 시간 속에서 나는 어딘가 망가졌을까.

그래도, 세아는 덧붙였다.

"이번엔 스테파니를 구할 수 있어서 다행이야."

결국 카일리의 눈에서 굵은 눈물이 뚝뚝 떨어졌다. 응, 하고 대답하며 고개를 끄덕이는 모습이 애처로웠다. 그녀는 자기 어깨에 있는 세아의 손을 꼭 잡더니 하염없이 쏟아지는 울음 사이로 고맙다고, 고맙다고 속삭였다. 두 사람은 그날 하산했다.

리웨이로부터 연락이 온 건 그로부터 이틀이 지난 후였다.

13.37

"어디야?"

리웨이는 세아가 전화를 받자마자 다짜고짜 그렇게 물었다. 옆에 있던 카일리는 핸드폰 너머로 들린 목소리를 듣고 깜짝 놀랐지만 세아는 태연했다.

"한국이요."

"한국엔 왜?"

"만날 사람이 있어서요."

세아는 손을 들어 카일리에게 방향을 알려 주었다. 평범한 전자 상가였는데, 물건을 전시한 가게가 많고 오가는 사람도 꽤 있어서 복잡했다. 입 모양으로 리웨이냐고 묻는 카일리에게 세아가 고개를 끄덕였다.

"만날 사람? 누구, 헌터야?"

"아니요, 미각성자요. 한국으로 오실래요, 아니면 저희가 모시러 갈까요?"

"뭘 모시러 와. 왜 갑자기 예의 바르게 굴어?"

생각보다 리웨이의 한국어가 능숙하다. 세아는 쓸모없는 생각을 떨쳐 버리며 평이한 어조로 대꾸했다.

"이제 같은 팀이잖아요."

"참 나."

"아니에요?"

"됐어, 내가 한국으로 갈게."

그렇게 말한 리웨이가 툭 통화를 종료해 버렸다. 옆에서 카일리가 기대 어린 표정으로 물어 왔다.

"우리랑 같이 움직이겠대?"

"응, 그런대."

"너무 잘됐다. 나 소환수 제대로 본 적 한 번도 없는데⋯⋯. 엄청 대단하겠지?"

"그러게, 나도 궁금하다."

대강 대꾸한 후 세아는 다시 방향을 틀었다. 매끈한 바닥, 수명이 다해 어두워진 형광등. 세상이 변했는데도 여기만큼은 시간이 멈춘 듯 그대로였다. 세아는 점점 더 안쪽으로 들어갔다.

아직 여기 있을까. 연락처를 주고받은 것도 아니고 그냥 며칠 인연이 있었던 게 전부라 자신은 없었다. 그래도 왠지 '그 사람'이라면 아직 여기 있을 것 같았다. 계속 걷던 세아가 우뚝 멈췄다.

"아, 찾았다."

카일리도 세아가 찾던 남자를 발견했다.

카메라며 핸드폰이 다양하게 놓인 유리 진열장 뒤에 젊은 남자가 앉아 있었다. 몸집은 왜소한 편이었지만 자세가 바르고 꼿꼿해서 그리 작아 보이진 않았다. 테가 두꺼운 안경을 써서 눈가의 인상이 흐릿했다.

"안녕하세요, 사장님."

세아가 매일 보는 사이처럼 말을 건넸다. 두 팔을 진열장 위에 올린 채 핸드폰 게임에 몰두하던 사장이 고개를 들었다. 잠시 세아를 바라보던 그가 아, 하며 핸드폰을 내려놓았다. 그의 시선이 잠시 카일리에게 머물렀다가 다시 세아에게로 돌아왔다.

"또 올 줄 몰랐네요. 잘 지내셨죠?"

"네. 뭐 하나 더 제작할 수 있나 해서요."

"그래요? 그땐 그냥 해 줬지만 원래 비싼데."

카일리는 대화에 끼어들지 않고 젊은 사장을 바라만 보았다.

세아는 카일리의 아이템을 구입하고자 여기까지 왔다. 세아는 아이템의 도움을 받으면 편리하다며 카일리를 이리로 데려왔다.

'앞으로 많은 위험이 있을 텐데 아이템 한두 개 정도는 맞추는 게 좋아. 이 와이어도 그 사람이 만들어 준 거야.'

세아는 한쪽 끝에 영구적 점성이 있는 와이어를 꺼내 보여 주며 그렇게 말했다. 나이 지긋한 외다리 노인이 망치를 두드리고 있을 거라고 기대했는데, 눈앞의 사장은 너무 젊고 가벼워 보였다.

"당연히 돈은 드려야죠. 뭐 쓸 만한 거 없어요?"

"어……. 사실 저 장사 접고 있어요."

"네?"

세아가 깜짝 놀라 되물었다.

사장과 처음 만난 건 몇 년 전이다. 사실 세아 입장에서는 몇십 년 전처럼 느껴졌다. 어쨌든 그때 세아는 미각성자인 사장의 몇 가지 부탁을 들어주었고, 그는 답례로 특수 제작한 와이어를 선물했다.

헌터도 아닌 그가 그만한 물건을 제작할 수 있는 건 뛰어난 재능 덕이었다. 그는 헌터들이 구해 온 던전 물질로 아이템을 만들었는데, 유명해지기는 싫었는지 아이템을 받아 간 헌터들에게 소문 내지 말라고 신신당부했다. 그러면서도 아이템 제작을 즐겼다. 그런데 그만 둔다니. 대체 왜?

사장은 민망한 듯 머리를 긁적였다.

"던전 광물 잘못 만져서 한쪽 눈이 날아갔거든요. 이거 의안이에요."

"……."

"역시 이런 건 헌터들이나 해야 하나 봐요."

세아는 마른침을 삼켰다. 사장은 태연하게 말했지만, 이런 큰일을 갑자기 들으니 당황스럽기도 하고 어색하기도 했다. 세아는 헛기침을 하고 느리게 말했다.

"그러셨군요. 어…… 통증은 없고요? 후유증이나."

"그런 건 없어요. 아무튼…… 이제 아이템 제작 더 할 일은 없을 것 같고 이런 전자기기도 한물갔으니, 이 기회에 여행이나 다니려고요."

그래서 그들은 한동안 여행 이야기를 했다. 어디가 좋고, 어디가 싸고, 어디가 머물기 편한지 등등. 한참 대화를 이어 가던 사장이 불쑥 말을 꺼냈다.

"기껏 여기까지 왔는데 미안해서 어쩌죠? 그냥 올리버를 찾아가 봐요."

"올리버요?"

세아도 그가 누군지 알았다. 올리버는 아주 어린 소년 S급 헌터로, 여덟 살에 각성하여 현재 열세 살이었다. 최상급 아이템을 제작하느라 바빠 외출도 잘 하지 않는다는 천재였는데, 공식 석상에 한 번도 얼굴을 비치지 않아

세아는 어느 생에서든 그의 얼굴조차 보지 못했다.

게다가 올리버는 소문 때문에 더 유명했다. 아주 까칠하고 도도하고, 예민한 고양잇과라고 했다. 어린 나이에 각성해 모두가 치켜세워 주니 자존심이 하늘을 찌르는 모양이었다.

"올리버는 같은 S급 헌터 중에서도 얼굴 본 사람 없어요. 아무나 만나 주지 않는 꼬맹이라고 하던데요. 아주 건방지다고."

"그게, 제작 동인 사이에서는 소문이 그렇지가 않아요."

"제작 동인?"

세아가 미심쩍은 투로 되묻자, 사장은 부끄러운 듯 얼굴을 붉혔다.

"그냥 소소하게 모여서 제작 이야기 하고 그래요. 우리 동인은 정말 커서, 전 세계에서 알아주는 사람도 많고. 모임 이름은 '무소유'인데……."

"아, 네. 아무튼 올리버 소문이 어떤데요?"

내버려 두면 이야기가 끝도 없이 길어질 것 같아서 세아는 적당히 그의 말을 끊었다. 사장은 조심스럽게 주위를 둘러보더니, 엿들을 사람도 없는데 목소리를 낮췄다.

"협회 때문에 갇혀 있다고 하던데요. 아이템 제작하는 기계처럼……."

"갇혀요? S급 헌터가 갇혀요?"

개가 웃을 소리였다.

이준이 협회에 잡혀 옴짝달싹못하는 처지가 된 건 특수한 경우다. 그는 공격보다는 치유 스킬에 특화된 데다, 같은 S급 헌터가 질질 끌어다 잡아 갔으니까. 그러나 보통 S급은 누구에게 잡혀가지 않는다.

"그냥 그런 소문이 있다는 거죠. 우리 사이에서 올리버나 스테파니는 유명하니까."

그러더니 사장이 우물쭈물 카일리의 눈치를 살폈다. 동생 이름이 나와 움찔했던 카일리도 그와 눈을 맞추었다.

"저…… 이런 말하면 불편할지도 모르지만, 당신이 스테파니 언니죠? 동생 일은 정말 안타까워요. 우리 동인도 정말 비극적인 일이라고 생각했습니다."

"고마워요."

카일리가 나직한 목소리로 대답했다. 혹시 그녀가 기쁜 마음에 사실 스테파니를 구했다고 말할까 봐 염려했던 세아는 안도의 숨을 내쉬었다. 아직은 세상에 스테파니의 존재를 알릴 필요가 없다. 카메라가 몰려오면 예민한 상태의 아이는 괜히 스트레스만 받을 테니까.

"아, 아무튼 지금은 내가 해 줄 수 있는 게 없어요. 미안해요."

세아는 손을 내밀어 사장과 악수했다. 아마 이 남자와의 인연은 여기서 끝날 것이다. 아이템 제작을 중단한다면 헌터와 만날 일도 없을 테니까. 그래서 세아는 그냥 이렇게만 말했다.

"여행 잘 다녀오세요. 와이어도 잘 쓰고 있어요."

"다행이네요. 그건 진짜 역작이었죠."

"눈도…… 관리 잘 하시고요."

사장이 빙긋 웃었다. 세아는 그의 미소를 보며 속이 복잡해졌다.

재앙이 발발한 후 많은 사람의 삶이 바뀌었고 여전히 바뀌고 있다. 리웨이의 말처럼, 이전에도 사건 사고는 있었으니 이런 일도 모두 자연스럽게 받아들여야 할까. 그게 맞는 것일까?

잘 모르겠다. 반복되는 삶을 살 때도 이런 고민을 하지는 않았는데.

세아는 등을 돌려 카일리와 함께 건물을 빠져나왔다. 건물 밖에서 기다리고 있던 차에 오르며 카일리가 물었다.

"이제 어떡할 거야? 올리버한테 갈 거야?"

"아니, 그럴 필요는 없지. 다른 헌터들 만나러 다니기도 바빠. 올리버가 뛰어난 제작자이긴 해도 전투 능력은 없잖아."

"……."

카일리의 침묵에 세아도 함께 입을 닫았다. 카일리가 왜 갑자기 올리버 일이 관심을 보이는지 안다. 솔직히 올리버는 S급 헌터 중 유일한 미성년자였다. 스테파니와 나이는 다섯 살 정도 차이나지만 그래도 같은 어린애니 마음에 걸릴 것이다.

누군가와 함께 행동하는 건 이럴 때 번거롭다. 타인의 감정도 어느 정도 알아줘야 하니까. 세아는 정적 속에서 넌지시 물었다.

"소문 때문에 그래? 그래 봤자 아마추어 동인 사이에서 도는 소문이잖아. 진짜였으면 우리가 진작 알았을 거야."

"그래도 느낌이 이상해."

"스테파니 때문에 그쪽에도 마음 쓰이는 건 알지만 우린 시간이 많이 없어. 알지?"

"확인만 해 보면 안 돼?"

세아는 바로 대답할 수가 없었다.

그럼 또 영국까지 날아가서 분명 한국과 미국 협회로부터 최초의 버그 이야기를 들었을 영국 협회와 접촉해야 하며 리웨이까지 끌고 영국 땅을 헤매야 한다. 게다가 소문이 사실이라도 어쩔 것인가, 협회를 습격해서 어린애를 구하자는 것인가.

"그건……."

"아무래도 안 되겠지? 미안해. 너도 네 사정이 있는데."

"……."

상대가 이렇게 나오면 마음이 약해지는 법이다. 거절하려 했던 자신이 아주 쓰레기처럼 느껴졌다. 세아는 손으로 눈가를 문지르며 중얼거렸다.

"그럼 확인만 해 보자. 확인만. 아마 헛소문이겠지만."

"정말? 넌 진짜 최고야!"

카일리가 덥석 세아의 팔을 잡고 즐겁게 흔들었다. 세아는 한숨을 내쉬었다. 아무래도 또 귀찮은 일에 휘말린 것 같다.

13.38

중국에서 영국까지 날아오게 됐는데, 리웨이는 불평 한마디 없었다. 세상을 버리고 산에 들어가 살던 사람인데도 어디에나 금세 적응하는 모양이었다. 그녀는 기다리고 있던 세아와 카일리 쪽으로 걸어오며 활기차게 손을 흔들었다.

"둘 다 안녕, 안녕!"

한 번은 한국어로, 다른 한 번은 영어로 인사하며 다가온 리웨이가 짐보따리를 대강 바닥에 내려놓았다. 세아는 아주 간소한 짐을 내려다보며 물었다.

"이걸로 되겠어요?"

"응."

리웨이의 차림은 아주 간단했다. 평범한 티에 평범한 청바지, 편한 운동화. 싸우기엔 가장 좋은 차림이었다. 세아는 몸을 틀어 가자는 표시를 하며 계획을 설명했다.

"일단 영국 협회에 가서 올리버를 만나게 해 달라고 요청할 거예요. 올리버는 지금까지 다른 헌터와의 만남을 거절해 왔으니 이번에도 그렇겠죠. 내가 가서 시선을 끄는 동안 리웨이, 당신이 소환수로 협회 안을 좀 뒤져 주세요."

"그래."

왜 그렇게까지 해서 올리버를 찾아야 하냐고 물을 줄 알았는데, 리웨이의 대답은 더없이 시원했다. 그러더니 결의에 찬 표정으로 주먹을 불끈 쥐었다.

"애가 학대당하고 있을지도 모른다는데 내가 나서야지!"

세아는 기가 막혀서 리웨이에게로 고개를 돌렸다. 카일리가 동생과 생이별을 했다며 격한 감정을 표출할 때는 세상에는 본래 그런 일이 많다며 표표하더니, 지금은 왜 갑자기 나선단 말인가. 세아의 시선을 이해한 리웨이는 뻔뻔스럽게 미리 대꾸했다.

"지금은 속세에 있잖아. 어른의 책임이 있다고."

이 사람의 사고방식은 도저히 이해할 수가 없어. 세아는 고개를 절레절레 저었지만 카일리는 깊은 감명을 받은 듯 가슴 앞에 손을 모으고 외쳤다.

"멋져요, 리웨이!"

이렇게 오지랖 넓은 사람들과 함께 히든 퀘스트를 클리어할 수 있을까. 떠오르는 의문을 밀어 넣으며 세아는 고개를 저었다.

13.39

영국 협회장은 남자로 이름은 아이작, 나이는 고작 스물 둘이었다. 성인이 되기 전부터 협회장 후보로 거론되어 만 스무 살이 되자마자 영국 협회장 자리를 차지했다. 그에게 무슨 능력이 있는지 세아는 잘 몰랐다.

아이작은 세아를 보자마자 웃으며 물었다.

"제 목도 자르러 오셨나요?"

세아가 빙긋 웃었다. 어쨌든 이쪽에 호의적인 사람이 아니라는 건 알겠다. 그렇다면 사근사근 웃으며 대꾸하고 싶지 않았다. 그녀는 부러 한국어로 답했다.

"혀를 먼저 자를 수도 있고요."

아이작의 눈썹이 꿈틀 움직였다. 못 알아들었나, 심드렁하게 생각하는데 부드러운 대답이 돌아왔다.

"무서운 말씀을 하시네요. 일단 앉을까요?"

살벌한 인사를 나눈 후 두 사람은 깨끗한 자리에 마주 보고 앉았다.

협회장실은 썰렁했다. 이렇다 할 장식품 하나 보이지 않았고 정말 필요한 물건만 놓여 있었다. 아이작은 말을 빙빙 돌리는 대신 곧장 찌르고 들어왔다.

"미국 협회장 엠마로부터 연락을 받았습니다. 이세아 헌터에 대해서도 전부 들었고요."

"그럼 시민의 안전을 책임지는 협회장으로서 누구에게 협력해야 할지도 아시겠네요."

"물론이죠, 영국 협회는 이세아 헌터를 도울 겁니다."

"……."

기대도 안 하고 뱉은 소리였는데 뜻밖의 대답이 돌아왔다. 세아가 아무 대답도 하지 않고 가만히 바라보기만 하자 아이작이 사람 좋은 표정으로 빙긋 웃었다.

"왜 그러시죠?"

"한국어 알아들으세요?"

"네."

"아니, 제 말을 제대로 알아듣고 협력하겠다고 이야기한 건가 해서요."

아이작의 얼굴에 걸린 미소가 짙어졌다. 그는 찻잔 하나 없이 썰렁한 테이블을 바라보다가 다시 세아에게 시선을 고정했다. 그 짧은 시간 동안 그가 무슨 계산을 했는지 세아는 알 수 없었다.

"저는 다른 협회와 생각이 좀 다릅니다. 게다가 한국 협회장은 최초의 버그니 시스템 속성이니 하는 중요한 이야기를 미국 협회와만 공유했더 군요."

설마 그게 기분 나빠서 협력하겠다고? 세아가 답하지 않고 기다리자 말이 계속 이어졌다.

"이세아 헌터를 제거하고 나면, 한국과 미국은 시스템 속성에 대한 방 대한 정보를 바탕으로 그들만의 세계를 구축할 겁니다. 그럴 바엔 이세아 헌터에게 협력하고…… 보답을 받는 게 좋지 않을까요?"

보답이라. 세아는 아이작의 파란 눈동자를 가만히 들여다보았다. 협회 장이나 되는 사람이 시시하게 돈을 바라는 건 아닐 것이다. 시스템이 사 라진 세계에서 세아가 줄 수 있는 것, 던전도 몬스터도 없는 평화로운 세 상을 만든 대가로 받을 것……. 세아는 픽 웃었다.

"영국 총리가 되고 싶으세요?"

"말이 통하니 편하군요."

아이작은 뻔한 부인도 하지 않았다. 세아는 그의 단단한 턱과 번뜩이 는 눈을 한동안 바라보았다. 그래, 야심가 타입이라는 건 알겠다. 그러니 다른 헌터를 제치고 단숨에 협회장 자리까지 뛰어올랐을 것이다.

"세상에 평화가 찾아오면 물론 제 편에 서 주시겠죠. 원하신다면 미국 협회를 견제할 수도 있습니다. 미국 협회에는 당신이 원하는 것도 있죠, 아닌가요?"

세아는 대답을 미루고 아이작을 바라보았다.

분명 정이준 이야기다. 미국 협회장 엠마는 이 사람에게 어디까지 이 야기했을까. 대략적인 정보는 공유했을 테고, 정이준 이야기도 어느 정도 는 해 주었을 테다. 냉정하게 생각해야 한다.

정이준이 어느 날 세뇌된 상태로 나타나서 총을 갈겨 대면 정말 곤란 해진다. 그를 죽일 수도 없고 그에게 죽을 수도 없는 것이다.

기껏 카일리와 리웨이까지 이쪽으로 끌어들였고 스테파니도 구했는데, 이준을 죽이면 모든 일이 허사다. 그가 없으면 시스템을 죽일 수 없으니, 아무리 용을 써도 다시 회귀할 뿐이다. 그렇다고 이준에게 죽으면? 마찬 가지 결말.

세아는 생각을 마치고 입을 열었다.

"영국 협회가 미국에게 정이준 헌터를 넘기라고 요구할 수 있나요? 그 럴 수는 없을 텐데요."

"……."

"정이준 문제는 이쪽에서 알아서 해결할 겁니다. 그건 걱정 마시죠. 그 보다도 정말 저에게 협력하겠다면, 한 가지 요청하고 싶은 게 있습니다."

"편하게 말씀하세요."

세아는 일부러 잠시 사이를 두었다. 올리버에 대한 소문은 분명 날조 된 것이겠지만, 어쨌든 세아도 찜찜하기는 했다. 착취가 헛소문이라는 걸 확인하고, 가능하다면 올리버의 협조도 얻고 싶었다.

"올리버 헌터와 만나고 싶습니다."

세아는 분명히 보았다, 아이작이 미세하게 눈가를 움찔한 것을. 그는 잠시 주저하며 한숨을 내쉬더니 손으로 이마를 문질렀다.

"아이템 때문이라면 저희가 요청해 드리죠."

"아뇨, 직접 만나 보고 싶은데요."

"그게, 아마 들어서 아시겠지만…… 올리버 헌터는, 아직 어린 나이인 데도 성격이 조금…… 조금 어려워서요."

세아는 대답하지 않았다. 올리버 문제를 해결하지 않으면 카일리는 내 내 찜찜해할 테고, 쓸데없이 정의감을 발휘하려던 리웨이도 못마땅하다며 혀를 찰 테다. 세아가 침묵하자 곧 아이작이 중얼거렸다.

"알겠습니다. 말은 해 보죠. 하지만, 아무리 어려도 S급 헌터를 협회 마음대로 움직일 순 없습니다. 그건 아시죠?"

"충분히 기다리죠. 시간은 많으니까요."

세아는 자리에서 일어났다. 아이작이 손을 내밀어 악수를 청해 왔다. 앞으로 잘해 봅시다, 하는 말에 세아는 일단 힘주어 그의 손을 잡고 악수했다.

13.40

카일리와 리웨이는 협회 염탐에 실패했다. 올리버는 생각보다 감시가 삼엄한 곳에 머물고 있어서, 소환수도 쉽게 안으로 침투할 수 없었다. 그렇다고 용건 없는 카일리가 대뜸 안으로 들어가 올리버를 만나게 해 달라고 할 수도 없는 노릇이었다.

일행은 호텔을 잡고 며칠을 빈둥거리며 영국 협회의 연락을 기다렸지만 감감무소식이었다. 어느 정도 시간이 지나고, 세아는 결론을 내릴 수밖에 없었다.

"아무래도 보여 줄 마음이 없는 것 같은데."

"그런 것 같지? 그 소문이 사실일까?"

"아니면 올리버가 원하지 않았을 수도 있고."

지난 며칠 동안 영국 협회는 여러 번 올리버의 뜻을 전해 왔다. 그가 세아 일행과의 만남을 거절하고 있다는 것이었다. 평소라면 그러려니 하고 여길 떠났을 텐데, 느낌이 이상해서 선뜻 움직일 수가 없었다.

카일리와 리웨이는 세아의 표정을 살피며 혹시 불만이 있진 않은가 알고자 했다. 그러나 세아는 서두르지도, 조바심을 내지도 않고 느긋하게 지내는 중이었다. 객실에서 차를 끓여 마시기도 하고 혼자 산책을 즐기기도 했다.

일주일째 되는 날, 카일리가 세아 곁으로 다가가 말을 건넸다.

"세아, 고마워. 너도 마음이 급할 텐데 이렇게 기다려 주고……. 좋은 수도 없이 그냥 막연히 기다리고만 있는데."

"아니야. 그럴 필요 없어."

창가에 앉아 야경을 바라보던 세아는 가만히 고개를 젓더니, 카일리를 보고 살짝 웃었다.

"나도 기다리고 있거든."

카일리가 자신의 인내와 인격에 감탄하도록 내버려 두고, 세아는 호텔 밖으로 산책을 나섰다. 부러 주위를 살피지 않고 천천히 걸었다. 시간이 늦어 인적이 드물었고, 외진 길만 골라 걸으니 점점 더 한산해졌다.

호텔에서 나와 30분쯤 걸었을 뿐인데, 떠들썩한 번화가는 사라지고 쥐 한 마리 없을 듯 조용한 공터가 나타났다. 공원으로 조성하다가 공사가 중단된 후 방치된 땅이었다.

세아는 잡풀만 무성한 땅을 내려다보다가 고개를 돌렸다. 가로등이 있긴 하지만 사각지대는 분명히 존재한다. 세아는 제자리에 가만히 서서 한참을 머물렀다. 그리고 마침내 가로등 불빛 아래로, 세아가 내내 기다리던 사람이 나타났다.

그새 머리가 길었다. 식사를 제대로 못 했는지 살도 빠져, 얼굴이 전보다 훨씬 더 날카로워 보였다. 똑바로 부딪쳐 오는 눈동자가 전에 없이 탁하다. 손에 그럴 듯한 무기는커녕 돌조각 하나 없는데, 기세는 위협적이었다. 평소와는 분위기가 완전히 달랐다.

세아는 그쪽으로 완전히 몸을 틀었다. 웃음기 하나 없는 정이준의 얼굴을 향해 그녀가 미소를 던졌다.

"안녕, 이준아."

드디어 왔다. 그녀가 기다리던 사람이.

13.41

그 순간, 정이준이 달려들었다. 그가 제 머리카락을 잡아채기 전에 몸을 빼며 세아는 재빨리 주위를 살폈다. A급 헌터라도 잔뜩 끌고 올 줄 알았는데 주위에 사람이 하나도 없었다.

세아는 일단 결계를 펼쳐 다른 이들의 접근을 사전에 차단한 후 제자리에서 훌쩍 뒤로 물러났다. 쾅, 방금까지 서 있던 자리에 움푹 구멍이 팼다. 연기까지 피어올라 세아는 고개를 들어 이준의 무기를 살폈다. 뱀처럼 늘어나는 바로 그 칼이었다. 언제 꺼냈는지 보지도 못했다.

"이젠 몬스터 무기도 개조해서 써?"

세아가 기가 막혀 혼잣말을 했지만 이준은 전혀 듣지 못한 듯했다. 그는 선 자리에서 세아에게 시선을 고정했는데, 마치 목표물을 조준하듯 감정 없는 무표정이었다.

이준은 그대로 칼을 들어 어깨 뒤로 넘겼다가 휙 내던지듯 앞으로 뻗었다. 칼이 즉시 구불구불하게 늘어나며 세아의 목을 감싸려 들었다. 언젠가, 이 칼 때문에 죽었던 이준의 모습이 환영처럼 눈앞을 스쳤다.

세아는 중력을 상쇄하고 위로 높이 뛰어올랐다. 중력으로부터 자유로워진 몸이 하늘로 솟구쳤다. 세아가 있던 자리를 둥글게 감쌌던 칼이 확 조여들며 허공을 토막 냈다. 세아는 천천히 흙바닥으로 내려가며 이준을 노려보았다.

"정이준!"

아무래도 목소리가 닿지 않는 상태인 것 같다. 눈멀고 귀먹은 살상 병기, 그게 지금의 정이준이었다.

섣불리 무기를 만들어 낼 수는 없다. 아이템의 도움을 받고 있을 뿐, 이준은 어차피 힐러다. 머리를 쏴서 죽여 버리는 건 어렵지 않지만 산 채로 잡기가 어려웠다. 이준처럼 속박 스킬이라도 있다면 편하겠지만 세아의 공격 스킬은 대부분 적을 사망에 이르게 했다.

게다가 결계 안에서 스킬을 사용하는 건 불가능하다. 결계를 풀고 싸웠다가 미각성자가 휘말리기라도 하면 어떻게 될지 끔찍했다.

'할 수 없지.'

세아는 따로 챙긴 와이어를 꺼내 공중에 한 차례 휘둘렀다. 결계는 단단한 벽과 같아서 와이어도 붙일 수 있다. 스킬로 굴복시킬 수 없다면 방법은 하나뿐. 가까이 다가가서 안 죽을 정도로만 패자.

세아는 그대로 와이어를 휘둘러 결계 천장 쪽에 부착했다. 구불구불한 칼을 피해 몸이 휙 날아올랐다. 그러나 칼도 세아 못지않게 빨랐다. 이준에게 이걸 다루는 연습만 죽어라 시켰나 의심될 지경이었다.

날이 예리해 잘못 닿으면 바로 손목이 잘릴 것이다. 세아는 온몸의 감각을 바짝 곤두세우고 앞뒤에서, 머리 위에서, 발밑에서 마구 날아오는 칼날을 피해 숨 가쁘게 움직였다. 스킬 몇 개면 이준을 고꾸라뜨릴 수 있는데 이 짓을 하자니, 위기감보다는 짜증이 밀려왔다.

"정이준, 내 말 들려?"

이번에도 대답이 없다. 아무래도 오스카의 세뇌 스킬은 쉽게 깰 수 있는 건 아닌 듯했다. 세아는 와이어를 단단히 잡고 몸을 기울여, 벽을 밟은 채 있는 힘껏 달렸다. 몸이 반원을 그리며 나아가니 칼날이 예측 공격을 시작했다.

쾅, 쾅! 진로 방향에 칼날이 마구 내리꽂혔다. 세아는 그때마다 멈추는 대신 박힌 칼날을 뛰어넘거나 허리를 굽혀 피해야 했다. 흙먼지에 눈앞이 뿌옇게 변했고 목이 칼칼해졌다. 이 기나긴 술래잡기에 숨이 차오르기 시작했지만 멈출 수가 없었다.

이준은 둥근 결계 중앙에 있다. 어디서 접근하든 직선거리는 똑같다.

그러나 거기까지 가기 전에 칼날에 휘감겨 죽을 것이다. 아마 당근처럼 토막 나겠지!

세아가 이를 악물고 속도를 올리는데, 쭉 뻗어 나온 칼날이 그대로 눈앞을 스쳐 결계에 박혔다. 칼날은 눈알 바로 앞에서 번뜩였다. 하마터면 그대로 안구에 칼집이 날 뻔했다. 세아는 이준 쪽으로 느리게 고개를 돌렸다.

'죽여 버릴까?'

까짓 죽이고 그냥 다시 시작할까. 그러나 지금까지 너무 많은 걸 했다. 또, 지금 포기하고 이준을 죽인 후 다시 시작하기엔 무언가 한 가지가 마음에 걸렸다. 이준은 자신의 가장 강력한 스킬 중 하나를 사용하지 않고 있었다. 발동어 한마디면 모든 상황을 끝낼 수 있는데도.

'왜 속박 스킬을 사용하지 않지?'

세아는 칼날이 결계에서 쑥 빠져 나감과 동시에 그대로 와이어를 휘둘러 칼날에 붙였다. 날이 공중으로 높이 솟구치자 세아의 몸도 휙 딸려 올라갔다. 공중에서 한 바퀴, 위에서 아래로 내리치는 칼날의 움직임이 선명히 보인다.

칼날 위로 솟구쳤던 세아는 와이어를 붙잡은 채 아래로 뚝 떨어졌다. 그리고 와이어가 날에 잘리기 전에 휘두르는 반동을 이용해 몸을 이준 쪽으로 날렸다.

와이어를 놓는다. 발부터 그대로 이준의 얼굴 쪽으로 날아간다. 칼날이 급히 움직이지만 이미 너무 멀리까지 가 있어 돌아오려면 시간이 걸린다. 세아는 오른발을 뻗어 그대로 이준의 얼굴에 내리꽂았다.

퍽.

이준이 휘청 뒤로 넘어가는 동시에 칼을 놓쳤다. 세아는 그의 코를 짓뭉개지 않도록 발을 떼고 그의 몸 위로 올라탔다. 이준의 얼굴을 살피니 아직 의식은 남아 있었다. 눈이 여전히 안개 낀 듯 탁하다. 사람의 눈이 아니라 늪을, 아주 깊은 늪을 들여다보는 느낌이다.

세아는 그의 배 위에 올라탄 채 그대로 손을 들어 올렸다. 짝, 손바닥을 펼쳐 그대로 이준의 뺨을 내리친다. 맞는다고 정신이 들진 않겠지만 혹시 모르는 일이다. 세아는 이준의 눈을 똑바로 바라보며 왼뺨만 집요하게 갈겼다.

"정이준."

지긋지긋한 침묵. 세아는 때리기를 멈추고 이준의 멱살을 잡았다. 얼굴을 가까이 갖다 대고 눈의 상태를 살폈다. 상태는 아까와 똑같았다. 아무래도 이런 무식한 방법은 안 통하는 모양이었다.

"협회는 무슨 생각으로 너만 보냈지?"

답이 돌아오지 않을 걸 알면서도 세아는 물었다.

정이준은 절대 자기 상대가 될 수 없다. 이 세상 어떤 S급 헌터가 와도 머리통부터 박살 내줄 자신이 있다. 그런 데다 정이준은 전투 능력이 그리 뛰어나지도 않다. 당연히 다른 헌터와 함께 보냈어야 옳다. 그런데 협회는 정이준 하나만 이리로 보냈다.

가능성은 두 가지. 첫째, 그들이 정이준의 전투 능력을 과신했다. 둘째, 세아에게 다른 헌터를 보내면 모두 목이 잘릴 걸 알았다.

"약아빠진 새끼들."

세아가 탁 이준의 옷을 놓으며 한숨을 내쉬었다. 자신은 정이준을 죽일 수 없다. 히든 퀘스트를 클리어하려면 그의 정화 스킬이 반드시 필요하고, 다른 대안은 없다.

협회도 그걸 아니 정이준만 완전히 세뇌해서 이리로 보낸 것이다. 언제고 빈틈을 보일 때 정이준이 자신을 정화할 수 있도록. 치졸하고 소심한 수법이라 겁도 나지 않고 그저 웃겼다. 그러니까 이놈들은, S급이든 A급이든 헌터를 한 트럭 모아 인해전술을 펼 배짱도 없는 것이다.

세아는 일단 이준이 놓친 검부터 잡아 멀리 던져 버렸다. 저건 나중에 처리하고, 일단은 이준을 데려가야 한다. 제정신이 아니더라도 세아에게는 그가 꼭 필요했다.

"아플 거야."

세아는 자기가 팽개쳐 버린 와이어로 이준의 몸을 단단히 묶기 시작했다. 그때, 정이준이 두 눈을 번쩍 뜨더니 그대로 상체를 세워 머리로 세아를 들이박으려 했다.

예상한 일이라 세아는 여유롭게 몸을 뒤로 젖혀 피했다. 그런 다음 주먹으로 자기가 깔고 앉았던 정이준의 배를 있는 힘껏 내리쳤다.

"허억!"

"가만히 있어. 다치니까."

이준의 팔을 몸통에 딱 붙여 와이어로 말고, 그대로 발목까지 둘둘 감는다. 미라처럼 갑갑한 자세가 된 정이준이 벗어나려는 듯 꿈틀거렸다. 만신창이가 되어서도 세아를 죽이기 위해 움직이고 있다. 그걸 보고 있자니 기분이 묘했다.

"이준아."

이렇게 만나게 될 줄 알았고, 이날이 오기를 기다렸지만 막상 이렇게 되니 기쁘지만은 않다. 그래서 세아는 좀 더 부드럽게 말을 이었다.

"누나가 꼭 정상으로 만들어 줄게."

패서 정신 들게 하는 건 실패했으니 다른 전문가를 찾아가는 수밖에 없다. 세아는 중력 상쇄로 이준의 무게감을 줄이고 그를 자루처럼 둘러멨다. 이렇게 가까이 닿아 있으니 그가 전보다 훨씬 말랐다는 게 실감 났다.

'세뇌 상태에서도 음식은 먹겠지?'

일단 가서 밥부터 먹여야겠다. 돌아가는 길, 사람들이 힐끔거리며 쳐다봤지만 세아는 모두 무시하고 걸음을 재촉했다.

13.42

"이세아 말이야."

리웨이가 영어로 말을 걸어서, 카일리는 얼른 그쪽으로 고개를 돌렸다. 리웨이는 푹신한 침대에 슬라임처럼 퍼져 있었는데, 문명이 싫다던 사람 치고는 자연스러운 태도였다.

"좀 이상하지 않아?"

"뭐가 이상한데요?"

"아니, 마음 급할 텐데 너무 느긋하게 기다리고 있잖아. 솔직히 올리버 때문인 것 같지는 않고, 헌터 협회와 맞서고 있다면 한시라도 빨리 움직여야 하는데."

바로 그때, 벨이 울렸다. 카일리가 벌떡 일어나 문밖을 확인했다. 협회에서 보낸 사람인 것 같아서 카일리는 얼른 문을 열었다. 올리버에 대한 소식일지도 모른다.

양복까지 말끔하게 차려입은 남자는 카일리를 보고 살짝 고개를 숙여 인사했다. 협회의 소식을 전해 주러 종종 오던 사람이었다. 카일리는 기대를 품고 물었다.

"올리버한테 다시 이야기해 봤나요? 우리가 꼭 만나고 싶어 한다고……."

"네. 이번에도 거절했습니다."

"그래요? 그럼……."

"아쉽지만 올리버 헌터에게 더 이야기하기는 힘들 것 같습니다. 자꾸 같은 걸 물어 보니 예민해져서, 지난번에는 정말 큰 사고가 날 뻔했거든요. 아무리 어려도 S급 헌터니…… 어떤 규모의 사고인지는 짐작이 가시겠죠."

카일리가 입을 벙긋거리며 말을 잇지 못하자, 남자는 유감이라는 듯 한숨을 내쉬었다.

"저희도 올리버 헌터에게 많은 도움을 받았지만, 이렇게 고집을 부릴 때마다 정말 힘듭니다."

어쩌면 올리버가 감금된 채 중노동에 시달리고 있다는 건 정말 헛소문이었을지도 모른다. 헌터 사회에 알려진 대로, 까다롭고 콧대 높은 도련님일지도. 그렇다면 귀한 시간만 낭비하고 있는 셈이었다. 카일리가 포기하려던 그때, 갑자기 세아의 목소리가 들렸다.

"뭐야, 왜 다 내 방에 있어?"

협회원이 세아를 보더니 깜짝 놀라 옆으로 물러났다. 안에 있던 카일리도 그가 왜 그렇게 놀랐는지 곧 알게 되었다. 세아가 정이준을 짐짝처럼 어깨에 메고 들어선 것이다. 게다가 세아의 옷 군데군데 묻은 피까지.

"다, 다쳤어?"

"아, 내 피 아니야. 정이준이 코피를 좀 흘려서."

"코피라니, 갑자기 왜……."

"내가 얼굴 걷어찼거든. 잠깐 비켜 봐."

카일리가 현관에서 후다닥 물러나자, 세아는 성큼성큼 안으로 들어가 리웨이 옆에 있는 빈 침대에 정이준의 몸을 팽개치듯 내려놓았다. 그러더니 어깨와 목을 돌리며 현관 쪽으로 다시 다가왔다. 그녀가 협회원을 향해 물었다.

"뭐, 올리버는 이번에도 우리 보기 싫다나요?"

"네, 유감입니다."

"그럼 영국 협회는 말로만 협력하는 거네요. 협회의 뜻은 잘 알겠습니다."

"잠시만요, 저희가 원한 게 아니라……!"

"안녕히 가세요."

세아는 예의 바르게 인사까지 하고 협회원 면전에서 문을 쾅 닫아 버렸다. 그러더니 얼빠진 표정으로 자기를 바라보는 리웨이와 카일리를 향해 선언했다.

"올리버 문제는 우리끼리 알아서 하자."

"어……. 근데, 정이준은 어디서 갑자기 튀어나왔어?"

"나중에 말해 줄게."

세아는 고개를 절레절레 젓고 정이준 옆으로 다가갔다. 의식을 잃은 그를 잠시 내려다보던 세아가 다른 두 사람을 번갈아 보며 물었다.

"혹시 세뇌나 최면 무효로 돌릴 수 있는 사람?"

돌아오는 대답은 없었다. 세아는 짐작했다는 듯 고개를 끄덕이고 호텔 전화기를 들었다. 그녀의 뒷모습을 바라보던 카일리는 조심스럽게 물었다.

"세아? 정이준 최면 걸렸어? 오스카가 성공한 거야?"

"응."

"그럼 이제 어쩌려고?"

"어쩌긴. 밥 먹여야지. 저 모양이어도 밥은 먹여야 던전에 데려갈 거 아냐. 안녕하세요, 여기 룸서비스……."

카일리는 얼이 빠진 표정으로 리웨이를 돌아보았다. 리웨이는 입만 벙 긋거려, '내가 쟤 이상하다고 했지?'라고 말했다. 그러더니 슬쩍 '한국인 은 꼭 보는 사람마다 밥 먹이려고 하더라.'라고 혼잣말을 했다.

세아는 전화를 든 채 그쪽을 잠시 쏘아보았다. 리웨이가 어깨를 으쓱 하며 농담조로 덧붙였다.

"뭐, 틀린 말은 아니잖아. 지금 밥이 뭐가 그렇게 중요하다고. 지금도 우리 저녁 먹었나 안 먹었나 궁금하지? 우리 먹을 거 주문해야 하나 말 아야 하나?"

"……."

말을 말아야지. 세아는 그냥 이준이나 먹이기로 했다.

13.43

카일리와 리웨이는 세아가 와이어로 꽁꽁 묶어 놓은 이준 옆에 한참을 기웃거렸다. 룸서비스로 시킨 샌드위치와 감자튀김이 담긴 접시를 든 세아는 그들 쪽으로 다가왔다.

"왜 그래요?"

세아가 의아한 듯 묻자, 리웨이가 휙 그녀를 돌아보았다.

"괜찮으려나? 오스카가 데려갔었다며, 그럼 세뇌된 거 아니야?"

"맞아요. 침대 헤드에 기대게 해서 앉혀 봐요."

세아의 말에 카일리와 리웨이가 움직였다. 태연하게 걸어온 세아는 침대에 걸터앉은 후, 감자튀김을 들어 이준의 입에 갖다 댔다. 이준은 멍한 눈으로 한참 그걸 바라보더니 고개를 틀어 버렸다. 카일리는 좁아지는 세아의 미간을 분명 보았다.

"정이준."

서늘한 부름에 이준의 시선이 돌아갔다. 세아와 눈을 맞춘 그가 순간 팔다리에 힘을 주어 펼치려 했다. 이준의 몸이 들썩이며 탄력 있고 탄탄한 와이어가 순간 끊어질 듯 쫙 늘어났다가 다시 수축했다. 카일리가 경악에 차 외쳤다.

"달려들려고 하잖아! 먹여 주는데!"

"정이준, 입 벌려."

세아는 카일리의 외침을 무시하고 정확하게 명령했다. 리웨이는 흥미롭게 두 사람을 지켜보았다. 어쩌면 영화에서 봤던 것처럼 입으로 먹여 줄지도 모른다. 아니면 따뜻한 말씨로 달래 마음을 감화시키고…….

리웨이의 상상이 거기에 이른 순간, 세아가 왼손을 뻗어 턱 이준의 얼굴을 쥐었다. 엄지와 나머지 손가락으로 입가를 움켜쥔 그녀는 강한 악력으로 손을 조였다. 이준의 두 뺨이 뭉개지며 저절로 입이 벌어졌다. 세아는 강제로 벌어진 입에 감자튀김을 쑤셔 넣었다.

"씹어."

어떻게 세뇌된 것인지는 몰라도, 이준은 음식을 거부하고 뱉어 버리려 했다. 그러나 오래 굶주린 몸에 음식이 들어가자, 정신보다 몸이 먼저 반응했다. 이준은 감자튀김을 씹고, 삼켰다. 세아는 건성으로 그의 뺨을 토닥였다.

"그래, 잘했다. 이것도 먹어."

이번엔 샌드위치를 들어 이준의 입가에 갖다 댔다. 카일리와 리웨이는 흥미진진하게 상황을 지켜보았다. 이준이 천천히, 스스로 입을 벌렸다. 샌드위치를 조금 베어 먹더니 우물우물 씹으며 세아를 뚫어지게 바라보았다. 세아는 또 선심 쓴다는 투로, '잘했어.'라고 말했다.

다음에는 이준이 스스로 입을 벌렸다.

그 모습을 지켜보던 카일리가 어깨를 눈을 동그랗게 뜨더니 세아에게 말했다.

"신기하다. 너 알아보나 봐."

"난 죽여야 할 상대라 알아보는 거고, 지금은 그냥 배가 고픈 거겠지."

"근데, 이렇게 계속 묶어 놔도 괜찮아?"

세아는 대답하는 대신 이준의 입에 감자튀김을 하나 더 넣어 주었다.

와이어는 탄성 있고 자유자재로 늘어나는 만큼 정말 '철사'는 아니다. 하지만 한 사람의 무게를 지탱할 수 있을 정도로 억센데다, 사용하지 않을 때는 스스로 수축하는 속성이 있어서 살을 아프게 파고든다.

어깨부터 발목까지 둘둘 말아 묶었으니, 무척 갑갑할 테고 몸에 무리도 많이 갈 게 분명했다. 손목 발목처럼 맨살이 드러난 부분은 이미 와이어 때문에 붉어지기 시작했다. 이대로 두면 분명 피가 맺힐 것이다.

리웨이는 신중하게 이준의 몸을 살피며 혼잣말처럼 중얼거렸다.

"이러다 손이나 발 괴사 오는 거 아닌가?"

"아마 그럴 거예요. 잘 땐 풀어놓을 테니 걱정할 거 없어요."

"뭐?"

카일리와 리웨이가 동시에 소리치듯 되물었다. 세아도 이준도 그런 것에 신경을 기울이지 않았다. 먼저 나선 건 카일리였다.

"그러다 도망가면?"

"내가 감시하면 돼."

"잠들었는데 갑자기 달려들어서 죽이려고 하면?"

"내가 이기니까 걱정 마."

걱정이 안 될 리가 없다. 카일리와 리웨이는 셋이서 돌아가며 불침번을 서자고 제안했다. 누가 뭐래도 세아는 가장 중요한 전력이었고, 시스템을 없앨 수 있는 유일한 헌터였으니 다치게 둘 수는 없었다.

물론 세아는 딱 잘라 거절했다.

"둘 다 그럴 필요 없어요. 세뇌를 풀려면 정이준이랑 나랑 둘이 있는 게 나아요."

"하지만, 그런 걸로 어떻게 세뇌를 풀 수 있는데?"

리웨이는 이해할 수 없다는 투로 물었다. 세아는 그쪽을 돌아보며 가볍게 대답했다.

"그나마 정이준이랑 제일 가까운 게 저잖아요. 붙어 있으면서 실마리를 찾아 봐야죠. 오스카의 스킬에 당했으니 다른 헌터를 찾아가 세뇌를 풀어보라고 하는 것도 의미 없고, 우리 스스로 해결하는 수밖에 없어요."

꽁꽁 묶인 이준은 세 사람의 대화를 가만히 듣고만 있었다. 그러나 그의 시선은 시종일관 세아에게 붙박여 있어서, 카일리는 순간 오싹한 느낌까지 받았다.

카일리가 살며시 세아의 팔에 손을 얹으며 속삭였다.

"느낌이 너무 안 좋아. 그냥 불침번 서자. 가둬 놓으면 달아날 테니까…… 아니면 좀 부드러운 끈으로 묶어 두든지."

카일리는 아무래도 불안감을 떨칠 수가 없었다. 함께 시스템 던전에 갔을 때도 이준은 세아를 잘 따르긴 했지만, 지금과 같은 느낌은 아니었다. 그때는 충견처럼 꼬리를 흔들며 세아를 따라갔다면, 지금은 목표물을 정한 저격수 같았다. 아무 감정도 없는 무감한 눈동자.

카일리는 가볍게 몸서리를 쳤다. 정이준이 자신에게 속박 스킬을 사용했을 때보다 지금이 더 기분 나쁘다. 그때, 카일리가 뚝 굳어 버렸다. 속박 스킬!

"쟤 입 막아야 하는 거 아니야?"

"왜?"

"왜냐니, 속박 스킬 말이야!"

"아, 그건 괜찮아."

"하나도 안 괜찮아. 너 속박 스킬 걸려 본 적 없지?"

세아는 피식 웃더니 아무 대답도 하지 않았다. 그러더니 끝내 카일리와 리웨이의 불침번 제안을 거절했다. 아무리 강해도 자다 기습당하면 어쩌려고 이러나, 카일리는 혹시 모르니 밤새 문 밖에서라도 기다려야겠다고 생각했다.

그때, 세아가 아, 하고 손뼉을 치더니 명랑한 어조로 선언했다.

"그리고 내일 영국 협회 건물로 가자. 두 사람이 대충 위치는 알아냈으니까, 내일 올리버 얼굴을 볼 수 있을 거야. 정말 콧대 높은 꼬마가 우릴 거절하고 있는 건지, 아니면 그 소문이 맞는지 확인하자고."

"어떻게 하려고?"

입을 다물고 있던 리웨이가 불쑥 물었다. 세아는 속모를 얼굴로 씩 웃더니 대답했다.

"내일 말해 줄게요."

그렇게 카일리와 리웨이는 각자의 방으로 돌아갔다. 카일리는 못내 마음이 놓이지 않는 듯 자꾸만 뒤를 돌아보았다. 함께 돌아가던 리웨이가 그녀의 팔을 툭 건드렸다.

"너 왜 그래. 그래도 이세아 이름값이 있지, 허무하게 죽기야 하겠어."

"그래도 혹시 모르잖아요."

리웨이는 다시 시작해도 상관없을지 모른다. 그러나 카일리의 입장은 달랐다. 세아는 같은 생을 열 번 넘게 반복했다고 했는데, 그중 딱 한 번만 스테파니를 구해 주었다. 그 전에는 구할 필요가 없었거나 계기가 없었던 것이다.

생이 반복되어도 세아가 스테파니를 구해 줄까? 어쩌면 귀찮다고 생각할지도 모른다…… 세아와 동료가 되었을 때, 그녀가 스테파니를 구했을 때 상황을 끝내고 싶었다.

"이세아가 알아서 할 거야."

리웨이는 걱정도 안 되는 듯 하품을 하며 자기 방으로 돌아갔다. 아까는 함께 불침번을 서자고 하더니, 세아의 확언에 마음이 놓인 모양이었다. 카일리는 못내 불안하여 밤새 문 앞을 서성였다.

13.44

객실은 오싹하리만치 조용했다.

이준은 숨소리조차 내지 않고 세아만 바라보았다. 세아는 그를 앉힌 침대 맞은편에 앉아 턱을 괴고 한참 동안 시선을 맞추고 있었다. 무언가를 골똘히 생각하듯 고개를 약간 기울이고, 어떤 말도 하지 않은 채.

세아는 걸터앉았던 침대에서 일어나 이준에게 다가갔다.

"그거 알아, 이준아?"

단단히 묶은 와이어를 풀며 세아가 물었다.

"이게 부드러운 끈이라 풀 필요가 없었어도 널 풀어 줬을 거야."

돌아오는 대답이 없다. 아래서부터 푸니, 발과 다리부터 자유로워진다. 세아는 이준이 그대로 걷어찰지도 모른다고 생각해 몸을 긴장시켰지만, 그는 움직이지 않고 세아를 바라볼 뿐이었다.

"너 아직 정신 있는 거잖아."

속박 스킬을 사용하지 않았다. 속박 스킬이 갑자기 사용 불가하게 되었을 리도 없고, 협회도 그 스킬을 적극 활용하도록 세뇌했을 터다. 그런데도 이준은 내내 입을 다물고 침묵을 지켰다.

맞붙었을 때 부러 시간을 끈 것도 그걸 확인해 보고 싶어서였다. 이준이 완전히 지배당했다면 눈이 마주치자마자 속박 스킬을 사용했을 테고, 피할 방법도 없으니 어차피 죽을 운명이다. 그게 운명이라면 맞이하자. 다시 하면 된다, 그런 마음으로 이준과 마주 섰다.

그러나 이준의 입술에는 끝내 침묵뿐이었다. 세아는 그때 확신했다. 오스카가 정이준을 완전히 지배하지 못했다는 것을.

이준의 몸이 완전히 자유로워졌다. 세아는 이준에게서 눈을 떼지 않은 채 와이어를 치워 버렸다. 이제부터 버티기에 돌입한다. 이준이 자신을 공격하려 해도, 이 객실에서 달아나려 해도 무조건 눈을 뜰 수 있을 정도로 긴장한 채로 자야 한다.

"난 이제 잘 건데."

세아가 손을 뻗어 이준의 뺨을 매만졌다. 아무리 봐도 살이 너무 내렸다. 그게 특별히 마음 아픈 건 아니었지만 조금 안타깝긴 했다. 정말 어여쁜 얼굴이었는데, 지금은 정말 살기등등한 사냥꾼 같다.

"나 잘 동안 잘 참을 수 있겠어?"

이준은 미동조차 없이 앉아 있었다. 자기 앞에 선 세아를 올려다볼 뿐. 세아도 이게 도박이라는 걸 잘 알았다. 그러나 이렇게 이준을 자극하지 않으면 방법이 없다.

"못 참겠으면 깨워도 돼."

"……."

"네가 부르면 항상 일어날 테니까."

세아는 그에게서 손을 떼고 훌쩍 물러나 자기 침대로 돌아갔다. 이준은 눕지 않았고, 세아는 환한 불빛을 바라보며 똑바로 누웠다. 가벼운 긴장과 흥분이 밀려와 세아는 손을 한번 쥐었다 폈다. 그녀는 천천히 눈을 감았다.

꿈도 없이, 아주 잠시 잠든 것 같았다. 방금 잠들었다, 그렇게 느꼈는데 번쩍 눈이 뜨였다.

"누나."

어느새 자신의 위에 올라탄 정이준. 두 손을 뻗어 목을 조르는 정이준. 세아는 덤덤하게 그의 손목을 잡았다. 이준이 덜덜 떨면서 속삭였다.

"못 참겠어요."

"그래."

이준이 있는 힘껏 손을 조여 대답하기도 힘들었다. 세아는 압박에서 벗어나기 위해 이준의 손목을 꽉 쥐었다. 스킬이라도 사용해 손을 뗄 참이었다. 그때, 이준이 잔뜩 일그러진 얼굴로 중얼거렸다.

"나 죽여야 돼요."

세아가 눈을 깜빡이며 그를 올려다보았다. 아주 잠시, 모든 감각이 사라지고 이준의 고통이 또렷하게 보였다. 그가 이를 악물며 덧붙였다.

"내가 누나를 죽이기 전에."

거기까지가 정이준의 한계였다. 그의 검은 눈에서 이지가 사라지는 걸 세아는 똑똑히 보았다. 사람의 눈빛을 이렇게 자세히 들여다본 건 정말 처음이었다.

세아는 그대로 이준의 손목을 놓고, 오른손을 멀리 뻗었다가 크게 휘둘렀다. 짧은 포물선을 그린 주먹이 퍽, 둔탁한 소리와 함께 이준의 뺨에 꽂혔다. 충격이 상당했을 텐데, 그래도 헌터라고 이준은 넘어지지도 않았다. 목을 조이는 힘도 여전해서, 세아는 이제 정말 위기감을 느꼈다.

눌리는 목의 고통을 참으며 세아는 오른손에 무기를 만들었다. 날카로운 무기는 위험할 테니, 둔중한 손망치였다. 그리 크지 않아 조준하기도 쉬웠다.

아플 거야, 목소리가 나오지 않으니 그렇게 경고해 줄 수는 없었다. 세아는 팔에 힘을 주어 망치로 이준의 옆구리를 세게 후려쳤다. 퍽, 이준의 몸이 그대로 바닥에 나뒹굴었다.

침대에서 떨어질 때 요란한 소리가 났지만 이준은 비명조차 지르지 않았다. 아픔을 표현하는 방법을 잊어버린 사람처럼. 다만, 순간의 충격에 기침을 토했다.

"이준아, 콜록."

세아도 기침이 나기는 마찬가지였다. 미각성자라면 이만큼 목이 졸린 이상 말도 하지 못했을 텐데 그나마 다행이었다.

"뼈는 괜찮을 거야."

세아는 넘어진 이준 곁으로 가서 상태를 살폈다.

그냥 평범한 망치가 아니라 헌터의 능력으로 만든 무기다. 잘못 건드리면 즉사할 것 같아서 신경을 많이 썼다. 갈비뼈를 건드리지 않으려고, 또 내장을 터뜨리지 않으려고 섬세하게 힘 조절을 해야 했다. 피를 토하지 않는 걸 보니 다행히 잘 된 모양이었다.

세아는 이준의 몸을 부축해 일으켰다. 이준은 반항하지 않고 순순히 몸을 기댔다. 세아는 그를 침대에 앉히고 당부했다.

"너 내일 할 일도 있어. 오늘 좀 자 둬야 해."

이준은 아무 일도 없었던 것처럼 다시 세아만 응시했다. 세아는 빛이 꺼지는 듯 서서히 어두워지는 그의 눈을 관찰했고, 희미하게 돌아왔던 이준의 이성이 사라져 감을 느낄 수 있었다. 누울 생각도 없어 보여서, 세아는 그를 그대로 두고 자기 침대에 몸을 눕혔다.

아직도 목이 뻐근하게 아프고 심장이 심하게 두근거린다.

강심장이긴 하지만 옆에서 자던 사람에게 목이 졸렸다. 예상한 일이라고 해도 태연할 수만은 없다. 이런 상황에서 다시 잠들기는 어려울 것 같았다.

누운 채로 고개만 이준 쪽으로 돌렸는데, 어둠 속에서도 그의 표정이 생생하게 보였다. 눈이 어둠에 익숙해지도록 그와 엎치락뒤치락한 게 갑자기 우습게 느껴졌다.

"정이준."

나직하게 부르자 이준이 눈을 깜빡였다.

무슨 말을 해야 할지 잘 모르겠다. 어떻게 해야 이준의 세뇌를 풀 수 있는지 감도 오지 않는다. 그저 그를 계속 자극해야 한다는 걸 어렴풋이 짐작할 뿐.

세아는 아무 말이나 나오는 대로 쏟아 놓았다.

"카일리 동생 살아 있었어. 스테파니 말이야, 미국 약초 던전에서 실종된 어린 헌터. 지하가 이상하게 서로 연결되어 있어서 뜬금없이 한국 던전에 있더라니까. 우리가 모르는 게 얼마나 많은지, 밝혀지지 않은 게 얼마나 많은지……. 신기하지 않아?"

이준은 여전히 침묵으로 답할 뿐이었다.

세아가 한숨을 내쉬었다. 10년 후 미래까지 여러 번 살고 왔지만, 그때는 시스템이 사람의 몸을 입을 수 있다는 것도 몰랐다. 시스템 속성에 대해서도 전혀 몰랐다. 그렇다면 지금은 어떨까, 지금은 시스템에 대한 모든 걸 알고 있을까.

무서운 세상이다. 처음으로, 세아는 그렇게 생각했다.

"지금 스테파니는 우리 부모님이랑 너희 부모님이랑 같이 지내. 아, 혹시 너희 부모님이 인질이 될까 봐 내가 우리 부모님한테 부탁했어. 좀 보호해 달라고."

부모님 얘기에는 반응을 보일까 했는데 이준은 미동조차 없었다.

그 뒤로도 세아는 구구절절 지난 일을 늘어놓았다.

"리웨이랑은 어떻게 만났냐면……."

"내일은 영국 협회로 가서 오스카를 만날 건데……."

대답은 한마디도 돌아오지 않았다. 이준이 제대로 듣고 있는 건지, 아니면 아무것도 들리지 않는 상태인지 세아는 짐작조차 할 수 없었다. 그래도 그녀는 계속 말했고 한숨처럼 덧붙였다.

"떨어져 있는 동안 내가 어떻게 지냈나 궁금할 것 같아서."

그는 몇 번이나 열렬하게 마음을 고백했다. 당연히 세아가 어떻게 움직이고 있을지 염려했을 것이다.

세아의 머릿속으로 문득 그가 누나를 좋아한다고, 너무도 고통스럽다고 호소한 순간이 스쳐 갔다. 혹시, 하는 기대감이 갑자기 고개를 들었다. 사랑으로 구원하는 이야기는 오래전에 졸업했다. 그래도 모르는 일이다, 혹시 될지도.

그래서 세아는 이준의 눈을 보며 또박또박 뱉었다.

"이준아? 사랑해. 너를, 정말, 사랑해."

"……."

"될 리가 없지."

짐작은 했지만 그래도 아주 잠시 기대했다. 세아는 긴 숨을 내쉬며 천장을 쏘아보았다.

"너도 나중에 어떻게 지냈는지 얘기해 줘. 오스카가 너한테 무슨 짓을 했는지, 미국 협회는 어땠는지……. 내가 들어줄게."

이준은 자신을 죽이라고 했다. 죽임을 당하기 전에 먼저 죽이라고, 그래야 한다고. 그의 말에 따르는 게 맞을지도 모른다.

그와 싸울 때 잠시 생각했던 것처럼, 이준을 죽이고 자신도 죽고 처음부터 다시 시작하는 게 쉬울지도 모르겠다. 그러나 그러고 싶지 않았다. 카일리와 리웨이가 아까워서는 아니다. 그냥, 그러고 싶지 않았다.

'정 안 되면 그때 다시 시작하지, 뭐.'

태평하게 생각해 버리는 게 제일이다. 그러고 있자니 다행히 다시 잠이 찾아왔다.

13.45

이준은 그날 밤 내내 싸웠다.

'이준아? 사랑해. 너를, 정말, 사랑해.'

그 말이 없었다면 절대 버티지 못했을 것이다.

세아의 말에 감동해서 버틴 게 아니었다. 자신을 보며 진지한 얼굴로 사랑한다고 말하는 세아가, 어이가 없고 우습기도 하고 조금 귀엽기도 했다.

누나는 가끔 엉뚱할 때가 있어, 이준은 그렇게 생각했는데, 그건 오스카가 심어 놓지 않은 오직 그 자신만의 생각이었다. 말도 안 되는 일을 시도해 보는 세아의 모습은 더없이 사랑스러웠다.

몽글몽글 피어나는 감정은 오스카의 스킬이 만든 단단한 벽을 뚫고 들어와 이준에게 아주 잠시 닿았다. 아주 잠시.

그 잠시를 붙들고 그는 버텨야 했다.

세아는 자신이 견디기를 바랄 테니까, 버티기를 원할 테니까⋯⋯. 나중에 이야기를 들어준다고 했으니까. 정신이 온전히 돌아오면 꼭, 그때 누나 얼마나 어이없었는지 아느냐고 말해야지.

그 밤 내내 이준은 다시 세아를 깨우지 않았다.

6장. 세이브 포인트

13.46

다음 날, 카일리와 리웨이는 일찍부터 세아가 머무는 객실로 찾아왔다. 네 사람 중 가장 피곤해 보이는 건 세아도 이준도 아니고 카일리였다. 간단한 조식까지 먹고 나타난 리웨이가 카일리의 어깨를 툭 쳤다.

"넌 왜 다 죽어가?"

"피곤해서요."

카일리가 눈을 비비며 대답했다. 세아도 카일리가 왜 피곤한지는 짐작이 갔다. 정말 밤새 객실 앞을 지킨 모양이었다. 세아는 그에 대해 아무 말도 하지 않았는데, 오히려 리웨이가 타박했다.

"걱정하지 말고 잠이나 자라니까. 괜히 고생만 하고."

"그러는 리웨이는 너무 문명을 즐기는 거 아니에요? 조식까지 먹고 오고."

카일리가 픽 웃으며 받아쳤다. 그래도 밤새 아무 일도 없었다고 조금 안심이 되는 모양이었다.

"별일은 없었지?"

리웨이는 세아만 뚫어지게 바라보는 이준을 턱짓으로 가리키며 물었다. 세아는 대충 그렇다고 답하며 고개를 끄덕였다. 어젯밤에 무슨 일이 있었는지 하나하나 설명할 필요는 없으니, 지금 필요한 이야기를 해야 했다.

"영국 협회는 아무래도 올리버를 보여 줄 마음이 없는 모양이에요. 정이준도 왔으니 더 기다릴 필요가 없어요. 그러니까 이제 올리버를 확인하고 떠나야 해요."

"어제 생각해 둔 방법이 있댔지?"

리웨이의 물음에 세아가 고개를 끄덕였다.

"사실 좀 무식한 방법이에요. 그래도 제일 빠르고 간단하죠. 이 일로 영국 협회를 적으로 돌릴지도 모르지만……. 카일리, 너 정말 올리버를 확인하고 싶어?"

세아가 카일리 쪽으로 고개를 돌리며 확인하듯 물었다. 세아와 리웨이의 시선이 동시에 쏟아지자 카일리는 조금 당황해서 우물거렸다. 사실 리웨이도 올리버 문제에 열을 올리긴 했지만 카일리처럼 열정적인 건 아니었다. 카일리는 잠시 주저하다가 고개를 끄덕였다.

"응. 만약 네가 관여하고 싶지 않다면……."

"아니, 관여해야지. 우린 파티잖아."

동생 때문에 우는 카일리를 위로할 수는 없었다. 그러나 원하는 일을 함께할 수는 있다. 그리 멋있는 방법은 아니지만.

세아는 필요 이상으로 감동한 카일리의 표정이 부담스러워 재빨리 말을 이었다.

"그럼 내 말 잘 들어. 리웨이도요. 일단, 정이준이 나를 죽이려고 쫓아오도록 세뇌되었다는 걸 이용해서……."

13.47

영국의 젊은 헌터 협회장 아이작은 그날도 평화로운 하루를 시작했다. 자주 가는 카페에서 커피 한 잔을 산다. 그의 얼굴을 아는 직원이 미소와 함께 인사를 건네면, 그 역시 신사다운 미소로 화답한다. 오른손에 커피를 들고 걸어서 출근한다.

그야말로 소탈한 협회장의 출근길이다.

나중에 영국 총리가 되어도 가까운 곳은 자기 다리로 걸어 다니고 싶었다. 사진을 찍자며 다가오는 시민들, 어깨를 두드리며 친근하게 웃어 보이는 직원들. 그런 상상을 하면 마음이 한없이 가벼워지고 가슴은 낙관으로 부푼다.

핸드폰이 진동한 건 바로 그때였다. 건널목에서 신호를 기다리던 아이작은 재킷 주머니에서 핸드폰을 꺼내 발신인을 확인했다. 이세아 헌터다. 전에 만났을 때 번호를 주고받기는 했지만 직접 전화를 걸어 온 건 처음이었다. 어쩌면 올리버 이야기를 하려는지도 모른다.

"피곤하네."

아이작은 자기도 모르게 중얼거렸다. 같은 나라 사람도 아니고, 어깨 한번 스친 적 없는 꼬마 헌터에게 뭐 이리 관심이 많은지 모르겠다. 그래도 일단 전화를 받아야 했다.

한차례 목을 가다듬은 아이작이 명랑한 목소리로 인사했다.

"이세아 헌터, 안녕하세요."

"협회장님, 좀 도와주세요! 아아악!"

갑자기 비명이 터져 나와서 아이작은 핸드폰을 확 귀에서 떨어뜨렸다. 어찌나 큰 소리였는지 귓속이 얼얼하게 아플 지경이었다. 마침 신호가 바뀌어, 아이작은 허둥지둥 길을 건너며 세아를 불렀다.

"이세아 헌터? 무슨 일입니까? 무슨 도움이 필요한데요?"

"지금 미국 협회에서 보낸, 헉, 헉, 다른 헌터가, 제 뒤를, 헉, 쫓아온다고요!"

한국이 헌터를 셋이나 보유하고 국제 사회에서의 위상을 높여 가던 시기에 급하게 배운 한국어, 이렇게 숨 가쁘게 쏟아지면 제대로 이해할 수가 없었다. 그래도 대충은 알아들어서 아이작은 살짝 미소를 지었다.

"곤란하신 모양이네요. 그럼 저희가 사람을 보내죠."

"그럴 필요 없어요, 지금 영국 협회 앞이니까! 사람들한테 좀 도우라고 해요! 으아악, 살려 줘!"

"뭐라고요, 협회……."

"지하에 대피소 있죠? 헉, 헉, 안 돼, 나 죽이지 마!"

"지하?"

아이작의 얼굴이 딱딱하게 굳었다. 그는 걷는 것도 잊고 우뚝 멈춰 서더니 버럭 소리를 질렀다.

"지하는 안 됩니다! 거긴 절대 안 돼!"

"왜 안 되는데요?"

방금까지만 해도 살려 달라고 아우성치더니, 목소리가 갑자기 서늘해졌다. 그러나 그것도 잠시, 세아는 금방 다시 호들갑을 떨며 살려 달라고 소리쳤다.

완전히 당했다. 빌어먹을, 미국 협회가 보낸 헌터가 어쩌고도 다 핑계일 뿐이다.

아이작은 전화를 끊어 버리고 커피도 바닥에 팽개쳤다. 멀리 보이는 협회 건물로 전력 질주하는 내내, 이미 늦었다는 생각밖에 들지 않았다.

13.48

올리버는 거의 검은색처럼 보이는 푸른 눈을 가지고 태어났다. 결 좋은 갈색 머리카락은 햇빛을 받으면 금빛으로 반짝반짝 빛났다. 어릴 때부터 얼굴에 아이 특유의 귀여움과 총명함이 깃들어 있었다.

아마 부모를 일찍 잃지만 않았다면 모델이 되었을지도 모른다. 적어도 재앙이 발발하지만 않았다면 평범한 삶을 살았을 것이다. 아니, S급 헌터로 각성하지만 않았다면 불행하지는 않을 터다.

5년 전, 던전이 열렸고 몬스터에게 쫓기던 올리버는 S급 헌터로 각성했다. 전투 능력은 거의 없었지만, 손에 잡힌 잡초를 날카로운 칼로 만들어 몬스터의 목을 꿰뚫었다. 그러고도 자기가 무슨 짓을 했는지 몰랐다.

그때 마침 시민의 안전과 헌터 관리를 기치로 내세운 헌터 협회가 출범했고, 얼마 지나지 않아 협회원이 거리를 돌아다니며 이렇게 외쳤다.

'모든 시민은 협조하십시오. 각성 검사에 응하십시오.'

올리버가 머물던 보육 시설로도 협회원이 찾아왔다. 아이들을 한 줄로 세워 놓고 무감한 얼굴로 검사를 이어 가던 협회원의 표정이 올리버 차례에 완전히 바뀌었다. 그는 눈을 몇 번이나 깜빡이며 올리버를 바라보았다.

'협회로 같이 가자. 너 이름이 뭐니?'

'올리버요……'

'그래, 올리버. 넌 이제 영국의 S급 헌터야. 자랑스럽게 여겨라.'

당연히 올리버는 그 말을 이해하지 못했다. 협회원을 따라가면 어떤 미래가 펼쳐질지도 몰랐다.

협회는 올리버의 능력을 철저히 조사하고 분석했다. 어린 올리버는 묻는 말에 모두 솔직히 대답했다. 대부분의 제작 계열 스킬을 보유하고 있다는 것, 스킬 등급도 대체로 S라는 것, 공격 스킬은 거의 없다는 것까지. 협회의 실망은 컸다.

다른 국가의 S급 헌터는 거의 다 공격형이었다. 던전을 공략하여 안정화하고 몬스터로부터 시민을 보호하기에 적격인 자들이 많았다. 그런데 영국에서 나온 S급 헌터는 어린애인 데다 힘도 없었다.

당시 소년 협회원이었던 아이작은 늙은 협회장에게 이렇게 제안했다.

'S급 아이템을 독점해야 합니다. 올리버에게 제작을 시키고, 그 무기를 소량만 외국에 판매하는 건 어떨까요. 물론 레어 무기는 영국 A급 헌터에게 우선 지급하고요.'

그날부터 올리버는 이유도 모르는 채로 제작에 착수했다. 그때 그는 여덟 살이었다.

처음에 협회는 그에게 돈도 주었고, 머물 수 있는 집도 제공했으며 돌봐 줄 사람까지 붙여 주었다. 무척 호화롭고 안락한 생활이었다. 매일 정해진 시간에 협회로 가서 아이템을 제작해야 한다는 것만 제외하면.

그런 생활이 몇 달쯤 이어지자, 여덟 살에 불과한 올리버에게도 의문이 생겼다. 그는 감시 겸 독려를 위해 찾아온 아이작을 올려다보며 무구하게 물었다.

'다른 S급 헌터들은 서로 만난다는데, 왜 나는 못 가요?'

S급 아이템을 한 나라가 독점한다는 게 어떤 의미인지, 올리버는 몰랐다. 자기가 만드는 아이템으로 영국 협회가 어떤 이득을 취하고 있는지도 몰랐다.

'친구들 보러 가고 싶어요. 다른 사람도 만나고 싶고……'

올리버가 다른 나라의 성인 S급 헌터처럼 자의로 행동하게 된다면, 협회의 통제를 벗어난다면, 영국 협회는 아주 곤란해진다. 아이작은 물론이고 당시 협회장도 하나뿐인 S급 헌터에 대한 지배력을 잃고 싶지 않았다. 그래서 아이작은 협회장에게 두 번째 제안을 했다.

'다른 나라들 하는 걸 보십시오. 젊은 S급 헌터한테도 쩔쩔매며 비위 맞춰 주기 바쁩니다. 그 S급들은 협회를 위해 일하지도 않고 여기저기 외국을 돌아다니죠. 올리버는 그래선 안 됩니다. 싹을 잘라야 해요.'

너무도 간단하게, 올리버는 협회 지하 작업실에서 생활하게 되었다.

영리한 올리버는 반항하고 싸우고 탈출할 방법을 모색했다. 그러나 주위에는 영국의 A급 헌터가 진을 치고 있었다. 전투 능력이 전혀 없는 올리버는 그들과 맞설 수 없었다.

아이템을 만들어 탈출하려 해도 번번이 감시자에게 발각되었다. 그들은 올리버가 새로운 아이템, 용도를 짐작할 수 없는 아이템을 만들려고 하면 즉시 제지했다.

아이작은 다정한 형처럼 와서 올리버의 어깨를 짚었다.

'그냥 시키는 대로 하면 돼.'

작업실은 더없이 쾌적했다. 흰 책상, 말끔한 미색 벽, 필요한 만큼 지급되는 재료. 심지어 공기청정기에 마음을 위로해 줄 식물까지 있었다. 그러나 올리버는 점점 지쳐만 갔고 무기력에 잠겼다.

아무리 먹으려 해도 앙상해지는 손가락, 빛이 사라진 퀭한 눈……. 지하에서 일하는 올리버의 모습을 본 협회장은 찜찜한 투로 아이작에게 말했다.

'이래도 되는 건지 잘 모르겠군.'

'흔들리지 마세요. 한국이 S급 헌터 셋을 보유한 후, 그들의 국제

적 위상이 달라지고 있습니다. 우리에겐 올리버 하나뿐이니 끝까지 통제 아래 둬야 합니다.'

'하지만 만드는 아이템이 점점 더 평범해지고 있어.'

그건 어쩔 수 없는 일이다. 자유롭게 살며 창의성을 마구 발휘하던 시절과는 당연히 다르다. 깜짝 놀랄 정도로 독특하고 특별한 아이템을 만들어 내던 올리버는 이제 움푹 꺼진 눈으로 총이나 검 같은 평범한 무기를 만들 뿐이었다.

아이작은 단호하게 고개를 저었다.

'그래도 여전히 전부 S급 아이템입니다. 고가고, 저 아이템을 얻기 위해 외국 헌터들까지 줄을 서고요.'

그 상태로 1년이 더 지났다. 총명하고 똑똑하다 해도 올리버는 어린아이였고, 어른들의 감시 앞에서 무력했다. 어려운 환경 속에서도 명랑하고 환하던 마음은 보이지 않는 폭력 속에서 서서히 죽어 갔다.

계절도 밤낮도 모르고 일하다가 1년이 지났음을 알게 된 날, 올리버는 깨달았다. 앞으로 절대 여기서 벗어나지 못하리라는 걸. 자기에게 주어진 세상, 허락된 세상은 여기가 전부라는 걸.

그 뒤로 올리버는 반항하지도, 달아나려 하지도 않고 묵묵히 협회의 지시에 따랐다. 그러자 달콤한 사탕처럼 몇 가지 보상이 주어졌다. 전보다 훨씬 더 다정해진 아이작, 실내 정원 산책 시간……

'이제 여기서 쉬면 돼.'

실내 정원에 처음 간 날, 아이작은 그렇게 말했다. 전처럼 어깨를 다독이면서 마치 친형처럼.

하지만 그 실내 정원 역시 지하에 있었다. 땅을 파고, 그 위로 유리 천장을 얹었다. 컴컴한 지하에서 그곳에만 햇빛이 환하게 쏟아졌다.

바람 한 줄기 없이 빛만 보고 자라니, 실내 정원의 식물은 자주 병에 걸리고 비실비실했다. 올리버는 흰 점이 징그럽게 돋아난 이파리를 뚝뚝 뜯으며 멍하게 정신을 놓고 쉬었다.

1년이 더 지났다. 다시 1년. 시간은 막힘없이 흘렀다.

올리버의 키는 거의 그대로였다. 생각도 어느 지점에서 멈추고 더는 자라지 않았다. 올리버는 가끔 자기 나이도 잊었다. 나이 같은 게 의미 없는 세상에서 살았으므로.

그래도 계절이 지나가는 걸 알 수 있어서 좋았다. 빗방울 떨어지는 유리 천장을 바라보고 있으면 아주 잠시 마음이 편안해졌다.

그날도 그런 날이었다. 비가 오지 않아 아쉬운 날.

햇볕이 따뜻하게 몸을 감쌌다. 올리버는 가만히 눈을 감았다. 자신이 이 정원에서 자라는 식물이 된 느낌이 들었다. 계속 서 있으면 발에서 뿌리가 생기고 어깨와 머리에서는 얇은 가지가 자라나 하늘로 뻗어갈 듯했다. 그렇게 되자. 그렇게 되어 버리자.

바로 그때, 엄청난 고함이 들렸다.

"으아아악, 살려 줘! 구해 줘요!"

올리버는 모르는 언어였다. 그러나 소리만은 똑똑히 들을 수 있었다. 쾅, 쾅, 무언가 터지는 소리와 주위를 지키던 A급 헌터들의 비명, 들어오지 말라는 외침, 아까 들린 여자 목소리.

올리버는 엉거주춤하게 서서 뒤를 돌아보았다.

그러자마자 한 여자가 통로에서 튀어나왔다. 길게 날리는 검은 머리카락, 검은 눈, 동양인의 얼굴.

긴 다리로 성큼성큼 다가온 여자가 그대로 올리버의 몸을 휙 안아 들었다. 올리버가 상황을 파악하기도 전에 여자는 다시 움직였다. 유리로 막힌 천장을 올려다보던 그녀는 품의 올리버를 보며 물었다.

"안녕, 올리버. 너 올리버 맞지? 여기서 나가고 싶어?"

다행히 이번에는 영어였다. 분명 말뜻은 이해했는데, 대답을 할 수가 없었다. 이 사람은 누구일까, 모르는 사람이라곤 하나도 들어오지 않던 지하에 어떻게 들어왔을까. 쫓기는 듯 들어와 놓고 왜 한가하게 이런 걸 묻는 것일까.

"올리버, 여기서 나갈 거야?"

수십 번의 탈출 시도, 수십 번의 좌절, 수십 명의 A급 헌터. 올리버는 망연히 세아를 바라보다 고개를 저었다. 그리고 작지만 분명한 목소리로 속삭였다.

"못 나가."

그 말을 듣자마자 여자가 싱긋 웃었다. 여자의 다음 말은 또렷하게 올리버의 귀에 꽂혔다.

"아니, 우린 나가."

여자가 올리버를 안지 않은 다른 손을 위로 치켜들었다. 손끝에서 형태 없는 총알이라도 발사된 듯 으지직, 하는 소리와 함께 유리 천장에 금이 갔다. 올리버가 하늘을 올려다보자마자 날카로운 파편이 찬란한 비처럼 쏟아졌다.

아, 비다. 그러나 몸이 젖지 않았다. 파편에 살갗이 찢기는 고통도 없었다.

잠시 결계를 펼친 여자는, 통로 너머에서 우르르 쏟아지듯 나타난 영국 헌터들을 보고 빙긋 웃었다. 그리고 그 사이에 있는 동양인 남자에게 소리쳤다.

"정이준, 너도 따라와!"

올리버를 안은 여자의 팔에 꽉 힘이 들어갔다. 그녀가 두 발로 바닥을 박차고 날아올랐다. 다리를 붙잡고 있던 중력의 손아귀에서 벗어난 듯 자유롭게, 빠르게, 또 우아하게. 중력을 상쇄하고 벽을 밟아 하늘로 치솟는 여자의 품에서 올리버는 바람을 느꼈다.

위에는 진짜 하늘. 아래는 반짝이는 유리 파편. 자기를 꽉 안은 사람의 체온. 올리버는 날고 있었다. 날아서 이곳을 떠나고 있었다. 바람이 맹렬하게 머리카락을 흔들고 상기된 뺨을 식혀 주었다.

고개를 들어 여자의 얼굴을 본다. 깊은 지하의 벽을 밟고 해를 향해 날아오르는 새 같다. 자신만만한, 아니, 신이 난 듯도 한 얼굴. 쫓아오는 헌터 따위 조금도 신경 쓰지 않는 듯 환한 표정. 목적지에 고정된 검은 눈. 잠시도 멈추거나 주저하지 않는 두 다리.

벽을 밟고 밟아서 마침내 지상으로 솟구쳤을 때, 땅 위를 밟았을 때. 여자는 올리버를 내려다보며 웃었다. 친절해 보이려고 그런 게 아니라, 그저 이 활극이 즐겁고 유쾌해서 웃지 않고는 견딜 수가 없는 듯했다.

"우리 더 뛰어야 해. 갈 수 있지, 올리버?"

바람이 불었고 여자의 머리카락이 길게 흩날렸다. 그렇게 올리버는 첫눈에 이세아에게 홀렸다.

13.49

영국 협회는 아수라장이 되었다.

지하는 엉망이 되었고, 올리버가 머물던 작업실의 민감한 재료도 소란에 휘말려 전부 상호작용을 일으켰다. 그것 때문에 크고 작은 폭발이 일어나 몇 명의 헌터가 부상을 입었다. 게다가 실내 정원은 산산이 부서져 쑥대밭이나 다름없었다.

"이게 대체 뭐 하는 짓입니까!"

아이작은 올리버를 한 팔로 안은 세아 앞으로 성큼 나서며 소리쳤다. 협회 건물 앞에서 그런 짓을 하는 바람에 지나가는 모두의 시선이 그쪽으로 쏠렸다. 세아는 올리버를 고쳐 안으며 아이작의 얼굴을 똑바로 바라보았다.

"죄송하게 됐네요. 이미 아실 수도 있지만, 미국 협회에서 보낸 정이준 헌터의 상태가……."

"개소리!"

"한국 욕도 아세요?"

태연한 대꾸에 아이작의 얼굴이 시뻘겋게 달아올랐다. 그는 세아에게 안겨 이쪽의 눈치를 보는 올리버를 바라보다가 내뱉듯 대꾸했다.

"이렇게 속 보이는 짓을 할 줄은 몰랐습니다. 미국 협회 평계를 대면 넘어갈 줄 알았나 본데, 이 일은 반드시 책임을 져야 할 겁니다."

"책임져야 할 건 당신이죠. 어린애를 학교도 안 보내고 가둬 놓다니."

"남의 나라 일에 간섭 마십시오. 이미 정부와도 협의가 끝났습니다."

"그건 아무에게도 들키지 않았을 때의 얘기겠죠. 사람들이 이 일에 주목하기 시작하면 정부가 당신을 도와 줄까요?"

아이작이 주먹을 불끈 쥐며 세아를 노려보았다. 그러더니 곧 세아를 향해 달려오는 이준을 보며 눈을 빛냈다. 세아 역시 아이작의 변화를 알아차렸지만 눈 하나 깜빡하지 않았다. 이미 대비해 두었다.

"으아악!"

허둥지둥 달려온 카일리와 리웨이가 소리를 지르며 와락, 이준의 등을 덮쳤다. 두 사람의 무게를 이기지 못한 이준이 균형을 잃고 바닥에 나뒹굴었다. 그 모습을 확인한 세아는 핸드폰을 들고 몰려들기 시작한 사람들을 둘러보았다. 곧 아이작과 다시 눈이 마주쳤다.

"사람들이 사진을 찍네요. 아무래도 신기하겠죠. 올리버는 이제껏 밖에 나선 적이 거의 없으니까."

"약속과 다르지 않습니까. 영국 협회가 당신에게 협력하는 대신……."

"그건 당신이 어린애나 착취하는 사람인 줄 몰랐을 때 얘깁니다."

세아는 단호하게 그의 말을 끊었다. 아이작의 얼굴이 흙빛으로 변하는 걸 보며 그녀는 마지막 말을 덧붙였다.

"그리고 이제 협회장 자리도 잃게 될 텐데요, 뭐."

그렇게 말하고 세아는 뒤도 돌아보지 않고 몸을 틀었다. 넘어진 카일리와 리웨이에게 일어나라고 얘기한 다음, 이준은 직접 잡아 일으켜 주었다.

다행히 이준은 무시무시한 기세로 쫓아오기만 할 뿐, 당장 달려들지는 않았다. 세아의 손목을 아프도록 세게 움켜쥐었지만 그뿐이었다. 세아는 한 팔로 안아든 올리버를 보며 영어로 물었다.

"혹시 배고파?"

"네?"

"아침 먹어야지."

이번에는 리웨이도 세아를 놀리지 않았다. 올리버는 누가 보기에도 밥을 먹어야 할 것처럼 보였기 때문이다. 나뭇가지처럼 마른 손가락과 움푹 들어간 눈을 보다가 카일리는 괴로운 듯 고개를 돌려 버렸다.

하지만 세아는 올리버가 건강하다는 사실을 느낄 수 있었다. 좀 마르고 기운이 없긴 하지만 뺨과 입술에 아이다운 명랑한 홍조가 돈다. 잘 먹이고, 잘 재우고, 잘 놀게 하면 금방 또래처럼 튼튼해질 것이다.

"아침 먹으면서 이야기하자. 우리가 누군지도 얘기해 줄게."

그렇게 말하며 세아는 슬쩍 카일리를 돌아보았다. 마음이 아픈 듯 보였지만 그래도 카일리는 뿌듯한 듯했다. 그러면 됐지, 뭐. 세아는 그쯤에서 생각을 그치고 호텔로 걸음을 옮겼다.

13.50

아이작은 실각했고, 영국 신문에 대문짝만하게 얼굴이 실렸다. 영국 왕실과 정부는 이런 참혹한 일이 벌어지는 줄 몰랐다며 발을 뺐으며 세아에게 올리버의 신변을 넘기라고 요구했다가 거절당했다.

열세 살밖에 되지 않은 S급 헌터가 5년 동안 지하에서 착취당한 사실이 세상에 밝혀지자 사람들은 모두 분노했다. 올리버가 만든 아이템을 자진해서 반납하는 헌터도 꽤 많았다.

세상이 얼마나 시끄럽든, 할 일이 있는 세아는 카일리와 리웨이를 불렀다. 세 사람은 둥근 테이블에 둘러앉았다.

"일단 올리버는 여기 있고 싶지 않대요. 아무래도 길을 나다닐 때마다 사람들이 쳐다보고 사진 찍고 하니까 부담스러운 거겠죠."

"그럴 만도 하지."

리웨이는 진지한 얼굴로 고개를 끄덕였다. 실제로 현재의 올리버는 영국의 가련한 스타나 마찬가지였다. 사람들 머리에서 잊힐 때까지 안전한 곳에 머무는 게 나을지도 몰랐다.

"진찰을 받아 봤는데 건강엔 문제없고요. 생각해 봤는데, 그래서 일단 한국 집에 맡길까 해요. 거긴 저랑 정이준 부모님도 계시고 무엇보다도 스테파니가 있잖아요. 스테파니는 열여덟 살이니 올리버와 나이 차이가 좀 나긴 해도, 공통 관심사가 있으니 잘 지낼 수 있을 거예요."

"올리버도 그러겠대?"

카일리의 물음에 세아가 고개를 끄덕였다. 이미 올리버와는 대부분의 이야기를 끝냈다. 어린 시절 대부분을 지하에 갇혀 지냈는데도, 올리버의 말과 행동은 조숙하고 정확했다. 아마 어른들 눈치를 많이 봐서 그런 게 아닌가 싶었다.

"상관없대."

"그럼 한국으로 가야겠네."

리웨이가 가벼운 어조로 말을 받았다. 그러더니 한쪽 구석으로 고개를 돌려 얌전히 앉아 있는 정이준을 바라보았다.

"쟤는 어쩔 건데?"

이준은 처음처럼 세아에게 달려들지 않지만, 그래도 안전한 상태는 아니었다. 그렇다고 오스카를 능가하는 헌터를 찾아가 세뇌 스킬을 무효로 돌리라고 부탁할 수도 없었다. 아무 방법 없이 막연히 기다려야 하는 상황.

세아는 잠시 고개를 숙여 매끈한 테이블을 내려다보았다. 사실 어떻게 해야 할지 이미 알고 있다. 결심하고 말하기가 쉽지 않을 뿐. 마침내 세아가 고개를 들었다.

"오스카를 죽여야겠어요. 스킬 사용자를 죽이면 세뇌가 풀릴지도 모르죠. 솔직히 정신계 스킬이 그렇게 간단할 것 같진 않지만, 그래도 시도해 볼 가치는 있을 겁니다."

리웨이는 그럴 줄 알았다는 듯 고개를 끄덕였지만, 카일리는 너무 놀란 듯 입을 딱 벌리더니 바로 반대하고 나섰다.

"안 돼. 한국 협회장 죽인 건 그렇다 쳐도, 같은 S급 헌터까지 죽이면 분명 말이 나와도 나올 거야. 독일 협회까지 끌어들이게 된다고."

"그러니까 몰래 해야지."

"S급 헌터 죽일 수 있는 사람이 몇 명이나 있겠어? 당연히 네가 제일 먼저 의심받지!"

세아는 아무 대답도 하지 않았다. 솔직히 지금 심정은, 의심을 받더라도 오스카의 목을 잘라 버리고 정이준을 원래대로 돌려놓고 싶었다.

이준이 오기를 기다릴 때까지만 해도 자신 있었다. 조금만 자극을 주면 세뇌 따위 금방 풀 수 있을 줄 알았기 때문이다. 그러나 인내심은 하룻밤 사이에 동나고 부글부글 끓는 듯한 답답함과 분노만 차올랐다.

이미 시간을 많이 낭비했다. 연구원 곽남주의 몸을 빼앗은 시스템을 없애긴 했지만, 그것도 임시방편일 뿐이다.

시스템이 다른 사람의 몸에 다시 들어갈 수 있는지, 아니면 한 생에 한 번만 그런 속임수를 쓸 수 있는지, 그것조차 모르는 상황. 이대로 계속 어물거리며 시간을 끌 수는 없었다.

물론 카일리의 생각은 달랐다.

"네가 정말 시스템을 죽이고 나면 세상이 원래대로 돌아갈 텐데, 거기서 범죄자로 살 수는 없잖아."

"계속 다시 사는 것보다는 범죄자로 사는 게 나은 것 같은데……."

"다른 방법이 있을 거야."

카일리는 단호하게 말했다. 세아는 그 말을 대강 흘려들으며 동의하는 척 고개를 끄덕였다. 카일리 말대로 더 좋은 방법이 있기야 하겠지만, 그런 방법을 찾을 때까지 기다리지 못할 것 같았다.

"자, 그럼."

리웨이가 테이블을 톡톡 두드려 분위기를 바꾸었다.

"오늘 바로 가는 거지? 한국."

13.51

세아는 부모님이 전송한 주소지로 찾아갔다. 세아 자신의 집도, 부모님 집도 아니고 완전히 모르는 곳이었다. 산을 등지게 해서 지은 단독주택이었는데, 벽이나 지붕에 세월의 흔적이 남은 걸 보니 부모님이 새로

구입한 모양이었다.

"세아야!"

세아의 어머니와 아버지, 이은선과 이대우가 두 팔을 벌리고 뛰어나왔다. 요란하고 호들갑스러운 환영이라 세아는 조금 얼떨떨했다. 미각 성자 시절의 부모님만 보다가 갑자기 A급 헌터 부모님을 만나니, 무척 낯설었다.

"이준아!"

물론 달려 나온 이준의 부모 역시 낯설긴 마찬가지다. 세아는 자기 부모님한테 눈인사를 하고, 얼른 이준 앞을 막아섰다. 갑작스러운 자극은 금물이다.

"지금 이준이 상태가 좀 안 좋아서요. 갑자기 접촉하면 위험할 수도 있습니다."

"역시 협회가……"

단숨에 얼굴이 어두워진 이준의 어머니가 입술을 꽉 깨물며 중얼거렸다. 세아는 괜찮아질 거라고, 자기와 다른 파티원이 방법을 찾아 낼 거라고 말했다. 그런 다음 뒤에 쭈뼛거리며 서 있는 올리버를 소개했다.

"이쪽은 올리버, 영국 S급 헌터예요. 한국어는 배운 적이 없어서, 영어로 말하면 알아들을 거예요."

"안녕, 올리버. 한국은 처음이지?"

세아의 어머니 은선이 명랑한 영어로 인사했다. 올리버는 마치 인사하듯 살짝 손을 들었다 내린 후, 어쩔 줄 모르고 세아만 올려다보았다. 세아는 그의 어깨를 다독거리며 주위를 둘러보았다.

"스테파니는 어디 있어요?"

곧 밖으로 나온 스테파니에게 세아는 올리버를 소개해 주었다. 스테파니는 자기 언니 카일리는 쳐다보지도 않고 세아만 바라보며 고개를 끄덕이더니, 올리버의 손을 이끌고 집 안으로 들어가 버렸다.

그 냉랭한 반응에 카일리의 표정이 어두워졌다. 세아는 흘끗 그녀의 얼굴을 살핀 후 모두와 함께 거실로 들어가려 했다. 이준의 상태에 대해 좀 더 자세히 이야기하기 위해서였다.

"그럼, 일단 안으로……."

"세아야!"

은선이 비명처럼 딸의 이름을 부른 순간, 얌전하던 이준이 확 달려들었다. 둘의 몸이 잔디가 깔린 흙바닥에 마구 나뒹굴었다. 불시에 공격 받아 쓰러진 세아는 자기를 깔고 앉은 이준의 얼굴을 보며 숨을 몰아쉬었다. 그녀는 당황하는 대신 크게 외쳤다.

"다들 가만히 계세요!"

우르르 달려들던 사람들이 딱 움직임을 멈추었다. 세아는 이준만 들을 수 있을 정도로 작은 목소리로, 태연하게 속삭였다.

"또 못 참겠어?"

이준은 대답 대신 입을 벌렸다. 목을 긁는 듯 소름끼치는 소리만 날 뿐, 목소리는 나오지 않았다. 세아는 이준이 소리도 없이 입을 벙긋거리는 걸 보았고, 그의 입모양을 정확히 읽을 수 있었다.

'정화.'

턱, 이준이 오른손을 세아의 가슴팍에 대고 눌렀다. 세아는 그의 눈을 바라보고 또 바라보며 반항하지 않고 기다렸다. 이준의 표정이 고통스러운 듯 일그러지더니, 그의 입에서 마침내 언어와 닮은 것이 튀어나왔다.

"정……."

"이준아."

"정…… 정……."

이준은 끝내 스킬을 완성하지 못했다. 곧 그의 눈이 하얗게 뒤집혔고,

몸은 세아 위로 힘없이 무너졌다. 묵직한 무게감을 느끼며 세아는 눈을 깜빡였다. 햇볕이 눈을 찔렀고, 사람들의 비명이 어지럽게 귓전을 때렸다. 그녀는 한숨을 내쉬며 혼잣말을 했다.

"진짜 쉬운 일이 없네."

13.52

끝도 없이 이어진 이준의 싸움은 세아의 상상보다 훨씬 더 치열하고 고통스러웠다.

그는 온 사방에 불을 켜 놓은 듯 환한 세상에 홀로 있었다. 낮도 밤도 없는 광활한 공간에서는 잠도 제대로 잘 수 없다. 누운 채 눈을 감아도 주위가 환하고, 팔을 들어 눈을 덮어 보아도 빛은 여전하다. 끝없이 배가 고팠고, 끝없이 목이 말랐다.

세아는 계속 이준에게 음식을 먹여 주었지만, 사실 그는 어떤 포만감도 느낄 수 없었고, 심지어 음식을 씹어 삼키는 감각조차 없었다. 그저 세아가 자신을 발견해 주길 바랐다.

누나, 도와주세요. 나 두고 가지 말아요.

외치고 싶었는데 목소리를 낼 수 없었다. 이 안에 있는 자신을 발견해 주었으면 했다. 겉껍데기가 아닌 진짜 자신을.

그러나 세아는 끝내 그를 보지 못했다.

이어지는 고통, 태어나 단 한 번도 겪어 본 적 없는 끔찍한 굶주림과 갈증. 그러나 이준은 몇 시간이고, 며칠이고 견뎠다.

아사 직전인 사람이 눈앞에 성대한 만찬을 외면하듯, 스스로 어금니를 악물고 자기 살을 으적으적 씹으면서.

또렷하게 보이는 것은 세아의 얼굴뿐. 주위에서 다른 사람의 목소리도 들렸지만 그는 세아만 볼 수 있었다.

빨리 가서 죽여, 죽여, 죽이라고, 목소리가 메아리친다. 그 목소리 때문에 잠도 잘 수 없고 쉴 수도 없다. 계속 누군가에게 쫓기는 듯 마음이 초조하고 조급하다. 그때 세아의 말이 들렸다.

'다들 가만히 계세요!'

세아가 그렇게 외친 순간, 이준은 자기가 또 그녀에게 달려들었다는 걸 깨달았다.

창문에 앉은 얼룩을 닦아 낸 듯 갑자기 시야가 환하게 트였다. 자기가 어디에 있는지, 누구와 있는지 제대로 인지되었다.

부모님의 모습이 보였고, 놀란 듯 자신에게 시선을 고정한 카일리와 리웨이의 머리통도 보였다. 그러나 세아를 제외한 모든 이는 그저 성냥개비나 마찬가지였다. 아주 짧은 인지의 순간이 끝나자 그는 다시 세아에게 시선을 꽂았다.

누나, 나는 배가 고프고 목도 말라요. 알 수 있어요. 누나를 죽여서 누나 피를 마시면, 누나를 씹어 삼키면 이 모든 기갈이 해결되리라는 걸. 당신의 몸 어느 곳에든 손을 얹고 정화, 그 한마디면 모든 고통이 끝나리라는 걸.

그렇게 말하고 싶었는데 목소리를 낼 수 없었다. 지금 이 몸의 주인은 자신이 아니었다. 아니, 여전히 자기 몸이었으나 도저히 통제할 수가 없었다.

세아와 눈이 마주쳤다. 다른 사람들을 진정시킨 그녀가 나직한 목소리로 자신에게 묻고 있었다.

'또 못 참겠어?'

진짜 고비는 그때 찾아왔다.

거리가 너무 가까웠다. 바로 앞에 있는 세아의 눈동자는 어딘지 은밀한 빛마저 품고 있었다. 둘 사이에 비밀스러운 대화가 오갔다고, 이준은 잠시 믿었다. 그는 아주 잠깐 자기 자신의 몸을 되찾았다.

그러자 격렬하게 치미는, 주입된 충동.

죽이자. 빨리 정화해 버리자. 정화하고 자유로워지자.

비로소 그때 정이준은 정이준이었다. 세아를 죽이고 싶어 할 때만. 진심으로 세아를 정화하고 싶어 할 때만 그는 몸의 주도권을 얻었다. 자기 안의 충동과 싸우고 있을 때는 환한 공간에 갇혀 시달리지만, 진정 정화를 원할 때는 온몸을 되찾았다.

끔찍한 기갈과 극심한 피로가 정상 수준으로 돌아왔다. 환각이 아닌, 육체가 느끼는 정상적인 배고픔과 갈증, 그리고 졸음. 그 평범한 상태가 이준을 미치게 했다.

정화!

그는 그렇게 외쳤다. 아니, 그랬다고 믿었다. 그러나 그는 추위에 떠는 사람처럼 입술을 떨며 정, 정, 그 한 글자만을 간신히 뱉을 뿐이었다. 정화, 그 단어를 완성할 수가 없었다.

지금이라면 진짜 세아를 죽일 수 있다. 정화, 그 한마디면 된다. 손은 이미 세아에게 닿았으니 목소리만 내면, 발동어만 속삭이면 되는 것이다.

세아는 눈을 똑바로 뜨고 이준을 바라보았다. 그 눈 속에 자신의 모습이 비쳤다.

그녀가 곧 자신을 제압하리라는 걸 알았다. 지금은 자신이 말을 제대로 하지 못해 지켜볼 뿐, 언제고 움직여 달아나거나 공격할 것을 직감했다. 세아는 그런 사람이었으니까.

속박하자. 본능이 그의 귓가에 속삭였다. 당장 정화할 수 없다면 묶어 두기라도 해야 했다.

이세아, 속박! 그렇게 외치려 했다. 그러나 저주에라도 걸린 듯 입술이 움직이질 않았다. 차가운 손이 자기 입술을 꽉 잡고 있는 듯. 누군가 마법을 걸어 자기 입술을 돌덩이로 만들어 버린 듯했다.

이준은 그렇게 기절했고, 눈을 떴을 때는 다시 빛뿐인 세상이었다.

또 실패했어.

그걸 안 순간, 격렬한 환희와 극심한 실망이 동시에 찾아왔다. 이제 이준은 어느 쪽이 진짜 자신인지 알 수 없었다. 가끔, 아주 오래 전부터 세아를 죽이고 싶어 했는데 꾹 참아 왔다는 착각이 일기도 했다.

'이세아, 속박!'

'이세아, 속박!'

아니, 진짜 죽인 적도 있지 않나? 직접 정화하지는 않았다, 세아를 완전히 소멸시키지는 않았다. 그래도 몇 번이고 그녀를 죽인 것 같다. 몇 번이고, 몇 번이고 계속. 이준은 끝이 없는 공간을 걸어 헤매면서 숨을 헐떡였다.

어쩌면 환영일지도 모른다. 세아를 간절히 죽이고 싶어서 보는 환영. 속박을 외치는 자신, 덮쳐드는 몬스터, 그대로 씹혀 사라지는 세아의 머리통, 자기 손에서 찢어지는 스크롤, 환한 바깥세상, 혼자가 된 자신. 실제로 그런 일이 있었던 것도 같고 다 상상인 듯도 하다.

그때 이준은 한 남자의 목소리를 들었다.

'너에게 힘을 줄게. 죽일 힘을.'

무슨 힘을, 누구를 죽일 힘을 준다는 거야. 그냥 날 여기서 나가게 해 줘.

'다시는 너를 빼앗기지 않을 거야.'

이미 빼앗겼다. 이미 몸도 정신도 잃었다. 다 무슨 소리인지 하나도 이해할 수가 없었다. 준다는 힘은 하나도 받지 못했다. 그는 연약했고 무너지기 일보직전이었다.

그때, 목소리가 이어졌다.

'다시는 누나를 잃지 않을 거야.'

비로소 이준은 그게 누구의 목소리인지 깨달았다.

정이준, 자기 자신의 목소리였다.

13.53

깔끔하게 꾸민 다이닝 룸의 분위기는 무척 무거웠다.

세아는 이준을 1층 방의 빈 침대에 눕히고 하나하나 상황을 설명했다. 이제는 안전을 위해 숨길 수도 없었다. 최초의 버그, 시스템 살해라는 히든 퀘스트, 디버그인 이준, 한국과 미국 협회의 개입, 세뇌.

회귀를 반복했다는 사실까지는 말하지 않았다. 부모들이 알 필요 없는 문제라고 느껴졌다. 카일리와 리웨이도 그에 대해서는 입을 꾹 다문 채 말을 아꼈다.

이야기가 끝나자, 이준의 어머니는 침착한 어조로 질문을 건넸다.

"그럼 이준이는 계속 저런 상태로 지내야 하나요?"

"아니요, 제가 방법을 찾아낼 겁니다."

사실 이미 찾아냈다. 오스카를 죽여 보는 것. 그러나 그걸 여기서 밝힐 필요는 없는 데다, 카일리도 반대한 바 있으니 조용히 움직일 작정이었다.

"협회가 그렇게 이세아 헌터를 죽이고 싶어 한다면, 왜 이준이만 보냈을까요? 여기 머물러도 안전할까요?"

"사실 저희는 여기 머물려고 온 건 아닙니다. 올리버를 맡기려고 왔어요. 이준이 상태 때문에 여기서 지낼 수는 없고, 다시 떠나야 합니다."

"하지만 이준이 상태가 저래서……."

"눈을 뜰 때까지는 기다려야죠. 이준이도 지금 싸우고 있는 겁니다."

세아는 덤덤하게 설명했다. 이준의 부모 얼굴이 심각하게 변했다. 그들은 미각성자니, 스킬의 위력을 실감하기 어려울 것이다. 그래도 상황이 위험하다는 것만은 느끼는 듯했다.

하지만 큰 소리로 울거나 실신할지도 모른다고 여겼던 이준의 부모는 생각보다 단단했다. 그들은 생각을 정리하겠다며 부부끼리 2층으로 올라갔다. 아들의 얼굴이 보고 싶었겠지만 위험한 상황이라 그러지 못하는 듯했다.

세아의 부모는 걱정하는 지점이 조금 달랐다. 은선은 무거운 얼굴로 물었다.

"이래서 저번에 전화로 최초의 버그 이야기한 거구나. 혹시 우리가 도와줄 건 없고?"

"그런 거 없어. 엄마랑 아빠 몸 잘 챙겨. 협회가 무슨 더러운 짓을 할지 모르니까."

그래도 부모의 얼굴에서는 염려의 기색이 떠나질 않았다. 이래서 저번에도 말하지 않은 건데. 이전과는 달리 A급으로 각성하여 활기차게 지내는 부모님의 일상을 망치고 싶지 않았다.

그래도 어쩔 수 없다. 게다가 부모님은 자신이 보호해야 할 어린애도 아니었다.

"그러고 보니 스테파니는 좀 어때? 괜찮아?"

카일리가 가장 궁금해할 것 같아 물었다. 동생에게 다가갈 수조차 없는 카일리는 재빨리 세아의 부모 쪽으로 고개를 돌렸다. 세아의 아버지, 대우가 고개를 끄덕였다.

"별일 없었어. 밥도 잘 먹고, 또래 친구 없는데도 심심해하지도 않고."

"그럼 다행이네. 올리버도 사정이 좀 복잡해. 괜히 엄마랑 아빠한테 애들만 맡기는 느낌이네."

"우리야 던전도 못 가는데 덜 지루하고 좋지. 네 몸 조심하고, 너무 급하게 생각하지 말고. 필요하면 여기 좀 머무르면서 정비해도 되잖아. 아이템도 살 겸."

"생각해 보고. 난 정이준 상태 좀 보고 올게."

최대한 빨리 미국 협회로 날아가 오스카의 목을 자를 생각뿐이었다.

쉽게 갈 수 있었는데 일이 어려워졌다. 어쩌면 시스템 보스 던전을 너무 쉽게 생각했는지도 모른다.

그러고 보니, 이준의 정화 스킬이 보스 몬스터에게 통하지 않았다. 스킬 강화를 진행해야 하는데, 시스템 개입으로 강화 방법을 알리는 메시지가 깨졌다. 그래도 곽남주를 죽이고 시스템의 개입을 중단시켰으니, 이제는 메시지가 제대로 보일까?

이것도 다 정이준이 정상으로 돌아와야 알 수 있는 것들이다.

세아는 문을 열고 안으로 들어섰다.

"정이준?"

혹시 깨어 있나 해서 불렀는데, 그는 시체처럼 침대에 누워 있었다. 아까 눕힐 때의 자세와 똑같은 걸 보니 뒤척이지도 않은 모양이었다. 그래도 그가 세뇌 당한 후, 이렇게 잠든 모습을 보는 건 처음이었다. 수면보다는 혼절 상태지만, 차라리 이게 나을지도 모른다.

세아는 천천히 걸어 이준에게 다가갔다. 불을 꺼서 어둑한 방, 누워 있는 모습이 희미하게 보였다.

그때, 갑자기 이준이 덥석 세아의 손을 움켜쥐었다. 뼈를 부러뜨릴 것처럼 세게 쥐어서 세아가 순간 얼굴을 찌푸렸다. 떨리는 목소리가 바로 이어졌다.

"가지 마요, 누나."

세아가 시선을 틀어 이준을 보았다. 눈을 뜬 그의 얼굴이 식은땀 범벅이었다. 세아는 깜짝 놀라 잡히지 않은 손으로 이준의 이마를 닦아 주었다.

"너 아파? 지금은 정신 있는 거야? 잠깐만 참아. 내가 오스카한테 가서 죽여 버릴게."

"안 돼, 누나 안 보이면 미쳐 버릴 것 같아요……. 나랑 같이 가……."

아이처럼 조른다. 그의 상태가 너무 나빠 도저히 데리고 움직일 수가 없었다. 게다가 세뇌 스킬에 당한 이준을 오스카 앞에 데려가라니. 그러다 더 강한 세뇌 스킬에 당하면 앞일을 장담할 수 없다.

"너 지금은 같이 못 가. 기다리고 있어."

"싫어요."

이준이 어리광을 부리듯 고개를 저었다. 그러더니 자기 이마에 닿은 세아의 손을 붙잡고 뜨거운 숨을 내쉬었다. 식은땀이 비 오듯 쏟아지는데 몸은 오싹할 정도로 차디차다. 이준이 세아의 손을 자기 눈가에 댔다. 세아는 그의 눈에서 눈물이 흐르는 걸 볼 수 있었다.

정이준이 운다. 세아는 멍하게 굳어 그의 애원에 젖었다.

"옆에 있어 주세요, 누나……."

13.54

카일리와 리웨이는 평화로운 며칠을 보냈다.

처음에는 협회가 언제 공격할지 몰라 촉각을 곤두세웠지만, 하루가 지나고 이틀이 지나자 아늑한 전원과 화목한 가정생활에 익숙해졌다. 각자

마음에 드는 방을 골라잡고 푹 퍼져 쉬면서 피로도 풀었다.

의아한 점이 하나 있다면 둘째 날 저녁, 세아가 갑자기 이렇게 선언한 것이다.

'당분간 여기 머물려고 하는데 어때요?'

'당분간? 오스카 죽이러 간다더니.'

리웨이가 웃음기 어린 목소리로 말을 받았다. 어쩐지 이유를 다 알고 있다는 투라 세아는 순간 욱했다. 산 날짜로 따지면 자기가 리웨이보다 나이가 많은데, 간파당한 듯한 느낌에 왠지 억울했다.

'다른 이유 때문이 아니라, 카일리 말이 맞는 것 같아서 그래요. 괜히 범죄자가 될 필요는 없죠. 나도 계속 살아가야 하는데. 한국 협회장과 오스카는 경우가 좀 다르니까요.'

'그래, 그래. 그리고 정이준도 저 모양이고 말이지. 걱정되잖아, 안 그래?'

리웨이는 다 이해한다는 듯 인자한 미소를 띠고 세아를 바라보았다. 흐뭇한 어머니 같은 표정이, 세아는 마음에 들지 않았다. 세아가 뭐라고 말하기도 전에 카일리가 고개를 끄덕였다.

'처음엔 그냥 무례한 놈인 줄 알았는데 생각보다 오래 버티네. 그래도 정신력이 좀 있는 모양이지?'

'모르겠어, 머릿속에서 무슨 일이 벌어지고 있는지.'

세아는 고개를 젓고 자리에서 일어났다.

'아무튼 마침 잘됐지, 뭐. 스테파니랑 올리버 상태도 좀 보고, 우리도 너무 비행기 많이 탔으니 땅에서 좀 쉬고.'

그렇게 난데없는 전원생활이 시작되었다. 하루하루가 평범했다.

세아는 아침 일찍 일어나 이준을 데리고 집 주위를 걸으며 산책을 했다. 가끔 이준이 걷다가 와락 달려들 때도 있었다. 세아는 그때마다 그를 제압하고, 기절한 이준의 몸을 질질 끌며 집으로 돌아갔다.

이준의 부모는 마음 아파했지만 상황을 정확히 이해하고 있어서 호들
갑을 떨지는 않았다.

스테파니와 올리버는 어른들의 생각보다 훨씬 더 가깝게 지냈다. 공통
관심사가 있으니, 아이템 이야기도 하고 던전 광물 이야기도 하며 시간을
보내는 모양이었다.

그래도 올리버가 가장 좋아하는 사람은 세아였다.

"세아."

올리버는 항상 세아를 그렇게 불렀다. 세아는 애들을 특별히 좋아하는
편은 아니어서, 다른 사람을 대할 때와 똑같이 행동했다.

"응?"

"뭐 해?"

"물 마시려고."

그렇게 대답한 세아는 냉장고를 열어 차가운 물을 꺼내 컵에 따랐다.
아일랜드 식탁에 혼자 앉아 다리를 까딱거리던 올리버는 유리컵을 감싼
세아의 손가락과 물을 마시느라 들린 고개를 한참 바라보았다. 시선을 느
낀 세아가 흘끗 올리버를 보았다. 눈이 마주치자 올리버가 불쑥 물었다.

"나 뭐 만들까?"

"응? 뭐 만들 건데?"

"아니, 세아나 다른 사람들한테 필요한 거."

"아아."

물론 올리버가 아이템을 만들어 준다면 정말로 큰 도움이 될 것이
다. 정이준의 세뇌를 풀 수 있는 아이템을 만들어 보라고 해도 좋을
테고. 세아는 흘끗 올리버의 얼굴을 살폈다. 열세 살 소년의 얼굴에 해
가 비쳐 환했다.

"지금은 아이템 필요 없어."

"필요 없어?"

"어."

세아는 컵을 간단히 씻어 건조대에 올려놓고 물병도 다시 냉장고에 집어넣었다. 그 단순한 동작을 눈으로 좇던 올리버가 확인하듯 물었다.

"정말 없어?"

"응."

"그럼 날 왜 데려왔어?"

"네가 거기 갇혀 있었잖아. 카일리가 원하기도 했고."

사실 카일리가 아니었다면 올리버를 구하는 일은 없었을 것이다. 당장 정이준의 세뇌 문제, 시스템 보스 던전 클리어 문제가 급한데 아동 인권의 수호자까지 될 수는 없다.

그러나 파티원이 원했고 세아는 그걸 외면하고 싶진 않았다. 정이준도 기다릴 겸, 겸사겸사 도운 것뿐이다. 그러니 올리버의 아이템은 필요 없다.

한참을 생각하던 올리버가 느리게 물었다.

"그럼 나 뭐 해?"

"하고 싶은 거 해. 스테파니랑 놀든지, 아니면 집 구경이나 하든지. 엄마한테 들었는데, 너 방에서 많이 안 나왔다며. 이 집 넓고 마당도 잘 되어 있으니까 햇볕도 쬐고."

세아는 부엌에서 나가며 올리버의 어깨를 가볍게 톡 건드리듯 쓸었다. 올리버는 세아가 떠난 뒤에도 한참 자리에 남아 있다가, 이내 기운을 차린 듯 발딱 일어났다.

세아의 말대로, 올리버는 집안 곳곳을 돌아다니며 물건을 하나씩 살펴보기 시작했다. 어린 시절에 너무 오래 갇혀 지낸지라, 일상적인 물건도 모르는 게 많았다. 그래도 올리버는 즐겁게 돌아다녔고, 물건의 용도를 어른들에게 묻기도 했다.

"세아?"

"응?"

거실 장식장 앞에서 세아는 또 올리버에게 붙들렸다. 세아 뒤를 졸졸 따라오던 이준도 저절로 걸음을 멈추었다. 올리버는 그런 이준을 보더니, 자기가 하려던 질문도 잊고 불쑥 물었다.

"저 사람은 왜 저래?"

"아. 좀 아파."

"어디가 아픈데?"

"머리가. 뭐 물어보려고 부른 거 아니야?"

올리버는 아, 하고 고개를 끄덕이더니 손을 들어 장식장 안에 있는 물건을 하나 가리켰다.

"나 저거 꺼내 봐도 돼?"

"저거?"

세아는 살짝 허리를 굽혀 장식장을 들여다보았다. 세아의 부모, 그리고 이준의 부모까지 짐을 가져왔으니 잡다한 게 생각보다 많았다. 가장 먼저 눈에 띈 건, 던전에서 가져온 게 분명한 다이아몬드였다.

던전이 나타나며 보석의 가치가 많이 떨어졌다. 던전에서 귀한 보석이 끊임없이 쏟아졌기 때문이다. 그래도 헐값이 된 건 아니어서, 헌터 중에는 보석 채집만 하러 다니는 사람도 있을 정도였다.

'다들 왜 그렇게 날 죽이려고 하는지 이해가 가기도 하고.'

세아는 혼자 이해하고 고개를 끄덕였다. 잡생각을 걷어내며 그녀가 다이아몬드를 손으로 가리켰다.

"이거? 이거 아마 우리 부모님이 가져온 걸 텐데, 가지고 놀아도 될 거야."

"아니, 그거 말고 저거."

올리버가 자기가 원하는 물건을 손가락 끝으로 정확히 가리켰다.

아주 평범한 돌멩이였다. 탁구공이나 골프공처럼 표면에 매끈하게 다듬어진 구 모양으로, 특별한 광물 같지도 않았다. 회색 바탕에 가끔 콕콕 박힌 검은 점. 세아는 잠시 돌멩이를 바라보다가 고개를 갸웃했다.

S급 제작자이자 천재라고 소문난 올리버가 관심을 보였으니, 평범한 물건일 리 없다. 게다가 그저 그런 돌멩이였다면 장식장에 넣지도 않았을 테고. 이리로 급히 이동하는 중에 챙겼으면 꽤 중요한 물건일 것이다.

마침 이준의 아버지가 고개를 내밀며 가까이 다가오고 있었다. 그와 많은 이야기를 한 적은 없지만, 세아는 편안하게 물었다.

"안녕하세요. 혹시 저 돌멩이 뭔지 아세요?"

아무래도 부모님 물건 같지는 않아서 물었는데, 이준의 아버지는 바로 고개를 끄덕였다.

"그건 이준이 첫 튜토리얼 퀘스트 보상 아이템이에요."

"튜토리얼 퀘스트 보상?"

"아니, 왜, 처음 각성하면 좀 시간 지나서 튜토리얼 퀘스트가 온다면서요. 이준도 그걸 받았는데, 클리어 보상으로 받은 아이템입니다. 그러니까 이준이가 갖게 된 첫 아이템인 셈이죠!"

세아가 조금 웃으며 고개를 저었다.

"아, 그건 아는데요, 보통 튜토리얼 퀘스트 보상은 좀 더…… 실용적인 거거든요. 이준이는 좀 특이하네요."

"애가 그걸 버리려고 하더라고요, 쓸모없다면서. 아무리 봐도 평범한 돌멩이라고. 근데 그래도 자식이 얻은 첫 아이템인데 아깝잖아요."

고개를 끄덕인 세아는 올리버의 부탁을 전했고, 그렇게 돌멩이는 올리버 손으로 넘어갔다. 부모들이 다시 돌아간 후 세아는 흘끗 이준을 돌아보았다. 처음 얻은 아이템이라, 그걸 보면 뭔가 반응이 있을까 했는데 이준은 조용했다.

"그거 무슨 원석이야?"

세아가 넌지시 물었다. 올리버는 손가락 관절로 돌을 몇 차례 톡톡 두드려 보더니 스킬을 사용했다.

"아이템 조회."

아이템이었어? 세아는 속으로 깜짝 놀랐다. 누가 봐도 아이템 제작 재료로 쓰일 듯한 돌멩이인데, 완성된 아이템이었다니.

올리버는 고개를 갸웃하며 중얼거렸다.

"이상해."

"왜?"

혹시, 혹시 기적처럼 이준의 세뇌를 풀 아이템일지도 모른다! 세아는 갑자기 들떠서 열심히 돌멩이를 들여다보았다. 올리버가 고개를 들고 세아를 보며 대답했다.

"이거, 귀속 아이템이야. 정…… 정이준…… 헌터한테 귀속되어 있어."

"……"

갑자기 세아의 몸에서 기대감이 쭉 빠져나갔다.

귀속 아이템이라고 특별할 건 없다. 그저 다른 사람에게 판매하거나 양도할 수 없게 되는 것뿐. 심지어 일정 기간 대여도 가능했다.

"그래? 별 기능은 없고?"

"그건 아직 모르겠는데…… 귀속 날짜가 이상해서."

"튜토리얼 퀘스트 클리어하고 받았다고 했으니까 5년 전이겠지. 그때가 재앙 발발 시점이니까."

"그러니까."

뭐가 그렇다는 거야? 세아는 이준이 무어라 답을 주기라도 할 것처럼 다시 그를 돌아보았다. 여전히 기계처럼 무표정한 얼굴에는 어떤 힌트도, 실마리도 적혀 있지 않았지만.

올리버는 돌멩이를 들어 세아에게 보여 주며 말했다.

"이 아이템, 귀속 날짜가 10년 후로 나와."

"뭐?"

"그러니까, 이 아이템이 소유자한테 귀속된 건 10년 후야."

10년 후.

아직 닥쳐오지도 않은 시간에 돌멩이는 정이준에게 귀속되었다. 그리고 다시 지금 시간대에 존재하고 있다. 정이준의 귀속 아이템으로, 튜토리얼 클리어 보상 아이템 형식으로.

"이상하지 않아? 스테파니한테도 물어봐야겠다!"

올리버는 천재 특유의 호기심이 발동한 듯 돌멩이를 들고 도도도 뛰어 사라져 버렸다. 그러나 세아는 그렇게 쉽게 움직일 수 없었다.

죽으면 바로 같은 날짜로 돌아왔다. 그러니까, 자기가 죽으면 세상도 늘 곧장 다시 시작된다고 여겼다. 자기가 죽으면 그 세상도 그대로 끝이라고. 그런데 그게 아니었을지도 모른다.

오싹한 한기가 등허리를 타고 올라왔다.

만일 자신이 죽은 후에도 세상의 시간은 계속 흘러갔다면. 그 세상에 정이준이 살았다면.

그는 대체 무엇을 했을까?

13.55

언젠가 시스템은 이렇게 말했다.

'네가 모르는 거 하나 알려 줄까? 세상이 갑자기 바뀐 거, 그거 다 내가 한 짓이라고 생각하지? 내가 서아정도 죽이고 협회장도 바꿔서 일을 다 꼬아 놨다고?'

그럼 세상이 이상해진 게 네 탓이지, 누구 탓이냐고 물었다. 그때 시스템이 한 대답을 세아는 똑똑히 기억했다.

'그건 다 정이준 때문이야.'

이간질일 가능성이 크다고 여겼다.

시스템은 서아정으로 둔갑해 김현호를 충동질했다. 다음에는 곽남주의 몸을 입은 채 협회장의 도청 사실을 알려 주는 척 신뢰를 얻고, 카일리를 이용해 세아를 죽이려 했다. 그러나 정이준에 대한 말도 당연히 거짓이거나 왜곡된 진실일 것이다.

당연히 그럴 것이라 생각했다. 그런데…….

"정이준?"

세아는 계속 자기 뒤를 졸졸 따라다니는 이준을 돌아보았다.

그에게 묻고 싶었다. 대체 무슨 일이 있었던 건지, 혹시 조금이라도 기억하는 부분은 없는지. 그러나 이준은 여전히 멍한 상태였고, 정신이 들기 전까지는 아무것도 물을 수 없을 것이다. 그녀는 한숨을 내쉬고 이준의 어깨를 툭 쳤다.

"너 왜 자꾸 따라다녀. 너희 부모님이 엄청 이상하게 보시는 거 알아?"

이런 실없는 혼잣말만 이어질 뿐이다.

하염없이 기다리며 시간이 간다. 처음에는 빨리 일을 해결해야 한다는 생각에 애가 탔는데, 이준이 간절히 매달린 날 이후 많은 것이 달라졌다.

'옆에 있어 주세요, 누나…….'

머리가 지끈거렸다. 복잡한 생각은 여기까지 하자, 그렇게 다짐한 세아는 방으로 돌아가 머리를 식히기로 했다.

이준은 바닥에 털썩 주저앉았고, 세아는 침대에 바르게 누웠다. 급한 일 없이 천장을 바라보고 있자니 몸이 흐물흐물 녹는 듯했다.

이렇게 무료하게 누워 지낸 건 오랜만이다. 삶을 여러 차례 반복하고 돌아와, 주위를 살필 틈도 없이 돌진했다. 그런데 지금은…….

갑자기 똑똑, 노크 소리가 들렸다. 반쯤 잠들었던 세아는 화들짝 놀라 눈을 떴다. 그러는 중에도 이준의 눈길은 세아에게서 떨어지지 않았다.

"누구세요?"

어색하게 물으니 문이 열리고 올리버가 안으로 들어왔다.

"세아, 할 말 있어서."

"아, 어."

세아는 몸을 일으켜 침대에 걸터앉았다. 흘끗 이준을 살폈으나 그는 미동도 하지 않았다. 올리버는 이상한 사람을 보듯 이준에게 시선을 주더니, 이내 세아 옆으로 와서 나란히 앉았다. 올리버가 자신에게 할 말이 있다니, 짐작도 가지 않았다. 세아는 사이를 두었다가 물었다.

"무슨 일인데?"

"스테파니가 좀 이상해."

"스테파니?"

"응."

"뭐가 이상한데?"

사실 멀쩡한 게 이상할지도 모른다. 스테파니는 3년 동안 암흑 속에 갇혀 있었다. 자기 친언니가 등을 떠밀어 여기 갇혔다고 믿으면서. 아직 스테파니와 제대로 대화한 적은 없지만, 어딘가 이상하다면 그게 바로 정상 아닌가 싶긴 했다.

그러나 올리버는 전혀 예상치 못한 말을 했다.

"스킬을 못 써."

"뭐?"

"이 아이템 보여 주러 갔었는데, 아이템 조회 스킬도 못 쓰더라고."

올리버가 그 둥근 돌멩이를 불쑥 내밀어 보여 주며 대답했다. 세아는 잠시 눈을 깜빡이다가 헛기침을 했다. 아직 어린 올리버가 이런 말을 이해할 수 있을지 모르겠지만, 그래도 말해 주는 게 나을 것 같았다.

"스테파니는 좀 아플 거야."

"왜 아픈데?"

"여러 가지 사정이 있었어. 가끔, 큰 충격을 받아서 일시적으로 스킬을 사용하지 못하게 되는 헌터도 있어."

"아이템 조회는 기본 스킬인데?"

"그런 거랑 상관없이 스킬 자체를 못 쓰게 되는 거야. 가끔 한두 개만 못 쓰게 될 때도 있고."

드물지만 이런 경우가 있기는 하다. 아무리 강한 능력을 지녔다 해도, 헌터 역시 사람이다. 심한 상처를 입거나 정신적 충격을 받은 후 무력한 상태가 되는 경우도 있다. 각성자 센터에서 이에 대한 많은 연구를 했지만 아직까지 해결책을 내놓지는 못했다.

"기다리는 수밖에 없어. 아마 스테파니는 회복할 수 있을 거야."

카일리에 대한 오해를 풀고 스마일맨을 직접 보기만 한다면 스테파니는 자유로워질 것이다. 물론 그게 대체 언제냐가 중요하긴 하지만.

"그렇구나."

올리버는 알아들은 듯 고개를 끄덕였다. 세아는 잠시 그런 올리버를 바라보다가 슬쩍 물었다.

"근데 왜 나한테 얘기해 줬어? 스테파니에 대한 거."

"말해야 하는 거 아니야?"

왜지? 세아는 바로 대답하지 못하고 눈만 깜빡였다. 애나 어른이나 다를 거 없다고 생각하지만, 그래도 애들은 대하기 어렵다.

그때 올리버가 당연하다는 투로 말을 이었다.

"우린 파티잖아."

"어……."

올리버를 파티원으로 생각해도 되는 건가, 세아는 솔직히 의문이었다. 일단 올리버는 너무 어리다. 열세 살 소년 파티원이라니, 헌터 활동에 나이 제한이 있는 건 아니지만 세아도 양심은 있었다. 이렇게 어린애를 위험한 퀘스트에 끌어들이다니, 안 될 말이다.

"올리버, 너는 아직 너무……."

"어, 이거 봐!"

올리버가 세아의 말을 뚝 자르고 손 안의 아이템을 들어올렸다. 탁구공 정도의 작은 아이템이 올리버의 손에서 진동하더니, 바닥으로 툭 떨어져 이준 쪽으로 굴러갔다. 아이템은 바닥에 앉은 이준의 다리에 닿았지만, 거기서 멈출 뿐 아무 일도 벌어지지 않았다.

그리 대단한 현상은 아니라 세아가 고개를 저으며 물었다.

"귀속 아이템이라 그런 거 아니야?"

"만져 보면 다를 수도 있는데……. 저 사람한테 아이템 한 번만 쥐어 보라고 하면 안 돼?"

"지금은 안 돼."

"아쉽다……."

올리버는 미련이 뚝뚝 떨어지는 표정으로 다시 아이템을 챙겼다. 그런 다음 아이템을 더 만져보러 가야겠다며 일어나 버렸다.

바람처럼 왔다 가 버린 올리버를 생각하다 세아는 머리를 헝클어뜨리며 다시 자리에 누워 버렸다. 대답이 돌아오지 않을 걸 알고도 이준을 향해 중얼거렸다.

"복잡하네. 저 아이템이 무슨 도움이 될까?"

그 순간, 이준이 번개처럼 자리를 박차고 힘껏 달려들었다. 방심한 세아의 몸이 그대로 뒤로 넘어갔고, 뒤통수가 벽에 쾅 부딪쳤다. 부딪친 건 뒤통수인데 코와 눈까지 빠개질 듯 아팠다. 이준은 그대로 세아 위에 올라타 엄지손가락으로 목 중앙을 세게 눌렀다.

젠장, 그렇게 쉬울 리가 없지. 세아는 잠시 희망을 품었던 스스로에게 욕을 쏟으며 그대로 손을 들었다. 퍽, 요란한 소리와 함께 주먹이 이준의 얼굴 중앙에 꽂았다.

소리가 요란했고 고통도 그만큼 컸을 텐데 이준은 물러나지 않았다. 육신의 고통에도 주저하거나 방어하지 않도록 세뇌된 것이다. 세아의 뺨으로 이준의 코에서 흐른 피가 뚝뚝 떨어졌다. 세아는 저번처럼 또 무기를 사용해야 하나 고민했다.

일단 휘휘 손을 저어 올리버를 밖으로 내보냈다. 깜짝 놀라 얼어 있던 올리버가 후다닥 밖으로 뛰어 나갔다. 사람들을 불러 올 생각이겠지만, 세아는 그 전에 끝내고 싶었다. 뺨으로 이준의 피가 뚝뚝 떨어졌다.

그녀는 이준의 두 어깨를 밀어내듯 짚었다. 그러나 완력으로 밀어낼 생각은 없었다. 세아는 그대로 정신을 집중해 몸에 결계를 둘렀다.

세아의 결계는 강력하고 특별하다. 다른 헌터처럼 일정 구역을 보호하는 게 아니다. 결계는 그녀의 몸에서부터 서서히 주위 사물을 밀어내며 반원의 형태를 갖춘다. 그녀 몸 밖의 위험한 것들을 모두 멀리 떨어뜨린다.

세아가 적으로 인식한 이준의 몸도 그대로 투명한 벽에 밀려나듯 멀어졌다. 마침내 그의 손이 떨어져나가자, 세아는 벌떡 일어나 뻐근한 목을 문질렀다. 포션이라도 마시기 전에는 이 얼얼한 느낌이 가시지 않을 듯했다. 마른기침이 쏟아졌고, 목은 끊어질 듯 아팠다.

"정이준?"

혹시 정신을 차릴까 싶어 불러 봤지만 반응이 없다. 다음 순간, 쾅, 결계가 무너질 듯 거세게 흔들렸다. 이준이 결계에 손을 대고 무언가 공격 스킬을 사용한 듯했다.

그러나 세아의 결계는 이준 정도 힘에 깨질 만큼 약하지 않아서, 공격의 피해는 시전자인 이준에게 되돌아갔다. 파편이 되어 튕겨 나온 힘이 이준의 얼굴과 팔을 험악하게 할퀴는 게 보였다. 살점이 떨어지며 피가 후드득 떨어졌다.

그 모습을 바라보며 세아는 이마를 문질렀다.

'진짜 답이 없네.'

잠시 뒤로 물러나는 이준이 보였다. 그대로 달려와 어깨로 받을 생각인 듯했다. 세아는 숫자를 헤아렸다. 그가 달려오는 속도에 맞춰, 하나, 둘……. 이준의 몸이 앞으로 기우는 순간 세아가 그대로 결계를 거두었다.

있는 힘껏 달려와 몸을 날렸는데 장애물이 사라지자, 이준이 균형을 잃고 우당탕 나뒹굴었다. 세아는 바닥에 넘어진 그의 등에 올라타 왼팔을 꺾어 잡았다. 목덜미를 눌러 일어나지 못하게 한 다음 그대로 기절시키려고 했는데, 세아가 멈칫했다.

"이준아?"

손에 닿은 목덜미가 너무 뜨거웠다. 세아도 싸우느라 몸에 열이 났는데, 이준의 몸은 더했다. 세아는 기운 없이 버둥거리는 이준의 등에 올라탄 채 손을 움직여 그의 이마를 짚었다.

'고열이네.'

뱉는 숨도 뜨겁다. 세아는 이준의 충혈된 눈을 보며 잠깐 생각을 다듬었다. 이대로 요양시키려 했는데 앞서서 병이 나 버렸다. 어쩌나 싶어

이준을 누르고만 있는데 가느다란 목소리가 들렸다.

"누나."

세아는 그의 목소리를 듣기 위해 귀를 바싹 갖다 댔다. 몸을 낮추니 이준의 열기가 더 생생하게 느껴졌다.

"아파요……."

정신이 조금 돌아온 모양이다. 그가 호소하는 통증의 이유를 알 수 없었다. 열이 나서인지, 아니면 세아가 팔을 꺾어 누르고 있어서인지. 세아가 그를 일으켜야 하나 아니면 기절시켜야 하나 고민하고 있을 때 이준이 떨리는 목소리로 말을 이었다.

"낫게 해 주세요."

언젠가도 들었던 말이다.

그는 세아에게 좋아한다고, 누나를 처음 봤을 때부터 좋아한 것 같다고 말했다. 일시적인 감정일 거라고 일축하자 그는 사랑 대신 고통을 고백하며 낫게 해 달라고 매달렸다.

세아는 자기도 모르게 이준의 머리를 쓰다듬었다. 아주 살며시. 이 작은 접촉조차 그에게 고통으로 닿을까 걱정스러웠다. 왜 이런 걱정을 하는 걸까. 세아는 이유를 알 수 없었다.

열과 눈물로 발갛게 달아오른 눈으로, 그가 다시 애원하는 소리가 들렸다.

"그냥 죽게 해 주세요……."

뚝, 세아가 움직임을 멈추었다.

가슴에서 불길이 솟았다. 이유 모를 격렬한 감정이 배 속에서부터 분수처럼 역류했다. 분노인 듯도 연민인 듯도 했는데, 분노 쪽이 세아에게는 좀 더 친숙한 감정이었다.

그래서 그녀는 이준의 머리카락을 꽉 움켜쥐고 몸을 낮추어 속삭였다.

"난 절대 포기 안 해. 네가 아파 죽겠다고 해도 상관없어."

이준의 눈가가 파르르 떨렸다. 긴 속눈썹에 맺힌 눈물이 애처로웠다. 그가 제정신과 광기 사이에 있을 때 세아가 그의 머리를 놓아 주었다.

"그러니까 다시는 그런 말 하지 마."

바로 그때, 문이 쾅 열리며 카일리와 리웨이가 뛰어 들어왔다.

"세아!"

세아는 대답하는 대신, 이준 위에서 몸을 일으켰다. 이준은 그대로 정신을 잃었는지 움직이지 않았다. 세아가 그의 몸을 질질 끌어 침대 위에 눕히는 걸 보고, 카일리가 흥분한 어조로 물었다.

"이렇게 둬도 괜찮은 거야?"

사실, 묶이지 않은 채 돌아다니는 정이준은 모두에게 긴장감을 안기는 존재였다. 언제 터질지 모르는 시한폭탄이나 마찬가지니 세아도 다른 사람들의 마음을 대강은 이해했다. 그래도 분명 성과가 있었다.

세아는 고개를 끄덕이며 몸을 제대로 일으켜 세웠다.

"괜찮아. 그래도 가끔 의식을 찾는 것 같긴 해. 좀 더 기다려야지."

"그 전에 네가 잘못되는 건 아니고? 너무 큰소리가 나서 와본 건데, 네 뒤통수 좀 봐. 부어올랐잖아."

세아는 손을 들어 뒤통수를 슥슥 만져 보았다. 확실히 혹이 크긴 했다. 뇌출혈이 일어나지 않은 게 어디야, 세아는 대충 생각하며 이준을 바라보았다. 얼굴 전체가 붉게 물들었다. 지독한 열이었다.

세아는 일단 그의 옷을 벗기기 위해 셔츠 단추를 풀었다. 그 모습을 본 리웨이가 경악하여 입을 벌렸다.

"너 뭐 해?"

"이상한 생각 하지 마요. 얘가 아파서 그런 거니까."

세아는 그의 셔츠를 풀어헤친 후 가슴팍에 손등을 대보았다. 역시 잘못 느낀 게 아니다. 물수건이나 얼음이라도 가져와야겠다고 생각하며 세아가 몸을 똑바로 일으켜 세웠다.

간호는 간호고, 일단 스테파니에 대한 정보부터 전해야 했다.

"카일리, 너한테 해 줄 얘기가 있어. 스테파니 얘기야."

세아는 스테파니가 스킬을 쓰지 못하고 있는 상황을 간단히 알렸고, 카일리는 굳은 표정으로 이야기를 들은 후 고개만 겨우 끄덕였다. 카일리의 얼굴에서 핏기가 싹 가시는 걸, 세아도 리웨이도 볼 수 있었다.

말하지 말 걸 그랬나, 그런 생각도 들었지만 그래도 카일리는 스테파니의 언니였다. 이런 중요한 문제를 모르는 건 말도 안 된다.

"그럼 우리 일단 갈게."

리웨이가 넋이 나간 카일리를 붙든 후, 세아를 향해 인사를 건넸다. 세아는 카일리에게 무어라 위로의 말을 던지는 대신 침묵을 지켰다.

다시 방이 조용해졌고, 이준은 무슨 일이 있었냐는 듯 곤히 잠든 채였다. 깨어나면 자기가 무슨 말을 했는지 기억할까. 울면서 죽고 싶다고 애원했다는 걸…….

"이준아."

피를 닦아 주며 세아가 한숨처럼 중얼거렸다.

"나 진짜 너만 보면 뒤통수가 너무 아파."

비유가 아니라 정말 아직도 뒤통수가 화끈거렸다.

그러나 그렇다고 그를 죽이는 일은 없다. 그를 포기하지도 않는다. 죽음은 죽음이지, 회복이 아니다. 인생은 어설픈 동화나 신화가 아니므로 죽음은 결별일 뿐이다.

내가 너를 낫게 할 수 있을까.

뜨거운 이준의 몸에 손을 얹은 채, 세아는 가만히 읊조려 보았다.

13.56

"스테파니?"

카일리는 거실에 혼자 앉은 스테파니 뒤로 다가가며 조심히 입을 열었다. 스테파니는 햇볕 드는 소파에 앉은 채 잠들어 있었다.

열여덟 살인데, 갇혀 있는 3년 동안 몸은 하나도 자라지 않은 것 같다. 어디로 보나 3년 전의 스테파니였다.

카일리는 살며시 손을 뻗어 동생의 머리카락을 매만졌다.

'얼마나 못 먹었으면.'

음식도, 식수도 부족했을 터다. 그 안에서 어떻게 살아남았는지 한 번도 제대로 물은 적은 없다. 스테파니가 카일리와의 대화를 거부한 탓이었다.

햇볕을 오래 받고 있었는지 머리카락이 따뜻했다. 감긴 눈꺼풀, 촘촘한 속눈썹, 살짝 벌어진 입술. 나이에 비해 어린 얼굴 때문인지 작은 동물처럼 보였다. 이렇게 가까이서 살피니 키도 전혀 자라지 않은 듯했다.

너무나 그리웠는데, 아직 말 한마디 제대로 섞어 보지 못했다. 가슴 어귀로 통증이 묵직하게 전해졌다. 얼마나 충격이 컸으면 스킬까지 사용하지 못하게 되었을까.

이런 경우가 있다는 이야기만 들었을 뿐, 실제로 본 건 처음이다. 스킬을 쓰지 못하게 된 걸 알고 스테파니가 얼마나 놀랐을까 생각하니 목이 꽉 막혔다. 카일리는 스테파니의 머리카락을 쓸며 울음을 참았다.

그러다 그만 일어나려는 순간, 갑자기 스테파니가 반짝 눈을 떴다.

둘의 눈이 마주치고 몇 초 후, 먼저 움직인 건 스테파니였다. 그녀는 사냥꾼을 발견한 작은 동물처럼 후다닥 몸을 일으키더니 소파 아래로 내려왔다. 그리고 뒤도 돌아보지 않고 달아나 버렸다.

"스테파니!"

카일리는 자기도 모르게 동생의 뒤를 따라 달렸다. 쾅, 문 닫히는 소리가 났고 안에서 잠기는 소리도 뒤를 이었다. 카일리는 굳게 잠긴 문 앞에 서서, 잠시 멍하게 문고리만 내려다보았다. 힘을 쓰면 열 수 있지만 그러고 싶지 않았다.

그녀는 동생의 눈동자에 떠오른 공포를 정확히 볼 수 있었다. 다그치지 말자, 억지로 다가가지 말자, 살아 있는 것만 해도 다행이잖아. 카일리는 목소리를 가다듬고 말했다.

"스테파니, 미안해. 그냥…… 네 스킬 이야기 들었어. 너도 놀랐을 테니 나랑 얘기하면 도움이 될까 해서."

대답이 돌아오지 않았다. 그래도 카일리는 천천히 말을 이어 갔다.

"그런 일 겪는 사람 생각보다 많아. 다들 회복한 후에는 멀쩡하게 살고. 그러니까 너무 걱정 안 해도 돼. 푹 쉬면서 기다리면 금방 나아질 거야."

이쯤에서 살며시 문이 열리지 않을까 기대했는데, 그런 일은 벌어지지 않았다. 카일리는 미련이 남아 좀 더 머뭇거리다가 놀라게 해서 미안해, 라고 마지막으로 덧붙인 후 문 앞을 떠났다.

방 안의 스테파니는 문과 가장 멀리 떨어진 벽에 등을 붙이고 서 있었다. 카일리의 기척이 사라진 후에도 벽에 붙어 꼼짝도 하지 않던 그녀는 한참 시간이 지난 후에야 천천히 방 가운데로 걸어 나왔다.

카일리가 스테파니의 공포를 보았듯, 스테파니도 보았다. 카일리는 정말로 애틋한 얼굴로 자신을 응시하고 있었다. 눈에 담는 게 아니라 마음에 담듯이, 보는 게 아니라 안아 주듯이.

이세아 헌터가 한 이야기가 떠올랐다. 스마일맨이라는 몬스터가 있다고, 그 몬스터에게 당했을 확률도 높다고.

스테파니는 새로 받은 핸드폰을 켜서 포털 검색창을 열었다. 한참을 멈춰 있던 손가락이 천천히 움직여, '스마일맨'을 입력했다.

13.57

가만히 누워 있는 건 이세아 성질에 맞지 않았다. 뭐라도 하고 싶어서, 혹시 뭔가 단서가 될 건 없나 하고 여러 시스템 창을 살폈다.

스킬도 그대로, 상태도 그대로.

퀘스트 창에 눈길이 갔다. 퀘스트 내용이 업데이트되면 알림이 오니 변한 건 없겠지만, 혹시 모르니 히든 퀘스트를 다시 확인했다. 토씨 하나 달라지지 않고 그대로였다.

'일반 퀘스트 목록이나 볼까?'

너무 무료해서 그런 생각이 스쳤다.

퀘스트는 크게 두 종류로 나뉘는데 하나는 시스템 퀘스트, 다른 하나는 일반 퀘스트였다. 튜토리얼이나 히든과 같이 시스템이 직접 주는 퀘스트인 시스템 퀘스트는 수가 많지 않았다.

일반 퀘스트는 말 그대로 사람이 직접 시스템에 등록하여 헌터에게 전달하는 퀘스트로 낮은 등급의 헌터는 일반 퀘스트를 이용해 돈벌이를 하기도 했다.

세아가 애용하는 와이어 역시 일반 퀘스트를 클리어하고 받은 보상이었다. 헌터와 미각성자가 모두 일반 퀘스트를 등록하니, 내용도 보상도 천차만별이었다.

세아는 한쪽에 조용히 앉은 이준을 흘끗 바라본 후 일반 퀘스트 목록을 확인했다.

지역은 지금 있는 곳으로, 기간은 최근 1주일⋯⋯.

[화.끈.한$$노.예.남. ★도도&섹시 주인님☆ 모십니다]
[보/상/확/실/뜨거운♨하룻밤♨]

자연스러운 일이다.

일반 퀘스트 기능을 알게 되었을 때, 정부와 협회, 길드는 머리를 맞대고 고민했다. 오만 가지 청부 살인 퀘스트가 등록될 텐데 이걸 어떻게 통제할까? 그러나 현실은 달랐다. 청부 살인 퀘스트보다 음란성 퀘스트가 수천 배는 더 많았다.

현란한 특수문자와 듣도 보도 못한 이모티콘 사이에서는 오히려 단정한 문장이 더 눈에 띄는 법이다.

[던전 공략 부탁드립니다. 보상 감자. 상태 최상. 유기농 매장에 납품하는 제품.]

퀘스트를 받을 생각은 없었다. 그냥 호기심이 일어서, 내용만 확인해볼 참이었다. 세아는 무료하게 제목을 클릭했다.

[퀘스트 내용: 산등성이에 갑자기 던전이 나타났습니다. 듣도 보도 못한 몬스터가 쏟아져서 농사도 못 짓고 사람들도 계속 다칩니다. 협회에 접수했는데 너무 오래 기다려야 하고 서비스 비용도 너무 비쌉니다. 꼭 도와주십시오.

보상은 감자입니다. 유기농 매장에 납품하는 최고의 제품으로, 무농약 제품 중에서도 모양 예쁜 것만 골라 드립니다.]

아래 몬스터 사진 몇 장이 추가되어 있었는데, 달아나며 찍은 듯 초점이

맞지 않았다. 하품을 하며 사진을 구경하던 세아가 갑자기 벌떡 몸을 일으켰다.

사진에 찍힌 건 늘어나는 검을 든 몬스터였다. 이런 몬스터가 쏟아졌다니, 시스템 속성 던전이 열린 것이다. 시스템 보스 던전은 아니겠지만 하필 지금, 차로 30분도 걸리지 않는 곳에 시스템 던전이 열리다니.

설마 단서일까? 아니면 이것도 시스템의 농간? 하지만 곽남주는 이번에 들켰으니 다음 세상에서 만나자고 했다. 아마 지금 세계에는 손을 쓸 수 없을 것이다.

그래, 멍청하게 집에 누워만 있어서 대체 뭘 해결할 수 있단 말인가. 당장 몸을 일으키고 시스템 던전을 공략하자.

감자에는 관심 없다. 던전 클리어 보상이 뭘까. 시스템 소멸은 아니겠지만 그에 필적할 만한 귀중한 보상일 게 분명하다. 뭔가 느낌이 왔다. 세아는 벼락이라도 맞은 듯 당장 움직여야 할 듯한 충동에 사로잡혔다. 이런 직관은 무시해선 안 된다.

"이준아, 너 던전 갈 수 있겠어?"

부르니 시선이 따라오기는 한다. 세아는 그가 대답하지 않을 걸 알았으므로 단호하게 고개를 끄덕였다.

"가야 돼. 가자!"

[일반 퀘스트 '던전 공략 부탁드…'를 수락합니다.]

13.58

세아는 거실에 카일리와 리웨이를 모아 놓고 열변을 토했다.

"타이밍이 너무 딱 맞잖아. 안 그래요, 리웨이? 지금 상황에 시스템 던전이라니. 게다가 차로 30분도 안 걸리는 곳에."

"그래? 무슨 타이밍이 맞다는 건지 잘 모르겠는데……."

카일리는 고개를 갸웃하며 중얼거리듯 대답했다. 리웨이도 소파 등받이에 몸을 기대며 동의했다.

"나도. 그냥 우연이겠지."

"그냥 네가 너무 조급해진 건 아니야? 아무 성과도 없이 오래 쉬고 있으니까."

카일리는 정이준 쪽을 흘끗 바라보며 물었다. 이준은 전처럼 마구잡이로 달려들진 않지만, 여전히 발작하듯 세아를 공격했다. 크게 종종거리는 성격이 아니라 그렇지, 세아도 내심 마음이 급할 것이다.

그때, 세아를 빤히 바라보던 리웨이가 다른 말을 보탰다.

"네가 가야 할 것 같으면 같이 가자. 어쨌든 히든 퀘스트를 받은 건 너니까, 너한테 뭔가 직감 같은 게 있겠지. 이 던전이 도움이 될 것 같으면 같이 들어가자고."

"무슨 도움이 될지는 잘 모르겠지만, 어쨌든 난 가 봐야겠어요."

세아가 활기차게 고개를 끄덕이며 대답했다. 카일리도 자연스럽게 함께 가게 되었고, 세아를 따라오는 이준도 떼어놓을 수 없으니 당연히 함께였다.

세아는 시스템 창을 열어 파티를 생성했다. 지금까지 서로 암묵적인 파티원으로 생각했을 뿐, 시스템에 등록은 하지 않았다. 파티원으로 리웨이와 카일리, 그리고 정이준을 등록하며 세아가 말했다.

"그럼 셋 다 등록했어요. 이제 공식 파티로 이름이 올라갔는데, 혹시 협회와의 관계 때문에 이걸 원하지 않으면 지금이라도 이름 뺄게요. 한 파티가 아니어도 던전에는 갈 수 있으니까."

당연히 아무도 이름을 빼 달라고 하지 않았다.

세아는 의사를 표현할 수 없는 상태인 정이준을 잠시 바라본 후 손을 털며 일어났다.

"그럼 갈까요?"

"어딜 가는데?"

불쑥 목소리가 끼어들었다. 세아와 카일리, 리웨이가 일제히 그쪽으로 고개를 돌렸다. 여전히 손에 돌멩이 아이템을 든 올리버가 눈을 동그랗게 뜬 채 어른들을 보고 있었다. 세아는 가볍게 대답했다.

"던전에."

"나도 같이 가!"

"뭐? 안 돼."

시스템 속성 몬스터가 쏟아질 텐데, 정이준의 도움을 받지 못할지도 모른다. 다른 던전보다 두 배, 세 배로 위험한 곳에 가면서 열세 살 꼬마를 데려갈 순 없었다.

세아는 당연하다는 듯 대꾸하고 먼저 걸음을 옮겼다. 올리버가 재빨리 뛰어 세아의 옷자락을 붙들었다. 그러더니 고개를 꺾어 세아를 올려다보며 외쳤다.

"나도 파티잖아! 당연히 같이 가야지!"

"넌 우리 파티 아니야. 그냥 여기서 보호하고 있는 거지."

"이세아!"

리웨이가 급하게 불러 세아의 말을 끊었다.

그러나 이미 세아의 말은 끝난 뒤였고, 올리버는 상처받은 얼굴로 세아를 보고 있었다. 어린애가 눈물을 글썽이며 입술을 꼭 물고 자신을 보니, 아무리 세아라 해도 흔들리지 않을 수 없었다.

사실 세아는 올리버가 왜 어른 중 자신에게만 친근하게 말을 걸어

오며 왜 자꾸 방에 찾아오는지 알지 못했다. 그저 마음에 들었나 보다 짐작할 뿐.

"거긴 위험해서 그래."

"나도 도움이 돼."

올리버는 억울한 듯 중얼거렸다. 틀린 말은 아니라 세아는 고개를 끄덕였다.

"그건 그렇지, 넌 S급 헌터에 천재니까. 근데 전투형은 아니잖아. 시스템 속성 던전이라 위험한 몬스터가 너무 많고, 분명 스마일맨도 우글거릴 거야. 널 지켜 주지 못할 수도 있다는 소리야."

"상관없어! 나도 세아 파티야!"

"넌 우리 파티 아니라니까……."

난감한 듯 중얼거리는 소리를 듣던 올리버는 주먹을 꼭 움켜쥐고 있다가 휙 등을 돌려 뛰어가 버렸다. 자기 방으로 돌아가는 뒷모습을 보다가 리웨이가 헛기침을 했다.

"좀 다르게 말할 수도 있잖아."

"뭐라고 말해요? 저렇게 어린애를 던전에 데려가자는 건 아니죠? 아무리 히든 퀘스트가 중요해도 열세 살은 안 돼요."

"그런 뜻이 아니고, 좀 부드럽게 설득할 순 없었냐는 거지. 됐다, 일단 가자. 너 그 던전 가보고 싶어서 마음 급한 것 같으니까."

리웨이가 고개를 저으며 앞장섰다.

세아는 잠시 올리버가 사라진 방향을 돌아보았다. 리웨이가 무슨 소리를 하는지 모르는 건 아니다. 하지만 어린애에게 바람을 넣는 것보단 이게 낫지 않은가. 올리버 일은 나중에 더 생각하자.

세아는 밖으로 나가 차에 시동을 걸었다. 차는 미끄러지듯 목적지로 나아갔다.

13.59

물을 마시기 위해 주방으로 왔던 스테파니는 깜짝 놀라 뒤로 넘어질 뻔했다. 올리버가 혼자 우두커니 구석에 쪼그려 앉아 있었기 때문이다. 스테파니는 눈을 깜빡이며 그를 쳐다만 보다가 겨우 물었다.

"너 왜 바닥에 앉아 있어?"

"스테파니, 넌 세아 파티야?"

"뭐라고?"

스테파니는 한참 어린 동생을 바라보다가 일단 물을 따라 마셨다. 컵을 헹구고 다시 제자리에 돌려놓았을 때, 올리버가 다시 물었다.

"넌 세아 파티냐고."

"아니."

"왜 아닌데?"

스테파니는 이 뜬금없는 물음에 답하는 대신 올리버 앞에 쪼그려 앉았다. 올리버를 무척 사랑한다거나 애틋하게 여기는 건 아니지만, 그래도 눈에 밟히긴 했다. 그래서 스테파니는 위로해 줄 겸 물었다.

"그게 왜 갑자기 궁금해?"

"세아가 나한테……."

곧장 하소연할 듯 입을 열더니 한참을 망설인다. 스테파니는 잠잠히 기다렸다. 올리버는 곧 마음을 추스른 듯 혼잣말처럼 중얼거렸다.

"나한테 난 자기 파티 아니래."

당연히 아니지, 열세 살이 무슨 던전 파티야. 스테파니는 그 말을 꾹 참았다. 누구나 당연히 아는 사실인데 올리버는 자기가 세아의 파티원이 될 수 없다는 데 충격을 받은 모양이었다. 스테파니는 적당히 어울려 주고 방으로 돌아갈 생각에 고개를 끄덕였다.

"그래? 그랬구나. 다들 던전 갔어? 집이 조용하더라니."

"위험하니까 난 여기 있으래. 스마일맨도 우글거릴 거라면서……."

스테파니의 몸이 딱 굳었다. 올리버는 눈치채지 못하고 계속 말을 이었다.

"시스템 속성 던전이라면서 난 위험하다는데, 나도 S급 헌터야. 몬스터랑 싸울 줄도 알고 지켜 주지 않아도 혼자 살아남을 수 있는데, 왜 나만 두고 가는 거야?"

"올리버."

스테파니가 작은 목소리로 마치 속삭이듯 그의 이름을 입에 담았다. 올리버가 고개를 들었을 때, 스테파니의 표정은 아까와는 완전히 달라져 있었다.

"너 정말 던전에서 생존할 수 있어?"

"응."

"그럼 나랑 같이 갈래? 그 던전."

"하지만 세아가 오지 말라고 했는데……."

스테파니는 고개를 저었다. 그녀는 스마일맨을 꼭 눈으로 확인하고 싶었다. 하지만 스킬도 사용하지 못하는 지금, 혼자 던전에 뛰어들 수는 없다. 올리버의 도움이 꼭 필요했다. 그래도 S급 헌터고 저렇게 자신 있다고 하니 반드시 힘이 될 것이다.

"거기서 살아남을 수 있다는 걸 보여 주면, 너도 파티원으로 인정해 주지 않을까?"

올리버는 솔깃한 표정으로 스테파니를 보더니 잠시 생각에 잠겼다. 곧 그는 결심한 듯 고개를 끄덕였다.

"그래, 좋아."

13.60

산에 있는 던전이라 차로는 갈 수 없었다. 세아와 다른 사람들은 산 아래쪽에 차를 세우고 등산부터 시작했다. 다행히 까마득히 높은 산이 아니라 금방 던전 입구에 다다를 수 있었다.

바로 그때, 시스템 알림음이 울렸다. 세아는 메시지를 확인했다.

[일반 퀘스트 '던전 공략 부탁드…'를 수락한 다른 헌터가 있습니다. 던전이 공동 참여 던전으로 변경됩니다.]

세아는 메시지를 다시 확인한 후 창을 꺼 버렸다.

던전 입구는 평범했다. 산중턱에 문이 불쑥 솟아 있는 형태로, 문 뒤에는 아무것도 없는 듯 보이지만 열고 들어가면 던전이 펼쳐질 것이다.

세아는 뒤로 돌아 파티원을 확인했다.

카일리와 리웨이는 준비가 끝난 것 같고, 정이준도 무표정할 뿐 습격할 기색은 없다. 불안정한 정이준을 끌고 던전에 들어가는 건 위험한 일이지만, 어쩐지 여긴 꼭 가야만 할 것 같았다.

감수하자. 그렇게 다짐한 세아는 카일리와 리웨이에게 당부했다.

"이미 말했지만 내가 여기서 죽으면 모든 게 과거로 돌아가요. 지금까지 한 걸 허사로 돌릴 수는 없으니 같이 잘해야 해요."

"좋아."

카일리가 결연하게 고개를 끄덕였다. 세아는 앞장서서 문을 열고 던전 안으로 들어갔다.

안은 거대한 위장 속 같았다. 사방이 불그스름했고 바닥과 벽, 천장까지 주름져 있었다.

시큼한 냄새가 훅 코를 찔러 세아는 손으로 코와 입을 가렸다. 주름진 바닥에 발이 푹푹 빠지고, 밑창에 정체 모를 진액이 달라붙어 끈적거렸다.

안은 정말 체온이라도 지닌 듯 불쾌할 정도로 따뜻했다. 숨을 쉬는 것처럼, 벽과 바닥이 느리고 규칙적으로 울렁거려 쉽게 전진하긴 어려울 듯했다.

"우웩!"

리웨이가 헛구역질을 하며 입을 틀어막았다. 그녀가 가리키는 곳을 바라보니, 시체 하나가 썩어 들어가고 있었다. 아니, 정확히 말하면 '소화'되는 중이었다. 아마 공략을 위해 왔다가 죽은 헌터일 것이다.

흐물흐물한 음식물처럼 변한 시체를 보던 일행은 역겨움을 참으며 걸음을 옮겼다. 바닥이 물컹해 걷기 어려웠지만, S급 헌터가 지칠 정도는 아니었다.

통로는 넓었고 딱히 갈림길이랄 것도 없었다. 그저 꾸역꾸역 나아가면 그만이었다. 세아는 이준의 상태를 계속 확인하며 천천히 걸었다. 주위는 빛 없이도 밝았지만, 앞쪽은 짐승의 목구멍처럼 컴컴했다. 가만히 걷던 세아가 갑자기 손을 들었다.

"잠깐. 앞이 뭔가 이상해."

"내 소환수를 보내 보지."

시원스럽게 말한 리웨이가 손을 휘두르자, 사람 몸뚱이만 한 까마귀가 허공에 나타났다. 까마귀는 리웨이가 명령하기도 전에 곧장 앞으로 돌진하듯 날아갔다.

"편리하네요."

카일리가 진심으로 감탄했다. S급 헌터의 소환수 스킬을 처음 본 세아는, 소환수가 진짜 살아 있는 동물처럼 보여 깜짝 놀랐다. 리웨이는 우쭐

하듯 대답했다.

"실제 동물은 아니지만, 스킬도 쓸 수 있고 좋아. 도움이 많이 되지."

"저 소환수가 다치거나 죽으면 당신도 피해를 입나요?"

"그건 아니야. 대신 소환수를 부를 때 내 기력을 좀 많이 소진해. S급이나 A급 정도의 기력이 아니면, 소환수 스킬은 별로 쓸모가 없지. 나야 기력이 많으니까……."

바로 그때, 까아악 울부짖는 소리가 들렸다. 먼 곳에서부터 날아오는 울음이라 아득했지만, 모두가 똑똑히 들을 수 있을 정도로 큰 소리였다.

세아는 눈을 가늘게 뜨고 어둠 속을 노려보다가 이내 경악하여 입을 벌렸다.

까마귀가 마치 달아나듯 이리로 날아오는 게 보였다. 그 뒤를 뒤쫓는 거센 물길은 댐을 연 것처럼 무시무시했다. 저 너머에서 홍수가 났다 해도 믿을 수 있다. 휩쓸리면 순식간에 떠내려갈 게 분명했다.

세아는 앞뒤 볼 것 없이 외쳤다.

"결계를 칠 거예요! 모두 안으로!"

세아가 손을 뻗어 반구형 결계를 펼치며 정이준을 자기 옆으로 끌어당겼다. 그 순간, 지친 까마귀가 순식간에 물살에 잡아먹혔다. 뼈까지 녹이는 듯 치익 소리가 나더니 까마귀는 깃털 하나 남기지 못하고 사라졌다.

물살은 그대로 결계 위를 덮쳤다. 일행은 자기도 모르게 눈을 질끈 감았지만, 세아는 컴컴하게 덮어 오는 물살을 노려보며 단단히 버티고 섰다. 염산을 뒤집어쓴 듯 겉에서부터 녹아내리긴 했지만 다행히 결계는 무사했다.

세아는 주위를 둘러보며 상황을 살폈다. 다행히 안이 잠길 정도로 쏟아지는 물은 아니었다. 그저 결계를 한번 덮치고 주위로 퍼져 끝났을 뿐이다.

"무슨 염산 같네."

세아는 힘겹게 결론을 내렸다. 하마터면 모두의 몸이 흔적도 없이 녹아 버릴 뻔했다. 유지되는 물질은 아닌 듯, 물은 금세 바닥으로 흡수되어 사라졌다.

"다들 괜찮죠? 결계 풀게요."

그렇게 말한 세아가 결계를 풀었다. 그러자마자 붉은 벽에서 찍, 물총을 쏜듯 물줄기가 뿜어져 나왔다. 누가 알아차리기도 전에 물줄기가 세아와 이준 사이를 갈랐다. 물줄기는 세아의 왼뺨과 정이준의 오른쪽 어깨를 스치고 바닥으로 떨어졌다.

"세아!"

카일리가 비명처럼 불렀다. 그러나 세아의 입에서는 다른 이름이 튀어나갔다.

"정이준!"

이준의 오른쪽 어깨가 그대로 녹아내렸다. 부글부글 거품이 일어나며 누가 푸딩을 스푼으로 퍼먹은 듯 푹 꺼지고 말았다. 참기 어려운 고통일 텐데, 이준은 신음하기는커녕 얼굴을 찌푸리지도 않았다.

세아는 뺨이 화상 입은 듯 화끈거리는 걸 느끼지도 못했다. 염산은 계속 이준의 살과 뼈를 녹이고 있었다. 피는 흐를 틈도 없이 고인 채로 타 버렸고, 뻘겋게 드러나는 맨살과 근육이 징그러웠다.

"정이준, 치유해!"

세아는 힘으로 이준을 주저앉히고 외쳤다. 그러나 이준은 눈을 깜빡이며 세아만 바라볼 뿐 아무 움직임이 없었다. 세아는 자기 뺨을 타고 흐르는 축축한 진액을 소매로 대충 닦아 냈다. 몹시 쓰라렸지만 심각한 통증은 아니었다. 진짜 문제는 정이준의 어깨다.

세아는 답답한 마음에 버럭 고함을 질렀다.

"야, 치유하라고!"

마침내 목소리가 전달된 듯, 이준이 서서히 왼손을 움직였다. 세아는 안도의 숨을 토하며 그의 움직임을 지켜보았다. 뒤에서는 카일리와 리웨이가 짐을 뒤져 포션을 찾느라 분주했다.

이준의 손이 느리게 세아의 뺨에 닿았다. 거의 자각하지 못하고 있었는데, 이준의 손끝이 닿으니 고통이 전해졌다. 세아가 반사적으로 움찔하자 이준의 눈동자가 미세하게 떨렸다. 그가 그대로 입술을 움직였다.

"치유."

다친 곳이 순식간에 어는 듯 얼얼하고 차가워지더니, 이내 고통이 말끔히 지워졌다. 세아는 손을 들어 자기 뺨을 더듬어 보고 입을 벌렸다. 피부는 다친 적 없는 것처럼 매끈했다. 눈이 마주치니 이준이 희미하게 웃었다.

막 포션을 꺼내 다가오던 카일리와 리웨이는 약속이라도 한 듯 두 손으로 입을 막고 감동할 준비를 마쳤다.

물론 세아는 그 감격의 물결에 합류하지 않았다.

"이 새끼야, 너 치유하라고, 너!"

13.61

세아가 이준을 공식 파티원으로 등록했을 때, 이준은 아주 잠시 정신을 되찾았다. 그의 눈앞에 나타난 시스템 창 때문이었다.

[이세아의 파티원이 되었습니다. 자세한 정보는 파티 창에서 확인할 수 있습니다. 파티장의 동의가 없어도 파티 탈퇴는 가능합니다.]

파티.

이준의 흐린 정신으로 글자의 의미가 조각조각 입력되었다. 그는 세아의 정식 파티원이 된 것이다. 그는 기쁨을 느끼기 위해 애써 보았다.

세뇌당한 후로는 많은 감정이 회색빛으로 뭉개져서 고통 말고는 아무것도 생생하게 느낄 수가 없었다. 그래도 세아와 공식 파티를 맺은 순간이니 으깨지는 정신으로나마 즐거움을 얻고 싶었다.

그러나 이준은 아무것도 느낄 수 없었다. 시스템 창의 메시지는 분명 이해했는데, 좋지도 싫지도 않았다. 그저 요리법을 읽은 듯 무감각했다.

아무래도 나는 진짜 미쳐 버렸나 봐.

이준은 환한 공간에 갇혀 그렇게 자조했다. 이대로 가다가, 세아가 죽어도 아무 감정도 느끼지 못하는 거 아닐까. 오스카는 자신을 괴물로 만들어 버린 것일까.

무채색의 절망과 함께, 돌아왔던 이성도 간단히 사라져 버렸다.

다음 순간, 카일리의 날카로운 비명이 이준의 의식을 강제로 일깨웠다.

정신을 차리자마자 본 것은 세아의 뺨을 타고 느리게 흘러내리는 새빨간 피.

누나가 다쳤다. 이준은 믿을 수 없었다.

지금까지 세아가 다치는 건 한 번도 본 적이 없다. 아니, 자잘한 상처 정도야 보아 왔지만 저렇게 피가 흐를 정도는 아니었다. 얼마나 놀랐는지 그 순간에는 독한 약에서 깨어난 듯 머리마저 맑아졌다.

세아가 바로 앞에서 뭐라고 소리쳤지만 하나도 알아들을 수가 없었다. 모든 것이 안개 낀 듯 뿌옇게 보였고, 그는 세아의 뺨에서 흐르는 붉은 피에 시선을 빼앗겼다.

천천히 세아의 뺨에 손을 댔다. 통증을 느끼는지, 세아의 눈가가 아주 잠시 일그러졌다. 누나도 아프구나. 이런 순간에, 자기가 쓸모없지 않아

다행이라는 생각이 뭉개진 머릿속으로 흘러들었다.

'치유.'

세아의 고통이 지워지는 걸 보면서 그는 온 힘을 다해 웃었다. 이런 상처를 없애는 건 너무나 쉬운데. 세뇌 스킬은 스스로 치유할 수도 없고 발버둥 쳐도 벗어나기 어렵다.

누나는 이런 나를 한심하게 생각하겠지. 누나는 강하니까, 내가 이렇게 약한 게 싫겠지. 그래도 나도 가끔은 도움이 되잖아요.

세아가 무어라 욕을 퍼부었지만 그는 끝내 웃었다. 파티로 등록되었을 때는 되지 않았던 게, 지금은 된다. 웃고 싶은 기분이 든다. 그래서 웃는다. 이준은 그게 더욱 기뻤다.

그는 아직 미치지 않았다. 세아가 곁에 있어 주는 한, 그는 괜찮을 것이다.

13.62

한참 앞으로만 나아가던 파티는 중간에 잠시 짐을 내려놓고 휴식을 취했다.

세아는 자기를 따라오는 정이준의 얼굴만 보면 울화통이 터지는 듯 그쪽을 제대로 쳐다보지도 않았다. 그녀는 이준으로부터 등을 돌리고 앉아 물을 마시고 운동화 끈을 단단히 조여 묶었다. 카일리는 포션을 들고 조심스럽게 세아 쪽으로 다가갔다.

"세아, 너 괜찮은 거 맞아?"

이준의 스킬로 상처는 말끔히 나았지만 혹시 모르는 일이었다. 카일리는 손을 뻗어 세아의 얼굴에 댔고, 세아는 됐다는 듯 고개를 틀었다.

"괜찮아. 완전히 나았어. 다쳤던 것도 까먹을 정도야."

"그래…… . 정이준 어깨도 그럭저럭 괜찮아."

이준은 끝까지 자기 자신에게 치유 스킬을 사용하지 않았다. 결국 카일리와 리웨이가 달려들어 그의 상처에 포션을 콸콸 쏟아야 했다. 세아는 이를 갈며 이준을 노려보았다.

그가 어떤 종류의 세뇌에 걸렸는지 확실히 알겠다. 목표물에게 달려들다 어떤 상처를 입든 개의치 않고 죽도록 달려들게 한 것이다. 그러니 이런 상황에서도 자기 자신에게 치유 스킬을 사용하지 않은 것일 테고.

카일리는 분에 찬 세아의 표정을 살피더니 헛기침을 하고 말했다.

"그래도, 난 얘 되게 재수 없는 애인 줄 알았는데 생각이랑 다르네. 그 와중에도 너한테 치유 스킬 썼잖아. 자기 팔이 녹아 가고 있는데. 대단하지?"

"정신 들면 진짜 죽도록 패 줄 거야."

"왜 화가 났어."

카일리가 웃는 낯으로 물었을 때, 세아는 천천히 시선을 돌려 그녀를 바라보았다. 카일리는 달래는 듯한 얼굴로 세아의 어깨에 손을 얹었다. 세아가 확인하듯 물었다.

"내가 화가 났다고?"

"그래, 그래도 너 치유해 줬는데. 아까부터 화나 있잖아. 기분 풀어."

세아는 대답 없이 정이준을 바라보았다. 확실히 아까부터 속이 부글부글 끓고 이준의 얼굴만 봐도 주먹이 나갈 것 같다.

부당한 걸 알지만, 자기 몸 하나 똑바로 못 챙기냐고 모진 말을 퍼붓고 싶은 심정이다. 그가 자신을 공격했을 때도 이렇게 화가 나진 않았다. 그런데 지금은 왜?

모르겠다. 확실한 건, 이준이 제정신으로 돌아오면 꼭 한 대는 갈기고 말리라는 것.

카일리가 주위를 두리번거리며 말을 돌렸다.

"근데 여기 이상하긴 하다. 지금까지 이런 던전은 본 적도 없어. 리웨이가 소환수를 앞으로 보내서 길을 확인하는 중이야."

세아는 흘끗 멀리 떨어져 있는 리웨이를 확인했다. 그녀는 바닥에 책상다리를 하고 앉아 눈을 감고 뭔가에 집중하고 있었다.

확실히 소환수를 부를 수 있는 헌터가 있으니 편리한 점이 많았다. 여기까지 오는 동안, 많은 위험을 소환수 덕에 피했다. 전에 없이 위험한 던전이라, 아직 제대로 된 몬스터랄 게 나오지도 않았는데 몇 번이나 고비를 넘겼다.

그때, 리웨이가 반짝 눈을 떴다. 그러더니 그대로 몸을 일으키며 팔을 앞으로 뻗었다. 커다란 매 한 마리가 어둠 속에서부터 날개를 펄럭이며 날아와 그대로 그녀의 팔에 앉았다.

갈고리보다 날카로운 발톱으로 팔을 쥐듯이 하고 앉은지라 위험천만하게 보였지만, 리웨이는 신경도 쓰지 않고 세아 쪽으로 돌아섰다.

"끝에 뭐가 있는지 알아냈어."

"그래요?"

세아가 반갑게 몸을 일으키며 대답했다. 갑자기 나타난 시스템 던전, 수상한 던전 내부. 이상한 게 한두 개가 아니다. 끝에 뭐가 있는지 알면 탐색이 훨씬 쉬워질 것이다.

리웨이는 고개를 끄덕이며 모두를 향해 말했다.

"웬 종이가 하나 있어."

"종이?"

카일리가 눈살을 찌푸리며 물었다. 리웨이는 자기도 잘 모르겠다는 듯 고개를 살짝 기울인 채로 대꾸했다.

"이 소환수가 나한테 말해 주는 게 아니라, 소환수의 눈을 통해 내가 직접 보거든? 근데…… 난데없는 책상 하나, 종이 하나, 펜 하나만 있었어."

"공간이 달라지나요?"

"아니, 그냥 그대로야. 진짜 이런 바닥에……."

리웨이는 보라는 듯 한 발로 바닥을 꾹꾹 눌렀다.

"책상이 하나 있고, 종이랑 펜이 놓여 있더라니까?"

"종이에 뭐가 적혀 있는데요?"

"아무것도 안 적혔어. 그냥 빈 종이야. 새하얀 종이."

"……."

무거운 침묵이 파티를 감쌌다.

빈 종이와 펜이라니, 대체 뭘까? 이런 던전 공략 보상은 들어 본 적조차 없다. 종이 한 장 얻자고 가기에는 이 던전은 너무 위험하다. 벽이 염산을 쏘고 뼈까지 녹이는 물질이 파도처럼 밀려온다. 여기서 몬스터까지 나오면 어떤 아수라장이 될지 상상도 하기 어려웠다.

카일리와 리웨이가 일제히 고개를 돌려 세아를 응시했다. 세아는 오래 고민하지 않았다. 파티원의 뜻을 읽은 듯 고개를 끄덕인 그녀가 선언했다.

"둘 다 별로 가고 싶지 않은 거죠?"

"사실 그만한 가치가 있는지 잘 모르겠어."

리웨이는 숨김없이 답했고, 세아도 예상한 듯 바로 말을 받았다.

"그럼 나랑 정이준 둘이 갈게요. 두 사람은 먼저 던전 밖으로 나가요."

"뭐? 말도 안 돼!"

카일리가 깜짝 놀라 목소리를 높였다. 지금 이준은 정상이 아니다. 언제 돌변해 세아를 공격할지 모르는데, 둘이 이 위험천만한 던전에 남겠다니?

"아무래도 앞으로 가 봐야 할 것 같아서. 난 그게 뭔지 꼭 확인해야 겠어."

세아는 단단하게 대답하고 바닥에 앉아 짐을 뒤지기 시작했다. 돌아갈 사람이 가져갈 물건과 자기가 가져갈 물건을 나누려는 듯했다.

하다못해 위험하더라도 같이 가자는 제안조차 하지 않는다. 당연히 따로 가게 될 거라고 생각하고 바로 움직인다. 이게 무슨 파티야, 카일리는 조금 허탈해졌다. 이 칼 같은 태도에 리웨이도 썩 심기가 편치 않은 듯했다. 리웨이는 잠시 침묵하다가 툭, 세아의 이름을 뱉었다.

"야, 세아."

"네."

막 포션 두 개를 빼던 세아가 고개를 들어 리웨이를 올려다보았다. 뭐가 문제인지 전혀 모르는 듯, 무구하게까지 보이는 표정이다. 리웨이는 그 얼굴을 보고 더 욱한 듯 이를 꽉 물더니 중얼거렸다.

"올리버한테도 이러더니."

"뭐가요?"

"그냥 같이 가자고 말이나 한번 할 수 있는 거 아니야? 네가 파티라고 모아 놨으면서 이렇게 생판 남처럼 굴 거냐고."

세아는 의아함에 눈을 동그랗게 뜨고 카일리와 리웨이의 얼굴을 살폈다.

두 사람이 있으면 무척 든든하겠지만 없다고 큰일이 나는 건 아니다. 두 사람도 그걸 알고, 그러니 당연히 자기 안전부터 챙기는 게 우선 아니겠는가. 원래 사람은 자기 생명, 자기 목적이 가장 중요하니까.

그러나 둘은 정말로 서운한 것 같았다.

세아는 이들 사이에서 처음으로 정말 당황했다. 안전하게 가라고 생각해 줬더니 오히려 원망을 산 것이다.

"앞은 위험할 테고 보상도 확실치 않으니까 그냥 가고 싶은 사람만 가자는 거죠……. 두 사람도 어차피 가기 싫어했잖아요?"

"그렇다고 이 위험한 던전에 너만 두고 돌아가라고? 뭐, 넌 너무 강하니까 우리 도움은 필요 없다 이거야?"

"그게 아니라, 가기 싫다는데 강요할 순 없잖아요."

세아는 당연한 일을 가지고 왜 이런 긴 이야기를 해야 하는지 알 수 없었다.

이건 자기 자신의 히든 퀘스트와 관련된 일이다. 그러니 여기서 이 모든 일과 직접 관련된 사람은 자신뿐이었다. 심지어 히든 퀘스트의 키나 다름없는 이준에게도 자신을 도울 의무는 없다.

"같이 가 주면 당연히 더 안전하고 좋지만……."

"그럼 말이나 해 봐. 같이 가자고."

리웨이가 눈썹을 치켜세우며 말했고, 카일리도 세아의 얼굴만 바라보며 다음 말을 기다렸다. 세아는 기력을 가장 많이 소진하는 스킬을 쓸 때보다 더 힘겹게 입을 열었다.

"어…… 괜찮으면 같이 가 줄래요? 아무래도 정이준은 지금 방해만 안 되면 다행인 상황이고, 둘이서만 여기 남으면 변수가 많을 거예요."

"그래. 난 가겠어."

"나도 갈게."

리웨이와 카일리가 차례로 대답했다. 세아는 아주 어려운 일을 해냈을 때처럼 식은땀을 흘리는 자기 자신을 발견했다. 그녀는 어색한 얼굴로 중얼거렸다.

"고마워요."

그렇게 말한 후 세아는 낯간지러운 분위기를 깨고자 농담을 던졌다.

"하하, 이랬는데 둘 다 스마일맨이면 소름끼치겠다. 그렇죠?"

"……."

"……."

두 사람은 일제히 침묵했다. 오싹한 한기가 순식간에 등줄기를 타고 뒤통수까지 기어올랐다. 세아는 뒤로 물러날 준비를 하며 정이준을 끌어당겼다.

무표정한 얼굴로 세아를 바라보던 카일리와 리웨이가 서로 눈을 맞추었다. 곧 두 사람이 소리를 내어 웃기 시작했다.

"무슨 소리야, 진짜 소름끼치게."

"놀랐잖아."

세아는 눈물까지 흘리며 웃는 카일리에게 한마디 쏘아붙이고 안도의 한숨을 내쉬었다. 하도 스마일맨에게 당하다 보니 이제 순간순간 의심이 솟는다. 다행히 아직까지는 모습을 보이지 않고 있다. 어쩌면 이 던전에는 스마일맨이 없을지도 모르겠다.

"그럼 앞으로 갈까요?"

세아는 나누려던 짐을 다시 챙기고 제대로 정면을 바라보았다. 장난기 어린 얼굴로 웃던 카일리와 리웨이도 다시 몸 상태를 점검하고 힘차게 고개를 끄덕였다. 이준은 아무 생각도 없는 얼굴로 따라 일어섰다.

그때, 다시 한번 벽에서 물줄기가 뿜어져 나왔다. 이번에 세아는 당황하지 않고 이준의 몸을 확 끌어당겼다. 이준은 중심을 잃고 나동그라졌지만, 물줄기는 그가 방금까지 서 있던 자리로 쏟아졌다. 세아는 그를 일으키며 한마디 했다.

"조심해."

움찔, 이준의 손이 경련하듯 떨렸다. 세아는 그가 다시 자기에게 달려들려고 했다는 걸, 그리고 그걸 필사적으로 참아 냈다는 걸 알았다.

그래서 부러 다정하게 이준의 어깨를 다독였다.

"그래, 이준아. 잘 참네."

그렇게 파티는 한 걸음, 한 걸음 계속 전진했다. 다행히 심각한 위험은 없었다. 리웨이는 소환수를 미리 보내 앞의 트랩이나 몬스터를 감지했고, 세아와 카일리는 합을 맞추어 나타나는 적을 처리했다.

"저기 있다."

마침내, 맨 앞의 세아가 중얼거렸다.

백 미터쯤 떨어진 곳에 리웨이가 말한 책상이 놓여 있었다. 공간과 어울리지 않는 이질적인 물건이라 세아는 바로 그게 책상임을 알아보았다. 지친 카일리와 리웨이의 얼굴에도 미소가 감돌았다. 세아는 들떠서 한 걸음 더 나아갔다.

"아마 히든 퀘스트에 필요한 보상일 거예요. 왠지 느낌이 그래요."

"그래, 그럼 빨리……."

말을 하다 말고 카일리가 휙 뒤를 돌아보았다. 리웨이가 왜 그러느냐고 물으려는 순간, 그녀가 손을 들어 리웨이의 말을 막았다. 뒤를 돌아보는 카일리의 얼굴이 의혹에 젖어 컴컴했다.

"못 들었어요? 세아, 못 들었어?"

"뭘……."

되묻는 말이 끝나기도 전에 소리가 귀에 꽂혔다.

"아아아악!"

높고 날카로운 비명이었다. 카일리는 믿을 수 없는 듯 눈을 크게 뜨더니 세아를 돌아보며 외쳤다.

"스테파니 목소리야!"

카일리는 그대로 왔던 길을 되짚어 혼자 뛰어가 버렸다. 그녀를 혼자 보낼 수 없으니 리웨이도 일단 따라 뛰었다. 그제야 세아는 던전 입구에서 보았던 메시지를 떠올렸다.

[일반 퀘스트 '던전 공략 부탁드…'를 수락한 다른 헌터가 있습니다. 던전이 공동 참여 던전으로 변경됩니다.]

젠장, 그게 스테파니였다니!

세아는 조금만 뛰면 다다를 수 있는 거리에 있는 보상과 뛰어가는 카일리의 뒷모습을 번갈아 바라본 후 욕을 짓씹었다. 그런 다음 몸을 돌려 카일리를 따라 뛰기 시작했다.

13.63

스테파니와 올리버는 시스템 속성에 대해 무지했다. 스테파니는 3년 동안 약초 던전에 갇혀 있었고, 올리버는 영국 협회 지하에서 살았다. 시스템 속성을 자세히 알 리 없었다.

그들은 처음부터 몬스터와 마주쳤다. 세아 일행은 만나지 못한 시스템 속성 회색 슬라임이었다. 스킬을 사용할 수 있는 올리버는 자신만만하게 앞으로 나서며 슬라임 안으로 손을 쑥 집어넣었다.

"코어 채집!"

코어 채집은 살아 있는 몬스터에게서 바로 중요 아이템을 얻을 수 있는 스킬로, 아이템을 얻고 나면 대체로 몬스터는 사망했다. 올리버가 혼자 던전에서 살아남을 수 있다고 자신만만하게 말한 것도 이 스킬을 믿어서였다.

그러나 올리버의 믿음을 배반하듯, 슬라임은 몸 한번 꿈틀하지 않고 조용했다. 뒤에 있던 스테파니가 긴장한 음성으로 물었다.

"된 거야? 죽진 않은 것 같은데?"

"이상하네. 코어 채집!"

다시 외치자 이번에는 확실한 변화가 나타났다. 슬라임이 바닥에 떨어진 젤리처럼 심하게 꿀렁거리며 올리버의 팔을 빨아들이기 시작한 것이다. 올리버는 공포에 질린 얼굴로 팔을 잡아 빼려 했고, 스테파니가 재빨리 그의 몸을 잡았다.

"올리버, 뒤로 와. 뒤로!"

스테파니가 필사적으로 올리버의 몸을 잡아 뺐지만 소용없었다. 슬라임 안에 푹 잠긴 올리버의 팔이 마치 미라의 것처럼 변하기 시작했다. 검게 그을리며 근육이 뼈에 달라붙듯 수축하자 엄청난 고통이 밀려왔다.

"아아악! 으아악!"

올리버가 핏기 가신 얼굴로 비명을 질렀다. 스테파니는 이를 악물고 패닉에 빠진 올리버의 몸을 끌었다.

어느 순간 올리버의 팔이 확 빠지며 두 사람은 함께 뒤로 넘어졌다. 하지만 스테파니가 잘해서가 아니었다. 올리버의 팔에서 진액을 먹을 만큼 먹어치운 슬라임이 그를 놓아 준 것이다.

올리버의 팔은 죽은 지 오래된 시체의 팔이라 해도 될 정도로 앙상하고 흉측하게 변했다. 불에 바싹 탄 듯 쭈글쭈글 검게 변한 팔에서 불길한 연기가 올랐다.

"아, 아파, 흑, 아파……."

스테파니는 일단 올리버의 몸을 뒤로 질질 끌어 슬라임으로부터 떨어뜨렸다. 그런 다음 짐을 뒤져 그의 팔에 무작정 포션을 쏟았다.

다행히 팔은 회복되었다. 그을음이 벗겨지고 새 근육과 힘줄이 뻘겋게 돌아나더니 새살이 덮이고, 손톱까지 원래대로 돌아왔다. 그러나 반 리터짜리 포션 한 통을 전부 써야 했다.

올리버는 고통의 여운이 덜 가신 목소리로 인사했다.

"고마워."

"지금 그럴 때가 아니야. 아무래도 여기 이상해. 코어 채집 스킬이 안 통하잖아."

올리버는 공포에 질린 얼굴로 자기 앞에 있는 슬라임을, 던전을 둘러 보았다.

각성하자마자 협회로 끌려가 내내 아이템만 만들었다. 던전에 대해서는 대강 주워들어 알았지만, 안으로 들어온 건 처음이었다. 상상보다 훨씬 더 위험하고 무서운 곳이었다.

문득 세아의 말이 떠올랐다.

'시스템 속성 던전이라 위험한 몬스터가 너무 많고, 분명 스마일맨도 우글거릴 거야. 널 지켜주지 못할 수도 있다는 소리야.'

그때는 귀찮아서 그러는 줄 알았다. 데려가기 싫으니 대충 거짓말을 한다고 생각했다. 하지만 아니었다. 세아 말이 옳았던 것이다.

"나가자."

스테파니가 다시 말하자, 올리버도 고개를 끄덕이며 일어났다. 고통은 사라졌지만 몸은 식은땀에 젖어 눅진했고, 다리가 가늘게 떨려 제대로 걸을 수도 없었다. 그래도 들어온 곳으로 돌아가야 했다.

그러나 뒤를 돌아본 순간, 올리버와 스테파니의 입이 똑같이 벌어졌다.

언제 나타났는지 슬라임이 가득했다. 열 마리가 넘는 회색 슬라임이 꿈틀거리며 아이들 쪽으로 다가왔다. 스테파니는 패닉에 빠진 올리버의 손을 낚아채듯 잡고 반대 방향, 던전의 깊은 곳으로 달렸다.

"저길 뚫고는 못 가! 차라리 앞으로 가서 다른 사람들이랑 합류하자!"

올리버는 대답할 틈도 없이 스테파니를 따라 달렸다. 저 많은 슬라임 사이를 뚫고 갈 수는 없다. 앞이 얼마나 위험할지는 모르지만 일단은 도움이 필요하다.

"카일리! 세아! 도와줘!"

스테파니는 올리버의 손을 꼭 잡고 달리면서 정면에 대고 소리쳤다. 그러나 던전은 너무 깊고, 사람들은 너무 멀리 갔는지 아무 대답도 돌아오지 않았다. 슬라임은 구르며 쫓아오고, 벽에서는 계속 정체 모를 액체가 뿜어져 나왔다.

"아악!"

올리버가 다리에 화상을 입고 고통 어린 비명을 질렀다. 그대로 바닥에 나뒹군 올리버를 일으키며 스테파니는 그의 상처를 살폈다. 다행히 스친 정도라 옷과 살갗이 조금 벗겨진 정도였다. 올리버도 아파서라기보다는 놀라서 넘어진 듯했다.

"일어나. 갈 수 있어, 빨리! 여기서 죽지 마!"

절대 이렇게 개처럼 죽을 수는 없다.

정체 모를 던전 지하에서 3년을 버텼다. 자신을 이리로 떠민 카일리를 증오하면서, 또 한편으로는 자길 데리러 올 사람은 그녀뿐이라는 사실에 좌절하면서. 어떻게 먹고 자며 지냈는지는 거의 기억나지 않는다.

확실한 건 두 가지, 스마일맨을 두 눈으로 확인해야 한다는 것. 그리고 진실이 무엇이라 해도 여기서 죽기는 싫다는 것.

던전 자체가 처음인 올리버는 쉽게 일어나지 못하고 바닥에서 버둥거렸다. 발이 푹푹 빠져 제대로 뛰기도 힘들었다. 스테파니는 더 기다리지 못하고 그를 번쩍 업었다.

어디에 이런 힘이 숨겨져 있었나. 스테파니도 알 수 없었다. 그녀는 생각을 그치고 전력으로 달렸다. 몬스터는 더 나타나지 않았고 액체를 뿜던

벽도 잠시 잠잠해졌다.

주위가 무섭도록 고요해졌을 때, 스테파니는 천천히 뛰는 걸 멈추었다.

"스테파니."

그녀의 등에 매달린 올리버가 속삭이듯 불렀다. 스테파니는 일단 그를 바닥에 내려주고 신중하게 주위를 둘러보았다. 아무것도 없다. 몬스터도, 사람도. 안전한 구역으로 온 것 같기도 한데 기괴할 정도로 조용해서 안심이 되지 않았다.

그때, 올리버가 움직였다. 스테파니가 한손에 대강 들고 온 가방을 뒤지기 시작한 것이다. 올리버는 땀에 젖은 얼굴을 닦으며 가방 안에서 무언가를 꺼냈다.

"스테파니, 이것 봐!"

스테파니가 돌아보니 올리버가 손에 든 건 끈이 달린 풍선이었다. 놀이공원에서나 볼 수 있을 법한 물건이어서 그녀는 자기도 모르게 입을 벌렸다. 지금 이걸 왜 꺼내나 싶은 마음이 반, 저 큰 게 작은 가방에서 어떻게 나왔나 싶은 마음이 반이었다.

올리버는 보라는 듯 끈을 잡고 펄쩍 뛰었다. 그러자 놀랍게도 작은 풍선 하나에 의지해 올리버의 몸이 붕 떠올랐다. 올리버는 다시 버둥거려 아래로 내려오며 안도가 빛나는 얼굴로 외쳤다.

"몬스터가 나오면 이걸로 통과하자! 내가 한국 와서 심심해서 만든 아이템이야."

아까는 너무 놀라서 이게 생각이 안 났다고, 묻지도 않은 말을 덧붙이는 올리버의 얼굴이 환했다.

그러나 안도도 잠시, 앞에서 쉭쉭 소리가 들리기 시작했다. 올리버와 스테파니는 동시에 보았다, 손목만큼 두꺼운 검은 뱀 무리가 그들 쪽으로 다가오는 것을.

"그걸 타고 가자!"

스테파니가 얼른 외쳤다. 올리버도 재빨리 끈을 내어 주었고, 둘은 풍선에 매달려 뱀 위로 날아갈 작정으로 펄쩍 뛰어올랐다.

풍선은 아까보다 훨씬 더 힘겹게 허공으로 올라갔다. 얼마 가지도 못해 두 사람은 다시 바닥으로 떨어졌다. 올리버가 흐린 표정으로 중얼거렸다.

"사실 이건 1인용이거든. 그래도 두 사람 무게는 버틸 줄 알았는데……."

낭패다.

스테파니는 긴 몸을 울렁이며 다가오는 뱀을 바라보다 고개를 끄덕였다.

"알겠어. 일단 이거 타고 너 먼저 가."

"뭐? 안 돼!"

"빨리 가서 사람들 데려와. 우린 이미 깊이 들어왔어. 다들 멀리 있지 않을 거야."

스테파니는 막무가내로 올리버의 손에 끈을 쥐어 주고 그를 밀어 버렸다. 올리버는 겁에 질린 얼굴로 스테파니를 돌아보며 하늘로 둥실 떠올랐다. 뱀의 머리 위로 유유히 날아가는 올리버를 보다가, 스테파니는 천천히 옆걸음질을 쳐 벽에 붙었다.

운이 좋다면 뱀들은 이대로 지나갈지도 모른다……. 물론 절대 그럴 리 없지만…….

뱀들이 우르르 덮쳐드는 순간, 스테파니의 입에서 비명이 터졌다.

"아아아악!"

두 눈을 질끈 감고 팔로 얼굴을 가렸다. 그러나 이어지는 통증은 전혀 없었다. 스테파니가 겨우 용기를 내어 눈을 떴을 때, 앞에는 카일리가 우뚝 서 있었다. 스테파니는 구세주라도 만난 듯 외쳤다.

"카일리!"

앞에 선 카일리는 빙긋 웃고 있었다. 아직 의문이 해결되지도 않았는데 반가움에 울컥 눈물이 터질 것 같았다. 스테파니는 자기도 모르게 카일리에게 안기려 했다.

그러나 다음 순간, 카일리가 물었다.

"너 대체 뭐 하는 거야?"

"뭐?"

"뭐 하는 거냐고."

"난……."

왜 함부로 던전에 들어왔냐고 묻는 걸까. 그러나 그런 어조는 아니었다. 오히려 정말, 지금 뭘 하고 있는 건지 궁금해서 묻는 듯한 느낌.

스테파니는 싸늘한 위화감을 느끼며 주저앉은 채 엉덩이를 뒤로 빼 카일리로부터 멀어지려 했다. 카일리는 여전히 미소 짓고 있었다. 뱀들도 쉭쉭거리며 주위를 둘러쌀 뿐, 공격할 기미가 없었다.

스테파니가 더듬더듬 중얼거렸다.

"카, 카일리. 왜……. 카일리 맞아?"

"하하, 하하하!"

카일리가 고개를 위로 쳐들더니 미친 듯이 웃어젖혔다. 스테파니는 달아나려고 다리에 힘을 주었으나 몸이 뜻대로 움직이질 않았다.

허공을 보며 마구 웃던 카일리가 다시 스테파니 쪽으로 얼굴을 내렸을 때, 그녀의 입은 이미 눈꼬리까지 쭉 찢어져 있었다. 흡, 스테파니가 공포에 찬 숨을 들이켰다.

스마일맨.

"카, 카일리, 도와 줘. 카일리……."

스마일맨의 입이 점점 커져 머리통 자체를 먹어치우는 걸 보며, 머리통이 하나의 검은 구멍이 되는 걸 보며 스테파니는 줄줄 눈물을 흘렸다. 다시 보지 못할 끔찍한 광경 앞에 몸이 떨렸다. 스테파니는 지금 떠오르는 단 하나의 이름을 외쳤다.

"카일리!"

바로 그 순간, 눈앞에서 스마일맨의 몸이 세로로 쭉 갈라졌다. 양옆으로 천천히 무너지는 스마일맨 사이로, 진짜 카일리가 숨을 헐떡이며 서 있었다. 발치의 뱀 몬스터가 달아나듯 흩어져 버렸다.

"스테파니."

카일리의 어깨와 가슴팍이 가쁘게 오르내렸다. 스테파니는 땀에 푹 젖은 몸을 떨며 언니를 올려다보았다.

카일리의 손에는 스마일맨을 두 동강 낸 어둠의 검이 들려 있었다. 카일리의 특기는 어둠. 눈에 익은 언니의 검. 스테파니의 눈에 눈물이 가득 차올랐다.

"카일리……. 카일리, 나……."

"미안해. 미안해, 스테파니. 그때 너 놓쳐서 미안해."

카일리가 달려들어 그대로 스테파니의 몸을 안았다. 그녀 역시 울고 있었다. 스테파니는 온몸의 긴장을 풀고 그대로 무너지듯 울음을 쏟았다.

"미안해. 다시는 안 놓칠게. 미안해, 미안해……."

스테파니는 대답 없이 카일리의 몸을 꽉 끌어안았다. 다시는 놓치지 않을 것처럼, 힘껏.

그리고 그 순간, 카일리의 머릿속으로 뭉텅 잘려 나갔던 기억이 하나씩 돌아왔다. 마치 길게 늘어선 초에 불이 붙듯 차례차례, 느리게, 또 확실하게.

스마일맨이 자신의 모습을 뒤집어쓰고 스테파니 뒤를 따라가는 게 보였다. 뛰다가 지쳐서 걷고, 그러다가 다시 뛰고, 고속 이동 스킬을 사용해 계속 나아갔지만 스테파니와의 거리를 좁힐 수가 없었다.

스마일맨은 가끔 뒤를 돌아보며 미소를 지었다. 입이 눈꼬리 아래까지 쫙 찢어지는 웃음이었는데, 스테파니는 그걸 보지 못하고 신이 나서 여기 저기 돌아다니느라 바빴다.

그렇게 '그 일'이 벌어졌다. 카일리 모습을 한 몬스터가 트랩을 건드렸고, 땅이 쩍 갈라지며 크레바스가 열렸다.

지진이 난 것처럼 땅이 흔들려서, 스테파니가 넘어질 듯 휘청하더니 용케 균형을 잡았다. 그러더니 아무것도 모르고 스마일맨을 향해 말갛게 웃었다. 그리고 이게 대체 뭘까, 하며 균열 쪽으로 상체를 기울였다.

카일리는 스테파니 쪽으로 뻗어가는 스마일맨의 손을 보았다. 안 돼, 하지 마, 조심해. 허겁지겁 쏟은 말은 스테파니에게 닿지 못했다.

스마일맨은 그대로 스테파니의 등을 톡 밀었다. 아주 가볍게, 톡. 마치 도미노 하나를 밀어 넘어뜨리듯이.

크레바스 쪽으로 달려가던 카일리를 스마일맨이 가로막았다. 몬스터의 입이 그대로 머리를 먹어치우더니, 얼굴 전체가 검은 구멍으로 변했다. 흡입구가 둥근 청소기처럼 모든 걸 빨아들이는 구멍이었다.

죽는다, 그렇게 생각하며 버티다가 순간 정신을 잃었다. 아주 잠깐이었던 것 같다.

눈을 떴을 때 카일리는 축축한 흙바닥에 뺨을 댄 채였다. 그녀는 벌떡 일어나 주위를 둘러보았으나 이미 크레바스는 닫힌 뒤였고, 스테파니 역시 찾을 수 없었다.

S급 헌터라면서, 동생 하나 제대로 지키지 못했다. 고통을 피하기 위해 그녀의 머리는 허겁지겁 기억을 지우고 뭉개 버렸다. 그리고 바로 지금, 모든 상황이 마치 방금 겪은 듯 생생하게 되살아났다.

카일리는 차마 스테파니에게 이런 이야기를 털어 놓을 수 없었다.

"앞으론 내가 꼭 지켜 줄게."

스테파니는 아마 오래도록 이 악몽에서 벗어나지 못할 것이다. 카일리는 다시 다짐했다. 반드시, 세아를 도와 시스템을 죽이겠노라고.

13.64

세아와 리웨이는 아이템을 타고 날아온 올리버를 데리고 뛰었다. 함께 뛰는 이준은 덤이었다. 사색이 되어 달려온 올리버 덕분에 카일리가 제때 달려갈 수 있었는데, 세아와 리웨이는 올리버를 챙겨야 해 도착이 늦어졌다.

세아는 부둥켜안은 채 엉엉 울고 있는 자매의 모습을 확인하고 주위를 둘러보았다. 다행히 다른 위험 요소는 없었다. 커다란 뱀도 다 사라졌고, 다른 몬스터가 다가오는 느낌도 전혀 없었다.

세아는 자기 옆에 꼭 달라붙는 올리버의 머리를 대강 쓸어 주며 리웨이에게 물었다.

"별문제 없는 것 같죠?"

"그러네."

그새 소환수를 불러 가까운 곳을 다 돌아보고 오게 한 리웨이가 고개를 끄덕였다. 그런 다음 올리버 쪽으로 고개를 돌렸다.

"여긴 도대체 왜 온 거야?"

영어로 물은지라 당연히 알아들었을 텐데, 올리버는 대답 대신 세아의 품에 고개를 묻었다.

스킬도 못 쓰는 상태의 헌터와 여기까지 온 올리버를 칭찬할 마음은 없었지만, 그래도 세아는 그의 어깨를 다독여 달래 주었다. 올리버가 눈물에 젖은 목소리로 속삭였다.

"미안해. 이럴 줄 몰랐어. 미안, 세아."

"던전 처음이지?"

세아는 괜찮다고 하는 대신 그렇게 물었다. 올리버는 울음을 참는 표정으로 고개를 끄덕였다.

"던전은 네 생각보다 훨씬 더 위험해. 어른 헌터도 쉽지 않은 곳인데 넌 너무 어려."

"난…… 나도 세아 파티 하고 싶었어."

세아는 바로 답하는 대신 잠시 망설였다.

파티에 무슨 대단한 의미가 있다고 생각하진 않는다. 올리버에게는 그게 참 중요한 문제인 듯했지만 이유를 알 수가 없었다. 어쩌면 소속감이 필요한지도 모른다.

무조건 안 된다고 하니 이런 상황이 벌어진다. 세아는 몸을 낮춰 올리버와 눈높이를 맞추었다.

"그럼 우리 파티 하자."

"정말? 정말이야?"

기가 죽은 모습은 어디로 갔는지, 올리버는 눈을 빛내며 두 손을 맞잡았다. 옆에 있던 리웨이가 열세 살짜리 애한테 무슨 소리를 하느냐는 표정으로 바라봤지만 세아는 모르는 척 말을 이었다.

"파티라고 꼭 다 같이 던전에 가는 건 아니야. 뭔지 알아?"

"아니."

올리버의 얼굴에 조마조마한 마음이 그대로 드러났다. 함께 다닐 생각에 들떴다가 실망한 모양이었다. 세아는 재빨리 설명했다.

"유명한 길드는 던전 공략팀과 후방 지원팀을 같이 운영해. 파티도 마찬가지야. 나나 다른 어른들이 던전 안으로 직접 들어가서 몬스터를 잡는다면, 넌 뒤에서 우리한테 힘을 보태 주면 돼. 아이템도 좋고, 포션을 챙겨 줘도 좋아."

"하지만 그건……."

"엄청 어려운 일이지. 올리버, 이런 일을 너한테 맡겨서 마음이 무겁지만……."

세아는 짐짓 고뇌에 찬 얼굴을 만들어 보였다. 올리버 뒤편의 리웨이는 그 어설픈 연기에 코웃음을 쳤지만 올리버의 반응은 달랐다. 그는 결연하기까지 한 얼굴로 주먹을 불끈 쥐었다.

"할 수 있어!"

"그럼 앞으로 잘 부탁해."

세아는 쪼그려 앉은 자세 그대로 올리버에게 손을 내밀어 악수를 청했다. 다 큰 어른을 대하듯. 열세 살 소년은 자랑스럽고 뿌듯하게 가슴을 부풀리더니 세아의 손을 맞잡았다.

세아가 올리버의 손을 놓고 일어났을 때, 세아 뒤에 조용히 서 있던 이준이 다가왔다. 그리고 그대로 팔을 뻗어 세아의 손을 잡았다. 곁에 있던 리웨이는 언제든 그에게 달려들 자세로 긴장했지만 세아는 태연했다.

"이준아, 왜."

이준은 아무 대답도 하지 않고 세아의 손만 만지작거렸다. 방금 올리버와 악수한 손이었다. 리웨이는 저게 뭐 하는 짓인가 싶었는데, 세아는 의외로 태연하게 대처했다.

"너도 악수할래?"

그런 다음 이준의 손가락 사이로 제 손가락을 밀어 넣는다. 단단히 맞물린 손에서 온기가 전해진다. 이준의 얼굴은 여전히 석고 조각상보다도 무감했다. 그러나 그는 의지를 지닌 예쁜 인형처럼 세아의 손을 세게 쥐었다.

"나아지고 있는 거지?"

네, 하고 속삭이듯 답하는 소리를 들은 듯도 했다.

그때, 스테파니의 손을 꼭 잡은 카일리가 가까이 다가왔다. 세아는 울어서 엉망이 된 둘의 얼굴을 모르는 척하며 물었다.

"지금 데리고 나갈 거지? 올리버도 같이."

"그래야지."

"그럼 넌 애들 데리고 같이 나가 줘. 난 리웨이랑 여기 마저 공략하고 갈게. 아까 거의 다 도착했으니, 그 이후는 더 쉬울 거야."

애들을 한시라도 빨리 집으로 데려가야 한다는데 동의하는지, 카일리는 같이 가겠다고 우기지 않고 수락했다.

카일리는 던전 입장 파티에서 탈퇴했고, 시스템 창을 확인한 세아는 고개를 끄덕여 그녀를 전송했다.

세아는 스테파니와 올리버를 데리고 던전 밖으로 나가는 카일리의 뒷모습을 한참 바라보았다. 그들의 모습이 시야에서 완전히 사라질 때까지.

그때, 리웨이가 넌지시 말을 걸었다.

"애 잘 달래더라? 처음부터 그렇게 하지."

"그땐 올리버가 저렇게까지 생각하는 줄 몰랐죠. 어쨌든…… 차라리 잘됐어요. 스테파니 오해도 풀린 모양이고, 카일리도 던전에서 나가게 됐으니."

"카일리 나간 게 왜 좋은 일인데?"

"아직 확실하진 않아요. 끝까지 가 보면 알겠죠."

세아는 이준의 상태를 확인한 후, 마치 기운을 내려는 듯 힘찬 어조로 물었다.

"그럼 갈까요?"

13.65

세아 일행은 수월하게 앞으로 나아갔다.

리웨이의 소환수가 돌아와 책상과 종이가 있는 곳에는 어떤 몬스터도 없다는 말을 전했다. 의아한 듯 고개를 갸웃한 리웨이가 말했다.

"층도 없고, 보스 몬스터도 아직 안 나왔어. 저 앞에도 보스 몬스터가 없다는데…… . 그럼 이 던전은 정말 특이하네."

"시스템 속성이니까요. 골치 아프죠. 예측도 못 한 것들이 존재하니까."

"그것도 그거지만, 여기 중요한 게 있을 것 같아서 더 빨리 공략하려는 거 아니야? 대체 뭐가 있으려나."

혼잣말처럼 중얼거리며 리웨이가 슬쩍 세아의 얼굴을 살폈다. 눈이 마주치긴 했으나 세아는 아무 대답도 없이 계속 전진할 뿐이었다.

리웨이는 세아를 살피며 생각했다.

'분명 뭔가 짐작한 것 같은데. 왜 말을 안 하지?'

이 기묘한 선은 대체 뭘까. 파티라고, 믿는다고, 같이 가자고 하면서도 묘하게 곁을 주지 않는다. 사람을 불신하거나 싫어진진 않지만 완전히 믿거나 사랑하지도 않는 이상한 느낌.

"거의 다 왔어요."

세아는 긴 숨을 내쉬며 손으로 어느 한 지점을 찍었다.

생뚱맞게 불쑥 솟은 책상의 형태가 확실히 보였다. 단단한 원목 책상이라기보다는 연약하고 아름다운 테이블 같았다. 리웨이는 탄식하듯 말했다.

"드디어 이 물컹거리는 데서 나갈 수 있겠네. 걷기 너무 불편해서 종아리 뭉친 것 같아."

"저도 그래요."

세아는 대수롭지 않은 투로 동의하더니 마저 걷기 시작했다.

묵묵히 걸어, 셋은 마침내 책상 앞에 도달했다. 세아와 리웨이는 나란히 서서 책상을 내려다보았다. 아무것도 적히지 않은 흰 종이, 옆에 가지런히 놓인 검은 펜. 직접 보면 무슨 설명이라도 적혀 있지 않을까 했는데 그렇지도 않았다.

"펜 들어 봐."

리웨이가 넌지시 권했다. 세아도 그럴 생각이었지만 선뜻 움직이지 못했다. 그녀는 리웨이를 한번 바라보았다. 리웨이가 뭘 망설이냐는 듯 눈짓하다가 아, 하고 물었다.

"위험할까 봐 그래? 내가 들어 볼까?"

"아뇨."

세아는 마치 방명록이라도 남기는 사람처럼 일상적인 몸짓으로 펜을 들었다. 펜을 쥐고 글자를 쓸 자세를 취하자마자 시스템 창이 떴다.

[던전 공략을 축하합니다!
던전 이름: 시스템 속성 던전(내장 타입)
던전 클리어 보상 1) 일반 퀘스트 클리어 보상 감자(유기농)
던전 클리어 보상 2) 상태 고정. 종이에 파티원 전원의 이름을 적으십시오. 파티장 사망 시, 이 시간과 장소로 돌아옵니다.]

세아가 입술을 꾹 물었다.

펜을 들지 않은 리웨이도 파티원으로 등록되어 있어 시스템 메시지를 본 듯했다. 그녀는 시스템 메시지를 이해하지 못하고 물었다.

"무슨 소리야? 사망 시 여기로 돌아온다니."

"세이브예요."

이럴 것 같았다.

갑자기 나타난 시스템 던전, 가장 깊은 곳에 놓인 수상한 종이와 펜. 설마 설마 하며 여기까지 왔는데 정말일 줄이야.

여기에 이름을 적으면, 죽어도 이 시간과 이 상태로 돌아온다. 생은 다시 시작되겠지만 회귀 시점을 한참 늦출 수 있다. 동료가 있으니 다시 시스템이 사람의 몸을 입고 수작을 부려도 대응하기 편할 테고.

"아무래도 일회성 세이브겠죠. 종이는 한 장뿐이니까."

"세이브라고? 그럼 지금 당장 써야 하는 거 아니야? 빨리 써!"

세아의 회귀 사실을 아는 리웨이는 밝아진 얼굴로 재촉했다. 세아는 차가운 펜의 감촉을 느끼며 잠시 기다렸다.

세이브하려면 확실히 지금이 적기일지도 모른다. 카일리와 리웨이, 올리버까지 얻었다. 그들이 앞으로의 일에 얼마나 큰 도움이 될지는 모르지만 동료가 있으니 여러모로 편리하기는 했다.

지금의 부모님 상태도 마음에 든다. 둘 모두 A급 헌터, 유사시에 S급 헌터들 상대로 잠시나마 버텨 줄 수 있을 것이다. 그뿐만이 아니라 집 밖으로 나와 활기차게 사는 그들의 모습이 세아는 정말 좋았다.

"이세아?"

지금까지는 시스템에게 놀아나, 살았던 사람이 죽어 버리고 협회장이 바뀌고 이준의 각성 시기가 달라지는 등 수많은 변수에 시달렸다.

그러나 여기서 세이브하면, 적어도 지금까지의 일은 고정할 수 있다. 그것만으로도 큰 수확이다. 게다가 이번 생에서는 시스템 보스 던전의 2인 출입 제한이 풀렸다. 여러 명이 함께 들어갈 수 있게 되었으니, 변수가 생겨도 대응하기 쉬울 것이다.

그뿐만이 아니다. 이번 생에서 시스템이 조종하는 인간을 찾아내 죽였다. 다시 죽어 다음 생이 시작되기까지, 시스템은 적극적으로 세계에 개입하진 못할 것이다. 그러니 이 세이브 던전도 갑자기 발견된 것이다.

만일 이대로 다시 죽으면, 시스템이 개입해 이런 종류의 던전을 다 없애 버릴지도 모른다. 세이브할 기회가 영원히 사라지는 것이다.

바로 지금이…….

그때, 고개를 틀어 세아가 이준을 바라보았다. 그의 흐린 눈이 보인다. 나아지고 있다지만 아직 멀었다. 지금 이준의 상태는 최악이나 마찬가지다.

그때, 협회에 끌려가게 두지 말았어야 하는데. 한 번도 해 본 적 없는 후회가 가슴을 스쳐 쓰라렸다.

세아는 한참을 그대로 서 있다가 불쑥 말했다.

"세이브는 안 돼요."

"뭐?"

리웨이는 당혹한 얼굴로 되물었다. 세아는 아예 펜을 내려놓고 리웨이를 향해 시선을 틀었다. 부딪쳐오는 눈동자 속에, 단호한 의지가 깃들어 있었다. 세아는 반복했다.

"세이브 안 할 거라고요."

리웨이의 눈썹이 꿈틀했다. 바로 이유를 묻지는 않았지만, 세아의 결정을 이해하지 못하고 있었다. 예상한 반응이라 세아는 천천히 설명했다.

"지금 상태로는 세이브할 수 없어요. 정이준의 정신이 이 모양이니, 지금 세이브해도 위험하기만 할 거예요."

"하지만 그러다 네가 죽으면?"

"그럼 아예 정이준이 세뇌에 당하지 않도록 해야죠. 처음부터."

단호한 대답에 리웨이는 잠시 침묵했다. 그녀는 차분한 표정의 세아를, 그리고 세아에게 시선을 고정한 이준을 한 번씩 바라보았다. 그런 다음 고개를 끄덕였다.

"그래, 네 생각이 그렇다면 그게 맞겠지."

언쟁을 벌이게 될지도 모른다고 생각했던 세아가 정말 괜찮으냐고 확인하듯 물었다. 리웨이는 팔짱을 끼고 고개를 끄덕였다.

"어쩔 수 없잖아. 일회성 세이브일 테고, 데이터를 덮어씌울 수 없을 테니까. 때를 신중하게 골라야지. 아마 네 히든 퀘스트 페널티 때문에 이런 던전이 생겼을 텐데……. 전에도 이런 거 본 적 있어?"

"한 번도 없어요."

그것도 시스템의 개입 때문이었을까? 잘 모르겠다. 이 세계는 너무 혼란스럽고 어려웠다. 이럴 때마다 세아는 하루라도 빨리 시스템을 없애고 명확한 세계로 가고 싶은 마음만 치솟았다.

리웨이가 지금은 세이브하지 않겠다는 결정을 받아들여서 다행이었다. 물론 모든 일이 다 해결된 건 아니다. 세아는 그녀를 바라보며 어려운 말을 꺼냈다.

"카일리한테는……."

"말 안 할게."

리웨이는 이미 짐작했다는 듯 세아의 말을 잘랐다.

"세이브일 거라고 짐작했지? 그래서 카일리가 먼저 나간 게 다행이라고 한 거고."

"그래요."

세아는 덤덤하게 인정했다. 카일리의 불안을 모르지 않는다. 세아는 열 번 넘게 반복된 삶 중에서 딱 한 번만 스테파니를 구했다. 만일 다시 죽고 되돌아간다면 그때도 스테파니를 구하겠다고 약속한 적도 없다. 그러니 스테파니가 다시 죽을지도 모른다는 불안에 시달릴 것이다.

카일리는 당연히 지금 당장 세이브하고 싶겠지만 그럴 수 없다. 그렇다고 카일리에게 냉정한 표정으로 너만 생각하지 말라고 하고 싶지도 않았다. 당분간 카일리는 이 세이브의 존재를 몰라야 한다.

“그럼 돌아갈까요?”

“그래.”

“정이준, 너도 가자.”

급할 거 없다. 이준의 세뇌가 풀리면 그때 다시 돌아와 이름을 적어도
된다. 세아는 미련을 두지 않고 등을 돌렸다.

〈다음 권에서 계속〉